Tudo que deixamos para trás

Tudo que deixamos para trás

MAJA LUNDE

Copyright © 2015, H. Aschehoug & Co. (W. Nygaard) AS. Publicado em mútuo acordo com Aschehoug Agency e Vikings of Brazil Agência Literária.

Esta tradução foi publicada com o apoio financeiro da NORLA.
Título original em norueguês: Bienes Historie

Tradução: Kristin Lie Garrubo
Revisão: Ana Lúcia Barreto de Lucena e Ricardo Franzin
Design de Capa: Diana Cordeiro
Imagens de Capa: ©ShutterStock e ©iStockphotos
Diagramação: SGuerra Design
Acompanhamento Editorial: Laura Bacelar

Essa é uma obra de ficção. Nomes, personagens, lugares, organizações e situações são produtos da imaginação do autor ou usados como ficção. Qualquer semelhança com fatos reais é mera coincidência.
Todos os direitos reservados. Proibida a reprodução, no todo ou em partes, através de quaisquer meios.

Dados Internacionais de Catalogação na Publicação (CIP)
(Câmara Brasileira do Livro, SP, Brasil)

L962t Lunde, Maja
Tudo que deixamos para trás / Maja Lunde; Tradução Kristin Lie Garrubo . – São Paulo : Editora Morro Branco, 2016.
480 p.; 14x21 cm.
ISBN: 978-85-92795-12-2
Título original: Bienes Historie
Notas : Vencedor do Prêmio Norwegian Booksellers' Prize 2015

1. Literatura Norueguesa. 2. Ficção Norueguesa. I. Garrubo, Kristin Lie. II.Título.

CDD 839.82

Índice para catálogo sistemático:
1. Literatura Norueguesa
2. Ficção Norueguesa

Todos os direitos desta edição reservados à:
EDITORA MORRO BRANCO
Alameda Campinas 463, cj. 21.
01404-000 – São Paulo, SP – Brasil
Telefone (11) 3373-8168
www.editoramorrobranco.com.br
Impresso no Brasil
2016

Para Jesper, Jens e Linus

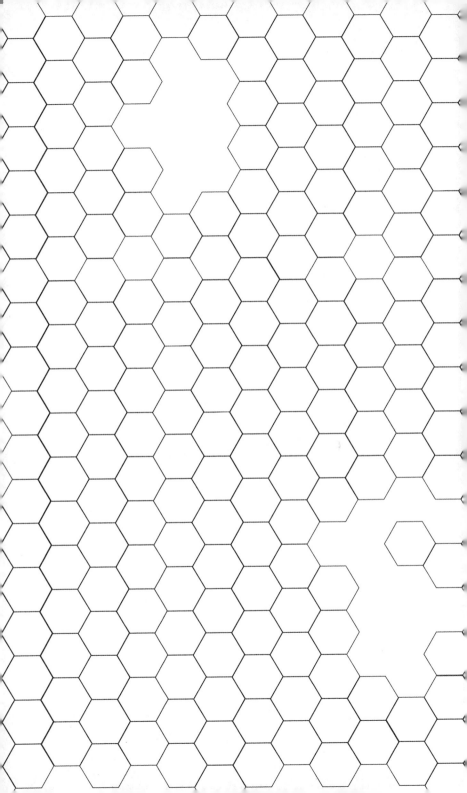

TAO

DISTRITO 242, SHIRONG, SICHUAN, 2098

Como aves gigantes, cada uma de nós se equilibrava em um galho, com um pote de plástico em uma das mãos e um pincel de pena na outra.

Fui subindo lentamente, com o maior cuidado possível. Eu não servia para isso, não era igual às outras da equipe de trabalho, meus movimentos muitas vezes eram bruscos demais, me faltavam a precisão motora e a destreza necessárias. Não fui feita para isso, mas mesmo assim era obrigada a estar aqui, todos os dias, doze horas a fio.

As árvores tinham a idade de uma geração humana. Os galhos eram frágeis como vidro delgado, rangiam sob nosso peso. Eu me virei com cuidado, não podia machucar a árvore. Posicionei a perna direita num galho mais acima, depois puxei cuidadosamente a esquerda, e enfim encontrei uma posição de trabalho segura – incômoda, mas estável. Daqui eu alcançava as flores mais altas.

O pequeno pote de plástico estava cheio da levíssima riqueza, medida e distribuída com precisão para nós no início da jornada de trabalho, exatamente a mesma quantidade para cada uma. Desafiando a ação da gravidade, tentei transferir quantidades invisíveis do recipiente para a árvore. Cada flor deveria ser polinizada com o minúsculo pincel de pena, proveniente de galinhas desenvolvidas pelos cientistas para esse fim específico. Nenhuma pena de fibra sintética se mostrara tão eficaz, nem de longe. Isso tinha sido testado vezes sem conta, afinal, não faltara tempo: em meu distrito a tradição era centenária. Aqui, as abelhas tinham desaparecido já na década de 1980, muito antes do Colapso, por efeito dos pesticidas. Poucos anos depois, quando os pesticidas não eram mais usados, as abelhas retornaram, mas àquela altura a polinização manual já tinha sido implementada. Os resultados eram melhores, embora exigisse um número incrível de pessoas, de mãos. E depois, com o Colapso, meu distrito obteve uma vantagem competitiva. Compensara termos sido um dos que mais poluíam. Éramos um país de vanguarda na poluição e, portanto, nos tornamos um país de vanguarda na polinização manual. Um paradoxo nos salvou.

Eu me estiquei ao máximo, mas não alcancei a flor do topo. Estava prestes a desistir, mas sabia que poderia ser castigada e por isso fiz mais uma tentativa. Descontavam parte de nosso salário se gastássemos o pólen rápido demais. E descontavam parte de nosso salário se o gastássemos aquém da cota. O resultado do trabalho era invisível. Ao descermos das árvores no final da jornada, não víamos nada que mostrasse o desempenho do dia, além dos xis vermelhos riscados com giz nos troncos das árvores, de preferência até quarenta xis por dia. Só com a chegada do outono, quando as árvores estivessem carregadas de frutas, ficaria evidente onde se tinha feito um bom trabalho. Mas àquela altura ninguém mais saberia que árvore fora polinizada por quem.

Hoje nos destacaram para o Campo 748. De quantos? Eu não sabia. Meu grupo era um entre centenas. Usando a roupa bege de trabalho, éramos tão uniformes quanto as árvores. E tão apinhadas como as flores. Nunca sozinhas, sempre formando bandos, aqui em cima das árvores ou caminhando ao longo das trilhas de um campo a outro. Apenas entre as paredes de nossos pequenos apartamentos poderíamos ficar a sós algumas breves horas por dia. De resto, a vida era aqui fora nos pomares.

O silêncio reinava. Não tínhamos permissão para conversar enquanto trabalhávamos. A única coisa que se ouvia eram nossos deslocamentos cuidadosos nas árvores, um pigarro fraco, alguns bocejos, o tecido do uniforme contra o tronco. E, às vezes, o barulho que todas nós aprendemos a detestar: um galho que rangia e, na pior das hipóteses, quebrava. Um galho quebrado significava menos frutas e mais um motivo para nos descontar parte do salário. Fora isso, era só o vento que fazia barulho, varrendo os ramos, passando sobre as flores, deslizando pela grama no chão.

O vento soprava do sul, da floresta. Ao fundo das árvores frutíferas em floração branca, que ainda estavam sem folhas, a floresta era escura e selvagem. Nunca visitávamos a floresta, não tínhamos tarefas lá. No entanto, já corria um boato de que ela seria arrancada e transformada em pomar.

Uma mosca veio zumbindo de lá, um espetáculo raro. O número de pássaros também tinha diminuído, fazia dias que eu não via um. Eles caçavam os poucos insetos existentes e passavam fome, assim como o resto do mundo.

TAO

Mas então um som estridente rompeu o silêncio. O apito do barracão da administração, o sinal do segundo e último intervalo do dia. Só agora percebia que minha boca estava ressecada.

Como uma massa uniforme, eu e minhas colegas de trabalho escoamos das árvores para o chão. Elas já estavam conversando. Era como se um interruptor ativasse a tagarelice cacofônica no exato instante em que era permitida.

Eu não disse nada, me concentrando em descer devagar, alcançar o chão sem quebrar um galho. Consegui. Pura sorte. Eu era desajeitada, desastrada, já trabalhava aqui por tempo suficiente para saber que nunca seria realmente boa nisso.

No chão ao lado da árvore estava minha velha garrafa de metal. Eu a agarrei e bebi depressa. A água estava morna, tinha gosto de alumínio, e o gosto me fez beber menos do que precisava.

Vestidos de branco, dois jovens da Equipe Alimentar distribuíram rapidamente as marmitas reutilizáveis com a segunda refeição do dia. Sentei sozinha, encostada no tronco da árvore, e abri a minha. Hoje o arroz veio misturado a grãos de milho. Comi uma colherada. Como de costume, um pouco salgado demais, e temperado com sabor artificial de pimenta vermelha e soja. Fazia muito tempo que eu não sentia gosto de carne. A ração animal exigia áreas grandes demais de terra cultivável. E muita ração animal tradicional dependia da polinização. Os animais não valiam nosso trabalho manual meticuloso.

A marmita ficou vazia antes de eu estar satisfeita. Levantei-me e a coloquei de volta na cesta de coleta. Então corri sem sair do lugar. As pernas estavam cansadas e duras por terem ficado travadas em má posição lá em cima na árvore. O sangue formigava, eu não conseguia manter o corpo quieto.

Mas não adiantou. Dei uma olhada rápida em volta. Ninguém da gestão estava prestando atenção. Deitei-me depressa no chão, simplesmente precisava esticar as costas doloridas.

Fechei os olhos por um instante. Tentei afastar a atenção da conversa das mulheres, preferindo me concentrar no volume da tagarelice, que aumentava e diminuía. Essa necessidade de tantas pessoas falarem ao mesmo tempo, de onde será que vinha? As outras tinham começado quando ainda eram menininhas. Hora após hora com conversas em grupo em que o tema sempre era um mínimo denominador comum e ninguém se aprofundava em nada. Exceto, talvez, quando o assunto era alguém que não estivesse presente.

De minha parte, preferia conversas com uma pessoa por vez. Ou minha própria companhia. No trabalho, geralmente minha opção era essa última. E em casa eu tinha Kuan, meu marido. Não que mantivéssemos longas conversas, tampouco — não era isso que nos unia. As referências de Kuan resumiam-se ao aqui e agora, ele era prático, não aspirava ao conhecimento, a algo mais. Mas em seus braços eu encontrava a paz. E além disso tínhamos Wei-Wen, nosso filho de três anos. Sobre *ele* podíamos conversar.

No mesmo instante em que o vozerio quase me fazia embalar no sono, ele parou de repente. Todas se calaram.

Eu me ergui. As outras da equipe estavam com o rosto voltado para a estrada.

A procissão de crianças descia em nossa direção.

TAO

13

Elas não tinham mais que oito anos, reconheci várias da escola de Wei-Wen. Todas tinham recebido roupas idênticas de trabalho, os mesmos uniformes bege de tecido sintético que nós usávamos, e estavam se aproximando de nós na velocidade máxima permitida por suas pernas curtas. Eram mantidas na linha por dois monitores adultos. Um na frente, um atrás. Os dois tinham vozes fortes que corrigiam as crianças sem parar. Mas não davam bronca, as mensagens eram transmitidas com ternura e compaixão. Pois mesmo que as crianças não tivessem compreendido totalmente qual era seu destino, os adultos sabiam.

As crianças andavam de mãos dadas, em pares desiguais, as mais altas com as mais baixas. As grandes cuidavam das pequenas. Andavam a passos irregulares, desorganizadas, mas segurando as mãos umas das outras, como se estivessem coladas. Talvez tivessem recebido ordem estrita de não se soltarem. Seus olhos estavam fixados em nós, nas árvores. Curiosas, algumas delas franziam os olhos, inclinavam a cabeça, como se estivessem aqui pela primeira vez, embora todas tivessem crescido no distrito e não conhecessem outra paisagem que não as fileiras intermináveis de árvores frutíferas, contra a sombra da densa floresta ao sul. Uma menina baixa olhou para mim por bastante tempo, grandes olhos um pouco apertados. Ela piscou algumas vezes, depois fungou com força. Segurava a mão de um menino magro. Ele bocejava alto e despreocupadamente, sem cobrir a boca com a mão livre. Não tinha a menor noção do quanto seu rosto se escancarava. Não bocejava de tédio, era jovem demais para isso, era a falta de comida que lhe causava o cansaço. Uma menina esguia e alta segurava a mão de um menino pequeno. Ele respirava com dificuldade por um nariz entupido, e estava com a boca aberta. A menina alta o arrastou atrás de si enquanto virava o rosto para o sol. Franziu os olhos e o nariz, mas manteve a cabeça na mesma posição, como se quisesse pegar cor ou talvez buscar forças.

Cada primavera elas apareciam, as novas crianças. Mas eram mesmo assim tão pequenas? Será que tinham ficado mais jovens?

Não. Elas tinham oito anos. Como sempre costumaram ter. Tinham terminado a escola. Se é que aquilo poderia ser chamado de escola... Bem, aprendiam os números e alguns ideogramas, mas fora isso a escola era uma espécie de depósito regulamentado. Um depósito e uma preparação para a vida aqui nos pomares. Um exercício de ficar parado por muito tempo. *Fique parado. Totalmente parado, isso sim.* E tarefas voltadas para as habilidades motoras finas. Faziam tapetes desde os três anos de idade. Os dedos pequenos eram perfeitos para o trabalho com os desenhos complexos. Da mesma forma que eram perfeitos para o trabalho nos pomares.

As crianças passaram por nós, viraram os rostos para a frente, para outras árvores. Então continuaram a andar, em direção a algum outro campo. O menino desdentado tropeçou, mas a menina alta o segurou firme, impedindo-o de cair.

A procissão se afastou, sumindo entre as árvores.

– Para onde estão indo? – perguntou uma mulher de minha equipe.

– Com certeza para o 49 ou o 50 – disse outra. – Ninguém começou lá ainda.

TAO

Senti um aperto no coração. Para onde estavam indo, para qual campo, não importava. Era o que iam *fazer*...

O apito soou do barracão. Galgamos as árvores de novo. Eu me movimentei devagar, mas o coração bateu forte mesmo assim. Pois as crianças não tinham ficado mais jovens. Era que Wei-Wen... Em cinco anos ele teria oito. Em apenas cinco anos seria sua vez. As mãos diligentes valiam mais aqui fora do que em qualquer outro lugar. Os dedos pequenos já tinham sido afinados para esse tipo de trabalho.

Crianças de oito anos de idade nos pomares, entra dia, sai dia, pequenos corpos enrijecidos nas árvores. Nem teriam uma infância como tivemos na minha época, pois nós frequentamos a escola até os quinze.

Uma não vida.

Minhas mãos tremiam quando levantei o recipiente de plástico com o pó valioso. Diziam que todos éramos obrigados a trabalhar para conseguir comida, para cultivar os alimentos que nós mesmos iríamos consumir. Todos tinham de contribuir, até as crianças. Pois quem precisaria de educação se os celeiros estavam se esgotando? Se as rações ficavam menores a cada mês? Se você tinha que ir para a cama com fome toda noite?

Eu me virei para alcançar as flores atrás de mim, mas dessa vez os movimentos foram bruscos demais. Encostei num galho sem querer, de repente perdi o equilíbrio e me inclinei pesadamente para o outro lado.

E aí já estava feito. O som estaladiço que odiávamos. O som de um galho quebrando.

A supervisora veio depressa em minha direção. Olhou para a parte de cima da árvore, avaliando o estrago sem dizer nada. Anotou algo rapidamente num bloco de papel antes de ir embora.

O galho não era comprido nem forte, mas mesmo assim eu sabia que todo o excedente deste mês havia desaparecido. O dinheiro que iria para a lata dentro do armário da cozinha, onde guardávamos cada iuane que sobrava.

Respirei fundo. Não podia pensar nisso. Não podia senão continuar. Levantar a mão, mergulhar o pincel no pólen, levá-lo com cuidado para as flores, passá-lo sobre elas como se eu fosse uma abelha.

Evitava olhar para o relógio. Não ajudava. Só sabia que, a cada pincelada sobre as flores, a noite se aproximava um pouco mais. E com ela, a única breve hora que eu ganhava com meu filho por dia. Aquela breve hora era tudo que tínhamos, e naquela breve hora eu talvez pudesse fazer uma diferença. Plantar uma semente, que lhe daria a oportunidade que eu mesma nunca tive.

TAO

WILLIAM

Maryville, Hertfordshire, Inglaterra, 1852

Tudo a meu redor era amarelo, infinitamente amarelo, a amarelidão estava em cima de mim, embaixo de mim, em volta de mim, me cegava. No entanto, a cor amarela era real, não algo que eu imaginava, provinha do papel brocado que minha esposa Thilda mandou colar nas paredes quando nos mudamos para cá alguns anos atrás. Estávamos bem de vida naquela época. Minha pequena loja de sementes na rua principal de Maryville estava prosperando. Eu ainda me sentia inspirado, achando que seria capaz de conciliar a loja com aquilo que realmente importava: meus estudos das ciências naturais. Mas isso foi há muito tempo, muito antes de eu me tornar pai de um número tão desmedido de filhas, e ainda mais tempo antes da conversa final com o professor Rahm.

Se eu soubesse quanta agonia o papel de parede amarelo me daria, nunca o teria aprovado. Pois a cor amarela não se contentava em estar no papel de parede, quer eu fechasse os olhos, quer os mantivesse abertos, ela estava ali da mesma forma maldita. Ela me seguia até no sono e nunca me deixava escapar, como se *ela* fosse a própria doença, uma enfermidade sem diagnóstico, mas com muitos nomes: pessimismo, desgosto, melancolia. No entanto, ninguém à minha volta se atrevia a proferir tais palavras. Nosso médico de família fazia-se de desentendido. Continuava a falar em termos médicos, sobre a discrasia, o desequilíbrio em meus fluidos corporais, o excesso de bile negra. No início de minha prostração ele tentara a sangria, depois, laxantes, os quais me transformaram num bebê indefeso, mas agora ele evidentemente não tinha mais coragem. Parecia ter desistido de qualquer tipo de tratamento e só sacudia a cabeça quando Thilda levantava o assunto. Os protestos dela surtiam apenas sussurros. Eu distinguia uma ou outra palavra: *fraco demais, não o aguentaria, nenhuma melhora*. Ultimamente, ele vinha com menos frequência, o que poderia estar relacionado com meu acorrentamento inabalável à cama.

Era fim de tarde, a casa estava viva debaixo de mim. O barulho das meninas subiu dos cômodos do andar térreo, penetrando o chão e as paredes, assim como os odores desagradáveis de comida. Distingui Dorothea, a menina precoce de doze anos; ela estava lendo a Bíblia em voz entrecortada e sálmica a um só tempo, mas as palavras paravam no caminho antes de chegarem a mim, da mesma forma que a palavra de Deus parecia não mais me alcançar. A voz da pequena Georgiana destoou fininha, e Thilda pediu silêncio com severidade. Logo a leitura de Dorothea havia terminado, e as outras assumiram a tarefa. Martha, Olivia, Elizabeth, Caroline. Quem era quem? Eu não era capaz de distinguir uma da outra.

Uma delas riu, uma breve risada, e mais uma vez ecoou em mim a risada de Rahm, a risada que encerrou nossa conversa de uma vez por todas, como um golpe de cinto sobre as costas.

Então Edmund disse algo. Sua voz tinha se tornado mais grave, levemente polida, não havia mais nada de infantil nela. Tinha dezesseis anos, meu primogênito, meu único filho homem. Agarrei-me a sua voz, desejando intensamente que pudesse discernir as palavras, tê-lo aqui comigo. Talvez ele fosse a pessoa capaz de me animar, de me dar forças para levantar, sair da cama. No entanto, Edmund nunca vinha e eu não sabia por quê.

Da cozinha soou o ruído de panelas. O som de comida sendo preparada despertou o meu estômago, e ele deu um nó. Encolhi-me em posição fetal.

Olhei em volta. Um pedaço de pão intocado e um naco ressecado de presunto defumado estavam num prato ao lado de uma caneca de água meio vazia. Quando foi a última vez que comi? Quando cheguei a tomar líquido?

Consegui me recostar e pegar a caneca de água. Deixei o líquido passar pela boca e descer pela garganta, enxaguando o sabor de velhice. O presunto tinha um gosto rançoso, o pão era escuro e forte. A comida assentou no estômago, graças a Deus.

Mesmo assim não encontrei posição confortável na cama. As costas eram uma grande ferida, a pele do quadril estava escoriada por eu ter ficado deitado de lado. Havia uma inquietação nas pernas, um formigamento.

Notei um silêncio súbito na casa. Será que todos tinham saído?

Não escutei nada além da crepitação do coque que queimava na lareira.

Mas então, de repente, havia vozes cantando. Vozes límpidas vindo do jardim.

Hark the herald angles sing
Glory to the newborn King
Será que o Natal estava chegando?

Nos últimos anos, os corais da redondeza começaram a passar cantando de porta em porta durante o Advento, não para ganhar dinheiro ou presentes, mas no espírito natalino, apenas para agradar ao próximo. Houve um tempo em que eu achava isso bonito, em que os pequenos cantores eram capazes de acender dentro de mim uma luz que eu não mais sabia se existia. Uma eternidade parecia ter-se passado desde então.

As vozes cristalinas fluíam em minha direção como água de degelo.

Peace on earth and mercy child
God and sinners reconciled
Pus os pés no chão. Sob as solas, o piso parecia duro. Agora eu era o bebê, o recém-nascido, cujos pés ainda não estavam acostumados ao piso, mas moldados para que pudesse dançar usando as pontas. Era assim que eu lembrava dos pés de Edmund, com o peito alto e tão flexíveis e arqueados na sola como no peito. Eu era capaz de ficar com eles nas mãos, só olhando e sentindo, como qualquer um faria com o seu primogênito, pensando que eu seria algo diferente para ele, *serei algo diferente para você*, algo bem diferente do que meu pai tinha sido para mim. Era assim que eu ficava com ele, até Thilda arrancá-lo de mim sob o pretexto de que ia amamentá-lo ou precisava trocar a sua fralda.

Meus pés de bebê se locomoveram lentamente em direção à janela. Cada passo doía. O jardim revelou-se para mim, e ali estavam.

Todas as sete, pois não era um coral desconhecido do vilarejo, eram minhas próprias filhas.

As quatro mais altas atrás, as três mais baixas na fileira da frente, vestidas com suas roupas escuras de inverno: casacos de lã apertados e curtos demais, ou grandes demais, cheios de remendos, o puído mal disfarçado com enfeites de fitas baratas e bolsos em lugares inusitados. Toucas de lã marrons, azuis-escuras ou pretas com debruns de renda branca emolduravam os rostos esguios, de palidez invernal. O canto transformava-se em baforadas geladas que se desenhavam no ar.

Como estavam magras, todas elas.

Pegadas fundas na neve indicavam o caminho que tinham percorrido. Devem ter mergulhado a perna na neve até bem acima dos joelhos. Eu podia imaginar a sensação das meias de lã úmidas na pele nua, e o frio que penetrava as solas finas das botas. Nenhuma delas tinha mais que um único par de botas.

Aproximei-me mais da janela, talvez esperando avistar outras pessoas no jardim, uma plateia para o coral, Thilda, ou alguns de nossos vizinhos, mas o jardim estava vazio. Minhas filhas não cantavam para ninguém lá fora. Cantavam para mim.

Light and life to all he brings
Risen with healing in his wings

Os olhares de todas estavam fixados em minha janela, mas elas ainda não tinham me avistado. Eu estava na sombra e o sol brilhava na vidraça; provavelmente, elas só viam o reflexo do céu e das árvores.

Born to raise the sons of Earth
Born to give them second birth

Dei mais um passo para a frente.

Charlotte, com catorze anos, minha filha mais velha, estava na ponta. Cantava com todas as forças. O peito arfava ao compasso das notas. Talvez isso tudo fosse sua ideia. Ela sempre cantara, passara a infância cantarolando. Fazendo as lições de casa ou debruçada sobre a louça, sussurrava o tempo todo uma melodia, como se os tons suaves fizessem parte de seus movimentos.

Foi ela quem me descobriu primeiro. Seu rosto iluminou-se. Deu uma cutucada em Dorothea, a menina precoce de doze anos. Esta fez um gesto rápido com a cabeça para Olivia, um ano mais nova, que, por sua vez, voltou os olhos arregalados para sua irmã gêmea, Elizabeth. As duas não eram semelhantes na aparência, apenas no temperamento. Ambas meigas e gentis, mas obtusas, incapazes de compreender os números, mesmo que fossem martelados em suas cabeças. A fileira da frente começou a se agitar, as pequenas também me avistaram. Martha, com nove anos, apertou o braço de Caroline, com sete. Caroline, que sempre choramingava porque no fundo queria ser a caçula, cutucou com força a pequena Georgiana, que queria ser mais velha do que era. Gritos eufóricos não subiram ao céu, isso elas não se permitiram, ainda não. Somente uma irregularidade mínima no canto revelou que me tinham visto, bem como sorrisos tênues, tanto quanto bocas cantantes em forma de "o" fossem capazes de sorrir.

Senti no peito um nó infantil. Elas não cantavam mal, de modo algum. Os rostos esguios estavam radiantes, os olhos brilhavam. Minhas filhas haviam preparado isto para mim, apenas para mim, e agora acreditavam que tinham tido êxito, que tinham conseguido tirar o pai da cama. Assim que a canção acabasse, deixariam a alegria aflorar. Com passos ligeiros pela neve recém-caída, correriam eufóricas para casa e anunciariam o milagre caseiro que tinham acabado de operar. Nós o curamos com o canto, elas se regozijariam. Curamos o papai com o canto! Uma enxurrada de vozes entusiasmadas de menina ecoaria pelos corredores, repercutiria nas paredes: logo ele voltará. Logo ele estará conosco outra vez. Mostramos Deus a ele, Jesus, o recém-nascido. *Hark, the herald angels sing, glory to the newborn king.* Que ideia maravilhosa, sim, realmente brilhante, foi cantar para ele, lembrá-lo do belo, da mensagem do Natal, de tudo que ele esqueceu em sua prostração, que nós chamamos de doença, mas que todos sabem ser algo bem diferente, mesmo que mamãe nos proíba de falar sobre isso. Coitado do papai, ele não está bem, está pálido como um espectro, isso vimos todas pela fresta da porta quando passamos ali às escondidas. Sim, como um espectro, é só pele e osso, e deixou a barba crescer, assim como o Jesus crucificado, está irreconhecível. Mas logo o teremos conosco outra vez, logo ele poderá trabalhar, e teremos manteiga no pão e novos casacos de inverno. É um verdadeiro presente de Natal. *Christ is born in Bethlehem!*

Mas era uma mentira, eu não podia lhes dar esse presente, eu não era digno de sua alegria. A cama me chamava, minhas pernas recém-nascidas tremiam, não conseguiam me segurar mais. O estômago embrulhou-se de novo, apertei as mandíbulas para impedir o vômito e, do lado de fora, o canto emudeceu. Não haveria milagre hoje.

GEORGE
Autumn Hill, Ohio, EUA, 2007

Busquei Tom na estação de Autumn. Ele não vinha para casa desde o verão passado. Eu não sabia por quê, nunca perguntei. Talvez não tivesse coragem de ouvir a resposta.

Era meia hora de carro até o sítio. A gente não disse grande coisa. Enquanto o carro seguia sacudindo para casa, Tom mantinha as mãos no colo, pálidas, magras e quietas. Sua mala estava perto dos pés. Ficou suja. A picape nunca esteve com o chão limpo desde que foi comprada. A terra do ano passado, ou do ano anterior, tinha virado poeira durante o inverno. E a neve que derretia das botas de Tom misturava-se com ela formando lama.

A mala era nova. De tecido duro. Com certeza comprada na cidade. E era pesada. Levei um susto quando a levantei do chão na estação rodoviária. Tom queria carregar o peso sozinho, mas eu peguei a mala antes de ele ter a chance, porque tinha cara de quem não vinha fazendo muito exercício ultimamente. Na minha cabeça, não havia necessidade de trazer nada além de roupas, afinal, ele só ia passar uma semana de férias em casa. E a maior parte do que precisava já estava pendurada num gancho no alpendre. O macacão, as botas, o gorro com orelheiras. Mas, pelo visto, ele tinha trazido um monte de livros. Devia achar que teria muito tempo para esse tipo de coisa.

Ele estava esperando por mim na hora que cheguei. O ônibus chegou adiantado, ou talvez eu estivesse atrasado. Tive que tirar a neve do pátio antes de sair, provavelmente foi por isso.

– Não tem importância, George. Ele só anda mesmo com a cabeça nas nuvens – disse Emma, que olhava para mim tiritando de frio, com os braços cruzados sobre o peito.

Não respondi. Só fiquei na lida com a pá. A neve vinha fácil, era leve e recente, se retraía como o fole de um acordeão. Mal suei as costas.

Ela continuou olhando para mim.

– Parece que vai receber a visita do Presidente Bush.

– Alguém precisa tirar a neve daqui. Afinal, não é coisa que você faça.

Levantei o olhar da neve. Via pontinhos brancos na frente dos olhos. Ela sorriu daquele seu jeito rasgado. Eu não podia deixar de dar um sorriso largo de volta. A gente se conhecia desde a escola, e acho que nem um dia havia se passado sem que a gente trocasse justamente aquele sorriso.

Mas ela tinha razão. Eu estava exagerando na retirada da neve. Já tínhamos tido vários dias quentes, o sol se fazia sentir e havia degelo por toda parte. Essa nevada era apenas a última arfada do inverno e derreteria em poucos dias. Eu também tinha exagerado na limpeza da privada hoje. Atrás da privada, para ser mais exato. Não era costumeiro da minha parte. Mas queria que tudo estivesse em ordem agora que ele finalmente vinha para casa. Que ele visse só o pátio tinindo e a privada limpa, e não reparasse a tinta que descascava da parede do lado sul, onde o sol batia, ou a calha que tinha se soltado por causa da ventania do outono.

Quando foi embora de casa a última vez, ele estava bronzeado e forte, empolgado, me deu um raro abraço longo, e senti a força de seus braços enquanto ele me segurava. As outras pessoas diziam que os filhos não paravam de crescer, que sempre se assustavam quando reviam o filhote depois de algum tempo. Mas esse não era o caso de Tom. Agora ele tinha encolhido. O nariz estava vermelho, as faces brancas, os ombros estreitos. E não ajudava nada o fato de estar tiritando de frio e com os ombros arqueados. Parecia uma pera murcha. É verdade que a tremedeira parou durante o trajeto para casa, mas ele continuou sentado com um jeitão de fracote no banco a meu lado.

– Como é a comida? – perguntei.

– A comida? Você quer dizer na faculdade?

– Não. Em Marte.

– O quê?

– Na faculdade, claro. Você por acaso esteve em outro lugar ultimamente?

Ele se encolheu entre os ombros outra vez.

– Só quero dizer que... Você parece um pouco desnutrido – comentei.

– Desnutrido? Pai, você tem noção do que isso significa?

– Pelo que eu saiba, quem paga a mensalidade sou eu, então não precisa responder desse jeito.

Houve um silêncio.

Longo.

GEORGE

– Mas está indo bem, né? – disse eu enfim.

– Sim, está indo bem.

– Quer dizer que meu dinheiro está sendo bem investido?

Tentei dar uma risada irônica, mas vi pelo rabo do olho que ele não estava rindo. Por que não ria? Não custava nada fazer um esforço para participar da brincadeira, aí a gente podia afastar as palavras pesadas com o riso e talvez ter uma conversa agradável no resto da viagem.

– Já que a comida está paga, você podia tratar de comer um pouco mais, não é? – arrisquei.

– É – disse ele apenas.

Comecei a esquentar. Só queria que ele sorrisse, mas ele ficava sentado ali com toda aquela seriedade. Eu não devia falar nada. Calar a boca. Mas as palavras se impunham.

– Você não via a hora de sair daqui, não é?

Será que ele ficaria com raiva agora? Será que a gente voltaria para aquele assunto?

Não. Ele só suspirou.

– Pai.

– Tudo bem. Estava só brincando. De novo.

Engoli o resto de minhas palavras. Sabia que se continuasse seria capaz de dizer um monte de coisas de que ia me arrepender. Não devia começar assim, não quando ele finalmente estava aqui.

– Só quero dizer... – falei, tentando fazer a voz suave. – Você parecia mais feliz quando foi embora do que parece agora.

– Estou feliz. OK?

– OK.

Assunto encerrado. Ele estava feliz. Superfeliz. Tão feliz que saltitava. Não via a hora de rever a gente, de vir ao sítio de novo. Não tinha pensado em outra coisa fazia semanas. Sem dúvida.

Tossi um pouco, ainda que a garganta não estivesse coçando. Tom apenas sentado ali, com suas mãos calmas. Engoli um nó que estava apertando minha garganta. O que eu esperava? Que alguns meses de separação nos transformariam em amigos?

Emma ficou abraçada a Tom por um tempão. Quanto a isso, as coisas também estavam como antes. Pelo visto, ela ainda podia abraçar e beijar o filho sem que ele se incomodasse.

Tom não notou que o pátio estava limpo, que a neve tinha sido retirada. Emma estava certa quanto a isso. Mas tampouco se importou com a tinta que descascava da parede, e isso era uma vantagem...

Não. Porque na verdade eu queria que ele visse as duas coisas. Que desse uma força, agora que finalmente estava em casa. Assumisse responsabilidade.

Emma serviu bolo de carne e milho, porções grandes nos pratos verdes. A cor amarela do milho dava um tom alegre, e o molho de creme de leite estava fumegante. Comida para ninguém botar defeito, mas Tom comeu só metade da porção, nem tocou na carne. Parecia não ter apetite para nada. Falta de ar fresco, esse era o problema. A gente ia dar um jeito nisso já.

Emma não parava de fazer perguntas. Sobre a faculdade. Os professores. As aulas. Os amigos. As meninas... Não conseguiu muitas respostas sobre o último tema. Mas de qualquer forma a conversa entre eles fluía sem interrupções, como sempre. Mesmo que ela perguntasse mais do que ele respondesse. Sempre tinha sido assim, as palavras não cessavam entre eles. Falavam pelos cotovelos e tinham intimidade, sem fazer esforço. Mas não era de estranhar, afinal, ela era sua mãe.

Emma saboreava aquilo tudo, estava com bochechas vermelhas de cozinheira. Mantinha os olhos fitos em Tom e não conseguia tirar as mãos de cima dele, meses de saudades nos dedos.

De modo geral, fiquei quieto, tentava sorrir quando eles sorriam, rir quando eles riam. Depois do fracasso da conversa no carro, não valia a pena me arriscar. Era melhor procurar uma boa oportunidade para iniciar a chamada conversa de pai e filho. Ela deveria surgir. Afinal, ele passaria uma semana aqui.

Eu me deliciei com a refeição, pelo menos *alguém* ali sabia apreciar boa comida. Raspei o prato, puxei o molho com um pedaço de pão, deixei os talheres atravessados no prato e então me levantei.

Mas aí Tom fez menção de se levantar também. Mesmo que seu prato ainda estivesse transbordando.

– Estava muito bom – disse ele.

– Você tem que terminar o prato que sua mãe fez – falei. Tentei parecer tranquilo, mas a fala deve ter saído meio ríspida.

– Ele já comeu bastante – disse Emma.

– Ela passou horas preparando.

A bem da verdade, isso era um exagero. Tom tornou a sentar. Levantou o garfo.

– É só bolo de carne, George – disse Emma. – Não demorou tanto.

Quis protestar. Ela tinha trabalhado muito sim, sem dúvida, e estava na maior empolgação por ter Tom em casa de novo. Merecia que o rapaz soubesse disso.

– Comi um sanduíche no ônibus – disse Tom para seu prato.

– Você encheu a barriga logo antes de chegar em casa para a comida de sua mãe? Você não sentiu falta dela? Já comeu bolo de carne melhor em outro lugar?

– Tudo bem, pai. É só que...

Ele ficou quieto.

Evitei olhar para Emma, sabia que ela estava me encarando com a boca apertada e os olhos fazendo sinal de PARE.

– É só o quê?

Tom mexeu um pouco na comida do prato.

– Parei de comer carne.

– O quê?!

– Bem – disse Emma depressa, e começou a tirar a mesa.

Fiquei sentado. Estava fazendo sentido.

– Não é de estranhar que você esteja magricela – falei.

– Se todos fossem vegetarianos, haveria comida de sobra para toda a população mundial – disse Tom.

– Se todos fossem vegetarianos – imitei, encarando Tom sobre a borda do copo de água. – O ser humano sempre foi carnívoro.

Emma tinha amontoado os pratos e as travessas numa pilha alta que balançava perigosamente.

– Por favor. Tom com certeza refletiu bastante sobre isso – disse ela.

GEORGE

– Acho que não.

– Não sou exatamente o único vegetariano do mundo – disse Tom.

– Aqui no sítio a gente come carne – arrematei, me levantando tão bruscamente que a cadeira caiu.

– Bem – disse Emma outra vez, tirando a mesa com movimentos apressados.

Ela me mandou mais um de seus olhares. Dessa vez, não disse apenas "pare". Disse "cale a boca".

– Você não está envolvido com suinocultura, está? – cutucou Tom.

– O que isso tem a ver?

– Não vai fazer diferença para você eu comer ou deixar de comer carne. Se parasse de comer mel, aí sim...

Ele deu um sorriso. Amigável? Não. Um pouco insolente.

– Se eu soubesse que você ficaria assim depois de ir para a faculdade, nunca o teria mandado para lá. – As palavras cresciam enquanto eu falava, não dava para segurá-las.

– É claro que o menino tem que ir à escola – disse Emma.

Pois é, parecia que isso era tão claro como a primeira noite de geada. Todos precisavam ir à escola.

– Tudo o que eu precisava aprendi aqui fora – disse eu, fazendo um gesto impreciso com a mão, pois pretendia apontar para o leste, onde ficava a campina com algumas das colmeias, mas tarde demais percebi que estava apontando para o oeste.

Tom nem se deu ao trabalho de responder.

– Obrigado, mãe.

Levantou-se depressa e se virou para Emma.

– Posso fazer o resto. Vá lá se sentar um pouco.

Ela sorriu para ele. Ninguém disse nada para mim.

Os dois me evitaram. Ela se esgueirou para a sala e ele amarrou o avental, foi isso mesmo que ele fez, e começou a esfregar as panelas.

Minha boca estava seca. Tomei um gole de água, mas não ajudou muito.

Eles se esquivavam de mim – como diz o ditado, eu era o elefante na sala. Só que eu não era um elefante, eu era um mamute. Uma espécie extinta.

TAO

— S e eu tenho três grãos de arroz e você tem dois, quantos temos ao todo?

Tirei dois grãos do meu prato e coloquei-os no de Wei-Wen, que já estava vazio.

Os rostos das crianças ainda estavam comigo. A menina alta com a face virada para o sol, o menino com a boca escancarada num bocejo. Eles eram tão pequenos. E Wei-Wen, de repente, tão grande. Logo ele teria a mesma idade daquelas crianças. Em outras partes do país, havia escolas para um pequeno número de alunos seletos. Os que seriam os líderes, os que assumiriam as responsabilidades. E que não precisavam trabalhar nos pomares. Se ele conseguisse se destacar, sobressair-se desde cedo como o melhor...

— Por que você vai ter três e eu apenas dois? — Wei-Wen olhou para os grãos de arroz e fez cara feia.

— Eu tenho dois, então, e você tem três. Assim. — Troquei a disposição dos grãos de arroz entre nossos pratos. — Quantos temos ao todo?

Wei-Wen pôs a mão gorducha no prato, deslizando-a pela superfície como se pintasse com tinta a dedo.

– Quero mais ketchup.

– Mas Wei-Wen... – Tirei sua mão com firmeza, estava melecada depois da refeição. – O certo é dizer: *Você pode me dar mais ketchup, por favor?* – Suspirei, apontando novamente para os grãos de arroz. – Dois comigo. E três com você. Então podemos contar. Um, dois, três, quatro, cinco.

Wei-Wen passou a mão pelo rosto, deixando uma mancha de ketchup na bochecha. Depois tentou alcançar a garrafa.

– Pode me dar mais ketchup, por favor?

Eu deveria ter começado mais cedo. Essa única hora era todo o tempo que tínhamos juntos por dia. Mas muitas vezes eu a desperdiçava, deixando o tempo passar com comida e agrados. Ele já deveria ter progredido mais.

– Cinco grãos de arroz – disse eu. – Cinco grãos de arroz. Certo?

Ele desistiu de alcançar a garrafa e se jogou para trás com tanta força que a cadeira se deslocou. Com frequência ele se comportava assim, com movimentos impetuosos, largos. Robusto, isso ele era desde que nasceu. E contente. Começou a andar tarde, não tinha muito da inquietação necessária. Parecia que lhe bastava ficar sentado e sorrir para todos que conversavam com ele. E não faltava quem quisesse fazer isso, justamente porque Wei-Wen era um bebê que sorria com facilidade.

Peguei a garrafa e despejei um pouco de ketchup no prato dele. Será que agora iria cooperar?

– Olhe aqui. Para você.

– Sim! Ketchup!

Peguei mais dois grãos de arroz da tigela na mesa.

TAO

– Preste atenção. Agora temos mais dois. Então, quantos são?

Mas Wen-Wei estava concentrado no molho vermelho. A essa altura, já tinha ketchup em volta da boca toda.

– Wei-Wen? Dá quanto?

Ele acabou com o molho mais uma vez, olhou para o prato vazio e o levantou. Começou a fazer um som de ronco, como se o prato fosse um avião antiquado. Ele amava veículos antigos. Tinha uma fixação por helicópteros, carros, ônibus, era capaz de passar horas a fio engatinhando pelo chão, fazendo estradas, aeroportos e paisagens para os meios de transporte.

– Ai, Wei-Wen. – Tirei o prato de sua mão, deixando-o fora de alcance. Voltei a apontar para os grãos de arroz frios e endurecidos.

– Olhe aqui. Cinco mais dois. Quantos temos, então?

Minha voz tremia levemente. Procurei disfarçar com um sorriso, mas Wei-Wen nem se deu conta porque estava tentando pegar o prato.

– Eu quero! Quero o avião! É meu!

Kuan pigarreou na sala. Ele estava com uma xícara de chá na mão e os pés na mesa, olhando para mim por cima da xícara, ostensivamente relaxado.

Ignorei os dois e comecei a contar.

– Um, dois, três, quatro, cinco, seis e... sete! – Sorri para Wei-Wen, como se tivesse algo de extraordinário com esses sete grãos de arroz. – Dá sete no total. Certo? Você está vendo? Dá sete. Um, dois, três, quatro, cinco, seis, sete.

Só isso, se ele compreendesse isso, eu iria parar e deixá-lo brincar. Pequenos passos, todos os dias.

– Eu quero!

Ele esticou a mão gorduchinha o máximo que pôde.

– Meu querido, o prato precisa ficar ali – levantei a voz. – Vamos contar agora, certo?

Kuan soltou um suspiro quase inaudível, levantou-se e chegou até nós. Pôs a mão em meu ombro.

– São oito horas.

Eu me desvencilhei de sua mão.

– Ele aguenta ficar acordado mais quinze minutos – disse eu, encarando-o.

– Tao...

– Ele aguenta quinze minutos. – Continuei a encará-lo.

Kuan pareceu perplexo.

– Mas por quê?

Desviei o olhar. Não tinha energia para explicar, falar sobre as crianças. De qualquer forma, eu sabia o que ele diria. Não são mais novas. A idade é a mesma de sempre. Tinham oito anos no ano passado também. As coisas são assim. São assim faz muito tempo. E se ele continuasse, sairiam palavras que pareceriam não pertencer a ele: temos que estar contentes por morar aqui. Poderia ser pior. Poderíamos ter vivido em Pequim. Ou na Europa. Temos que aproveitar isso ao máximo. Viver o momento. Tirar o melhor proveito de cada segundo. Frases que soavam como algo que tivesse lido, diferentes de seu jeito normal de falar, mas ditas com ênfase. Ele realmente acreditava nessas palavras.

Kuan passou a mão sobre o cabelo rebelde de Wei-Wen.

– Eu adoraria brincar com ele – disse em voz baixa e suave.

Wei-Wen contorceu-se na cadeira, uma cadeira de bebê. Na verdade, ele estava grande demais para usá-la, mas ali ficava bem preso e não conseguia escapar de minha lição domiciliar. Ele se esticou em direção ao prato.

– Eu quero! É meu!

Kuan não olhou para mim, apenas disse a Wei-Wen no mesmo tom de voz controlado:

– Você não vai ganhar esse, mas, sabe, a escova de dente também pode ser um avião. – Então ele tirou Wei-Wen da cadeira e foi com ele em direção ao banheiro.

– Kuan... Mas...

Ele passou Wei-Wen de um braço para o outro com facilidade, enquanto caminhava para o banheiro. Fingindo que não me escutava, continuou a conversar com Wei-Wen. Carregava o filho como se não pesasse nada. Para mim, no entanto, o corpo de Wei-Wen já estava começando a ficar pesado.

Permaneci sentada. Queria falar alguma coisa, protestar, mas as palavras não saíam. Kuan tinha razão. Wei-Wen estava exausto. Era tarde. Ele deveria ir para a cama antes de ficar cansado demais, agitar-se e se recusar a dormir. Aí ele não ia parar, eu sabia disso. Seria capaz de continuar até bem depois de nosso horário de dormir. Primeiro, fazendo bagunça, num incessante abrir e fechar da porta do quarto, corridas até a sala, risos cristalinos, *vem me pegar*. Em seguida, frustração e raiva, gritaria, protestos veementes. Esse era seu jeito. Pelo visto, esse era o jeito de uma criança de três anos de idade.

Se bem que... Não consegui lembrar que tivesse me comportado daquele jeito. Aprendi a ler com três anos. Memorizei os ideogramas sozinha, surpreendendo os professores ao ler contos de fada com fluência. Lia para mim mesma, mas nunca para as outras crianças. Eu me mantinha longe delas. Meus pais, discretamente, assistiam a tudo admirados. Deixavam que eu lesse contos de fada, histórias simples para crianças, mas nunca se atreviam a me desafiar com outros tipos de texto. Na escola, porém, eles perceberam. Os professores permitiam que eu lesse livros enquanto os outros estavam no pátio e me apresentavam os materiais de ensino que tinham, textos e filmes gastos. Muitos desses materiais datavam da época pré-Colapso, da época anterior à queda das democracias, anterior à guerra mundial que se seguiu, quando a comida se tornou um bem concedido a apenas alguns poucos. Naquela época a produção de informação era tão gigantesca que ninguém mais tinha controle sobre ela. Trilhas de palavras podiam tomar toda a extensão da Via Láctea; imagens, mapas e ilustrações, ocupar área correspondente à da superfície do Sol. O tempo gravado em filme equivalia ao de milhões de vidas humanas. E a tecnologia tinha deixado tudo acessível. A acessibilidade era o mantra da época. As pessoas estavam constantemente conectadas a essa informação com ferramentas de comunicação cada vez mais avançadas.

Mas o Colapso também atingiu todas as redes digitais. No decorrer de três anos, elas desmoronaram por completo. Tudo o que restava para as pessoas eram os livros, os DVDs entrecortados, as fitas digitais gastas, os CDs arranhados, com software ultrapassado, e a antiquíssima rede de telefonia fixa, que estava a ponto de se desintegrar.

Devorei os livros velhos e desgastados e os filmes entrecortados. Li e memorizei tudo, como se os livros e os filmes se imprimissem com exatidão em minha mente.

Eu me envergonhava de meus conhecimentos, pois eles me tornavam diferente. Vários professores tentavam explicar a meus pais que eu era uma criança superdotada, que tinha habilidades. Mas nessas reuniões meus pais sorriam tímidos para os professores, mais interessados em saber das coisas normais: se eu tinha amigos, se eu era boa para correr, escalar, fazer trabalhos manuais. Todas essas áreas nas quais eu não me saía bem. Mas minha vergonha desapareceu gradativamente na ânsia por aprender. Eu me aprofundei no estudo da língua, aprendendo que a cada objeto e a cada emoção não corresponde apenas uma palavra ou uma descrição, mas muitas. E aprendi sobre nossa história. Sobre o desaparecimento em massa dos insetos polinizadores, sobre o aumento do nível do mar, a elevação da temperatura, os acidentes nucleares e as velhas superpotências, Estados Unidos e Europa, que perderam tudo em alguns poucos anos, não conseguiram se adaptar e agora se encontravam na mais profunda miséria, com a população reduzida a uma fração do que era e a produção alimentar restrita a cereais e milho. Aqui na China nós resistimos. A Comissão, o mais alto conselho do Partido, o governo eficaz de nosso país, guiou-nos pelo Colapso com pulso firme e uma série de decisões que o povo não compreendia, mas tampouco tinha condições de questionar. Tudo isso aprendi. E eu só queria avançar. Queria cada vez mais, queria me encher de conhecimentos, mas não refletia sobre o que estava aprendendo.

Não parei até me deparar com um exemplar surrado de *O apicultor cego*. Era uma tradução pesada e desajeitada do inglês, mas o livro me atraiu mesmo assim. Foi publicado em 2037, poucos anos antes de o Colapso ter se imposto como uma catástrofe global e de todos os insetos polinizadores da Terra terem sido extintos. Levei o livro para minha professora, mostrando-lhe as fotos das colmeias e os desenhos detalhados das abelhas. Foram as abelhas que mais me cativaram. A abelha rainha e as crias, que eram apenas larvas dentro de alvéolos, e todo o mel dourado que as cercava.

A professora nunca tinha visto o livro antes, mas, assim como eu, ficou fascinada. Ela se deteve em algumas passagens para ler em voz alta. Leu sobre o conhecimento. Sobre a possibilidade que temos de controlar nossos instintos, porque somos esclarecidos. Sobre a necessidade de nos distanciar de nossa própria natureza a fim de viver na natureza, *com* a natureza. E sobre o valor da educação. Pois a educação tem a ver com isso, com desafiar nossa própria natureza.

Eu tinha oito anos de idade e compreendi apenas uma fração do que li e ouvi. Mas entendi o respeito profundo de minha professora, o livro a tinha tocado. E entendi essa parte sobre a educação. Sem o conhecimento não somos nada. Sem o conhecimento somos animais.

Depois disso fiquei mais determinada. Não quis aprender só por aprender, quis aprender para compreender. Em pouco tempo avancei muito além do nível da classe e fui a mais nova da escola a se tornar Jovem Pioneira do Partido e ter permissão para usar o Lenço. Um orgulho banal residia nisso. Até meus pais sorriram quando recebi esse pedaço de pano vermelho para amarrar ao pescoço. Mas o importante é que o conhecimento me deixou mais rica. Mais rica do que as outras crianças. Eu não era bonita nem atlética, tampouco prendada ou forte. Não poderia me destacar em outras áreas. No espelho, uma menina desajeitada devolvia o olhar para mim. Olhos um pouco pequenos demais, o nariz um pouco grande demais. O rosto ordinário não dizia nada sobre o que ela possuía, algo muito valioso, algo que fazia cada dia valer a pena viver. E que poderia ser um caminho para escapar.

Já com dez anos de idade eu tinha mapeado as possibilidades. Havia escolas em outras partes do país, a vários dias de distância, que me receberiam assim que eu completasse quinze anos – idade em que praticamente todos começavam a trabalhar nos pomares. A diretora da escola me ajudou a descobrir como eu poderia me candidatar. Em sua opinião, eu teria boas chances de ser admitida. Entretanto, havia um custo. Conversei com meus pais, mas não cheguei a lugar nenhum. Eles ficaram receosos, passaram a me olhar como um ser estranho que eles não compreendiam e de que não gostavam. A diretora da escola também tentou conversar com eles. Nunca soube o que ela disse, mas a conversa só contribuiu para deixar meus pais ainda mais decididos. Não tinham dinheiro e tampouco estavam dispostos a fazer um pé-de-meia.

Era eu quem precisava me conformar, sossegar, parar de "sonhar sonhos bobos". Mas não consegui. Pois essa era eu. E sempre seria.

A risada de Wei-Wen me despertou. Ele soltava risos altos e cristalinos no banheiro, e a acústica de lá amplificava o som.

– Não, papai! Não!

Ele ria enquanto Kuan fazia cócegas e dava beijos soprados em sua barriga fofa.

Eu me levantei. Deixei o prato na pia. Fui em direção à porta do banheiro e fiquei ali escutando. A risada de Wei-Wen merecia ser gravada para que ele pudesse ouvi-la quando crescesse e ficasse com a voz grave.

Mesmo assim, a risada não me fez sorrir.

Pus a mão na maçaneta, empurrei a porta. Wei-Wen estava deitado no chão enquanto Kuan puxava e repuxava uma das pernas de sua calça. Fingia que a calça lutava contra ele, não queria ser tirada.

– Será que você pode se apressar um pouco? – falei para Kuan.

– Me apressar? Mas é impossível com essa calça tão briguenta! – sorriu Kuan, e Wei-Wen riu.

–Você está só incitando o menino.

– Escuta aqui, dona Calça, agora você precisa parar de fazer bagunça!

Wei-Wen riu ainda mais.

– Ele fica muito agitado – disse eu. – Vai ser impossível fazê-lo dormir.

Kuan não respondeu, desviou o olhar, mas acatou a instrução. Saí e fechei a porta. Na cozinha, lavei e guardei a louça rapidamente.

Em seguida, peguei papel e caneta. Mais uns quinze minutinhos, isso ele aguentaria.

TAO

WILLIAM

Com frequência ela ficava sentada ali, ao lado de minha cama, debruçada sobre um livro. Virava as folhas devagar, lendo concentradamente. Minha filha Charlotte, de catorze anos de idade, deveria ter muito mais a fazer do que procurar minha companhia silenciosa. No entanto, suas visitas eram cada vez mais frequentes. Eu distinguia a noite do dia por sua presença e sua leitura incessante.

Hoje Thilda não tinha passado por aqui. Agora, ela vinha me ver raramente e nem arrastava mais o médico de família para cá. Talvez o dinheiro tivesse acabado de verdade.

Thilda não citara o nome de Rahm uma única vez. Isso eu teria sabido, mesmo que ela viesse a mencioná-lo enquanto eu estivesse em meu sono mais profundo. O nome dele seria capaz de me despertar do reino dos mortos. Provavelmente, ela nunca se deu conta, nunca compreendeu que a conversa com Rahm naquele nosso último encontro, a risada dele, me conduzira até aqui, até este quarto, esta cama.

Foi ele quem me pediu que fosse a sua casa. Eu não sabia por que ele queria me encontrar. Não o visitava há anos. Somente trocava as palavras obrigatórias de cortesia com ele nas raras vezes em que nos encontrávamos na cidade, e era sempre ele quem interrompia a conversa.

Quando fui visitá-lo, o outono estava no auge de seu esplendor. As folhas compunham um intenso jogo de cores – amarelo límpido, marrom quente, vermelho encarnado. Foi antes de o vento ter conseguido arrancá-las, forçando-as ao chão e ao apodrecimento. A natureza transbordava de frutos: árvores pesadas de maçãs, ameixas suculentas, peras melífluas que vertiam doçura. E a terra, sua colheita ainda não terminara, estava repleta de cenouras crocantes, abóboras, cebolas e ervas aromáticas que se espalhavam pelos campos, tudo pronto para ser colhido, para ser comido. Era possível viver tão despreocupadamente como no Jardim do Éden. Meus pés se movimentavam com facilidade sobre o chão enquanto eu passava por um arvoredo coberto de hera verde-escura a caminho da casa de Rahm. Estava ansioso para revê-lo, para ter tempo de conversar direito com ele, assim como fazíamos anos atrás, muito antes de eu me tornar pai de tantos filhos, antes de a loja de sementes tomar todo o meu tempo.

Ele me recebeu na porta. Ainda usava o cabelo à escovinha, ainda era magro, musculoso, forte. Deu um sorriso rápido, seus sorrisos nunca duravam muito tempo, mas eram reconfortantes mesmo assim. Então Rahm conduziu-me a seu gabinete de estudo, no qual se viam numerosas plantas e recipientes de vidro. Dentro de vários deles eu vislumbrava anfíbios – rãs e sapos adultos – criados desde o estágio de girino, eu imaginava. Todo o seu interesse estava direcionado para essa área das ciências naturais. Ao procurá-lo depois de me formar, dezoito anos atrás, estava esperançoso para estudar insetos, em particular as espécies sociais, cujos indivíduos funcionam em conjunto quase como *um* organismo, um superorganismo. Nisso residia minha paixão, nos abelhões, vespas, marimbondos, cupins, abelhas. E formigas. Em sua opinião, porém, isso viria depois, e logo *eu* também estava muito ocupado com esses seres intermediários que enchiam seu escritório, seres que não eram insetos, nem peixes, nem mamíferos. Sendo apenas seu assistente de pesquisa, eu não podia protestar. Era uma honra trabalhar para ele, eu estava muito ciente disso e procurava mostrar uma gratidão reverente em vez de fazer exigências. Tentei adotar seu fascínio pelos anfíbios, imaginando que, quando chegasse a hora, quando *eu* estivesse pronto, ele me deixaria dedicar algum tempo a meus próprios projetos. No entanto, esse dia nunca chegou, e logo ficou claro para mim que seria melhor realizar estudos individuais nas horas livres – começar pelo básico e progredir lentamente, com esforço. Mas tampouco tive tempo para isso, nem antes nem depois de Thilda.

A governanta trouxe biscoitos e chá, que tomamos em xícaras delicadas e tão finas que quase desapareciam entre os dedos. Ele próprio comprara essas peças em uma das muitas viagens que fez ao Extremo Oriente antes de fixar residência aqui no campo.

Enquanto bebericávamos o chá, ele me contou sobre o trabalho. Sobre a pesquisa que estava fazendo, sobre suas palestras científicas mais recentes, sobre seu próximo artigo. Escutei, com gestos de aprovação, fiz perguntas, esforcei-me para me expressar de forma qualificada, e tornei a escutar. Mantive o olhar nele, esperando ser retribuído. Mas Rahm olhava pouco para mim, preferindo deixar os olhos passarem sobre o ambiente, os objetos, como se estivesse falando com eles.

Então houve um silêncio. O único som era o do vento, que arrancava folhas acastanhadas das árvores lá fora. Tomei um gole de chá, e o som do trago ruidoso cresceu no silêncio do escritório. O calor subiu-me até as faces e me apressei a colocar a xícara na mesa. Mas ele parecia não ter notado nada, continuava calado, sem prestar a mínima atenção a mim.

– É meu aniversário hoje – disse ele enfim.

– Peço desculpas... não fazia ideia... meus parabéns!

– Sabe quantos anos faço? – Dirigiu os olhos para mim.

Hesitei. Quantos anos teria? Muitos. Deveria ter bem mais que cinquenta. Talvez estivesse perto dos sessenta? Contorci-me, percebendo de repente como o escritório estava quente, e tossi. O que deveria responder?

Já que eu não disse nada, ele baixou o olhar.

– Não importa.

Será que estava desapontado? Eu o teria desapontado? Mais uma vez?

No entanto, seu rosto não indicou nada. Ele pôs a xícara de chá na mesa, pegou um biscoito, algo tão trivial, um biscoito – embora a conversa que estávamos prestes a iniciar fosse tudo menos trivial –, e o colocou no prato.

Não comeu, simplesmente o deixou ali. Havia um silêncio incômodo no escritório. Eu precisava dizer algo, era minha vez agora.

– O senhor pretende comemorar o dia? – perguntei, e me arrependi no mesmo instante. Que pergunta mais ridícula, como se ele fosse uma criança.

Ele nem se dignou a responder, ficou ali sentado com o prato na mão, mas sem comer, apenas olhando para o pequeno biscoito seco. Mexeu os dedos, o biscoito deslizou em direção à borda do prato, mas ele rapidamente o endireitou, salvando-o no último segundo, e colocou o prato na mesa.

– O senhor era um estudante promissor – disse de repente.

Tomou fôlego, como se fosse dizer algo mais, mas não veio nenhuma palavra.

Pigarreei.

– Ah, é?

Ele mudou de posição.

– Quando o senhor me procurou, eu tinha grandes esperanças. – Deixou os braços caírem, o tronco ereto. – Foi seu tremendo entusiasmo e sua paixão que me convenceram. De outro modo, não teria pensado em aceitar um assistente.

– Obrigado, professor. São palavras muito lisonjeiras.

Rahm endireitou as costas, ficou sentado em ângulo reto, como se ele próprio fosse um aluno, e lançou-me um rápido olhar.

– Mas aconteceu algo... com o senhor?

Senti um aperto no peito. Uma pergunta. Era uma pergunta. Mas o que eu responderia?

– Já tinha acontecido quando fez a apresentação sobre Swammerdam? – continuou ele, fitando-me mais uma vez brevemente. O olhar firme de costume tornou-se vago.

– Swammerdam? Mas isso já faz tantos anos... – disse eu depressa.

– Exatamente. Muitos anos... E foi lá que o senhor a conheceu?

– O senhor quer dizer... minha esposa?

Seu silêncio confirmou minha pergunta. Sim, conheci Thilda lá, depois da palestra. Ou melhor, as circunstâncias levaram-me até ela. As circunstâncias... Não, *Rahm* levou-me até ela. Foi sua risada, seu desdém, o que me fez olhar para o outro lado, para o lado *dela*.

Quis dizer algo sobre isso, mas não encontrei as palavras. Como continuei calado, ele se inclinou ligeiramente para a frente e tossiu baixinho.

– E agora?

– Agora?

– Por que, afinal, o senhor trouxe filhos ao mundo?

A frase foi dita numa voz mais alta, uma voz quase esganiçada, e agora ele me encarou, não cedeu, um gelo havia brotado dentro dele.

– Por quê...? – Apressei-me a desviar o olhar, era incapaz de encará-lo, encarar a dureza em seus olhos. – Hum... É o que se faz...

Ele pôs as mãos nos joelhos, de modo retraído e inquisitório ao mesmo tempo.

– É o que se faz? Bem, talvez seja assim. Mas por que o senhor? O que o senhor tem para dar a eles?

– O que dar? Comida, roupa.

Abruptamente, ele levantou a voz:

– Não me venha com sua maldita loja de sementes!

Inclinou-se bruscamente para trás outra vez, como se quisesse se manter afastado de mim, e esfregou as mãos no colo.

– Não... – Lutei contra o menino humilhado de dez anos que havia dentro de mim e tentei manter a calma, mas percebi que estava tremendo. Quando finalmente consegui dizer algo mais, a voz soou aguda e forçada. – Gostaria muito. Mas é só que... Como o professor com certeza entende... O tempo não permite.

– O que o senhor quer que eu diga? Que isso é perfeitamente aceitável? – Ele se levantou. – É aceitável que o senhor não tenha tempo? – Ficou em pé diante de mim, deu um passo em minha direção, cresceu, tornou-se grande e sombrio. – É aceitável que o senhor ainda não tenha terminado de escrever um único artigo científico? É aceitável que suas prateleiras estejam cheias de livros que não foram lidos? É aceitável que eu tenha gasto todo esse tempo com o senhor e o senhor não tenha realizado mais nesta vida do que um reprodutor mediano?

A última expressão ficou vibrando no ar entre nós.

Um reprodutor. Para ele, eu era isto. Um animal reprodutor.

Um fraco protesto cresceu dentro de mim. Será que ele realmente tinha gastado tanto tempo comigo ou apenas me usara a serviço de seus projetos? Pois talvez fosse isso o que na verdade ele quisesse, que eu herdasse sua pesquisa, a mantivesse viva. Que *o* mantivesse vivo. Mas engoli as palavras.

– É isso que o senhor deseja ouvir? Não é? – perguntou, com os olhos tão vazios quanto os dos anfíbios que olhavam para nós dos recipientes de vidro. – Que a vida é assim? A vida é assim, eu deveria dizer, você se reproduz, tem uma prole, instintivamente coloca as necessidades dela em primeiro lugar, são bocas para alimentar, você se torna um animal provedor, o intelecto dá lugar à natureza. Não é sua culpa. E ainda não é tarde demais. – Ele me encarou até doer. – É isso que o senhor quer ouvir? Que ainda não é tarde demais? Que seu tempo chegará?

Então ele riu bruscamente. Aquela risada curta e dura, sem alegria, cheia de escárnio. Foi breve, mas permaneceu dentro de mim. A mesma risada de antes.

Rahm se calou, mas não esperou por minha resposta. Deveria saber que eu não teria forças para dizer nada. Ele simplesmente foi até a porta e a abriu.

– Lamento ter de pedir ao senhor que vá embora. Tenho trabalho a fazer.

Ele me abandonou sem dizer adeus, deixando a governanta acompanhar-me até a saída. Vagueei de volta até meus livros, mas não tirei nenhum para folhear. Nem aguentei olhar para eles, só me enfiei na cama e fiquei lá, fiquei aqui, enquanto os livros juntavam poeira... Todos os textos que eu uma vez tinha desejado ler e compreender.

Eles ainda estavam ali, ajeitados de forma desorganizada, alguns com a lombada mais para fora do que os outros, como dentes desiguais na prateleira. Virei-me para o outro lado, não suportei vê-los. Charlotte ergueu a cabeça, notando que eu estava acordado, e de pronto pôs o livro de lado.

– Está com sede?

Ela se levantou, pegou uma caneca com água e estendeu-a para mim.

Virei a cabeça para o outro lado.

– Não. – Ouvi o tom categórico de minha própria voz e me apressei a acrescentar: – Obrigado.

– Quer alguma outra coisa? O médico disse...

– Nada.

Ela tornou a se sentar e me olhou atentamente, como se estivesse me estudando.

– Você parece melhor. Mais alerta.

– Não fale asneiras.

– Sim. Acho que sim. – Ela sorriu. – Pelo menos você está respondendo.

Eu me abstive de dizer mais, já que palavras adicionais reforçariam a impressão de melhora. Preferi deixar o silêncio confirmar o contrário. Desviei o olhar, como se não mais a percebesse.

Mas ela não desistiu. Postou-se de pé ao lado do meu leito, juntou as mãos, esfregou-as e voltou a soltá-las. Por fim, articulou a pergunta que evidentemente estava ruminando.

– Será que Deus te abandonou, pai?

Imagine se fosse tão simples, se tivesse algo a ver com Nosso Senhor. Perder a fé, contra isso havia um remédio simples: reencontrá-la.

Durante a época de faculdade, aprofundei-me no estudo da Bíblia. Estava sempre com ela, levava-a para a cama toda noite. Eu procurava constantemente a ligação entre ela e minha área, entre as pequenas maravilhas da natureza e as grandes palavras no papel. Em especial, detive-me nos escritos paulinos. Não tenho conta de quantas horas passei absorto na carta de São Paulo aos romanos, pois nela se encontravam suas ideias fundamentais, era o mais próximo do que se poderia chamar de uma teologia paulina. *Vocês foram libertados do pecado e tornaram-se escravos da justiça*. O que isso significava? Que talvez somente o cativo fosse realmente livre? Fazer o certo pode ser uma prisão, um cativeiro, mas o caminho havia sido indicado. Por que éramos incapazes de segui-lo? Nem mesmo diante da Criação divina, tão imponente que nos tira o fôlego, o ser humano consegue fazer o certo.

Nunca encontrei uma resposta, e passei a pegar o pequeno livro preto com frequência cada vez menor. Ele acumulava poeira na estante, junto com todos os outros. O que eu deveria então dizer a Charlotte? Que este meu chamado leito de enfermo era banal e desprezível demais para ter a ver com o Senhor? Que o crucial se encontrava única e exclusivamente dentro de mim, em minhas escolhas, na vida que eu havia vivido?

Não. Talvez um outro dia, mas agora não. Desisti assim de lhe dar uma resposta. Apenas balancei a cabeça levemente e me acomodei com a intenção de cair no sono.

Ela ficou comigo até a casa se acalmar lá embaixo. Escutei o folhear do livro, agora mais rápido, e o som suave de musselina em movimento quando ela mudava de posição. Charlotte parecia estar acorrentada aos livros, assim como eu estava acorrentado à cama, embora ela fosse inteligente o suficiente para saber que não valia a pena. A erudição seria desperdiçada, pois ela jamais teria a chance de usar seus conhecimentos pelo simples fato de ser filha e não filho.

Mas de repente sua leitura foi interrompida. A porta abriu-se. Passos rápidos pesaram no chão.

– É aqui que você está? – A voz severa de Thilda, o olhar também severo certamente cravado em Charlotte. – Está na hora de dormir – avisou, como se isso fosse uma ordem por si só. – Você precisa lavar a louça da ceia. E Edmund está com dor de cabeça, por isso quero que ferva água para o chá dele.

– Sim, mãe.

Ouvi Charlotte se levantar e deixar o livro sobre o console. Seus passos leves em direção à porta.

– Boa noite, pai.

Então ela desapareceu. Sua serenidade foi substituída pela movimentação enérgica da mãe. Thilda foi até a lareira e, com gestos ruidosos e bruscos, colocou mais lenha. A essa altura, tratava disso sozinha, a empregada já fora obrigada a encontrar outro trabalho. E agora Thilda sofria diariamente por ter de cuidar do aquecimento sem ajuda, um sofrimento que não procurava esconder. Ao contrário, ela o ressaltava por meio dos suspiros e gemidos que acompanhavam todos os seus movimentos.

Depois de enfim terminar, ela permaneceu parada junto à lareira. Entretanto, tive apenas um instante de silêncio antes de sua orquestra incessante começar. Não era preciso abrir os olhos para saber que ela estava ali ao lado do fogo, deixando as lágrimas rolarem livremente. Já o ouvira inúmeras vezes antes, e o som era inconfundível. O crepitar do coque acompanhava sua cena. Eu me contorci, encostei a orelha no travesseiro para abafar o som pela metade, mas sem muito êxito.

Um minuto passou. Dois. Três.

Então ela finalmente parou e encerrou a lamentação assoando o nariz com força. Devia ter entendido que hoje também não conseguiria nada. O muco morno era expelido pelo nariz com sons altos, quase mecânicos, de pressão. Ela sempre foi assim, tão cheia de mucosidades e lubrificação, quer chorasse ou não. Exceto lá embaixo. Lá tudo era lamentavelmente seco e frio. E mesmo assim ela tinha dado a mim oito filhos.

Puxei o cobertor sobre a cabeça, quis bloquear o som.

– William – disse ela em tom cáustico. – Posso ver que não está dormindo.

Tentei manter a respiração calma.

– Sou capaz de *ver* isso.

Voz mais alta agora, mas não havia motivo para me mexer.

– Você precisa escutar. – Ela soltou um soluço especialmente profundo. – Fui forçada a dispensar Alberta. Agora a loja está vazia. Tive que fechar.

Não! Não consegui senão me contorcer. A loja fechada? Vazia. Escura. A loja que sustentaria todos os meus filhos?

Ela deve ter notado meu movimento, pois se aproximou.

– Fui obrigada a pedir fiado ao merceeiro hoje. – A voz continuava chorosa, como se a qualquer momento pudesse sucumbir de novo. – A compra toda foi feita a crédito. E ele olhou tanto para mim, com dó. Mas não disse nada. Afinal, é um cavalheiro.

As últimas palavras foram engolidas por um soluço.

Um cavalheiro. Ao contrário de mim. Que provavelmente não despertava nenhuma admiração no resto do mundo, muito menos em minha esposa, do jeito que eu estava deitado aqui, sem chapéu e bengala, sem monóculo e educação. Sim, imagine que eu era tão sem educação que deixava minha própria família em apuros.

E agora as circunstâncias haviam se deteriorado significativamente. A loja estava fechada, a família não daria conta dela sem mim por mais tempo, embora seu funcionamento diário fosse fundamental para todos. Pois eram as sementes, as especiarias e os bulbos de flores que garantiam a comida na mesa para a família.

WILLIAM

Eu deveria levantar, mas não consegui, não sabia mais como. A cama me paralisava.

E Thilda também desistiu de mim hoje. Ela inspirou com força, um suspiro fundo, trêmulo. Então assoou o nariz uma última vez, provavelmente para se certificar de que tinha expelido toda a secreção da região.

O colchão reclamou quando ela se deitou. O fato de que suportava dividir a cama com meu corpo suado e sujo estava além de minha compreensão. Na verdade, dizia tudo sobre seu grau de teimosia.

Lentamente, sua respiração acalmou-se. No fim ficou pesada e profunda, uma convincente respiração do sono, totalmente diferente da minha.

Virei-me. A luz da lareira moveu-se em ondas sobre o rosto dela. As longas tranças estavam estendidas no travesseiro, soltas do coque apertado da parte de trás da cabeça. O lábio superior cobria o lábio inferior, afundando a boca, como se fosse uma velha desdentada. Fiquei assim a observá-la, tentando reencontrar aquilo que eu uma vez tinha amado e aquilo que eu uma vez tinha desejado, mas o sono me venceu antes de isso acontecer.

GEORGE

Emma estava certa sobre a neve. No dia seguinte ela já derretia por todos os lados, escorrendo e gotejando de tal modo que não se ouvia outra coisa. O sol batia nas tábuas da casa, desbotando mais um pouco a cor da parede do lado sul. A temperatura subiu bem, e o calor era suficiente para a revoada de purificação das abelhas. Elas não fazem as necessidades na colmeia, são animais limpos. Mas quando o sol finalmente está ardendo, saem voando e esvaziam os intestinos. Na verdade, eu tinha torcido para que isso acontecesse, para que o inverno abrandasse agora, enquanto Tom estivesse em casa. Porque então ele poderia ir comigo para as colmeias e fazer a limpeza dos fundos das caixas. Eu até tinha dado uma folga a Jimmy e Rick, assim poderia trabalhar sozinho com Tom. Mas no fim acabamos indo só na quinta, três dias antes de ele ter que voltar para a faculdade.

Foi uma semana silenciosa. Eu e ele ficamos nos rodeando. Emma se manteve entre nós, rindo e conversando como de costume. Era evidente que ela se empenhava de corpo e alma a encontrar comidas que agradassem a Tom, pois não tinha fim o número de pratos com peixe que ela fazia aparecer como por encanto. Quanto peixe "interessante" e "saboroso" apareceu de repente no setor de congelados do mercado... E Tom, ele agradecia muito, estava "tããã0 feliz com toda essa comida deliciosa". Depois de consumir mais um prato de peixe, ele geralmente ficava sentado à mesa da cozinha. Lia livros tão grossos que era de assustar, dedilhava com fervor as teclas do computador ou ficava mergulhado numa espécie de palavras cruzadas japonesas que ele chamava de Sudoku. Parecia não lhe ocorrer que era possível se deslocar para qualquer outro lugar. Que o sol de repente inundava a paisagem lá fora, como se alguém tivesse substituído a lâmpada antiga por uma mais potente.

Encontrei coisas para fazer, obviamente, pois eu também sabia me manter ocupado. Um dia fui até Autumn comprar tinta de parede. Enquanto estava pintando o lado sul da casa, senti como o sol batia forte. Já dava para arriscar uma ida às colmeias. Na verdade, não era preciso limpar os fundos tão logo, mas era a última chance para Tom. Não faria mal começar com algumas poucas colmeias. As abelhas já estavam fora há algum tempo, coletavam pólen enquanto o sol brilhava.

Tom costumava gostar disso. Costumava me acompanhar lá fora toda vez. Durante o inverno, Jimmy e eu limpávamos os alvados algumas vezes, mas de resto a gente deixava as abelhas em paz. Por isso, a primeira visita às colmeias na primavera era sempre um momento especial. Poder rever as abelhas, o zumbido familiar, *aquilo* era matar as saudades, era como uma festa de reencontro superlegal.

– Preciso de ajuda com os fundos – falei.

Eu já tinha me trocado, estava no meio da cozinha com botas de borracha e macacão, sentindo uma inquietação nas pernas, uma empolgação. O véu estava dobrado para eu enxergar melhor. Tinha trazido mais um kit completo, que estendi para ele com as duas mãos.

– Já agora? – perguntou Tom sem erguer os olhos. Era mais lerdo que uma lesma. Continuou sentado ali, com a palidez acentuada pela luz do computador, os dedos sobre o teclado.

De repente percebi que minhas mãos avançavam um pouco demais com o macacão e o véu, como se eu estivesse prestes a lhe dar um presente que ele não queria. Enfiei as duas coisas debaixo de um dos braços e pus a outra mão no quadril.

– Está ficando tudo podre debaixo delas. Você sabe disso. Ninguém gosta de viver na sujeira. Você também não, mesmo que aqueles alojamentos estudantis não sejam exatamente os mais limpos do mundo.

Tentei rir, mas o que saiu não passou de um coaxo. Além do mais, aquela mão estava num ângulo estranho. Tirei-a do quadril. Ficou caída de um jeito frouxo, parecia vazia. Cocei a testa só para ocupar minha mão com alguma coisa.

– Mas você costuma esperar mais umas duas ou três semanas, não é? – perguntou ele.

Agora ergueu o olhar. Seus olhos lindos me fitavam.

– Não. Não costumo fazer isso.

– Pai...

Ele viu que eu estava mentindo. Olhou para mim com uma das sobrancelhas levantadas, tinha adquirido um ar sarcástico.

GEORGE

– Está quente o suficiente – me apressei a dizer. – E vamos só fazer algumas. Você escapa do resto. Vou dar um jeito nelas com Jimmy e Rick na semana que vem.

Tentei lhe dar o macacão e o chapéu de novo, mas ele não aceitou. Na verdade, não fez menção nem de se mexer, só apontou para o computador.

– Estou fazendo um trabalho de faculdade.

– Você não está de férias?

Pus o equipamento na mesa, bem na sua frente. Tentei encará-lo com determinação, deixando os olhos dizerem que ele tinha mais era que ajudar, agora que finalmente dera uma passada em casa.

– A gente se vê lá fora em cinco minutos.

Tínhamos 324 colmeias. Trezentas e vinte e quatro rainhas, cada uma com seu enxame, distribuídas pela região em lugares diferentes, raramente mais do que vinte num lugar só. Se a gente estivesse em outro estado, poderia ter até setenta colmeias no mesmo local. Conheci um apicultor em Montana, ele tinha umas cem reunidas. A área era tão viçosa que as abelhas só precisavam voar alguns metros para encontrar tudo de que necessitavam. Mas aqui, em Ohio, a agricultura era muito pouco diversificada. Quilômetros e mais quilômetros de milho e soja. Pouco acesso ao néctar, não o suficiente para as abelhas se sustentarem.

Ao longo dos anos Emma tinha pintado as colmeias, todas elas, com cores de doces. Cor-de-rosa, turquesa, amarelo-claro e uma espécie de cor de pistache esverdeada, todas tão artificiais quanto doces com aditivos. Na opinião dela, ficavam com um aspecto divertido. Por mim, poderiam muito bem ser brancas, do mesmo jeito que antes. Meu pai sempre pintou as colmeias de branco, assim como seu pai e seu avô. Eles costumavam dizer que era a parte interna que contava, o mais importante era como as abelhas estavam dentro da colmeia. Mas, de acordo com Emma, as abelhas gostavam das colmeias desse jeito, ficavam mais personalizadas. Quem sabe, talvez ela tivesse razão. E eu tinha de admitir que o espetáculo das caixas coloridas espalhadas pela paisagem, como se um gigante tivesse perdido suas balas, sempre me deixava com uma sensação agradável por dentro.

Começamos na campina entre a fazenda de Menton, a estrada principal e o rio Alabast, que, apesar de seu nome chique, não era muito mais que um leito de córrego nesse trecho mais ao sul. Aqui eu tinha reunido o maior número. Vinte e seis colônias. Primeiro pegamos uma colmeia rosa-choque. Era bom estar em dois. Tom segurava a caixa enquanto eu trocava o quadro. Tirava o velho, que estava cheio de detritos e abelhas mortas depois do inverno, e colocava um novo e limpo. No ano passado, investimos em fundos modernos, com telas e travessas soltas. Foi muito dinheiro, mas valeu a pena. Melhorou a ventilação e facilitou a limpeza. A essa altura, a maioria dos apicultores de nosso porte pulava a troca dos fundos, mas eu não aceitava deixar as coisas de qualquer jeito. Minhas abelhas deveriam se sentir bem.

No decorrer do inverno, muita sujeira tinha se juntado nos fundos, mas de resto tudo parecia bem. Tivemos sorte, as abelhas permaneceram calmas, poucas saíram voando. Era bom ver Tom aqui fora. Ele trabalhava com habilidade e rapidez, estava de volta, no lugar ao qual pertencia. Às vezes, queria dobrar as costas para pegar peso, mas aí eu o detinha.

– Dobre as pernas.

Eu conhecia várias pessoas que acabaram com prolapso e lumbago e todo tipo de problema na coluna porque pegaram peso de forma errada. E as costas de Tom teriam que durar muitos anos, aguentar milhares de movimentos com peso.

Trabalhamos sem parar até a hora do almoço. Não falamos muita coisa, apenas algumas poucas palavras, e somente sobre o trabalho. "Pega aqui, isso, sim, ótimo". Fiquei esperando que ele pedisse uma pausa, mas ele não disse nada. E quando chegou perto das onze e meia, meu estômago já gritava, e fui eu quem acabou sugerindo uma boquinha.

A gente se sentou na beira da caçamba balançando as pernas. Eu tinha levado café numa garrafa térmica e alguns sanduíches. A pasta de amendoim tinha sido absorvida pelo pão esponjoso e as fatias estavam grudentas, mas é incrível como tudo tem um gosto bom quando o tempo está agradável e você trabalha ao ar livre. Tom não disse nada. Esse meu filho certamente não era conversador. Mas se era assim que ele queria as coisas, tudo bem pra mim. Consegui trazer Tom para cá, isso era o mais importante. Só torcia para que curtisse um pouco isso daqui e que estivesse gostando do reencontro.

Eu tinha terminado meu lanche e pulei para o chão a fim de voltar a trabalhar, mas Tom ainda estava lutando. Comia pedacinhos minúsculos e estudava o pão minuciosamente, como se tivesse algo de errado com ele.

E aí, de repente, Tom soltou uma frase.

– Tenho um professor de inglês muito bom.

– É mesmo? – disse eu, e parei. Tentei sorrir, mesmo que houvesse algo na maneira como ele falou essa coisa totalmente normal que me deu um frio na barriga. – Que bom.

Ele beliscou o pão mais uma vez. Não parou de mastigar, parecia ser incapaz de engolir.

– Está me incentivando a escrever mais.

– Mais? Mais de quê?

– Ele diz que...

Tom ficou quieto. Largou o sanduíche e agarrou a xícara de café. Mas não bebeu. Só agora percebi que sua mão estava tremendo um pouco.

– Ele diz que tenho uma voz.

Uma voz? Bobagem de intelectual. Abri um sorriso irônico, não aguentei levar isso daí a sério.

– Isso eu poderia ter te contado faz tempo – falei. – Especialmente quando você era pequeno. Ela era alta e estridente, sua voz. Graças a Deus que você chegou à idade de mudar a voz. Já não era sem tempo.

Ele não sorriu da piada. Só ficou quieto.

Meu sorriso sumiu. Ele quis dizer alguma coisa, não havia dúvida disso. Estava ali guardando alguma coisa grande, e eu suspeitava fortemente que era algo que eu não tinha a mínima vontade de ouvir.

– É bom que os professores estejam contentes com você – observei enfim.

– Ele me incentiva muito a escrever mais – disse Tom baixinho, com ênfase em *muito*. – Diz também que posso pedir uma bolsa de estudo e talvez ir mais longe com isso.

– Mais longe?

– Um doutorado.

Senti um aperto no peito, um nó na garganta. O sabor da pasta de amendoim ficou enjoativo na boca, mas não consegui engolir.

– É mesmo? Foi isso que ele disse?

Tom fez que sim.

Tentei manter a voz calma.

– Quantos anos leva um doutorado desses?

Ele só olhou para as pontas de seus sapatos, sem responder.

– Não estou ficando mais jovem – continuei. – As coisas não se fazem sozinhas por aqui.

– Não, sei disso – disse ele em voz baixa. – Mas pelo menos você tem ajuda, não é?

– Jimmy e Rick entram e saem quando querem. O apiário não é deles. Além do mais, não trabalham de graça.

Comecei a trabalhar outra vez, transferindo os fundos sujos para a caçamba. A madeira dos quadros provocava um tinido estridente ao bater no metal da caçamba. Pois a gente já tinha ouvido de outros professores que Tom levava jeito com as palavras. Ele sempre tirava A em inglês, isso não era novidade, não tinha nada de errado com sua cabeça. Mas não era o inglês que a gente tinha em mente quando mandou Tom para a faculdade. Era para ele aprender administração e marketing, esse tipo de coisa, preparar o apiário para o futuro. Expandir, modernizar, conseguir uma operação mais eficiente. E talvez um site decente na Internet. Era esse tipo de coisa que ele deveria aprender. Por isso que a gente tinha feito tanto esforço para juntar o dinheiro que pagaria a faculdade, desde quando ele era um bebezinho. Durante todos esses anos, a gente não se dera ao luxo de fazer uma única viagem de férias de verdade, nenhuma. Tudo tinha ido para a conta da faculdade.

O que um professor de inglês sabia na verdade? Com certeza, ficava naquele seu escritório empoeirado de faculdade cheio de livros que pretendia ler depois em casa, agasalhado por um cachecol, sorvendo chá e aparando a barba com uma tesoura de bordado. Enquanto isso, dava "bons" conselhos para jovens rapazes, que por acaso escreviam relativamente bem, sem saber porra nenhuma do que estava desencadeando.

– Vamos falar mais sobre isso depois – arrematei.

Não tivemos aquela conversa. Ele foi embora antes de a gente ter tempo. Decidi que "depois" seria bem mais tarde. Ou talvez tenha sido ele quem decidiu isso. Ou talvez Emma. O fato é que nós, eu e Tom, não ficamos a sós no mesmo lugar uma única vez durante o resto do tempo que ele passou em casa. Emma arrulhava em torno da gente feito uma pomba silvestre sob efeito de anfetamina, servindo, arrumando, não parando de falar sobre absolutamente nada.

Eu andava tão cansado esses dias. Adormecia no sofá o tempo todo. Tinha uma longa lista de tarefas que deveria fazer, velhas colmeias que precisavam de manutenção, pedidos que eu deveria acompanhar. Mas não aguentava. Era como se eu estivesse ligeiramente febril o tempo todo. Só que eu não estava com febre. Até conferi isso. Subi no banheiro às escondidas e achei um termômetro no fundo da caixa de primeiros socorros. Azul-claro com ursinhos, um que Emma tinha comprado para Tom quando ele era pequeno. De acordo com o manual de instruções, era para ser especialmente rápido, de modo que não incomodasse a criança por mais tempo do que o necessário. Mas é certo que demorava um bom tempo. Em algum lugar da casa, ouvi o arrulho de Emma e, de tempos em tempos, as respostas de Tom. E ali estava eu, com a ponta fria de metal enfiada no traseiro, aquela que tinha sido introduzida no meu filho centenas de vezes, com certeza. Emma não era do tipo que pensava duas vezes antes de conferir a temperatura. Senti de novo aquela sonolência enquanto aguardava o bipe digital que me contaria que o corpo estava do jeito que deveria estar, mesmo que me parecesse ter corrido uma maratona.

Depois de enfim confirmar que estava sem febre, simplesmente fui dormir, sem avisar. Eles que continuassem.

O arrulho durou até ele sentar-se no ônibus. Aí, com Tom lá dentro, seu rosto grudado no vidro de trás e o alívio estampado na face, ela finalmente ficou quieta.

Ali estávamos nós, dando tchau, de forma tão automática que era como se fôssemos movidos a pilha, a mão para cima e para baixo, para cima e para baixo, em sincronia total. Os olhos de Emma brilharam, ou talvez fosse apenas o vento, mas graças a Deus ela não chorou.

O ônibus entrou na estrada, o rosto de Tom brilhava pálido para nós, ficando cada vez menor. De repente me lembrei de uma outra vez que ele fora embora de ônibus. Aquela vez também o rosto dele tinha brilhado pálido e aliviado. Mas ao mesmo tempo havia medo nele.

Sacudi a cabeça. Quis me livrar da recordação.

Enfim o ônibus sumiu na curva. Baixamos as mãos ao mesmo tempo, ficamos parados olhando para o ponto onde desaparecera, como se fôssemos estúpidos o bastante para acreditar que ele de repente voltaria.

– Bem – disse Emma. – Já se foi.

– Já se foi? O que você quer dizer?

– Só nos são emprestados. – Ela enxugou uma lágrima que o vento tinha feito saltar do olho esquerdo.

Senti muita vontade de dar uma resposta ríspida para ela, mas deixei passar. Tinha respeito demais por aquela lágrima. Por isso me virei e fui em direção ao carro.

Ela me seguiu, arrastando os pés. Também parecia ter encolhido.

Sentei-me ao volante, mas não consegui ligar o motor. Minha mão estava como que frouxa, exausta de todos os acenos.

Emma colocou o cinto de segurança, sempre fazia questão disso, e se virou para mim.

– Você não vai dirigir?

Eu quis levantar a mão, mas ela não me obedeceu.

– Ele falou com você sobre aquilo? – disse eu, voltado para o volante.

– O quê? – perguntou Emma.

– Sobre o que está planejando? Para o futuro?

Ela ficou calada por um instante. Depois respondeu em voz baixa.

– Você sabe que ele adora escrever. Sempre adorou.

– Eu adoro *Guerra nas estrelas*. Nem por isso virei Jedi.

– Pelo visto, ele tem um dom especial.

– Você o está apoiando? Você acha que o plano dele é inteligente? Muito sábio? Uma boa escolha de caminho?

– Agora me virei para ela, endireitei o pescoço, tentei parecer duro.

– Só quero que ele seja feliz – disse ela com voz mansa.

– É isso que você quer, não é?

– Sim, é isso que quero.

– Você não pensou que ele precisa viver também? Ganhar dinheiro, afinal?

– Mas o professor já disse que ele tem muito a oferecer.

Ela estava sentada ali com aquele grande olhar escancarado, totalmente franca; não estava brava, só tinha uma crença inabalável de que estava certa.

Espremi a chave do carro na mão e de repente reparei que estava doendo, mas não consegui soltar.

– Você pensou no que a gente vai fazer com o apiário, então?

Ela ficou em silêncio. Por muito tempo. Desviou o olhar, mexeu um pouco com o anel de casamento, puxando-o sobre a primeira articulação do dedo. A faixa branca da pele ficou visível, a marca do anel que tinha ficado ali durante 25 anos.

– Nellie ligou na semana passada – ela disse enfim, mas para o ar, não para mim. – Já há temperaturas de verão em Gulf Harbors. Vinte graus na água.

Lá vinha ela de novo. Gulf Harbors. Embora a menção ao lugar flutuasse, o nome desse condomínio me atingia feito uma pancada de tijolo na cabeça toda vez que ela o dizia.

Nellie e Rob eram amigos nossos de infância. Infelizmente, eles se mudaram para a Flórida. Desde que isso aconteceu, a insistência deles tomara proporções homéricas, não só para que fizéssemos uma visita a esse suposto oásis nos arredores de Tampa, mas também para que nos mudássemos para lá. A toda hora Emma me vinha com novos anúncios de imóveis em Gulf Harbors. Muito barato. No mercado fazia tempo. Podíamos fazer um bom negócio. Píer e piscina, casa recém-reformada, praia e quadras de tênis comunitárias, como se a gente tivesse necessidade disso. Parecia que tinha até golfinhos e peixes-boi que ficavam brincando na água, bem na porta da casa. Quem precisava disso? Peixes-boi? Bichos feios.

Nellie e Rob se gabavam muito. Diziam que tinham um monte de novos amigos. Citando ao acaso: Laurie, Mark, Randy, Steven. Era demais. Todo domingo eles tomavam *brunch* no salão de festas, um *brunch* completo por apenas cinco dólares, incluindo panquecas, bacon, ovos e batatas assadas. E agora estavam tentando atrair a gente para lá, todo mundo, sim, estavam enchendo o saco de mais pessoas além de nós, pareciam querer a cidade de Autumn inteira lá no sul. Mas eu sabia do que se tratava, afinal. Eles estavam se sentindo solitários naquele seu canal de águas profundas, lá embaixo. Era uma desgraça viver tão longe da família e dos amigos, ter largado tudo o que você teve à sua volta a vida inteira. Além do mais, o verão na Flórida: não há nada mais próximo do inferno, abafado e quente e horrível, com trovoadas insanas várias vezes por dia. E mesmo que o inverno seja mais decente, com temperaturas de verão e pouca chuva, quem quer viver sem um inverno de verdade? Sem a neve e o frio? Tudo isso eu tinha dito a Emma muitas vezes, mas mesmo assim ela não desistia. Alegava que a gente precisava fazer planos sérios, planos para a velhice. Não entendia que era exatamente o que eu tinha feito. Eu queria construir algo sólido, deixar um legado substancial, em vez de ficar sentado o dia todo numa casa de férias meio velha e impossível de vender. Pois é. Afinal, eu tinha lido um pouco sobre o estado atual do mercado imobiliário da Flórida. Tinha feito minha pesquisa. Havia boas razões para que essas casas não fossem vendidas no primeiro fim de semana de exposição, por assim dizer.

No entanto, meu plano era outro. Alguns novos investimentos. Mais colmeias. Muitas mais. Caminhões. Carretas. Empregados fixos. Conseguir alguns acordos com fazendas na Califórnia, na Geórgia, talvez na Flórida.

E Tom.

Era um bom plano. Realista. Ponderado. Antes de Tom se dar conta, ele também teria uma esposa e um filho. Aí seria bom que seu pai tivesse planejado direito as coisas, que o apiário se encontrasse em boas condições, bem cuidado, que a operação estivesse adaptada ao mundo moderno, que Tom tivesse trabalhado aqui por tempo suficiente para conhecer o ofício a fundo. E que talvez até houvesse algum dinheiro guardado no banco. Os tempos eram incertos. Eu criava segurança. Era o *único* que criava segurança para essa família. Um futuro. No entanto, parecia que ninguém entendia isso.

Fiquei cansado só de pensar a respeito, no plano. Antes, ele me dera forças para trabalhar mais, mas agora o caminho até lá parecia longo e sinuoso, como uma trilha lamacenta na chuva de outono.

Não tive energia para dar uma resposta a Emma. Enfiei a chave na ignição, ela estava pingando de suor e tinha me deixado uma marca vermelha na palma da mão. Eu precisava dirigir agora, antes de adormecer. Emma não ergueu os olhos, tinha tirado o anel de casamento, estava esfregando os dedos sobre a faixa branca da pele. Ela não se esquivava de mim com mentiras, mas estava disposta a colocar nossa vida inteira em jogo.

TAO

—Você apaga a luz? – Kuan se virou para mim, pálido de cansaço.

– Vou só terminar de ler isso.

Retomei o livro antigo sobre pedagogia infantil. Meus olhos estavam ardendo, mas não queria dormir ainda. Não dormir, acordar e depois ter que sair para o novo dia.

Ele suspirou a meu lado. Puxou o cobertor sobre a cabeça para bloquear a luz. Um minuto se passou. Dois.

– Tao... Por favor. Daqui a seis horas vamos ter que levantar.

Não respondi, simplesmente fiz o que ele pediu.

– Boa noite – disse ele baixinho.

– Boa noite – falei e me virei para a parede.

O sono estava prestes a me levar para longe quando senti suas mãos se insinuarem por baixo da camisola. Reagi instintivamente a elas, sentindo prazer com seu toque, mas mesmo assim tentando afastá-las. Ele não estava com sono? Por que me pedira que apagasse a luz se queria isso?

As mãos sumiram, mas sua respiração ainda era leve. Então ele tossiu, como se quisesse dizer algo.

– Você... você passou bem hoje?

– O que você quer dizer?

– Você esqueceu que dia é hoje?

– Não. Não esqueci.

Eu não disse que torcia para que *ele* tivesse esquecido, não queria ter essa conversa.

Ele afagou meu cabelo, com ternura dessa vez, não como tentativa de sedução.

– Correu tudo bem?

– Fica um pouco mais fácil a cada ano que passa – disse eu, pois certamente era o que ele queria ouvir.

– Que bom.

Mais uma vez ele passou a mão em meu cabelo, e em seguida levou-a para baixo de seu cobertor.

O colchão se mexeu suavemente assim que ele se virou, talvez para ficar de bruços, do jeito que gostava de dormir. Sussurrou mais uma vez "boa noite". A julgar pelo som, ele tinha virado o rosto para o outro lado. Logo estava dormindo a sono solto.

Mas eu fiquei acordada.

Cinco anos.

Cinco anos desde que minha mãe foi embora.

Não. Não foi embora. Foi mandada para longe.

Meu pai morreu quando eu tinha dezenove anos. Ele estava com pouco mais de cinquenta, mas seu corpo era muito mais velho. Os ombros, as costas, as articulações, tudo estava desgastado depois de tantos anos nas árvores. Ele se movimentava com mais dificuldade a cada dia que passava. Talvez a circulação do sangue também tivesse piorado, pois um dia uma farpa entrou na palma de sua mão e provocou uma ferida que não cicatrizou.

Por ser o homem que era, demorou demais a procurar ajuda. E quando o médico enfim conseguiu a aprovação para lhe dar antibióticos – embora meu pai na verdade estivesse muito velho para ter acesso a esse tipo de tratamento caro –, já era tarde demais.

Minha mãe se recuperou com rapidez surpreendente da morte dele. Dizia coisas positivas, manteve-se otimista. Ainda era jovem, afirmava, sorrindo bravamente, tinha uma longa vida por viver. Talvez até encontrasse outro homem algum dia.

No entanto, eram só palavras. Pois ela foi se distanciando, tremulante, como as pétalas que são levadas pelo vento no fim da florada. Havia vento em seu olhar, impossível de capturar.

Logo ela já não conseguia mais comparecer ao trabalho nos pomares. Só ficava em casa. Sempre fora magra e agora quase não comia nada. Começou a espirrar, tossia, ficava cada vez mais abatida, e em pouco tempo estava com pneumonia.

Um dia fui ver como ela estava e ninguém abriu a porta. Toquei a campainha, mas nada aconteceu. Peguei a chave reserva que tinha comigo e destranquei a porta.

O apartamento estava arrumado e vazio, sobravam apenas as velhas peças que faziam parte da mobília fixa. Tudo dela tinha sumido – a almofada em que costumava se encostar no sofá, a árvore bonsai de que cuidava com tanto afinco, a manta bordada que gostava de dobrar e colocar sobre as coxas, como se sentisse mais frio exatamente ali.

Na mesma tarde, fiquei sabendo que ela tinha sido mandada para o norte. O supervisor de saúde do distrito me assegurou de que ela estava bem e me deu o nome do lar de idosos. Deixaram-me ver um filme tremido de apresentação do lugar. Tudo bonito, com muita luz, quartos espaçosos, pé-direito alto, funcionários sorridentes. Mas quando pedi licença para visitá-la, me informaram que era preciso esperar até o fim da florada.

Algumas semanas mais tarde, chegou a notícia de que ela havia partido.

Partiu. Essa foi a palavra que usaram, como se ela de fato tivesse se levantado da cama e ido embora. Tentei não pensar em como foram seus últimos dias. Com uma tosse áspera, febril, assustada e sozinha. Pode-se imaginar que tenha sido assim.

Mas não havia nada que eu pudesse ter feito. Kuan também disse isso. Não havia nada que eu pudesse ter feito. Ele disse isso vezes sem fim e eu continuei a repetir para mim mesma.

Até quase acreditar que era verdade.

WILLIAM

– ...**E**dmund?

– Boa tarde, pai.

Ele estava sozinho ao lado de minha cama. Eu não fazia ideia de há quanto tempo estava no quarto. Havia-se tornado outra pessoa, estava mais alto, e o nariz, a última vez que o vi, era grande demais. Nos jovens, o nariz muitas vezes cresce em seu próprio ritmo, dá saltos à frente do resto do corpo, mas agora combinava com o semblante, suas feições já haviam se ajustado ao órgão do olfato. Ele tinha ficado bonito, adquirira uma beleza que sempre estivera latente nele. Vestia-se de modo elegante, mas um tanto descuidado, um lenço verde-garrafa pendurado frouxamente ao pescoço, a franja comprida demais. Ficava bem nele, mas tornava difícil ver seus olhos. Além do mais, estava pálido. Será que não dormia o suficiente?

Edmund, meu único filho homem. O único filho homem de *Thilda*. Não se passou muito tempo até eu entender que ele era dela, por completo. Desde o dia em que nos conhecemos, ela deixou claro que seu maior desejo era um menino, e, com a chegada dele um ano mais tarde, sua missão na vida estava cumprida. Dorothea e Charlotte, e, em seguida, as outras cinco meninas, tornaram-se meras sombras dele. De certa forma, eu a entendia. As sete meninas davam-me uma dor de cabeça constante. Seus intensos e incessantes gritos, berros, passos arrastados, choradeiras, risos, correrias, tosses, soluços e, mais que tudo, sua tagarelice – era incrível o tanto que falavam, falavam pelos cotovelos –, todos esses ruídos cercavam-me desde a hora de levantar até a hora de ir para a cama. E, como se não bastasse, elas não paravam durante a noite. Sempre havia uma criança que chorava por causa de um sonho, outra que chegava na ponta dos pés, vestida só de camisola, pisando de leve nas tábuas frias do assoalho, antes de subir na cama com um ruído qualquer, alguns gemidos tristes ou uma exigência quase agressiva de se colocar entre nós na cama.

Elas pareciam incapazes de ficar quietas, e por isso era difícil trabalhar, era impossível escrever. Pois eu realmente tentara, não tinha desistido de imediato, como Rahm supunha. Mas foi em vão. Mesmo que eu fechasse a porta de meu quarto com a ordem expressa de que não me perturbassem, pois precisava trabalhar, mesmo que eu amarrasse um cachecol na cabeça para abafar o barulho ou enchesse os ouvidos de lã, ainda assim, eu as escutava. Não adiantava. No decorrer dos anos, sobrava cada vez menos tempo para meu próprio trabalho, e logo eu não passava de um simples comerciante que se esforçava para alimentar as bocas eternamente vorazes das meninas, que eram sacos sem fundo. O naturalista promissor tinha cedido o lugar para um abatido comerciante de sementes de meia-idade, com as pernas cansadas por ter passado horas ao balcão, as cordas vocais enferrujadas depois de tantas conversas com os fregueses, e os dedos eternamente contando o dinheiro que nunca era suficiente. Tudo por causa das meninas.

Edmund estava completamente imóvel, congelado. Antes, seu corpo era como o mar próximo a uma península, onde os ventos e as ondas encontravam-se e se chocavam caoticamente, sem regras. A inquietação não era apenas física, residia também em sua alma. Não havia método nele. Num momento ele poderia mostrar seu lado bondoso e buscar um balde de água só para ser gentil; no momento seguinte, derramaria o balde no chão para, de acordo com sua própria explicação, fazer um lago. As repreensões não o afetavam em nada. Se levantávamos a voz, ele só ria e saía correndo. Sempre correndo, era assim que eu me lembrava dele, os pezinhos, nunca parados, sempre fugindo de algum pequeno desastre que ele tinha causado – um balde derrubado, uma xícara de porcelana quebrada, um trabalho de tricô desfeito. Quando isso acontecia, e era com frequência, eu não tinha outra alternativa senão pegá-lo e segurá-lo enquanto tirava o cinto do cós de minha calça. Cheguei a detestar o som sibilante do couro contra o tecido e o tilintar da fivela ao atingir as tábuas do assoalho. O receio do que viria era quase pior do que os próprios golpes. A sensação do couro e da fivela que eu agarrava na mão. Nunca batia com aquela ponta, não como meu pai, que sempre fazia a fivela atingir as costas com força. Eu, ao contrário, apertava-a, deixando-a espetar a palma da mão com tanta força que ficavam marcas. O couro nas costas despidas, as marcas vermelhas que afloravam na pele branca como fios retorcidos.

Em outras crianças, esses vergões vermelhos contribuíam para estancar a agitação, e a lembrança do castigo evitava que voltassem a cometer o mesmo erro. Mas não no caso de Edmund. Era como se não compreendesse que seus atos impetuosos o levavam ao cinto, que havia uma ligação entre o lago no chão da cozinha e os golpes subsequentes. Não obstante, era minha responsabilidade continuar, e eu esperava que ele no fundo também percebesse meu amor. Compreendesse que eu não tinha escolha. Eu castigava, logo, era pai. Eu batia com o choro preso no peito, com o suor escorrendo e as mãos tremendo, queria tirar-lhe a inquietação às chicotadas. Mas nunca adiantava nada.

– Onde estão as outras? – perguntei, pois a casa estava estranhamente silenciosa.

Arrependi-me no mesmo instante. Não deveria ter perguntado por elas. Não quando ele enfim viera me ver. Não quando enfim éramos só eu e ele.

Edmund estava ali de pé, balançando ligeiramente, como se lutasse para manter o equilíbrio, não sabendo em qual perna colocar mais peso.

– Na igreja.

Era domingo, então.

Tentei sentar na cama. Levantei o cobertor minimamente. Meu próprio fedor chegou-me às narinas. Quando tomei banho pela última vez?

Se ele percebeu alguma coisa, não o deixou transparecer.

– E você? – disse eu. – Por que ficou em casa?

Soou como uma acusação. Quando deveria ter sido um agradecimento.

WILLIAM

Ele não olhou para mim, fitou os olhos na parede, acima da cabeceira.

– Eu... eu esperava ter uma chance de falar com você – disse por fim.

Fiz um gesto lento com a cabeça, enquanto me esforçava para não deixar o rosto revelar a imensa felicidade que sua visita me causava.

– Muito bem – falei. – Aprecio muito que tenha vindo... E há tempo esperava que você aparecesse.

Tentei ficar sentado numa posição ereta, mas era como se o esqueleto não fosse mais capaz de me sustentar. Por isso me apoiei em uma almofada. O que por si só era um esforço enorme. Resisti à vontade de puxar o cobertor até os ombros para conter o fedor. Quase não aguentava meu próprio cheiro. Como eu não tinha percebido isso antes, o quanto precisava de um banho? Pus a mão no rosto. Minha barba, que nunca fora muito basta, havia crescido e se transformado numa juba desgrenhada de vários centímetros de comprimento. Eu deveria parecer um homem das cavernas.

Ele olhou para os dedos de meus pés, que despontavam do cobertor. As unhas estavam compridas e sujas. Rapidamente, tirei os pés de vista e soergui-me na cama.

– Edmund. Diga-me. O que está te preocupando?

Ele não me olhou nos olhos, mas tampouco mostrou acanhamento ao apresentar sua mensagem.

– Talvez o pai possa se levantar logo?

O rubor da vergonha subiu-me às faces. Thilda tinha pedido. As meninas tinham pedido. O médico tinha pedido. Mas Edmund não...

– Aprecio imensamente que tenha vindo – disse eu com a voz a ponto de falhar. – Gostaria de me explicar.

– Explicar-se? – Ele passou uma das mãos pela franja. – Não preciso de nenhuma explicação. Só peço que se levante.

O que eu deveria dizer? O que ele esperava de mim? Dei alguns tapinhas com a mão no colchão, um gesto convidativo.

– Venha sentar-se aqui, Edmund. Vamos conversar um pouco. O que você tem feito ultimamente?

Ele não se mexeu.

– Conte-me sobre os estudos. Com sua agilidade mental, imagino que esteja progredindo rapidamente.

Ele devia estar se preparando para o outono, quando iria estudar na capital. Havíamos feito um grande esforço para amealhar o dinheiro destinado à sua educação, e enfim ele estava quase pronto. De repente senti uma pontada no peito. Pois o dinheiro para os estudos, será que Thilda o tinha gastado, agora que eu me encontrava acamado dessa forma?

– Imagino que nada tenha mudado. Os planos para os estudos continuam em pé? – perguntei depressa.

Ele fez que sim, sem entusiasmo evidente.

– Trabalho quando estou inspirado – disse.

– Bem. A inspiração é um importante motivador.

Estendi a mão para ele.

– Venha sentar-se aqui. Vamos conversar um pouco. Ter um diálogo de verdade. Faz tanto tempo...

Mas ele continuou em pé.

– Eu... preciso descer.

– Só alguns minutinhos? – Tentei manter a voz leve.

Ele deu uma sacudida na franja, não olhou para mim.

– Vou estudar.

Alegrava-me o fato de ele estar empenhado, mas poderia gastar um pouquinho mais de tempo agora que finalmente viera aqui.

– Só quero segurar sua mão – disse eu. – Só por um breve minuto.

Um suspiro quase inaudível escapou de seus lábios, mas ele se aproximou de mim. Finalmente sentou-se a meu lado, hesitou por um instante e me deu a mão.

– Obrigado – disse eu baixinho.

Ela era quente e lisa na minha. Irradiava uma luz, transformava-se numa ligação entre nós, como se o sangue novo dele fluísse dentro de mim. Eu só queria ficar assim, mas não havia como ignorar sua eterna inquietação. Ele não conseguia manter o braço quieto, trocava de posição, não parava de mexer os pés.

– Sinto muito, pai. – Levantou-se abruptamente.

– Não – falei. – Não precisa se desculpar. Entendo. É claro que precisa trabalhar.

Ele fez que sim. Seus olhos estavam grudados na porta. Só queria escapar, deixar-me sozinho outra vez.

Deu alguns passos e então se deteve, como se tivesse lembrado de alguma coisa. Virou-se para mim outra vez.

– Mas pai... Você não pode pelo menos buscar a vontade de levantar?

Engoli em seco. Devia-lhe uma resposta verdadeira.

– Não é a vontade que me falta... é... a paixão, Edmund.

– A paixão? – Ele levantou a cabeça, a palavra parecia ter despertado algo nele. – Então precisa reencontrá-la – disse logo. – E deixar que ela te impulsione.

Tive de sorrir. Palavras tão grandes naquele corpo desengonçado.

– Sem paixão não somos nada – arrematou, com uma gravidade que nunca percebi antes nele.

Não disse mais. Apenas saiu do quarto. A última coisa que ouvi dele foi o som dos passos no assoalho do corredor. Seguiram em direção à escada e depois desceram e foram embora. Mesmo assim senti que nunca estivera tão perto dele.

Rahm tinha razão, eu havia esquecido a paixão, deixando-me ser tragado por trivialidades. Não demonstrei entusiasmo em meu trabalho, por isso perdi Rahm. Mas Edmund ainda estava aqui, eu ainda poderia mostrar isso a *ele*, deixá-lo orgulhoso. Assim nos aproximaríamos um do outro. Por meio da honra que eu traria ao nome da família, nosso relacionamento floresceria e daria frutos. Dessa forma eu talvez pudesse encontrar o caminho de volta a Rahm, e então, apesar de tudo, seríamos três: o pai, o filho e o mentor.

Virei-me para o lado. Afastei o cobertor de meu corpo fedorento e então me levantei. Desta vez era definitivo.

GEORGE

Eu estava no celeiro construindo colmeias. Era o que eu geralmente fazia nessa época do ano. A primavera se preparava, a natureza estava prestes a explodir em verde e as pessoas comentavam como era bonito. Enquanto todos queriam sair para aproveitar, eu ficava aqui dentro, debaixo de lâmpadas fluorescentes e crepitantes, martelando alucinadamente. Neste ano mais que nunca. Emma e eu não tínhamos conversado muito desde a partida de Tom. Passei a maior parte do tempo aqui no celeiro. Para dizer a verdade, eu estava com medo de me meter numa conversa com ela. Emma era melhor com palavras do que eu, acho que as mulheres em geral são, e não raramente sua vontade acabava prevalecendo. Pensando bem, ela também tinha razão muitas vezes. Mas não dessa vez, com certeza.

Por isso eu ficava no celeiro. De sol a sol. Consertando colmeias velhas, fazendo novas. Não colmeias padrão, não na minha família. Tínhamos nosso próprio modelo. Os desenhos estavam pendurados na parede da sala de jantar, emoldurados. Foi Emma quem tinha arranjado isso. Ela encontrou os desenhos no sótão, no baú de roupas. Estavam ali porque ninguém precisava deles, na minha família todos sabiam as medidas de cor. O baú, uma autêntica mala transatlântica, provavelmente poderia ser vendido para uma loja de antiguidades por um bom dinheiro. Mas era legal ter o baú lá em cima, eu achava. Me fazia lembrar de onde eu vinha. O baú atravessou o Atlântico, chegou da Europa quando a primeira pessoa de minha família pôs os pés em solo americano. Uma mulher solteira. Tudo vinha dela, desse baú, dos desenhos.

O papel amarelado e quebradiço estava em processo de desintegração, mas Emma o salvou com vidro e grossas molduras douradas. Até tomou providências para que os desenhos ficassem pendurados num lugar sem exposição direta ao sol.

De qualquer forma, eu não precisava deles. Tinha construído essas colmeias tantas vezes que era capaz de fazer tudo de olhos fechados. As pessoas riam de nós porque a gente tinha uma fabricação caseira, nenhum outro apicultor que eu conhecia fazia suas próprias colmeias. Era demorado demais. Mas a gente sempre tinha feito isso. Essas eram nossas colmeias. Eu não ficava falando sobre isso, não queria me gabar, mas tinha certeza de que as abelhas nas nossas colmeias se sentiam melhor do que nas caixas padrão produzidas em massa. Os outros que rissem.

Estava tudo preparado no celeiro, as ferramentas e as tábuas espessas de madeira cheirosa.

Comecei com as caixas. Cortei a madeira com a serra elétrica e juntei as peças usando um martelo de borracha. Era rápido, um trabalho com resultados visíveis. Os quadros demoravam mais. Dez quadros por caixa. A única coisa que a gente comprava pronta era a tela de metal para isolamento da rainha, com aberturas de 4,2 milímetros. Essa medida garantia que a rainha ficasse dentro da colmeia e que as pequenas operárias entrassem e saíssem livremente. Havia limites para tudo.

O trabalho me impediu de cair no sono. Aqui no celeiro, frio e com serragem voando pelo ar, a canseira não me dominava como dentro de casa. Além do mais, era impossível dormir com o barulho irritante da serra elétrica. Normalmente, eu usava protetores de ouvido, mas agora resolvi tirá-los, deixar o barulho encher a cabeça. Aí não sobrava espaço para muito mais.

Não percebi que Emma tinha entrado. Era possível que tivesse ficado um bom período me observando: pelo menos tivera tempo suficiente para colocar a proteção auditiva. Foi quando me virei para buscar mais algumas ripas que a avistei. Estava parada ali com os grandes protetores amarelos de plástico sobre as orelhas. Ela sorriu.

Desliguei a serra.

– Olá?

Ela apontou para seus protetores de ouvido e sacudiu a cabeça levemente. Tudo bem. Não podia ouvir o que eu estava dizendo. Ficamos parados daquele jeito. Ela continuou sorrindo. Inconfundível aquele sorriso. A menopausa era o grande tema do momento. As mulheres sussurravam, quando achavam que a gente não estava ouvindo, sobre ondas de calor, vontades de fazer xixi, suores noturnos e, sim, a gente captava isso também: falta de libido. Mas Emma continuava do seu jeito de sempre. E agora ela estava ali com os protetores de ouvido e não era difícil entender o que ela queria.

Muito tempo havia se passado desde a última vez, muito tempo para ser a gente. Foi antes de Tom chegar em casa. Ficamos tímidos com ele em casa, com receio de que escutasse, como se ele ainda fosse um bebê que dormisse em nosso quarto. Passamos a sussurrar sempre que íamos para a cama. Com movimentos cuidadosos, logo a gente se punha debaixo do cobertor, cada um folheando um livro silenciosamente. E então, depois de ele ter ido embora, simplesmente não veio à tona. Eu nem tinha pensado nisso.

Ela me abraçou, me beijou na boca, de olhos fechados.

– Não sei... – disse eu. Estava com o corpo rígido e lento, não tinha pique nenhum. – Estou um pouco cansado.

Ela só sorriu, apontando mais uma vez para os protetores de ouvido.

Tentei tirá-los, mas ela afastou minha mão.

Ficamos assim. Segurei sua mão. Seu sorriso continuou estampado no rosto.

– Tudo bem.

Peguei uns abafadores também.

– É assim que você quer?

Por algum motivo, despertei. O silêncio não era completo, o silêncio nunca é completo quando você bloqueia tudo. O rumor do cérebro, da própria respiração, a batida do coração, tudo se fazia sentir.

Beijamos, sua língua era macia, a boca aberta e quente. Eu a puxei para cima da bancada de marceneiro. Ali sentada, ficou com a cabeça na mesma altura da minha. O ar estava frio, meus dedos eram como pingentes de gelo em sua pele. Ela se encolheu, mas não se afastou. Soprei nos meus dedos, acho que não adiantou grande coisa, pois ela tremeu quando tentei enfiar a mão sob sua blusa. Ela se inclinou para trás, estendendo as costas sobre a bancada, com as pernas pendendo para o chão. Beijei sua barriga, mas ela empurrou minha cabeça para baixo. Estremeceu quando minha língua acertou o ponto certo. Talvez gemesse, mas eu não escutei nada.

Então nós dois nos deitamos sobre a bancada. Ela por cima. Não foi demorado, estava muito frio para isso. E as tábuas da bancada, contra minhas costas, eram duras demais.

Depois, ela retirou os protetores de ouvido, levantou a calça e enfiou a malha para dentro do cós. Antes de eu ter tempo de dizer qualquer coisa, ela tinha saído.

O calor de seu corpo ficou, pairava no ar sobre a bancada de marceneiro.

Gulf Harbors. Lá estava outra vez. Gulf Harbors. O nome não queria desaparecer, continuava a girar na cabeça, Gulf Harbors, se misturava feito uma massa, Gulf Harbors, Harb Gulfors, Bors Gulfharb. Sacudi a cabeça com força, querendo me livrar dele, mas o desgraçado persistiu. Gulf Borsharb, Bors Harbgulf, Harb Forsgulf.

Agora fazia calor lá. Conferi a previsão ontem, sem Emma perceber. Não sei por quê, por acaso me deparei com uma previsão do tempo na tevê e fiquei esperando até aparecer Tampa. Pouca chuva nessa época do ano, pelo que pude ver. Por aqui ainda fazia frio, havia vento e chuva, mas lá já tinha chegado o verão dos sonhos. Vida ao ar livre. Churrascos. Golfinhos. Peixes-boi.

Gulf Harbors.

O nome estava totalmente grudado, não era possível me livrar dele. Que ficasse, então.

Emma era sem igual. Eu tinha sorte de estar com ela. O que quer que acontecesse, isso não mudaria, mesmo que a gente se mudasse para a Flórida.

TAO

Até que enfim chegou o Dia de Folga. Sem aviso prévio, como sempre. Somente na véspera fomos informados de que a Comissão tinha decidido que os habitantes afinal se fizeram merecedores de um dia de folga. Foi anunciado por Li Xiara, a chefe da Comissão. Uma mulher que sempre apresentava as últimas decisões da Comissão para nós, via rádio e em desgastadas telas informativas. Sua voz desapaixonada e monocórdica era a mesma, fosse a notícia boa ou ruim. Agora ela comunicou que a polinização estava feita e a florada, praticamente no fim. Eles poderiam nos dar esse luxo, disse ela; nós, a comunidade, poderíamos nos dar esse luxo.

Tínhamos esperado por esse dia durante semanas. Mais de dois meses tinham se passado desde a última folga. Trabalhávamos e esperávamos enquanto os tendões do antebraço ficavam cada vez mais inflamados em decorrência do movimento repetitivo com o pincel, enquanto os braços e os ombros ficavam cada vez mais duros e as pernas, eternamente cansadas de permanecer em pé.

Para variar, não acordei por causa do despertador, mas por causa da luz. O sol aqueceu meu rosto. Continuei deitada de olhos fechados, sentindo a temperatura subir aos poucos dentro do quarto. Então finalmente consegui abri-los e olhar em volta. A cama estava vazia. Kuan já tinha levantado.

Fui para a cozinha e o encontrei sentado com uma xícara de chá, olhando para os pomares, enquanto Wei-Wen brincava no chão. Tudo estava muito tranquilo, um dia de descanso para todos nós, tal como fora decidido. Até Wei-Wen estava brincando mais calmamente do que de costume. Ele conduzia um carrinho de brinquedo pelo chão, imitando baixinho um ronco de motor.

A nuca fofa com o cabelo curtinho, os dedos pequenos que seguravam o carrinho vermelho, a boca que zunia fazendo a saliva sair por entre os lábios. O entusiasmo de Wei--Wen. Com certeza ele seria capaz de ficar assim por horas a fio, construir estradas ali no chão, com todos os veículos que ele tinha, cidades cheias de vida.

Sentei-me ao lado de Kuan, tomei um gole de seu chá. Estava quase frio. Ele já deveria estar aqui há um bom tempo.

– O que você quer fazer? – perguntei enfim. – Como quer passar nosso dia?

Ele tomou mais um gole de chá, somente um gole pequeno, como se estivesse economizando.

– Hum... não sei... o que você acha?

Eu me pus de pé. Ele sabia o que queria fazer. Já o ouvira falar com alguns dos colegas de trabalho sobre o que ia acontecer no centro do pequeno vilarejo que chamamos de cidade. Estavam fazendo preparativos para servir comida na praça, mesas compridas e entretenimento.

– Quero dedicar o dia a Wei-Wen – disse eu em tom ameno.

Ele riu suavemente.

– Eu também quero isso.

Mas não me olhou nos olhos.

– Temos muitas horas, podemos fazer bastante coisa. Eu adoraria ensinar-lhe os números – disse eu.

– Hum. – Ainda aquele olhar evasivo, como se cedesse, só que eu sabia que era o contrário.

– Você me perguntou o que eu queria – falei. – É isso o que eu quero.

Ele se levantou, aproximou-se de mim e pôs a mão em meu ombro, massageando-o de leve. Uma massagem persuasiva, tentando encontrar meu ponto fraco. Sabia que eu era capaz de resistir a ele verbalmente, mas raras vezes o conseguia fisicamente.

Eu me desvencilhei de mansinho de sua mão, ele não ia ganhar.

– Kuan...

Mas ele apenas sorriu, pegou na minha mão e me puxou em direção à janela. Posicionado atrás de mim, deslizou suas mãos de meus ombros até minhas mãos.

– Olhe lá fora – disse em voz baixa, entrelaçando seus dedos aos meus.

Tentei me soltar com jeito, mas ele me impediu com firmeza.

– Olhe lá fora.

– Por quê?

Ele me segurou calmamente perto de si, e fiz o que pediu. Lá fora o sol brilhava. Pétalas brancas caíam como flocos de neve. O chão estava coberto. As pétalas flutuavam no ar, adquiriam uma brancura fosforescente por causa do sol. As fileiras de pereiras eram intermináveis. A quantidade de flores me deixou tonta. Eu as via todos os dias, cada árvore individual. Mas não as via como hoje. Juntas.

– Acho que a gente deveria se arrumar e ir até a cidade. Colocar uma roupa bonita, comprar uma coisa gostosa para comer. – Sua voz era meiga, como se ele estivesse determinado a não ficar bravo.

Tentei sorrir, contemporizar com ele, não podia começar esse dia com uma briga.

– Por favor, a cidade, não.

– Mas todo mundo está lá.

Ele queria andar em fila, como fazíamos todo dia. Tomei fôlego.

– Não poderíamos ficar só nós três?

Ele puxou os cantos da boca para cima, numa tentativa de sorriso.

– Tanto faz para mim. Desde que a gente saia.

Virei-me para a janela outra vez, para as flores, o mar branco. Nunca ficávamos lá fora sozinhos.

– Talvez a gente simplesmente pudesse ir ali?

– Ali? Para os pomares?

– Afinal, é ao ar livre, não é? – Ensaiei um sorriso, mas ele não o retribuiu.

– Não sei...

– Vai ser bom. Só nós três.

– Eu meio que combinei de encontrar alguns...

– E aí não há necessidade de fazer uma caminhada tão longa com Wei-Wen. Não seria bom poupá-lo disso, só dessa vez?

Pus a mão na parte superior de seu braço, um gesto carinhoso, evitando dizer mais sobre a aula. Mas ele adivinhou minhas intenções.

– E os livros?

– Podemos levar alguns, não? E não preciso dar aula o dia inteiro.

Finalmente ele me olhou nos olhos. Deu-se por vencido, mas com um pequeno sorriso.

WILLIAM

Eu estava ao lado da mesa de estudo. Ela ficava perto da janela, onde a iluminação era melhor, o lugar mais apropriado do quarto e certamente o mais agradável. No entanto, eu não sentava ali há meses.

Havia um único livro na mesa. Teria sido ele, Edmund, quem o deixara ali enquanto eu estava dormindo?

O livro tinha folhas amareladas, com uma fina camada de poeira no topo, e a capa de couro marrom estava seca e frágil ao toque dos dedos. Agora reconheci a obra, eu a comprara na capital durante os anos de faculdade. Naquela época eu trocava facilmente o almoço de uma semana por um novo livro. Mas esse livro em particular eu nunca chegara a ler, provavelmente o adquirira nos meus últimos tempos de universitário. Foi escrito por François Huber, publicado em Edimburgo em 1806, quase 45 anos atrás, e levava o título *New Observations on the Natural History of Bees*.

Era um livro sobre as abelhas, sobre a colmeia, o superorganismo no qual cada indivíduo, cada pequeno inseto, estava sujeito ao grande todo.

Por que Edmund teria escolhido este livro? Exatamente este?

Peguei meus óculos – foi necessário limpar a poeira deles na camisa – e então me sentei. Sentir a cadeira de estudo nas costas era como encontrar um velho amigo.

Rebelde, a capa rangeu assim que abri o livro. Virei a folha de rosto com cuidado e comecei a ler.

Conheci a história de François Huber na época da faculdade, mas nunca me aprofundei de verdade em suas teorias. Ele nasceu em 1750, numa família suíça muito abastada. O pai tinha garantido a riqueza da família, e, diferentemente dele, o pequeno François nunca precisou trabalhar, mas a família tinha a expectativa de que ele se aprofundasse intelectualmente e assim ocupasse seu lugar no mundo. Deveria criar algo, algo que colocasse tanto seu nome como o da família na boca de todos. Caberia a ele inscrevê-la nos livros de história. François empenhou todos os esforços para agradar ao pai. Era uma criança inteligente e lia obras pesadas desde pequeno. Escondido atrás de uma pilha de livros extremamente grossos, ele permanecia lendo até altas horas da noite, até os olhos arderem e lacrimejarem, até sentir dor. Por fim, aquilo tornou-se demais para ele, a pressão foi excessiva e os olhos não aguentaram mais. Os livros não o levaram a uma era de iluminação, mas para dentro da escuridão.

Aos quinze anos de idade, ele estava quase cego. Foi mandado para o campo, com a instrução de descansar e não se esforçar, podendo participar de trabalhos simples de lavoura, mas não mais que isso.

Só que o jovem François não conseguiu descansar, pois não esquecera as expectativas que uma vez pesaram sobre ele. Sua mente estava condicionada de tal modo que ele não tomou a cegueira como um impedimento, mas como uma possibilidade, porque aquilo que já não era capaz de ver, ele ainda poderia ouvir, e em seu entorno, por todo lado, estava a própria vida. Os pássaros cantavam, os esquilos palravam, o vento soprava nas árvores e as abelhas zuniam.

Este último fenômeno chamava sua atenção em especial.

Gradativamente, ele iniciou seu trabalho científico, aquilo que também se tornaria a base da obra que eu estava segurando nas mãos. Com a ajuda valiosa de François Burnen, seu fiel aprendiz e homônimo, ele começou a mapear as diversas fases da vida das abelhas melíferas.

A primeira grande descoberta que os dois fizeram ligava-se à própria fecundação. Ninguém antes entendera como a rainha engravidava, pois ninguém o tinha visto acontecer, embora vários cientistas, em diversas épocas, houvessem se dedicado com entusiasmo à observação da vida na colmeia. Mas Huber e Burnen perceberam o fator decisivo: a fecundação não acontecia lá dentro, mas fora. As rainhas recém-nascidas deixavam a colmeia, voavam para longe, e era nesses voos que acontecia. A rainha voltava cheia do sêmen dos zangões e também coberta de seus órgãos genitais, arrancados durante o acasalamento. Como a natureza poderia exigir um sacrifício tão insano do zangão era uma pergunta para a qual Huber nunca obteve a resposta. Ela só foi encontrada mais tarde, e talvez tenha sido melhor que o cego Huber nunca entendesse claramente essa parte. Talvez não conseguisse suportar a ideia de que a única missão do zangão na vida era fecundar, e, ao fazê-lo, morrer.

WILLIAM

Huber não só estudou as abelhas por meio de observação. Também fez sua parte para melhorar as condições de vida delas, dedicando-se a construir um novo tipo de colmeia.

Durante muitos anos, o contato dos seres humanos com as abelhas limitou-se à coleta de colmeias naturais, favos em formato de meia-lua construídos pelas próprias abelhas em galhos ou cavidades. Mas, com o tempo, alguns ficaram tão obcecados pelo ouro das abelhas que procuraram tê-las como animais domésticos. Tentou-se, com pouco êxito, usar colmeias de cerâmica. Depois foi desenvolvida a colmeia de palha, que era a mais comum na Europa na época de Huber. Em meu distrito, elas ainda eram maioria. Incorporavam-se à paisagem nas campinas e na beira das estradas. Eu nunca tinha refletido a respeito dessas colmeias, não até agora, ao encontrar o livro de Huber. Vi então que elas tinham seus defeitos e falhas. O interior da colmeia de palha era pouco visível. Na hora de colher o mel, o que era feito espremendo-se os favos, também se destruíam os ovos e as larvas. Isso tornava o mel impuro, e, mais importante, estragava os próprios favos, que eram a casa das abelhas.

Em outras palavras, para colher o mel, era preciso tirar a base de existência das abelhas.

Foi isso que Huber resolveu mudar. Ele desenvolveu uma colmeia que facilitava a colheita. Ela se abria como um livro, cujas folhas continham quadros para larvas e mel: a colmeia de folhas móveis.

Estudei as imagens da colmeia de Huber exibidas no livro, os quadros, o formato de folhas. O projeto era visualmente bonito, mas, já à primeira vista, pouco prático. Deveria ser possível aperfeiçoá-lo, criar uma solução melhor, que garantisse a colheita do mel sem prejuízo para as abelhas e que permitisse ao apicultor monitorar e observar minuciosamente a rainha, as crias e a produção.

De repente percebi que estava tremendo de entusiasmo. Era isso que eu queria, era aqui que estava minha paixão. Não consegui tirar os olhos dos desenhos, das abelhas. Eu queria entrar lá dentro. Dentro da colmeia!

TAO

– Um, dois, três, pule!

Seguimos as trilhas que cortavam as planícies. Wei-Wen andava entre mim e Kuan. Estava usando meu velho lenço vermelho no pescoço. Ele o amava, queria usá-lo todo dia, mas eu só deixava quando não havia ninguém por perto. Tinha recebido o lenço como uma honraria, não como um adereço de fantasia. Mas gostava de ver Wei-Wen com ele, talvez pudesse inspirá-lo, fazer com que desejasse ter seu próprio lenço um dia.

Wei-Wen segurou as mãos de nós dois, exigindo que o puxássemos para cima em grandes saltos pelo ar.

– Mais. Mais. – O lenço subiu em seu rosto, quase cobrindo-o, e Wei-Wen o afastou automaticamente.

– Olha! – ele gritava toda hora. – Olha! – E apontava para as árvores, o céu e as flores.

Era uma novidade para ele estar aqui fora. Geralmente, os pomares eram um lugar que ele observava da janela, antes de ser forçado a sair para chegar a tempo na escola ou de ser carregado para a cama à noite.

Íamos caminhar até uma colina perto da floresta e fazer um piquenique por lá. Podíamos vê-la de nossa casa, ficava a apenas trezentos metros de distância. Portanto, não era longe demais para Wei-Wen, e sabíamos que lá em cima teríamos uma bela vista do vilarejo e dos pomares. Levávamos arroz frito, chá, uma manta e uma lata de ameixas em conserva que havia sido guardada para um dia muito especial. Depois, pegaríamos papel e lápis e sentaríamos na sombra para trabalhar. Eu estava torcendo para que conseguisse ensinar-lhe os números até dez. Seria mais fácil hoje. Wei-Wen estava descansado. Eu também.

– Um, dois, três, pule!

Mais uma vez o puxamos para cima, já devia ser a quinta ou sexta vez.

– Mais alto! – gritou ele.

Nossos olhares levemente resignados se encontraram acima da cabeça de Wei-Wen. Então o levantamos mais uma vez. Ele não se cansaria nunca, sabíamos disso. Não se cansar fazia parte da natureza de uma criança de três anos. E ele estava acostumado a impor sua vontade.

– Imagine quando ele não tiver mais nós dois só para si – disse eu a Kuan.

– Vai ser difícil para ele – falou Kuan com um sorriso.

Estávamos bem perto disso agora, faltavam apenas alguns meses para termos o dinheiro necessário. Todas as nossas economias iam para a lata velha dentro do armário da cozinha. Quando fôssemos capazes de apresentar a soma exigida, teríamos a autorização. O valor estipulado era de 36 mil iuanes. Tínhamos 32.476. E estava ficando urgente, pois o limite de idade era trinta anos completos, e nós dois tínhamos vinte e oito. Logo seríamos velhos demais.

Wei-Wen teria um irmãozinho. Provavelmente seria um choque. Precisar dividir com alguém.

Tentei soltar sua mão.

– Agora você pode caminhar um pouco sozinho, Wei-Wen.

– Nããão!

– Sim. Só um pouquinho. Até aquela árvore ali. – Apontei para uma árvore cinquenta metros adiante.

– Qual?

– Aquela ali.

– Mas todas são iguais.

Não consegui senão sorrir, ele tinha razão. Olhei para Kuan. Ele me devolveu um sorriso aberto e alegre. Ainda bem que não estava emburrado por estarmos aqui, mas contente com o meio-termo. Assim como eu, estava certo de que esse seria um dia bom.

– Me carregue! – chiou Wei-Wen, e se agarrou nas minhas pernas.

Eu me desvencilhei.

– Olhe aqui. Pegue na minha mão.

Mas ele continuou a choramingar.

– Me carregue!

Então, subitamente, ele voou no ar. Kuan o transferira para os ombros com a maior facilidade.

– Assim. Agora eu vou ser um camelo e você vai ser o cameleiro.

– O que é um camelo?

– Cavalo, então.

Ele relinchou e Wei-Wen riu.

– Você tem que correr, cavalo.

Kuan deu alguns passos, mas parou.

– Não, esse cavalo, não. Esse é um cavalo velho e cansado, que além do mais quer andar junto com a mãe cavala.

– Égua – falei. – Não se chama mãe cavala, mas égua.

– Tudo bem. Égua.

Ele continuou andando com Wei-Wen nos ombros. Tentou pegar minha mão, e andamos de mãos dadas por uns dois metros, mas Wei-Wen bamboleava perigosamente lá em cima e Kuan se apressou a segurá-lo outra vez. A cada passo, o corpo de Wei-Wen balançava. Com a cabeça erguida, ele olhou em volta e logo descobriu que tinha alcançado uma altura totalmente diferente.

– Eu sou mais alto!

Ele sorriu sozinho, tão feliz como só um menino de três anos sabe ser.

Chegamos ao topo da colina. Uma ampla paisagem se descortinou diante de nós. Fileiras de árvores em flor pareciam traçadas com uma régua; bolas simétricas de algodão contrastavam com a terra marrom sobre a qual ainda dominava a folhagem apodrecida do ano anterior, através da qual a grama mal tinha começado a brotar.

A floresta, extensa e sombria, estava a apenas cem metros de distância. Escura e coberta de vegetação. Não havia nada para nós ali. Mas agora aquelas áreas também seriam plantadas.

Eu me virei. Na direção norte, havia árvores frutíferas em flor da colina onde estávamos até o horizonte. Longas linhas plantadas, árvore após árvore após árvore após árvore. Eu tinha lido sobre as viagens que as pessoas faziam antigamente, os turistas. Viajavam para ver regiões como essa na primavera. Viajavam unicamente para ver a florada das árvores frutíferas. Será que era bonito? Eu não sabia. Era um trabalho. Cada árvore representava umas dez horas de trabalho. Eu não era capaz de olhar para elas sem pensar que logo estariam cheias de frutas, e nós teríamos de subir de novo. Colhê-las com a mesma delicadeza manual que usamos ao polinizá-las. Embrulhar cada pera cuidadosamente em papel, como se fosse de ouro. Quantidades incalculáveis de peras, árvores, horas, anos.

Mesmo assim estávamos aqui fora hoje. Porque eu quis.

Kuan estendeu a manta no chão. Pegamos as embalagens de comida. Wei-Wen comeu depressa e se lambuzou. Ele sempre tinha pressa na hora das refeições, parecia achá-las uma perda de tempo. Era enjoado e comia pouco, mesmo que sempre estivéssemos dispostos a dar parte de nossas porções a ele, se quisesse.

Mas quando abrimos a lata de ameixas em conserva ele se acalmou, talvez porque Kuan e eu estivéssemos calmos. A lata ficou bem no meio de nós. O abridor fez um som áspero contra o metal quando Kuan contornou a tampa da lata para removê-la. Olhamos para as frutas amarelas. O cheiro era doce. Cuidadosamente, peguei uma ameixa com o garfo e a coloquei no prato de Wei-Wen.

– O que é isso? – perguntou ele.

– Uma ameixa – respondi.

– Não gosto de ameixa.

– Você não pode saber antes de experimentar.

Ele se debruçou sobre o prato e encostou a ponta da língua na fruta. Sentiu o sabor por um instante. E sorriu. Então ele a devorou feito um cão faminto, a ameixa inteira de uma vez, o suco escorrendo pelos cantos da boca.

– Tem mais? – perguntou, ainda com a boca cheia.

Mostrei a lata para ele. Estava vazia. Uma ameixa para cada um de nós, isso era tudo.

– Mas você pode ganhar a minha também – falei e passei a ameixa para seu prato.

Kuan olhou desalentado para mim.

– Você também precisa de vitamina C – disse ele baixinho.

Encolhi os ombros.

– Só vai me dar vontade de comer mais. Melhor ficar sem mesmo.

Kuan sorriu.

– Tudo bem. – E deixou sua própria ameixa deslizar para o prato de Wei-Wen.

Em apenas dois minutos Wei-Wen tinha comido todas. Já de pé outra vez, quis subir nas árvores. Mas não deixamos.

– Os galhos podem se quebrar.

– Eu quero!

Abri a mochila em busca de papel e lápis.

– Tenho outra ideia, que tal a gente sentar aqui e brincar um pouco com os números?

Kuan revirou os olhos e Wei-Wen pareceu não ter ouvido o que eu disse.

– Olha! Um barco! – Ele estava segurando uma vara.

– Que legal – disse Kuan. – E ali tem um lago. – Ele apontou para uma poça ali por perto.

TAO

– Isso! – disse Wei-Wen, e saiu correndo.

Coloquei o papel e os lápis de volta na mochila sem dizer nada, virei-me de costas para Kuan. Ele fez cafuné em meu cabelo.

– O dia é longo.

– Metade já passou.

– Venha cá. – Ele me puxou para a manta. – Sinta como é gostoso, só ficarmos deitados assim. Relaxando.

Não consegui senão sorrir.

– Tudo bem...

Ele pegou minha mão e a apertou. Apertei a sua de volta. Ele apertou a minha outra vez. Nós dois rimos. Já não havia dissonância entre nós.

Eu me virei para ficar de costas. Estirei-me por completo, sem medo de que chegasse alguém e me mandasse levantar. A luz do sol me cegou. Fechei um dos olhos, o mundo perdeu a profundidade. O céu, de um azul vivo, mesclou-se às flores brancas da árvore sob a qual estávamos. Tornaram-se a mesma superfície. O céu insinuava-se por entre as pétalas. Olhando por bastante tempo, o primeiro e o segundo plano trocavam de lugar. Era como se o céu fosse uma manta azul de crochê com furos sobre um fundo branco.

Fechei os dois olhos. Senti a mão de Kuan na minha, estava absolutamente imóvel. Poderíamos ter conversado. Poderíamos ter feito amor. Mas ninguém queria outra coisa senão permanecer deitado assim. Ouvimos Wei-Wen resfolegando lá embaixo na poça, o barco indo de um lado para outro.

Depois de um tempo, precisei trocar de posição. Minhas escápulas pontudas estavam cravadas no chão. A lombar tinha começado a reclamar. Deitei-me de lado apoiando a cabeça no braço. Como era de esperar, Kuan já tinha caído no sono. Estava roncando levemente. Se tivesse a chance, com certeza dormiria por uma semana inteira. Andava um tanto magro, um tanto pálido, o corpo sempre com carências: tinha menos horas de sono do que precisava, menos alimento do que queimava. Mesmo assim Kuan resistia. Trabalhava jornadas mais longas do que eu, mas nunca estava descontente. Raras vezes se queixava.

Como o silêncio era grande aqui fora... Sem os trabalhadores à minha volta, isso ficava ainda mais nítido. Até o barco de Wei-Wen tinha parado. Não havia vento nas árvores, apenas a ausência de som, o vazio.

Eu me sentei. Onde ele estava? Virei-me para a poça. Havia apenas ela sob a luz do sol. A água lamacenta brilhava marrom.

Levantei-me.

– Wei-Wen?

Ninguém respondeu.

– Wei-Wen, onde você está?

Minha voz não se projetava mais do que alguns metros, sendo tragada pelo silêncio.

Afastei-me alguns passos da manta, para ter uma visão geral da paisagem.

Ele não estava em lugar nenhum.

– Wei-Wen?

Kuan acordou com meus gritos, se pôs de pé e também começou a procurá-lo nos arredores.

– Você está vendo Wei-Wen?

Kuan sacudiu a cabeça.

TAO

A área era infinitamente grande, percebi agora. E tudo era igual. Plantações e mais plantações de pereiras. Nada mais para usar como ponto de referência além do sol e da floresta. E um menino de três anos sozinho aqui fora...

Corremos até a poça. A vara estava boiando na superfície da água.

– Você pode ir por aquele lado, enquanto eu vou por esse? – A voz de Kuan era objetiva e pouco dramática.

Fiz que sim.

– Com certeza, ele só se distraiu em algum lugar – disse Kuan. – Não pode ter ido muito longe.

Eu me apressei, trotando sobre o chão irregular, seguindo a trilha para o norte. Sim, com certeza ele se distraiu. Deve ter encontrado alguma coisa tão interessante que não percebeu que o estávamos chamando.

– Wei-Wen? Wei-Wen?

Talvez ele tenha tido a sorte de se deparar com algum pequeno animal, um inseto. Ou talvez com um toco que parecesse um dragão. Algo que o fizera parar, sonhar, esquecer tudo a sua volta, aprender alguma coisa. Uma minhoca. Um ninho de pássaro. Um formigueiro.

– Wei-Wen? Onde você está? Wei-Wen!

Tentei manter minha voz otimista e meiga, mas ouvi como soava estridente.

A alguma distância, Kuan também o chamava.

– Wei-Wen? Oi, Wei-Wen!

Sua voz estava calma. Não como a minha. Agarrei-me a ela. Tentei chamar com a mesma calma. Ele estava aqui, era óbvio que estava aqui. Estava brincando e tinha se distraído.

– Wei-Wen?

O sol queimava nas costas.

– Wei-Wen? Meu filho?

Era como se a temperatura tivesse subido muito.

– Wei-Wen! Responda, querido!

Minha respiração. Ela estava irregular. Entrecortada. Eu me virei e descobri que já tinha corrido centenas de metros da colina. Seria impossível ele ter ido tão longe. Comecei a correr de volta, mas ajustei o rumo, me guiando pelo sulco de rodas que passava a alguns metros de distância.

Lembrei que ele estava com o lenço vermelho. Wei-Wen estava com o lenço vermelho. Seria fácil ver. Em meio à terra marrom, a relva verde e as flores brancas, o lenço se destacaria.

– Tao! Tao! Vem cá! – A voz de Kuan. Desconhecida e cortante.

– Achou Wei-Wen?

– Vem cá!

Mudei de direção e corri a seu encontro. Senti um aperto em minha laringe e a respiração ficou difícil, como se o ar não atingisse os pulmões.

Vislumbrei Kuan entre as árvores. Ele corria em minha direção. Atrás dele avultava-se a floresta, grande e escura. Será que vinha de lá? Será que Wei-Wen tinha desaparecido lá dentro?

– Tem alguma coisa errada? Aconteceu alguma coisa? – Minha voz saía com esforço, estava comprimida, presa.

E agora eu o via direito. Kuan se aproximava, estava correndo. Tinha o rosto congelado, os olhos arregalados. Carregava algo nos braços.

O lenço vermelho.

TAO

Um sapato que sacudia ao compasso de sua corrida, uma cabeça escura de criança que balançava.

O sapato. A cabeça balançando.

Corri até Kuan.

Um som fraco escapou de mim, abafei um grito.

Porque Wei-Wen estava lutando para respirar. O rosto branco sob o cabelo preto. Os olhos me fitavam implorando ajuda. Será que tinha fraturado alguma coisa? Estava ferido? Sangrando? Não. Estava como que paralisado.

Kuan disse alguma coisa, mas não ouvi as palavras. Vi o movimento dos lábios, mas nenhum som me alcançou.

Kuan não parou, continuou correndo.

Gritei algo. *As coisas. Nossas coisas!* Como se fossem importantes. Mas Kuan não parou. Continuou correndo com Wei-Wen nos braços.

Eu o segui. Segui-o e à criança em direção às casas, ao socorro.

O sapato sacudindo. O vento roçando o lenço vermelho.

Corremos sem parar no caminho que levava à cidade-zinha. Eu olhava para meu filho, para Wei-Wen, e via seus olhos grandes e apavorados. Mas não podia fazer outra coisa senão correr.

Não parei de repetir seu nome.

Mas agora ele não estava reagindo mais.

Menos resistência no corpo. Ainda mais pálido, o suor brotando na testa.

Os olhos fechados.

Era tão longe... Como tínhamos ido longe. Seria mesmo tão longe assim?

Enfim, as primeiras casas surgiram à nossa frente. Mas chegamos por um lado do vilarejo que não era aquele pelo qual costumávamos entrar. Os caminhos eram tão parecidos que não tínhamos notado a diferença.

Silêncio. Onde estava todo mundo?

Enfim vimos um ser humano. Uma mulher idosa. De saída. Ela tinha se arrumado. Notei isso. Que a mulher estava usando batom e vestido.

– Pare! – gritou Kuan. – Pare! Socorro! Nos ajude!

A mulher parecia confusa. Então ela notou a criança.

Em poucos minutos, uma ambulância apareceu. Sua chegada levantou a poeira da estrada seca, que acabou cobrindo o cabelo de Wei-Wen, seus sapatos, seus cílios. A equipe vestida de branco saiu rapidamente do veículo e veio correndo até nós. Com cuidado, tiraram Wei-Wen dos braços de Kuan, levando-o com eles. O braço do meu filho pendia frouxamente e escapou das mãos de um dos profissionais de branco. Foi a última coisa que vimos. Kuan e eu fomos postos no carro, mas não na parte de trás, com ele. Deixaram-nos sozinhos, na frente. Alguém nos lembrou de colocar os cintos de segurança.

Cintos de segurança. Para quê?

TAO

GEORGE

Acordei uma hora e 22 minutos antes de o despertador tocar. A roupa de cama estava suada, tirei o edredom às pressas, mas sabia que seria impossível pegar no sono outra vez. Era dia de revisão das colmeias, a primeira inspeção depois do inverno. Muitas vezes eu dormira mal antes desse dia, com a cabeça metida bem lá dentro das colmeias. Cera, quadros e crias ocupavam meus pensamentos. Não fazia ideia do que encontraria ao abri-las, e já cheguei a ver a mortandade invernal beirando os 50%. E aquela sensação, quando você está ali e vê que não há nem crias nem rainha em quase metade das colmeias, é horrível. Mas o inverno tinha sido normal, nada fora do comum. Nem muito frio nem muito quente, nenhum motivo para que houvesse algo fora do padrão.

Mesmo assim, eu tremia enquanto esperava por Rick e Jimmy. Tinha pedido que comparecessem às sete e meia. Só queria pôr mãos à obra. De preferência, já teria começado, mas a gente tinha um negócio com esse primeiro dia de inspeção. Os três se reuniam aqui no pátio, as coisas certas precisavam ser ditas, as coisas certas precisavam ser ingeridas.

Rick chegou primeiro, como sempre. Ele era alto e magro, desengonçado, lembrava um pouco James Stuart, só que sem a cara cativante. Nariz longo, afilado, olhos bem encovados no crânio, um pouco careca, embora ainda nem tivesse completado trinta anos. Ele saiu do carro se atrapalhando. Rick sempre se movimentava dez vezes mais do que precisava, não importava a tarefa. Seu corpo inteiro era mal organizado. Mas ele era empenhado. Tinha feito alguns cursos de agronomia por correspondência e lia um monte o tempo todo. Qualquer coisa que a gente ia fazer, o Rick era capaz de falar sobre a origem daquilo. E a história. E as teorias. Era como colocar uma moeda. O homem era uma verdadeira máquina de causos. Ele sonhava com um apiário próprio, mas, a bem da verdade, deveria antes sonhar em ficar atrás de uma mesa de escritório e usar a cabeça.

Ele balançava os braços, como de costume, não conseguia ficar parado.

– Então... – disse ele.

– Então – repeti.

– Bem... Você tem alguma ideia de como estão as coisas?

– Não... Bem. Tudo bem. Não há motivo para pensar outra coisa.

– Não... Não há motivo para isso.

Ele franziu a testa, mexeu no cabelo ralo.

– Quer dizer... – Ele se coçou com as duas mãos, parecia estar com piolho. – Nunca se sabe.

– Não. Nunca se sabe. Mas com esse inverno...

– Sim. Tem razão...

– Sim.

GEORGE

– Só que tem aqueles desaparecimentos, né?

– Ah. Aquilo.

Fingi que não tinha pensado nisso. Mas era óbvio que tinha. Afinal, eu me mantinha informado. Até *The Autumn Tribune* havia mencionado os colapsos misteriosos que alguns apicultores lá no sul vivenciaram. Em novembro, um sujeito na Flórida veio com a notícia de colmeias que do nada estavam vazias. David Hackenberg era o nome dele. De repente, todos falavam sobre o que estava acontecendo no seu próprio apiário. E desde então cada vez mais notícias tinham chegado – da Flórida, da Califórnia, de Oklahoma e do Texas. Era sempre a mesma história. Primeiro, colmeias sadias, alimento suficiente, crias, tudo às mil maravilhas. Então, numa questão de dias, numa questão de horas, a colmeia ficava praticamente vazia. As abelhas desapareciam, abandonavam suas crias, largavam tudo. E nunca mais voltavam.

As abelhas são animais limpos. Elas vão embora para morrer, não querem ficar ali dentro e poluir a colmeia. Talvez estivessem fazendo isso. Só que a rainha sempre permanecia, juntamente com um pequeno grupo de jovens abelhas. As operárias abandonavam a mãe e os filhotes, deixavam-nos para uma morte solitária na colmeia. Contrário à natureza.

Ninguém sabia ao certo por quê. Na primeira vez que ouvi falar disso, pensei que fosse por falta de cuidados. Que esse Hackenberg não tivesse tomado conta direito das abelhas. Ao longo dos anos, conheci muitos apicultores que punham a culpa nos outros quando eram eles os verdadeiros culpados. Falta de açúcar, muito calor, muito frio. Não era exatamente física quântica o que a gente fazia. Nossa produção não era obra do acaso. Mas com o tempo as histórias ficaram numerosas demais, parecidas demais e súbitas demais. A coisa agora parecia diferente.

– É só lá no sul – falei.

– Pois é. Eles têm uma operação mais intensiva lá embaixo – disse Rick.

No mesmo instante, a picape verde de Jimmy entrou no pátio cantando os pneus. Ele saiu do carro com um largo sorriso. Se Rick era preocupado, pensava demais, Jimmy era o seu oposto, sorridente, simples. Nenhum movimento inútil, nenhum esforço mental que não fosse estritamente necessário. Mas ele trabalhava, isso sim.

As faltas interiores de Jimmy eram compensadas por seu exterior. Era bonitão de um jeito juvenil. Loiro, bastante cabelo, covinha no queixo, mandíbulas fortes, proporções certas, era como se usasse uniforme de futebol americano todas as horas do dia. E cuidava bem da aparência. Roupa recém-passada e cabelo recém-penteado sempre. Mas não se sabia bem para quem ele se arrumava, pois nunca tinha envolvimento com mulheres.

Jimmy segurava uma garrafa térmica. Notei que era nova, para a ocasião. O aço polido captou o sol por um instante, me cegando brevemente, antes de ele mudar a posição da garrafa.

Pegamos uma caneca cada um. Tinham sido compradas por Jimmy alguns anos atrás. Pequenas canecas dobráveis verde-caçador, do departamento de camping e lazer do Kmart. Simultaneamente, Rick e eu apertamos as canecas para elas se abrirem, estendendo-as para Jimmy. Sem uma palavra, ele abriu a garrafa térmica.

GEORGE   115

– Grãos moídos na hora – disse, nos servindo.

Fui o primeiro da fila.

– Colômbia. Escuro, sabor torrado.

Se dependesse de mim, podia até ser café solúvel. Café era café. Mas, para Jimmy, café provavelmente era o mais próximo que ele chegava da arte. Ele comprava os grãos on-line. Na sua opinião, os grãos tinham que ser frescos. Pelo jeito, o café que já vinha moído devia ser considerado obra do diabo. E o café precisava ser preparado à temperatura certa. A temperatura era "o alfa e o ômega". Para conseguir isso, ele investiu numa máquina de café europeia, uma cafeteira, que ficou presa na alfândega e só foi liberada semanas depois.

Fizemos tim-tim com as três canecas. Plástico macio encostando em plástico macio, quase inaudível. Em seguida tomamos um gole cada um.

Aí chegou a hora de a gente elogiar o café, dizer algo inteligente. Fazia parte. Para manter as aparências, apertei os olhos enquanto deixava o café passear na boca, como algum entendedor de vinhos.

– Profundo... encorpado.

– Hum – disse Rick. – Senti o torrado, sim.

Jimmy fez um sinal de contentamento com a cabeça. E olhou para nós com expectativa, como uma criança no 4 de julho. Esperava mais.

– Poxa, isso é outra coisa, tem nada a ver com o pó – disse eu.

– Melhor café do ano – falou Rick.

Jimmy fez outro gesto com a cabeça.

– É só comprar um moedor e arranjar grãos de qualidade. Até vocês conseguem fazer isso em casa.

Ele sempre dizia isso e sabia muito bem que um moedor de café nunca passaria pelas nossas portas. Em casa era Emma quem fazia o café. E ela preferia o solúvel. Ultimamente, ela tinha se aventurado com um negócio aguado que levava leite em pó e açúcar, mas eu ficava com o preto.

– Vocês sabiam que a notícia mais antiga que se tem do café data de mil e quinhentos anos atrás? – perguntou Rick. – É uma história da Etiópia.

– Não, nossa. É mesmo? – disse Jimmy.

– É, sim. O pastor Kaldi. Ele descobriu que as cabras se comportavam de um jeito estranho depois de comerem umas frutinhas vermelhas. Elas não conseguiam dormir. Ele falou com um monge sobre aquilo.

– Havia monges na Etiópia mil e quinhentos anos atrás? – questionei.

– Como?

Ele me olhou confuso, os olhos um pouco vacilantes.

Jimmy interveio, agitando as mãos.

– Claro que havia monges.

– Não deviam ser cristãos... Quer dizer... Na Etiópia, isso não é África, naquela época?

– Seja como for. O monge ficou interessado. Ele lutava para não cair no sono durante as orações, por isso começou a despejar água quente sobre as frutinhas e beber a mistura. E pronto! Café.

Jimmy fez um gesto de satisfação. Rick tinha pesquisado o assunto, isso era uma homenagem a seu café.

Esvaziamos as canecas. O café esfriou depressa com o vento primaveril. No último gole estava azedo e morno. Em seguida, cada um foi até seu carro e rumamos para as colmeias.

GEORGE

117

Foi quando pus as mãos no volante que percebi o quanto estava suando. Elas grudavam no couro, tive que secá-las na calça para conseguir segurar direito, e a blusa estava grudada do mesmo jeito nas costas. Eu não sabia o que nos esperava. Estava receoso.

Depois de apenas umas centenas de metros por uma estrada de terra esburacada, o carro trepidando nas minhas mãos, chegamos à campina perto do rio Alabast.

Desci, coloquei as mãos nas costas para disfarçar o tremor. Rick já estava pronto. Dava uns pulinhos. Queria meter mãos à obra.

Jimmy saiu do carro. Apontou o nariz para o sol, farejou.

– Que temperatura será que temos agora? – Ele fechou os olhos, parecendo não ter a intenção de se mover um milímetro, e muito menos de começar o trabalho.

– Alta o suficiente. – Fui depressa em direção às colmeias. Aqui era importante dar o exemplo. – É só começar.

Conferi o alvado, a entrada da primeira colmeia, uma de cor de pistache. O tom destoava de modo gritante da grama que brotava do solo abaixo dela. Estava cheia de abelhas, do jeito que deveria estar. Removi a tampa. Tirei a lona de cima. Esperava o pior, mas tudo estava bem lá embaixo. Não vi a rainha, mas havia um monte de ovos e crias em todos os estágios. Seis quadros cheios. A colmeia podia ficar do jeito que estava, aqui havia vida suficiente. Não seria necessário juntá-la com outra.

Eu me virei para Jimmy. Ele fez um gesto na direção da colmeia que tinha aberto.

– Tudo bem aqui.

– Aqui também – disse Rick.

Continuamos.

Conforme o sol esquentava e a gente abria e inspecionava uma colmeia depois da outra, eu sentia como meu corpo ia secando, de um jeito bom. As mãos ficaram secas e quentes, a roupa se soltou das costas. É óbvio que havia problemas em alguns lugares. Algumas colônias tinham que ser unidas, em outras não encontramos nenhuma rainha. Mas nada além do normal. Parecia que o inverno tinha sido gentil com elas. Como se o fedor da morte em massa lá no sul não tivesse atingido a gente aqui em cima. E, também, pudera. Elas eram bem tratadas. Não lhes faltava nada.

Na hora do almoço a gente se reuniu para um lanche. Cada um se instalou em sua cadeira rangente de acampamento e comemos sanduíches umedecidos pelo calor. Por algum motivo, ficamos os três tão calados como se estivéssemos na igreja. Até Rick não se conter mais.

– Vocês ouviram falar de Cupido e as abelhas?

Ninguém respondeu. Mais uma história. Senti que não estava precisando disso.

– Já ouviram ou não? – perguntou ele de novo.

– Não – respondi. – Você sabe muito bem que não ouvimos falar de Cupido e as abelhas.

Jimmy deu um largo sorriso.

– Cupido era uma espécie de deus do amor – disse Rick. – De acordo com os antigos romanos.

– Aquele das flechas – falei.

– Ele, sim. Filho de Vênus. Ele parecia um grande bebê e andava por aí com um arco e flechas. Quando as flechas atingiam as pessoas, a paixão era despertada.

GEORGE

– Eca, não é meio pervertido ter um deus da paixão que parece um bebê? – comentou Jimmy.

Eu ri, mas Rick me olhou feio.

– Vocês sabiam que ele mergulhava as flechas em mel?

– Não sabia disso, não.

– Nem tinha ouvido falar de Cupido – declarou Jimmy. – Até agora.

– Pois é, ele mergulhava as flechas em mel, que ele roubava – disse Rick, esticando o corpo de um jeito que fez a cadeira chiar.

Demos risada daquele chiado inesperado e forte. Mas Rick não. Ele quis continuar.

– Então, esse bebê ficava roubando o mel das abelhas. Levava colmeias inteiras. Até que um dia... – Fez uma pausa calculada. – Até que um dia, as abelhas ficaram de saco cheio e o atacaram. – Ele deixou as palavras suspensas no ar. – E Cupido estava completamente nu, é claro, os deuses naquela época costumavam andar nus. Ele foi picado no corpo inteiro. E aí quero dizer no corpo *inteiro*.

– De certa forma foi merecido – observei.

– Talvez. Mas lembre-se de que ele era apenas uma criancinha. Ele correu para Vênus, sua mãe, para ser consolado. Ele chorava e estava muito assustado. Como algo tão pequeno como uma abelha podia causar tanta dor? Mas vocês acham que a mãe o consolou? Não. Ela só riu.

– Riu? – perguntei.

– Isso mesmo. "Você também é pequeno", disse ela. "Mas suas flechas podem causar uma dor ainda maior do que a picada de abelha".

120 **GEORGE**

– Uau – falei. – E aí? O que aconteceu?

– Nada. Não tem mais nada – disse Rick.

Jimmy e eu ficamos olhando para ele.

– Essa foi a história toda? – perguntou Jimmy.

Rick encolheu os ombros.

– Sim. A história é só essa, mas está representada em muitas pinturas. Vênus aparece em pé, parada. Ela é bonita, né, pele de porcelana e belas formas. E também está nua. Do seu lado, o bebê está chorando, com favos nas mãos, sendo picado pelas abelhas.

Senti calafrios.

– Que mãe, hein – comentou Jimmy.

– Põe mãe nisso – disse Rick.

Finalmente, ficou quieto de novo. Pisquei, tentando afastar da mente a imagem do bebê gritando, inchado de tantas picadas.

O sol esquentava o pescoço. Era o que Emma chamava de um lindo dia. Tentei sentir o quanto era lindo. E como era bom que o sol brilhasse assim. Pois o sol significava mel. Pelo jeito, seria um bom ano. Um bom ano daria dinheiro no banco. E o dinheiro no banco poderia ser investido no apiário. Era assim que deveria ser. Afinal, quem precisava da Flórida? Isso eu ia dizer para ela hoje à noite: afinal, quem precisa da Flórida?

TAO

E ra noite. Mas não estávamos dormindo. É claro que não estávamos dormindo.

Inicialmente, achamos que íamos para nosso pequeno hospital local no vilarejo, mas em vez disso fomos trazidos para o grande hospital de Shirong. Ele cobria o distrito inteiro. Ninguém nos contou por que fomos trazidos para cá. A ambulância mudou de direção no meio do caminho e, como estávamos sozinhos na frente, não havia ninguém a quem perguntar.

Fomos colocados num quarto para acompanhantes. Vez ou outra escutávamos pessoas passando no corredor, mas a porta nunca foi aberta. Parecia que o quarto seria só nosso.

Eu estava perto da janela. A vista dava para o pátio da recepção, que ficava no centro das edificações, cinco braços brancos e baixos que se estendiam para lados diferentes. Havia luz em algumas das janelas, mas não em todas, longe disso. Uma ala inteira estava escura. O hospital fora projetado para um número de habitantes muito maior do que o distrito tinha hoje, fora construído para outra época. De vez em quando, alguns veículos entravam no pátio, e até um helicóptero pousou ali. Não conseguia me lembrar da última vez que tinha visto um helicóptero. Deve ter sido vários anos atrás, pois não eram usados mais, gastavam muito combustível. O movimento dos rotores agitava o ar, levantando os jalecos brancos da equipe, como se fossem decolar. A porta do helicóptero se abriu, e dele saíram uma mulher de tailleur e dois homens. Nenhum dos três parecia doente, mas andaram a passos largos em direção à entrada principal, dando a impressão de estarem com pressa.

Às vezes a chegada de alguma ambulância era acompanhada de um alarme alto e estrondoso. Então apareciam muitas pessoas, que ficavam a postos formando uma fila de recepção. E o paciente era transferido em ritmo frenético do carro para dentro do hospital, enquanto os enfermeiros e os médicos o atendiam. Foi assim quando nós chegamos também. Mas não o vimos. Aconteceu tão rápido. Wei-Wen já fora levado embora quando autorizaram nossa saída da ambulância. Vimos as costas dos profissionais de saúde desaparecerem com uma maca. Ele devia estar deitado naquela maca, mas não consegui enxergá-lo, as costas brancas o encobriram. Tentei correr atrás deles, só queria ver meu filho. Mas a porta se fechou e foi trancada.

Ficamos parados ali no pátio. Estiquei a mão para Kuan, mas ele estava muito afastado de mim. Não consegui alcançá-lo. Ou talvez ele não quisesse ser alcançado.

Em seguida a porta se abriu, e dois homens vestidos de branco saíram. Médicos? Enfermeiros?

Puseram as mãos em nossos braços, compassivamente, e pediram que os acompanhássemos.

TAO

Eu os segui com todas as minhas perguntas. Onde estava Wei-Wen? O que ele tinha? Ele estava ferido? Teríamos permissão para vê-lo logo? Mas eles não tinham respostas. Só disseram que nosso filho, disseram *filho*, talvez nem soubessem o nome, estava em boas mãos. Daria tudo certo. Então, eles simplesmente nos puseram aqui dentro e sumiram.

Depois de ter ficado horas junto à janela, parada, finalmente ouvi a porta se abrir. Uma médica entrou no quarto. Ela se apresentou como a dra. Hio, sem nos encarar, e fechou a porta atrás de si.

– Onde ele está? Onde está Wei-Wen? – perguntei. A voz vinha de um lugar bem distante.

– Eles ainda estão atendendo seu filho – disse a mulher, aproximando-se um pouco mais.

Ela tinha cabelos grisalhos, mas o rosto era liso, não tinha expressão.

– Ele se chama Wei-Wen – falei. – Posso vê-lo?

Dei um passo em direção à porta. Ela tinha que me levar até ele. Tinha que ser possível. Eu não precisava necessariamente estar a seu lado, talvez ficasse atrás de um vidro, desde que pudesse vê-lo.

– Atendendo? O que você quer dizer com isso? – perguntou Kuan.

Ela ergueu a cabeça e olhou para ele. Não me encarou.

– Estamos fazendo tudo que podemos.

– Ele vai sobreviver, não vai? – perguntou Kuan.

– Estamos fazendo tudo que podemos – ela repetiu num tom suave.

Kuan levou a mão à boca. Mordeu os nós dos dedos. Senti um frio súbito me abalar.

– Temos que vê-lo – falei, mas as palavras eram tão fracas que quase desapareceram.

Ela não respondeu, apenas sacudiu a cabeça levemente.

Não podia ser verdade. Devia haver algum engano. Tudo o que tinha acontecido era um engano. Não era ele que estava deitado lá dentro. Não Wei-Wen. Ele estava na escola, ou em casa. Era outra criança, um equívoco.

– Vocês devem confiar em nós – disse a dra. Hio calmamente, e se sentou. – E enquanto isso preciso que vocês me respondam algumas perguntas.

Kuan fez que sim e se instalou numa cadeira. Continuei em pé.

Ela pegou papel e caneta e se preparou para fazer anotações.

– Seu filho já esteve doente antes?

– Não – respondeu Kuan obedientemente. E virou-se para mim. – Ele já esteve doente? Você consegue se lembrar?

– Não. Somente otite – disse eu. – E gripe.

Ela escreveu algumas poucas palavras no bloco.

– Nada fora do comum?

– Não.

– Outras infecções respiratórias? Asma?

– Nada – falei, num tom duro.

A dra. Hio se virou para Kuan outra vez.

– Ele estava exatamente onde quando vocês o encontraram?

Kuan se inclinou para a frente, encolhendo-se, como se quisesse se proteger daquelas perguntas.

TAO 125

– Entre as árvores, perto do pomar 458, ou talvez 457. Logo ao lado da floresta.

– E o que ele estava fazendo?

– Estava sentado. Curvado. Estava pálido. Suava.

– E foi você quem o achou?

– Sim, fui eu.

– Ele estava com tanto medo – disse eu. – Ele estava apavorado.

Ela fez um gesto de compreensão.

– Ele tinha comido ameixas – continuei. – Tínhamos levado uma lata de ameixas. Ele comeu todas.

– Obrigada – ela tomou mais uma nota em seu pequeno bloco.

Em seguida, virou-se de novo para Kuan, como se ele tivesse todas as respostas.

– Você acha que ele tinha entrado na floresta?

– Não sei.

Ela hesitou.

– O que vocês estavam fazendo lá?

Kuan inclinou-se para a frente outra vez. Lançou-me um olhar inexpressivo, um olhar que não revelava o que estava pensando.

Senti a tensão aumentar, ficou difícil respirar. Não disse nada. Só fixei os olhos nele, tentei implorar, fazer com que ele encobrisse a verdade. Dissesse que fora nossa ideia ir até lá, talvez até ideia dele, quando na verdade era só minha.

Era por minha culpa que a gente estava lá fora.

Kuan não retribuiu meu olhar, só se virou para a médica e tomou fôlego.

– Estávamos fazendo um passeio – disse ele. – Queríamos passar nosso dia de folga de um jeito agradável.

Talvez ele não colocasse a culpa em mim, talvez não me condenasse. Continuei olhando para ele, mas ele não olhou em minha direção. Não ofereceu nada, nenhuma resposta, mas tampouco veio com acusações.

E talvez fosse assim. Talvez essa fosse a verdade. Estávamos juntos nisso, juntos na ida para os pomares. Uma decisão tomada a dois e consensualmente, um meio-termo, não apenas ideia minha.

A dra. Hio parecia não perceber tudo o que havia entre nós. Apenas olhou de um para o outro, compassiva, mais do que puramente profissional.

– Prometo voltar assim que tiver mais informações.

Dei um passo para a frente.

– Mas o que aconteceu? O que ele tem? – Minha voz tremia agora. – Alguma coisa vocês têm que saber, não?

A mulher só sacudiu a cabeça lentamente. Não tinha uma resposta.

– Tentem descansar. Vou ver se consigo arranjar alguma comida para vocês.

Ela saiu, nos deixando sozinhos outra vez.

Havia um relógio na parede. O tempo dava saltos irregulares. Uma vez olhei para o relógio e haviam se passado vinte minutos; outra vez, apenas vinte segundos.

O tempo todo Kuan se encontrava no outro canto do quarto. Onde quer que eu estivesse, ele estava longe de mim. Não era apenas a sua vontade, era igualmente a minha. O obstáculo entre nós era grande demais, intransponível. Diante disso, cada um de nós se transformou numa camada de gelo tão fina como a que se formava nas poças no outono e se despedaçava ao toque mais leve.

Tomei um gole de água. Deixou um gosto azedo na língua, era água de algum tanque, água que sempre havia ficado parada.

Já tinha escurecido. Nenhum de nós acendeu a luz. Para que luz? Uma hora se passara desde a visita da médica.

Conferi o corredor. Não havia ninguém atrás do balcão.

Continuei a andar, só encontrei portas trancadas. Encostei o ouvido numa delas, mas não escutei nada. O zumbido intenso do ar condicionado abafava tudo.

De volta outra vez. Só ficar aqui. Esperar.

GEORGE

Chegamos às colmeias perto da fazenda dos Satis. Fiquei com aquelas mais próximas da estrada principal. Consegui vislumbrar Jimmy e Rick avançando sobre a planície. Eu estava cansado, mas não exausto. Sabia que à noite cairia no sono como alguém que tivesse sido desligado da tomada.

Estava prestes a retirar a tampa da última colmeia quando Gareth apareceu. Gareth Green.

Sua carreta vinha rugindo pela estrada, seguida por outras três. Assim que me viu, ele parou. Parou mesmo. E as carretas atrás dele foram obrigadas a esperar, a ficar ali com o motor ligado e o sol batendo bem no para-brisa. Só esperando por Gareth. Com certeza, não era a primeira vez.

Ele saiu da cabine com um largo sorriso no rosto, óculos de sol com lentes espelhadas e pele bronzeada. E um boné verde-limão com a inscrição *Clearwater Beach, Spring Break 2006*. Comprado numa liquidação lá no sul, talvez. Gareth gostava de coisas baratas, mas que parecessem caras, pois também gostava de impressionar os outros. Deixou a porta aberta e o motor ligado.

– E aí? Tudo em ordem aqui em cima?

Ele fez um gesto para mim e minhas colmeias, que estavam espalhadas a intervalos irregulares pela planície. Não havia muitas delas. Pareciam esparsas.

– Está tudo bem – disse eu. – Um inverno bom. Perdi poucas.

– Que bom. Que bom. Bom saber. A gente também. Pouco desperdício. – Gareth sempre usava a palavra desperdício para referir-se às abelhas. Como se fossem plantas. Plantas alimentícias.

Ele indicou a paisagem em volta.

– Agora a gente vai se instalar aqui para uma temporada. Peras.

– Maças não?

– Não. Acabou sendo pera este ano. Consegui uma fazenda maior. Tenho mais abelhas agora, sabe. A fazenda de Hudson é pequena demais para a gente.

Não respondi. Fiz apenas outro gesto com a cabeça.

Ele também fez um gesto com a cabeça.

Então estávamos ali os dois fazendo gestos com a cabeça, enquanto nossos olhares se desviavam para lados opostos. Como duas figuras de brinquedo, daquele tipo que existia quando eu era pequeno, cujas cabeças eram soltas e se punham em movimento com um pequeno empurrãozinho. E assim ficavam, tal como nós, sem parar de mexer a cabeça e olhando para o nada.

Ele encerrou com um último gesto em direção às carretas.

– Estou na estrada faz tempo. Vai ser bom me ajeitar por aqui.

Segui seu olhar. Colmeias e mais colmeias, todas pré-fabricadas e de isopor, estavam amarradas em cima das carretas e cobertas por uma tela verde de malha fina. O ronco dos motores encobria o zunido das abelhas.

– Califórnia, é de lá que estão chegando? – perguntei. – Quantos quilômetros são de lá?

– Você está por fora. – Ele riu. – A Califórnia foi em fevereiro. Amêndoas. A temporada acabou faz tempo. Agora estamos chegando da Flórida. Limões.

– Ah, limões.

– E laranjas sanguíneas.

– Entendi.

Laranjas sanguíneas. As laranjas comuns não bastavam para Gareth.

– Dirigi durante 24 horas – continuou. – É pouca coisa, em comparação com a viagem anterior. Da Califórnia para a Flórida. Aquilo é dirigir pra valer. Só a travessia do Texas leva quase 24 horas. Você tem ideia do tamanho daquele estado?

– Não. Não cheguei a pensar nisso.

– É grande. O maior estado que temos. Com exceção do Alasca.

– Certo.

As quatro mil colmeias de Gareth viajavam o ano inteiro, nunca descansavam. O inverno, passavam nos estados do sul – pimentões na Flórida, amêndoas na Califórnia, de volta para as laranjas na Flórida, as laranjas sanguíneas, que pelo visto eram a novidade do ano ali. Em seguida, rumavam ao norte para três ou quatro paradas durante o verão. Maçãs ou peras, mirtilos, abóboras. Só em junho ficavam em casa. Aí ele fazia o balanço, como dizia, avaliava as perdas, unia as colmeias, fazia os reparos.

GEORGE

– Aliás, encontrei Rob e Nellie lá embaixo – disse.

– É mesmo?

– Como é mesmo o nome do lugar, Gulf Village?

Então ele tinha ido até lá. Para o suposto paraíso.

– Gulf Harbors.

– Isso mesmo! Você também ouviu falar disso. Gulf Harbors, sim. Vi a casa nova. Bem de frente para o canal. Arranjaram um jet ski. Tom me levou para dar uma volta. Até vimos golfinhos, acredita?

– Nossa, golfinhos. Não peixes-boi?

– Não. Peixes-boi? O que é isso?

– Rob e Nellie se gabaram disso. De ter peixes-boi na porta de casa.

– Nossa. Não. Não vi nenhum boi. De qualquer forma, os dois se ajeitaram bem por lá. Ótimo lugar.

– É o que ouvi falar.

Uma das carretas atrás da dele acelerou o motor. Impaciente. Mas Gareth ignorou. Era o jeito dele. Eu estava louco para sair dali. Mas ele continuou com a maior calma, parecendo não querer terminar nunca.

– E você? – Ele tirou os óculos e olhou para mim. – Vai fazer algumas viagens?

– Vou, sim – respondi. – Viagens não faltam. Vou partir daqui a algumas semanas. Maine.

– Mirtilos, como sempre?

– Isso. Mirtilos.

– Então a gente se vê, talvez. Também estou com Maine esse ano.

– É mesmo? Então a gente se vê. – Tentei forçar um sorriso.

– White Hill Farm, sabe onde fica? – Ele coçou a cabeça por baixo do boné, o verde do tecido refletiu em sua mão.

– Não – falei. Era a maior fazenda das redondezas. Todo mundo, até a criança mais nova, sim, até cada cachorro, sabia onde ficava.

Ele sorriu, não respondeu, devia saber que eu estava mentindo. Então, finalmente, ele se virou para a carreta outra vez, fez uma continência com a mão no boné, piscou com desenvoltura para mim e se sentou na cabine.

Quando foram embora, a nuvem de poeira ofuscou o sol.

Gareth e eu estudamos juntos. Ele era um sujeito frouxo. Comia demais, não exercitava o corpo, sofria muito com eczemas. As meninas não tinham interesse por ele. Nem nós, meninos. Por algum motivo ele se apegara a mim. Talvez por eu não ter coragem de humilhá-lo o tempo todo. Devo ter percebido que havia uma pessoa lá dentro. E minha mãe ficava sempre no meu pé. *Você deve tratar todos bem, especialmente aqueles que têm poucos amigos.* Gareth pertencia claramente a essa categoria, aquela de gente com poucos amigos. Minha mãe era assim. Impossível ser um canalha com a voz dela sempre na cabeça. Minha mãe até me forçou a convidar Gareth para ir a nossa casa algumas vezes. Ele achava o máximo jantar com a gente. Meu pai nos levava para ver as abelhas. Gareth não parava de fazer perguntas. Ficava muito mais interessado do que eu, ou pelo menos do que eu tinha dado a impressão de ficar. E obviamente meu pai explicava tudo com prazer.

GEORGE

No colegial, a gente felizmente perdeu o contato. Ou melhor, foi mais fácil manter distância. Tive a impressão de que Gareth se deixou absorver pela escola e pelo trabalho. Ele tinha um emprego de meio período na loja de ferragens, começou a fazer um pé-de-meia já naquela época. Com o tempo, os quilos a mais foram embora, e pelo visto ele comprou uma daquelas lâmpadas de solário, o que ajudava a amenizar o eczema e deixava sua pele sempre levemente dourada. Ficava bem, tenho que admitir.

Além do mais, ele conseguiu arranjar uma menina bem bonita. Depois do colegial, adquiriu um pedaço de terra e não é que começou a mexer com apicultura? O negócio ia muito bem. Aparentemente, Gareth levava jeito. Ele expandiu a atividade, aumentou o número de colmeias. Teve filhos, mais bonitos do que Gareth tinha sido, nada de eczema neles. E agora ele já virara um figurão. Um dos maiores da cidade. Aos domingos, passeava com a família em um grande SUV alemão. Tinha se tornado membro do Clube de Campo, pagava 850 dólares por ano para que a família inteira pudesse ficar lá no bate-bola, debaixo de sol e de chuva. Pois é, eu tinha conferido o preço.

Ele também investiu na construção da nova biblioteca. Uma placa lustrosa de bronze informava a todos que se dessem ao trabalho de ler, e muitos se davam a esse trabalho, que a comunidade local era profundamente grata à Green's Apiaries por sua generosidade na realização daquele projeto.

A vingança dos nerds, é disso que se tratava. E nós, que não tínhamos sido especialmente nerds na época da escola, mas populares na medida certa, fomos obrigados a ficar na plateia vendo como Gareth nadava em mais grana a cada ano que passava.

Pois todos que mexiam com abelhas sabiam que o dinheiro de verdade não estava no mel, os ativos de Gareth não vinham do mel. Os grandes lucros estavam na polinização. A agricultura não tinha chance sem as abelhas. Quilômetros de amendoeiras ou arbustos de mirtilo em flor não valiam nada sem as abelhas. Delas dependia a transferência do pólen de uma flor para a outra. As abelhas eram capazes de cobrir vários quilômetros num dia só. Milhares de flores. Sem elas, as flores eram inúteis. Bonitas de ver enquanto durassem, nenhum valor a longo prazo. As flores murchavam, morriam, sem dar frutos.

Gareth tinha apostado na polinização desde o início. Suas abelhas sempre foram colônias itinerantes. Estavam sempre na estrada. Li que isso as estressava, não lhes fazia bem, mas Gareth sustentava que elas não percebiam nada, que estavam tão bem quanto as minhas.

Talvez Gareth tenha apostado nessa área justamente por ter entrado no ramo vindo de fora. Compreendeu para onde as coisas estavam rumando, que os pequenos apiários, como o meu próprio, administrados mais ou menos do mesmo jeito por muitas gerações, não faziam entrar dinheiro no caixa. Não faziam antes e com certeza não fariam agora. Cada pequeno investimento era um esforço, e a gente vivia à mercê do amistoso banco local, que nem sempre era tão rigoroso com os prazos de pagamento das prestações. Confiava na capacidade das abelhas de fazer seu trabalho ano após ano. Confiava em mim mesmo quando dizia que a meleca aguada e barata da

GEORGE

135

China, que era vendida como mel e chegava em quantidades maiores a cada ano, não tinha importância, que os preços do mel se manteriam no nível de sempre, que as perspectivas de ganhos estáveis eram boas, que o clima cada vez mais imprevisível não tinha impacto na nossa atividade, que poderíamos garantir uma boa venda no outono. Que o dinheiro ia entrar com facilidade, assim como antes.

Era tudo mentira. E por isso eu precisava reestruturar a operação. Ficar como Gareth.

WILLIAM

— Quer que eu faça para você? – perguntou Thilda. Ela estava perto da porta com os instrumentos de barbear e um espelho nas mãos.

– Você pode se cortar com a navalha – respondi.

Ela fez que sim. Sabia tão bem quanto eu que nunca tivera muita firmeza nas mãos.

Um pouco mais tarde, ela entrou com uma bacia de rosto, sabonete e escova. Colocou tudo na mesa de cabeceira, que em seguida encostou na cama, de modo que proporcionasse um bom ângulo de trabalho. Por fim, pôs o espelho ali. Ficou aguardando enquanto eu o erguia. Será que estava receosa de minha reação?

Era um homem diferente que olhava para mim. Eu deveria ter ficado assustado, mas não fiquei. Pois o aspecto desleixado, rechonchudo, tinha sumido. Foi-se o comerciante prazenteiro. Aquele que retribuía meu olhar era outro, alguém experimentado. Uma ideia paradoxal, já que eu havia ficado de cama durante meses e não tivera outra experiência além de meus pensamentos desprezíveis. Mas a imagem refletida no espelho não disse nada disso. O homem ali dentro lembrava um marinheiro do Pacífico que retorna depois de meses no mar, ou talvez um mineiro que sobe à superfície depois de uma longa jornada no subterrâneo, ou um cientista que volta para casa após uma longa e dramática viagem na selva. Era um homem marcante, esbelto, curtido com elegância. Ele era vida vivida.

– Você tem uma tesoura?

Thilda olhou-me confusa.

– Está comprida demais para eu começar com a navalha.

Ela fez um gesto indicando que entendera.

Logo retornou com uma tesoura de costura. Era desajeitadamente pequena, feita para delicados dedos femininos, mas consegui cortar boa parte da barba desgrenhada.

Lentamente, mergulhei o pincel na água e esfreguei-o no sabão. Formou-se uma espuma com aroma fresco do zimbro.

– Onde está a navalha? – Olhei em volta.

Ela permanecia parada com as mãos fechadas sobre o avental e os olhos fitos no chão.

– Thilda?

Enfim, estendeu-me a navalha que estava em seu bolso. Ela tremia levemente na mão que a segurava, como se Thilda não estivesse totalmente convencida de que deveria soltá-la. Peguei-a e comecei a fazer a barba. A lâmina raspou na pele, não havia sido amolada.

Thilda continuou a me observar.

– Obrigado. Você pode sair agora – disse eu a ela.

Mas ela permaneceu. Os olhos estavam em minha mão, na navalha. E de repente entendi o que a preocupava. Baixei a mão.

– Não é um sinal de sanidade eu estar fazendo a barba?

Ela precisou refletir, como de costume.

– Estou muito agradecida porque você está com disposição para isso – respondeu por fim, mas permaneceu na mesma posição.

Se fosse para fazer algo assim, a questão seria encontrar um método que pudesse dar a impressão de uma morte completamente normal. Dessa forma, eu pouparia Edmund. Eu tinha diversos procedimentos em mente, tive bastante tempo para concebê-los, mas era óbvio que Thilda não estava ciente disso. Ela apenas supôs que, se me deixasse sozinho num quarto com uma ferramenta pontuda, eu agarraria a oportunidade como se fosse a única. Este era o tamanho de sua simplicidade.

Se eu quisesse passar uma borracha em tudo, teria saído na neve há tempos, usando apenas uma camisola. Teria sido encontrado morto de frio no dia seguinte, com a barba e os cílios cobertos de gelo, e a morte seria exatamente isto: o comerciante de sementes perdeu-se no escuro e morreu de frio, pobre coitado.

Ou um cogumelo. A floresta estava cheia deles, e no outono passado alguns foram parar numa gaveta da cômoda do canto esquerdo da loja, devidamente trancada com uma chave à qual eu era o único a ter acesso. O efeito do cogumelo era rápido, em poucas horas a pessoa ficava mole e letárgica, depois passava para um estado de inconsciência, e então se seguiam alguns dias em que o organismo se degradava, antes de entrar em colapso. Um médico atribuiria a morte à falência múltipla dos órgãos. Ninguém saberia que fora autoinfligida.

WILLIAM

139

Ou afogamento. O rio atrás do terreno corria impetuoso até no inverno.

Ou o canil de Blakes, e os sete cães bravios que rosnavam na cerca.

Ou o despenhadeiro íngreme na floresta.

As possibilidades eram muitas, mas agora eu estava aqui raspando a barba e não tinha intenção de recorrer a nenhuma delas, nem à navalha que tinha na mão. Eu me levantara e nunca mais cogitaria tais ações.

– Não se prenda por mim – disse eu a Thilda. – Com certeza você tem afazeres lá fora.

Apontei para a porta, como uma referência para o resto da casa e suas intermináveis exigências: cozinhar, espanar, varrer e esfregar roupas, pisos e tudo o mais que as mulheres fazem questão de manter sempre limpo.

Ela fez que sim e finalmente saiu.

Houve momentos em que tive a impressão de que Thilda ficaria mais do que grata se eu pegasse uma navalha ou talvez, de preferência, uma faca de trinchar, a enfiasse no pescoço e deixasse o sangue jorrar da aorta até não sobrar outra coisa de mim além de uma pele vazia, um casulo abandonado no chão. Thilda nunca o dissera de forma direta, mas tanto ela como eu amaldiçoávamos aquele raio de sol que incidira justamente no nariz dela no salão comunitário, há mais de dezessete anos. Poderia ter incidido em tantos outros, ou em nenhum.

Eu tinha 25 anos, chegara ao vilarejo cerca de um ano antes. Não sei se ocorrera algo com o clima naquele mês, talvez um vento seco tivesse soprado pela região por muito tempo, tornando os lábios de Thilda vermelhos e ressecados, o que a levava a umedecê-los constantemente com saliva. Ou talvez ela tivesse mordido os lábios às escondidas, assim como as moças fazem para ter bocas sedutoras. De qualquer forma, naquele dia, não reparei de modo algum que ela praticamente não tinha lábios. Só me lembro que estava no meio da palestra quando a avistei.

Havia-me preparado muitíssimo bem. Em primeiro lugar, por causa de Rahm. Meu maior desejo era impressioná-lo tremendamente. Sabia que tivera sorte, tantos de meus colegas da universidade foram incumbidos de tarefas muito menos interessantes. Como recém-formado, não poderia fazer muitas exigências. Ficar sob a tutela de um cientista de renome era a melhor oportunidade que alguém poderia ter para ser bem-sucedido. Nessa fase de minha vida, Rahm era a única pessoa que importava. Desde o momento em que passei pela soleira de seu gabinete de estudo, eu estava determinado: ele seria minha relação mais importante. Não apenas minha alma gêmea e meu mentor, mas também meu pai. Eu não tinha mais contato com meu próprio pai, tampouco desejava tê-lo, pelo menos era o que repetia para mim mesmo. Mas sob a tutela do professor eu cresceria e me desenvolveria. Ele me transformaria naquele que eu era de verdade.

Minha falta de experiência também me instigou a fazer preparativos especialmente meticulosos. De fato, nunca tinha dado uma palestra. Quando Rahm pediu minha colaboração para a tarde temática de zoologia que estava organizando, aceitei, mas me pareceu algo insignificante. Era um evento modesto, para os habitantes de Maryville. Com o passar dos dias, porém, aquilo tomou uma dimensão enorme para mim, crescendo de tal forma até se transformar numa situação quase fora de controle. Como seria a sensação? Ficar ali na frente de tantas pessoas, todas ouvindo minha voz, a atenção voltada para mim? Embora os moradores do vilarejo fossem pessoas mais simples – mais, digamos, do que meus pares na universidade –, tratava-se, de qualquer forma, de uma conferência científica. Será que eu estaria à altura de realizar tal tarefa?

E o que me encheu de um temor reverente não foi só o fato de que seria a primeira apresentação da minha vida, mas o que o evento poderia significar para o público. As ciências naturais representavam uma área desconhecida para os moradores do vilarejo. A visão que tinham do mundo baseava-se na Bíblia, o único livro em que confiavam. Percebi que teria a possibilidade de mostrar algo mais a eles, de apresentar as ligações entre o pequeno e o grande, entre a força criadora e a Criação. Eu teria a oportunidade de abrir seus olhos e mudar sua visão do mundo, sim, da própria existência.

Mas como mostrar tudo isso da melhor forma? Escolher o tema tornou-se uma tarefa desmedida, que me fez andar em círculos. Praticamente qualquer assunto era interessante se abordado do ponto de vista das ciências naturais. Os frutos da terra, a descoberta das Américas, as estações do ano. Quantas opções!

No final, foi Rahm quem decidiu tudo para mim. Ele pôs sua mão fria sobre a minha, sorrindo de meu anseio confuso.

– Fale sobre o microscópio – disse. – Sobre as possibilidades que ele nos deu. A maioria deles nem sabe o que é esse instrumento.

Foi uma ideia brilhante, eu mesmo nunca a teria concebido. Assim, aderi a ela.

O dia chegou, com aquele vento seco e o sol brilhando no céu. Não sabíamos ao certo quantas pessoas viriam. Vários dos moradores mais velhos tinham se manifestado contrários ao evento. Afirmavam que o que estávamos fazendo era uma blasfêmia, que não havia necessidade de outros livros além da Bíblia. Mas pelo visto a curiosidade incitara a maioria, pois o salão comunitário logo estava tão cheio que o calor subiu a temperaturas de verão, embora o frio de abril reinasse lá fora. Era uma raridade a pequena Maryville sediar eventos como este.

Fui o primeiro a falar, Rahm quis que fosse assim. Talvez desejasse me exibir, como se eu fosse seu próprio filho recém-nascido, talvez ainda tivesse orgulho de mim naquele momento. Depois de alguns longos minutos, com minha voz a tremer no mesmo ritmo dos joelhos, encontrei a segurança. Apoiei-me nas palavras que foram tão meticulosamente preparadas. Descobri que tinham alcance, que não perdiam sua credibilidade ao sair do papel e se propagar no ar entre mim e a plateia. Elas atingiam seu alvo.

Iniciei com uma rápida delimitação histórica, falando sobre a lente convergente que entrou em uso já no século XVI e, em seguida, sobre o microscópio óptico composto, descrito por Galileu Galilei em 1610. Para mostrar a importância do microscópio na prática, eu tinha decidido falar sobre uma pessoa específica. Escolhi o zoólogo holandês Jan Swammerdam. Ele viveu no século XVII e nunca foi devidamente reconhecido por seus contemporâneos, era pobre e solitário. Para a posteridade, porém, foi um verdadeiro monumento da história natural, talvez precisamente por vincular a Criação à força criadora com tanta clareza.

– Swammerdam – disse eu, passando os olhos pela plateia. – Nunca se esqueçam de seu nome. Seu trabalho nos mostrou que os diversos estágios da vida de um inseto, ovo, larva e pupa, de fato são formas diversas do mesmo inseto. O próprio Swammerdam desenvolveu um microscópio que lhe permitiu estudar os insetos de perto. Durante seus estudos, elaborou desenhos que se diferenciaram de tudo que já tinha sido visto.

Com um gesto dramático, que fora muito ensaiado, apresentei uma ilustração que mandara pendurar atrás de mim.

– Eis aqui a representação da anatomia da abelha, tal como Swammerdam a desenhou em sua *Biblia Naturae*.

Permiti-me uma pausa retórica, deixei o olhar pousar sobre o público, enquanto assimilava os desenhos extraordinariamente detalhados. Naquele exato momento, o sol primaveril, em sua passagem sobre o telhado do salão comunitário, tinha atingido a janela de meu lado esquerdo. Um único raio entrou, expondo as manchas gordurosas de um dos vidros e os grãos de pó rodopiando no ar. Era evidente que o salão não vinha sendo limpo com a devida frequência. Alcançando uma das fileiras de bancos, o raio de sol atingiu a pessoa que estava sentada na ponta esquerda, ao lado de duas amigas: Thilda.

Posteriormente, entendi que aquilo de modo algum fora tão surpreendente para ela como o fora para mim. Era óbvio que eu estava na mente de muitas moças, o jovem naturalista formado na capital, com vestes modernas, eloquente, de estatura um pouco baixa talvez, não o mais atlético – para falar a verdade, eu já lutava contra uma obesidade incipiente. Porém, o que me faltava em termos de vantagens físicas eu compensava em termos intelectuais. Os óculos no nariz, por si só, eram testemunhas disso. Eu costumava posicioná-los um pouco para baixo, de modo que pudesse expor meu olhar sábio por cima da armação. Quando os adquiri, gastei uma noite inteira para encontrar a posição perfeita, o ponto exato no nariz onde ficariam firmes e ao mesmo tempo permitiriam que eu olhasse diretamente nos olhos das pessoas, sem a interferência das pequenas lentes ovais, pois bem sabia que as lentes côncavas faziam os olhos parecer menores. Também sabia que muitas moças achavam minha vasta cabeleira atraente. Usava o cabelo no comprimento médio para valorizá-lo ao máximo. Talvez Thilda já estivesse de olho em mim há tempos, avaliando-me, comparando-me aos outros jovens do vilarejo, percebendo o respeito com que me tratavam, as reverências profundas e os olhares humildes, tão diferente do que se observava com os homens de seu círculo. Estes eram todos grosseiros, com certeza, tanto no trajar quanto na conduta, e eram tratados de forma correspondente.

Thilda usava sua melhor roupa domingueira, alguma coisa azul, um vestido, ou talvez uma blusa, que tinha um caimento bonito sobre o busto. De cada lado do rosto arredondado, os cachos desciam em direção aos ombros, o penteado num padrão que ela compartilhava com todas as amigas e que também poderia ser visto em muitas mulheres casadas – embora o bom senso indicasse que elas devessem ter superado essas futilidades estéticas. No entanto, não foram os cachos nem a roupa que me chamaram a atenção. O que o raio de sol solitário atingiu ao atravessar o ar pesado do salão comunitário foi um nariz excepcionalmente reto e bem proporcionado, como uma ilustração de um livro de anatomia. Era um nariz clássico, e logo fiquei com vontade de desenhá-lo, estudá-lo. Um nariz cujo formato estava em absoluta sintonia com a função. Mas, como ficaria evidente mais tarde, lamentavelmente não havia essa sintonia no caso de Thilda, já que seu nariz vivia vermelho e escorrendo por causa de uma rinite eterna. Mas naquele dia ele somente reluzia, nem brilhante nem vermelho, muito interessado em mim e em minhas palavras, e não consegui tirar os olhos dele.

A pausa retórica alongou-se demais. O público mexeu-se inquieto e ouvi um ruído longo e afetado de pigarro vindo de Rahm, que estava atrás de mim. A ilustração ainda estava pendurada ali, sem ter sido comentada.

Apressei-me a apontar para ela.

— Cinco anos inteiros Swammerdam gastou para estudar a vida na colmeia. Tudo feito pelo microscópio, que lhe deu a possibilidade de captar cada pequeno detalhe. Aqui, sim... Aqui vemos os ovários da rainha. Por meio de seus estudos, Swammerdam constatou que uma única rainha põe os ovos para os três diferentes tipos de abelha: zangões, operárias e novas rainhas.

O público ficou olhando para mim, alguns se contorciam, ninguém parecia entender.

— Isso foi revolucionário naquele tempo, pois muitos até então acreditaram que era um rei, ou seja, um macho, que governava a colmeia. No entanto, com verdadeiro fascínio, com enorme entusiasmo, Swammerdam dedicou-se ao estudo dos órgãos reprodutores do *macho* da abelha. E aqui podem ver o resultado. – Peguei outra ilustração.

– Estas são as genitálias do macho.

Havia rostos inexpressivos diante de mim.

A plateia mexeu-se inquieta. Alguns viraram os olhos para o colo, a fim de examinar detalhadamente um fio solto de tecido no vestido, outros mostraram um interesse súbito pelas formações irregulares das nuvens no céu, que podiam avistar através das janelas.

Dei-me conta de que provavelmente nenhum deles sabia o que eram ovários ou genitálias e senti uma necessidade urgente de que entendessem. Chegou então o momento da palestra que nunca se tornaria parte da história que Thilda contava a nossos filhos e tampouco seria mencionado entre mim e ela. Durante anos, a mera lembrança do que aconteceu me fez arder de vergonha.

– Os ovários são as glândulas genitais... Quer dizer, o sistema reprodutor feminino. Neles são produzidos os ovos... que se transformam em larvas.

Assim que as palavras saíram entendi no que tinha embarcado, mas não podia parar agora.

– E as genitálias, por sua vez, são a mesma coisa que, hum... os órgãos reprodutores do macho da abelha. São essenciais no processo de, hum... criar novas abelhas.

Um murmurar de espanto passou pela plateia tão logo se tornou claro o que os desenhos representavam. Por que eu não tinha previsto o efeito que esse tema teria? Para mim, era uma parte óbvia das ciências naturais, mas para eles era assunto pecaminoso, sobre o qual se guardava segredo, sobre o qual jamais se falava. A seu ver, minha paixão por esse assunto era imunda.

Entretanto, ninguém saiu, ninguém me interrompeu. Se pelo menos alguém tivesse feito isso... Somente alguns ruídos sinalizavam que tudo estava dando errado: traseiros que se mexiam nos bancos de madeira, botas que raspavam no chão, pigarros fracos. Thilda baixou a cabeça. Será que estava corando? Suas amigas entreolharam-se, mal disfarçando a risada, e eu, a besta que sou, continuei, na esperança de que o resto da palestra deslocasse a atenção das palavras que acabara de proferir para aquilo que de fato importava.

– Três páginas inteiras ele dedicou a isso na obra de sua vida, a *Biblia Naturae*, ou a *Bíblia da Natureza*. Aqui vemos algumas de suas ilustrações incrivelmente detalhadas das geni... genitálias do zangão, o macho da abelha. – A palavra pesava na boca. – Os diferentes estágios, como se abrem, se desenvolvem e hum... intumescem plenamente na maturidade. – Será que eu de fato disse isso? Um olhar de relance para o público me confirmou que sim. Forcei os olhos a voltarem para o texto e continuei lendo, embora só ficasse cada vez pior.

– O próprio Swammerdam comparou-as a... monstros marinhos exóticos.

A essa altura, elas, as amigas, já estavam dando risadinhas.

Não tive coragem de olhar para elas, preferindo pegar a obra de Swammerdam e citar as palavras incríveis sobre as quais eu mesmo tinha ponderado tanto. Agarrei-me ao livro, torcendo para que os ouvintes finalmente percebessem a verdadeira paixão.

– Se o leitor olhar para a estrutura admirável deste órgão, descobrirá arte da mais alta qualidade e compreenderá que Deus, até no menor inseto, até nos órgãos minúsculos deste, esconde milagres arrebatadores.

Atrevi-me a erguer os olhos e ficou muito óbvio, absolutamente claro, que eu fora derrotado, pois os rostos que olhavam para mim estavam, na melhor das hipóteses, abalados, alguns até furiosos. E enfim compreendi, captei plenamente o que eu tinha feito. Não conseguira lhes falar sobre as maravilhas da natureza, tinha ficado aqui no palco discursando sobre as maiores obscenidades e, ainda por cima, misturando Deus naquilo tudo.

Não contei o resto da história: que o pobre Swammerdam nunca foi capaz de qualquer outra coisa depois disso, que sua carreira terminou. O estudo das abelhas lançou-o num turbilhão de ruminações religiosas, pois a perfeição do inseto assustou-o, e ele se viu forçado a lembrar a si mesmo, constantemente, que só Deus, e não essas pequenas criaturas, era digno de suas investigações, seu amor e sua atenção. Em face da abelha, era difícil acreditar que houvesse algo mais perfeito, nem mesmo Deus. Os cinco anos em que praticamente viveu numa colmeia destruíram-no para sempre.

Naquele momento, percebi que se contasse isso eu não seria apenas ridicularizado, mas odiado, pois ninguém desafia o todo-poderoso.

Dobrei o manuscrito enquanto o rubor subia-me às faces e tropecei como um menino ao descer do palco. Rahm, a quem eu quisera impressionar, mais do que a qualquer outra pessoa, estava com o rosto congelado num sorriso estranho, visivelmente lutando para conter uma risada. Ele me fez lembrar meu pai, meu pai de verdade.

Apertei a mão de várias pessoas que tinham ouvido a palestra. Muitas não sabiam o que dizer, e notei os cochichos à minha volta, ora acompanhados de risadinhas incrédulas, ora denotando raiva e choque. O rubor espalhou-se do rosto para a espinha dorsal e se propagou pelas pernas, que foram tomadas por um tremor incontrolável. Procurei, em vão, disfarçar. Rahm deve ter notado, pois colocou uma das mãos em meu ombro e disse baixinho:

– Estão presos às trivialidades. Nunca serão como nós.

O consolo não ajudou, só ressaltou a diferença entre mim e ele. Rahm jamais escolheria exemplos que ofendessem os ouvintes. Entendia o que poderiam suportar, sabia lidar com o equilíbrio entre nós e eles, sabia que o mundo da ciência e o do povo eram espaços distintos. Como para frisar o que tinha dito e minha evidente falta de compreensão do público, ele de repente riu. Foi a primeira vez que ouvi sua risada. Era breve e baixa, mas tive um sobressalto mesmo assim. Virei-me para o outro lado, não suportei olhar para ele. A risada pesava demais dentro de mim, esvaziava todo o consolo, machucava tão intensamente que dei um passo para me afastar dele.

E ali estava ela.

Talvez tenha sido a fraqueza, a vulnerabilidade mal escondida em mim naquele dia que motivara Thilda a se expor. Eu já não era apenas o forasteiro misterioso que se ocupava com algo sublime e incompreensível na casa do professor. Pois ela não riu. Ofereceu-me a mão enluvada, fez uma reverência e agradeceu-me pela "hum... estupenda" palestra. Um pouco atrás, as amigas continuavam a dar risadinhas. Mas o ruído delas desapareceu para mim, *elas* desapareceram para mim. Nem vi Rahm, somente a mão. Segurei-a por muito tempo na minha, senti como o calor da pele irradiou através da luva, como a força dentro de mim retornou por meio dessa mão. Ela não zombou nem riu de mim, e eu me senti infinitamente grato. Os olhos brilhavam em cima do belo nariz. Eram um tanto afastados um do outro e pareciam estar bem abertos para o mundo e para a vida, mas sobretudo para mim. Imagine, para mim! Nunca antes uma moça tinha me olhado assim. Era um olhar que deixava transparecer que ela estava disposta a se entregar por completo, a me dar tudo, e só a mim. Pois só para mim olhou desse jeito, para mais ninguém ali. Essa ideia causou novo tremor em minhas pernas, o que me levou a olhar para baixo. Foi como cortar um cordão, era fisicamente dolorido, e eu não desejava outra coisa senão retomar esse contato visual e esquecer o mundo em volta.

Durante meses o povo do vilarejo não parou de falar sobre minha apresentação. Se antes me cumprimentavam unicamente com respeito e deferência, agora várias pessoas, sobretudo os homens, apertavam minha mão com mais força, davam-me tapinhas nas costas e falavam comigo com meios sorrisos e ironia mal velada. As palavras *intumescer plenamente, a Bíblia da Natureza* e *monstros marinhos exóticos* perseguiram-me durante anos. Da mesma forma, ninguém jamais se esqueceu de Swammerdam, e seu nome passou a ser usado em muitos e distintos contextos. Quando os cavalos se acasalavam no prado, aquilo era descrito como uma "atividade swammerdamiana". Homens bêbados que precisavam se

WILLIAM

aliviar no botequim de noite diziam que só dariam uma saída para "arejar o swammerdam". E a especialidade da padaria local, uma empada alongada recheada de carne, de repente ficou conhecida por "swammerpada".

Por incrível que pareça, isso me incomodou pouco. De certa forma, o declínio de minha posição social estava sendo bem compensado. Pelo menos foi assim que pensei ao me casar com Mathilda Tucker alguns meses depois da palestra. No momento em que descemos do altar da igreja, eu já sabia havia tempo que seus lábios eram estreitos, tipicamente britânicos. Tinha-me atrevido a um beijo ao pedi-la em casamento e, para meu pesar, descobri que de modo algum possuíam a capacidade de se abrir como uma flor grande, secreta e úmida, ou talvez um monstro marinho, como eu fantasiara nas altas horas da noite. Eram tão secos e duros como pareciam. E o nariz, a bem da verdade, era um tiquinho grande demais. Mesmo assim, senti um ardor nas faces quando nosso matrimônio foi abençoado pelo padre. Afinal de contas, eu estava me casando e a ponto de assumir a vida adulta de verdade. Não percebia, naquele momento, que as imposições dessa vida adulta impossibilitariam a maioria de meus sonhos, obrigando-me a me afastar do mundo da ciência. Pois Rahm tinha razão. Embora eu mantivesse alguns trabalhos científicos sem grande convicção, havia optado por abandonar minha paixão pela disciplina.

Mas eu estava seguro, completamente convencido, de que Thilda era a pessoa certa para mim. Seu comedimento me fascinava, ela sempre pensava bem antes de responder a uma pergunta. Seu comportamento orgulhoso, idem, eu admirava o modo como ela defendia suas opiniões, era uma qualidade raras vezes encontrada em jovens mulheres. Só mais tarde, embora não muito mais tarde, apenas alguns meses após o casamento, entendi que na realidade ela avaliava cada resposta durante tanto tempo porque não era especialmente inteligente. E reconheci o orgulho pelo que de fato era: uma teimosia invencível. Pois ficaria evidente que ela nunca cedia. Jamais.

No entanto, o desejo de me casar com ela tinha uma motivação mais importante, que eu não quis admitir sequer para mim mesmo. Só agora, em meu leito de doente, fui capaz de aceitá-la, reconhecer que eu ainda era tão primitivo e voraz como uma criança de dez anos: o fato de que ela era um corpo vivo, macio. Que ela era minha, que seria acessível para mim. Que muito em breve eu poderia achegar-me a seu corpo, deitar-me em cima dele, impulsionar-me contra ele, como se ele fosse terra bruta e úmida.

Só que essa parte também não saiu como eu tinha sonhado. Fora antes uma ocorrência fria e apressada, com botões e fitas em excesso, barbatanas de espartilho, meias de lã que pinicavam e um cheiro acre de axilas. Mesmo assim, fui atraído para ela com o instinto de um animal, de um zangão. Vezes sem conta, pronto para a procriação, embora nunca tivesse desejado descendentes. Assim como o zangão, sacrifiquei a vida pela procriação.

TAO

— E stão fazendo o que podem. Já falaram que estão fazendo o que podem.

Kuan colocava folhas de chá no bule que uma enfermeira acabara de nos dar. Com mãos calmas, ele se serviu de uma xícara. Como se estivéssemos em casa, como se fosse um dia normal. Um dia. Mais uma noite. Será que eu tinha comido? Não sabia. A intervalos regulares, eles nos traziam comida e bebida. Bem, alguma coisa eu tinha ingerido, umas colheradas de arroz e um pouco de água para estancar a sensação de vazio no estômago. Havia sobras endurecidas na tigela de alumínio, uma massa fria e pegajosa. Mas eu não tinha dormido. Nem tomado banho. As mesmas roupas de ontem, de antes de tudo acontecer. Eu havia me arrumado, posto a roupa mais bonita que tinha, uma blusa amarela e uma saia que ia até os joelhos. Agora eu odiava o tecido sintético no corpo. A blusa estava apertada demais embaixo dos braços e as mangas eram muito curtas, por isso eu não parava de esticá-las.

— Mas por que não falam nada?

Eu estava em pé. Nunca ficava sentada. Ficava em pé e andava, corria uma maratona enjaulada. Estava com as mãos úmidas, suava o tempo todo. A roupa grudava em mim. Havia um odor em torno de mim, um cheiro que nunca antes senti.

– Eles sabem mais sobre isso do que nós. Só temos que confiar neles.

Kuan tomou um gole de chá. Aquilo me encheu de raiva. A maneira de beber, o vapor da xícara, como subiu até seu nariz, o ruído fraco de cada gole. Era algo que ele tinha feito milhares de vezes antes. Não deveria fazer isso agora.

Ele poderia gritar, berrar, xingar, me culpar. O fato de permanecer sentado assim, com a xícara entre as mãos, se esquentando nela, as mãos totalmente calmas...

– Tao? – Ele pôs a xícara de lado abruptamente, como se entendesse o que eu estava pensando. – Por favor...

– O que você quer que eu fale? – Encarei-o com um olhar penetrante. – Tomar chá não ajuda nada!

– O quê?

– Foi uma figura de linguagem.

– Entendi. – Seus olhos brilhavam.

É nosso filho, eu queria gritar. Wei-Wen! Mas apenas desviei o rosto, não aguentei olhar para ele.

O som do chá sendo despejado. Ele se levantou e se aproximou de mim.

Eu me virei. Ali estava ele, estendendo uma xícara de chá fumegante para mim, com a mão firme.

– Talvez ajude – disse ele baixinho. – Você precisa tomar alguma coisa.

Imagine se ajudaria... Tomar chá. Será que *esse* era seu plano? Não fazer nada. Só ficar sentado aqui. Tão passivo, sem vontade de mudança, de controle, de fazer alguma coisa.

Mais uma vez desviei o rosto. Não poderia dizer tudo isso. Ele tinha razão de sobra para me acusar.

O fardo entre nós não estava distribuído de forma igual. Mesmo assim, ele não me recriminava, não punha a culpa em mim. Continuou de pé ali, com a xícara de chá estendida, o braço formando um ângulo reto com o tronco, rígido, de um jeito quase antinatural. Tomou fôlego, talvez estivesse a ponto de dizer algo mais.

Nesse mesmo instante, porém, a porta se abriu. A dra. Hio entrou. Era impossível decifrar sua expressão. Lamento? Rejeição?

Ela não nos cumprimentou. Limitou-se a fazer um gesto na direção do corredor.

– Por favor, me acompanhem até meu escritório.

Eu a segui de imediato. Kuan ficou parado com a xícara na mão, como se não soubesse o que fazer com ela. Então finalmente se recompôs e deixou a xícara depressa sobre a mesa. Um pouco de chá derramou-se. Ele viu e hesitou.

Será que perderia tempo enxugando? Não. Ele se endireitou rapidamente e nos acompanhou.

Ela seguiu na frente. Kuan e eu não olhamos um para o outro, o grande assunto continuou abafado. Só fixamos os olhos nela. Tinha as costas eretas dentro do jaleco branco. Movimentava-se com ligeireza e facilidade. Seu cabelo estava preso num rabo de cavalo que balançava como se fosse de uma moça.

Ela abriu uma porta e entramos numa sala pintada de cinza. Um espaço sem personalidade. Nenhuma foto de criança adornava as paredes; sobre a mesa, apenas um telefone.

– Sentem-se, por favor.

Ela nos indicou duas cadeiras e puxou a dela para o outro lado da mesa, evitando assim nivelar-se conosco. Talvez tivesse aprendido no curso de medicina que a mesa lhe conferia autoridade. E que, ao falar de algo sério, era melhor se apresentar da forma mais humana e compassiva possível.

Algo sério. Ela ia dizer algo sério. De repente desejei que ela estivesse sentada de outro jeito, não tão próximo. Inclinei-me para trás, afastando-me dela.

– Podemos vê-lo? – perguntei logo. Subitamente, perdi a coragem de fazer as outras perguntas. *Como está indo, o que está acontecendo com ele, o que nosso filho tem?*

Ela olhou para mim.

– Infelizmente, vocês não podem vê-lo ainda... E lamento dizer que fui dispensada da responsabilidade sobre seu filho.

– Dispensada da responsabilidade? Mas por quê?

– Trabalhamos com várias hipóteses relativas ao diagnóstico. Mas... ainda continua incerto. – Seu olhar vacilou. – De qualquer forma, o caso é tão complicado que foge de minha área de competência.

Tive uma leve sensação de alívio. As palavras piores não foram usadas. Ela não disse *partiu, morreu, faleceu*. Disse que era complicado, que tinham hipóteses. Isso significava que ainda não tinham desistido dele.

– OK. Tudo bem. Quem assumiu?

– Uma equipe trazida de Pequim para cá por helicóptero, ontem à noite. Vou lhes dar os nomes assim que me informarem.

– Pequim?

– São os melhores.

TAO 157

– E nesse meio tempo?

– Fui incumbida de dizer a vocês que terão de esperar. Que podem voltar para casa.

– O quê? Não!

Eu me virei para Kuan. Ele não ia dizer nada?

A dra. Hio se retorceu na cadeira.

– Ele está nas melhores mãos.

– Não sairemos daqui. É nosso filho.

– Fui instruída a dizer que vai demorar até eles saberem mais. E não há nada que vocês possam fazer aqui agora. O caso de Wei-Wen foi algo muito fora do comum.

Congelei. *Foi.*

As palavras saíram quase inaudíveis quando enfim abri a boca.

– O que você está tentando dizer?

Virei-me de novo para Kuan, procurando ajuda, mas ele permanecia imóvel. As mãos repousavam no colo. Não questionaria nada. Tornei a olhar para ela.

As palavras saíram de minhas entranhas:

– Ele está vivo? Wei-Wen está vivo?

Ela se inclinou um pouco para a frente, curvou o pescoço e ergueu a cabeça para nós, uma tartaruga que espreitava para fora da casca. Os olhos estavam redondos, suplicantes, como se ela nos implorasse que não a incomodássemos mais. E não fez menção de responder.

– Ele está vivo?

Ela hesitou.

– A última vez que o vi, ele estava... sendo mantido vivo artificialmente.

Kuan soluçou ao meu lado. Vi que suas faces estavam molhadas, mas isso não me dizia respeito no momento.

– O que significa isso? Que ele ainda está vivo, significa que ainda está vivo?

Ela fez que sim, lentamente.

Vivo. Agarrei-me a essa palavra. *Vivo*. Ele estava vivo.

– Mas não sem ajuda – disse ela em voz baixa.

Não era importante. Eu me forcei a pensar que não era importante. O mais importante era que estava vivo.

– Quero vê-lo – disse eu em voz alta. – Não saio sem que antes o veja.

– Lamento dizer que isso não é possível.

– Ele é meu filho.

– Como já disse, não sou mais responsável por ele.

– Mas você sabe onde ele está.

– Realmente sinto muito...

Eu me levantei abruptamente. Kuan ergueu a cabeça, olhando surpreso para mim. Não retribuí seu olhar, dirigi-me à médica.

– Me mostre onde ele está.

TAO 159

GEORGE

Mandei Rick e Jimmy para casa lá pelas cinco da tarde. Só faltava um terço. Eu mesmo daria conta do resto. Não poderia me dar ao luxo de lhes pagar por horas que não fossem estritamente necessárias.

Ali pela hora do pôr do sol eu estava quase terminando. Foi então que umas moscas superinsistentes invadiram a campina. Onde se enfiavam de dia, eu não fazia ideia. Mas no lusco-fusco elas apareciam, formando grandes nuvens. Era impossível se livrar delas. Pareciam gostar de seres humanos, porque não largavam do meu pé, seguiam cada passo.

A única coisa a fazer era me mandar para casa. Eu estava indo para o carro quando Tom ligou. Não tinha gravado o número, francamente não sabia como fazer isso, mas o reconheci.

– Alô, pai.

– Alô.

– Onde você está?

– Por que você pergunta isso? – disse eu rindo.

– Bem, não sei...

– Antes, as pessoas iniciavam as conversas com "como vai", agora, depois da chegada do celular, as pessoas perguntam onde você está – tentei explicar.

– Pois é...

– Estou no campo. Fazendo a inspeção.

– Ah. E está tudo bem?

– Excelente.

– Legal. Bom saber. Isso me deixa feliz.

Isso me deixa feliz? As palavras soavam estranhas na sua boca. Será que agora falava assim?

– Aliás, o que você acha que isso diz? – perguntei.

– Diz?

– Sobre a sociedade? Que a gente pergunta onde o outro está em vez de como vai?

– Pai...

– Estou brincando, Tom.

Esbocei uma risada. Como sempre, ele não riu de volta. Ficamos calados por alguns segundos. Ri mais alto, esperando que ajudasse. Mas no exato momento em que eu estava ali com a boca escancarada feito porta de igreja aos domingos, uma mosca voou direto para dentro dela e chegou bem lá no fundo, posso jurar que bateu na úvula. Fazia cócegas terríveis. Não sabia o que fazer, se deveria tentar tossir para ela sair, ou engolir. Por isso tentei as duas coisas ao mesmo tempo. Não funcionou.

– Pai – disse Tom de repente. – Sabe aquele assunto de que a gente falou quando fui em casa a última vez?

A mosca estava no fundo da goela, se mexendo e fazendo cócegas.

GEORGE

– Você está aí?

Tossi.

– Pelo que eu saiba, sim.

Ele ficou quieto por um momento.

– Ganhei uma bolsa de estudo.

Ouvi que ele respirou fundo. A linha entre nós crepitou, como se o sinal telefônico protestasse contra a conversa inteira.

– Não vai te custar um centavo, pai. John cuidou de tudo.

– John? – minha voz soou roufenha, a mosca estava presa bem lá no fundo da garganta.

– Sim. O professor Smith.

Tentei desobstruir a garganta, tossi com força, mas não saiu nem mosca nem palavra.

– Está chorando, pai?

– Não, não estou chorando coisa nenhuma!

Tossi mais uma vez. Finalmente, a mosca se soltou, passou sobre a língua, parou na frente da boca.

– Não – disse ele.

Nova pausa.

– Só queria falar isso.

– Agora já falou.

Não podia cuspir agora. Ele escutaria.

– Sim.

– Sim.

– Tchau, então.

– Tchau.

Uma cusparada considerável, e a mosca desapareceu, não vi onde, nem estava muito interessado em estudá-la mais de perto.

Fiquei parado com o celular na mão. Tinha vontade de arremessar o aparelho no chão, ver aquela geringonça eletrônica barata e estúpida se espatifar, aquela que possibilitava o recebimento de notícias ruins até aqui na campina. Mas sabia que seria uma encheção de saco arranjar um novo. E que custava dinheiro. Além do mais, nem era certo que o celular se arrebentasse, o capim já estava alto, macio feito um edredom. Por isso só fiquei parado, com a mão segurando o celular e um aperto no coração.

WILLIAM

E u estava saindo da cegueira, comia bem e comecei a me exercitar de leve. Tomava banho diariamente, pedia roupa recém-lavada com frequência, era capaz de fazer a barba até duas vezes por dia. Depois de todos esses meses como um chimpanzé barbudo, cheguei a gostar da lisura do rosto, de sentir o ar diretamente na pele.

E eu lia até os olhos arderem. Aguentava cada vez mais, um número de palavras cada vez maior. Passava dias inteiros à mesa de estudo, cercado de todos os meus livros, abertos sobre a mesa, sobre a cama, no chão.

Reli Swammerdam, sua pesquisa permanecia sólida. Estudei a colmeia de Huber a fundo, seus quadros práticos, e além disso encomendei o que havia de manuais, revistas e folhetos informativos sobre as práticas de apicultura. Havia muitos deles, conforme descobri. Nos últimos anos, a apicultura se tornara um passatempo para a burguesia, uma atividade para preencher as longas horas entre o almoço e o chá da tarde. Mas obviamente a maioria desses pequenos manuais fora escrita para os leigos, em uma linguagem acessível e com desenhos simples a lápis. Para alguém como eu, demorou pouco para dar uma passada de olhos neles. Alguns descreviam experimentos com colmeias de madeira, outros chegavam a considerar que tinham inventado um novo padrão. Mas até agora ninguém conseguira apresentar uma colmeia que realmente proporcionasse ao apicultor pleno acesso e visão. Não como a colmeia que eu sabia que iria criar.

A essa altura, Dorothea me visitava todos os dias. Aparecia com bochechas vermelhas de cozinheira e pequenas iguarias que ela mesma tinha feito. Provavelmente Thilda lhe dera essa incumbência, na esperança de que eu comesse mais se soubesse que minha filha tinha preparado a refeição sozinha. Teria de lhe dar razão. A comida era supreendentemente saborosa. Pelo visto, Dorothea estava prestes a se tornar uma excelente candidata a dona de casa. Georgiana também vinha de vez em quando. Como uma onda, ela passava pelo quarto com sua voz estridente de criança, interrompendo todas as minhas reflexões, e desaparecia tão repentinamente como entrara. Charlotte era a menos inconveniente. Seu nariz afilado despontava na porta e, em geral, ela pedia um livro emprestado, um de que eu não estivesse precisando no momento. Buscava novos livros toda hora. Logo ela teria lido tudo o que eu tinha, de tão depressa que lia.

Mas Edmund nunca aparecia. À tarde, eu às vezes escutava sua voz do andar de baixo, ou do jardim, ou até do corredor do lado de fora do quarto, mas ele nunca me dava o prazer de sua presença.

Por fim eu fui até ele.

Era início da noite. A casa reencontrara a calma depois do chá da tarde. Em breve se dissolveria em ruídos outra vez, na hora do jantar, mas, neste exato momento, havia um silêncio total.

Bati de leve à sua porta. Ninguém atendeu. Levantei a mão em direção à maçaneta, mas hesitei. Quis dar-lhe tempo. Levei a mão ao rosto, passando-a sobre a face de barba feita. Eu me preparara, havia me lavado, posto uma calça limpa. Desejava intensamente que ele me visse nessa nova versão e esquecesse aquela que vira na última vez.

Esperei mais um pouco e bati de novo.

Nada.

Será que eu podia entrar? Era seu quarto particular. Mesmo assim, eu era seu pai e a casa era minha.

Eu podia, sim. Era meu direito.

Com cuidado, apertei a maçaneta. A porta se abriu totalmente, convidativa.

O quarto estava na penumbra. A única luz vinha de fora, de um céu matizado pelo pôr do sol. Mas o quarto dava para o leste e nos fins de tarde os raios do sol não chegavam até aqui.

Entrei e vi que havia uma chave no lado de dentro. Será que ele costumava trancar a porta? O ar estava saturado, com um odor de almíscar e de algo mais pungente que não consegui identificar. Por todo lado havia peças de roupa espalhadas de forma desleixada, um casaco sobre a cadeira, uma calça e uma camisa na cama. Um lenço estava pendurado em cima do espelho, o mesmo lenço verde-garrafa que ele trajara quando me fez sua visita. Na mesa de cabeceira, havia xícaras e pratos sujos, e um par de sapatos por engraxar estava jogado no chão.

Permaneci imóvel. Uma inquietação invadiu-me. Havia algo de errado com este quarto. Alguma coisa não estava certa.

Será que era a falta de ordem?

Não. Ele era jovem. Era homem. É claro que o quarto seria assim. Eu deveria mandar uma das meninas ajudá-lo a manter o quarto arrumado.

Não era a bagunça, mas outra coisa.

Olhei em volta. Roupas, pratos, sapatos, uma caneca.

Algo estava faltando.

E de repente eu soube o quê.

Sua mesa. Estava vazia. A prateleira rente à parede. Vazia.

Onde estavam todos os livros? Onde estava o material de escrita? Tudo de que precisava para os preparativos para a universidade?

– Pai?

Virei-me depressa. Mais uma vez, ele surgira sem eu perceber.

– Edmund. – Vacilei. Será que eu deveria sair? Não. Porque eu tinha todo o direito de estar aqui. Todo o direito.

– Esqueci uma coisa. – Ele estava ofegante e corado, pelo visto chegara da rua. Hoje também estava bem vestido, mas como que ao acaso, com um colete de veludo vermelho, um sobretudo aberto e um lenço ajeitado ao pescoço. Segurava um porta-moedas na mão e foi depressa até o console na parede lateral perto da cama. Ali havia um pequeno cofre que ele agora abria e remexia. As moedas tilintaram. Ele abriu o porta-moedas e depositou algumas no cofre. Então finalmente se virou para mim.

– Você queria alguma coisa?

Ele não estava indignado por eu ter invadido seu quarto, parecia não ter importância alguma.

– Onde você vai? – perguntei.

Ele fez um gesto para o ar, para o nada.

– Vou sair.

– O que significa "sair"?

– Pai... – Ele sorriu, parecia ligeiramente resignado. Não consegui lembrar a última vez que o vi sorrir, e é claro que estava em seu pleno direito.

– Peço desculpas – sorri de volta. – Esqueço que você não é mais uma criança.

Ele foi em direção à porta outra vez. Dei um passo para a frente. Será que ele ia embora já? Não poderia esperar um pouco, dar-se tempo de olhar para mim, olhar para mim de verdade, notar como eu estava saudável, como eu estava bem--arrumado, tão diferente da última vez que conversamos?

Ele hesitou e parou. Estávamos em lados opostos da porta, que se abria escura entre nós. Mais dois passos, e ele teria sumido.

– Posso fazer uma pergunta? – disse ele.

– Claro. Você pode perguntar o que quiser.

Dei um sorriso afável. Agora a boa conversa logo seria iniciada, e isso poderia ser o começo de algo totalmente novo para nós.

Ele respirou fundo.

– Você tem algum dinheiro?

Levei um susto.

– Dinheiro?

Ele balançou o porta-moedas e fez uma careta.

– Quase vazio.

– Eu... – Não consegui responder. – Sinto muito.

168   WILLIAM

Ele encolheu os ombros.

– Vou ver com a mãe.

E então foi embora.

Entrei em meu próprio quarto, sentindo-me estranhamente desanimado. Será que a seus olhos eu não passava de um animal provedor? Será que tudo que queria de mim era dinheiro?

Sentei-me à mesa de estudo. Não, não podia ser. Mas dinheiro... Para ele, talvez representasse tudo o que nos faltava. A pobreza que a família vinha enfrentando nos últimos meses... Era absolutamente compreensível que o tivesse afetado. Para ele, a falta de dinheiro foi o sinal mais claro de que seu pai estava doente. O fato de que eu ressuscitara podia ser muito bom, mas eu ainda não conseguira lhe proporcionar o que ele realmente precisava. Ele era jovem. Era óbvio que essa necessidade simples e urgente se tornara essencial para ele. Mas teria de me dar tempo. Pois a ideia que eu tinha em mente poderia lhe dar tanto aquilo de que precisava agora quanto aquilo que com o tempo entenderia ser o mais importante.

Mergulhei a caneta no tinteiro e passei-a sobre o papel. Para um zoólogo, os desenhos de observação são parte importante do trabalho, mas infelizmente nunca fui um grande desenhista. Ainda assim, ao longo dos anos, forcei-me a aprimorar a técnica e agora pelo menos era capaz de usar a caneta como ferramenta.

Eu tinha algumas ideias vagas que precisava colocar no papel antes que desaparecessem. Imaginei uma caixa de madeira, com teto inclinado. As colmeias de palha tinham um formato orgânico, como um ninho, quase se misturando com o capim que balançava nos prados. Eu queria criar algo diferente, uma construção concebida com base na civilização, uma pequena casa para as abelhas, com portas, aberturas, possibilidade de inspeção. Uma criação do homem, pois apenas nós, os humanos, éramos capazes de projetar uma construção adequada, uma estrutura passível de monitoramento, que concedesse o controle a nós, não à natureza.

Passei vários dias desenhando, indicando as medidas dos diversos componentes em milímetros, imaginando como a colmeia poderia ser colocada em produção e empenhando todos os meus esforços aos detalhes. A família vivia sua própria vida na casa, fora do quarto, eu mal a percebia. Mesmo assim recebia as visitas diárias de Georgiana e Thilda. E de Charlotte.

Certa manhã ela chegou especialmente cedo. Bateu de leve à porta, como era seu costume.

Primeiro, não respondi, estava entretido demais com os detalhes do teto da colmeia.

Mais algumas batidas.

– Pois não? – suspirei.

A porta abriu-se. Charlotte permaneceu imóvel com um pé na frente do outro, como se esperando para tomar impulso.

– Bom dia, pai.

– Bom dia.

– Posso entrar? – A voz soou calma, mas os olhos vacilavam incertos, voltados para o chão.

– Estou trabalhando.

– Não vou te incomodar. Só queria te devolver este.

Ela me estendeu um livro, segurando-o com ambas as mãos, como se fosse algo valioso. Deu alguns passos em minha direção, ergueu a cabeça e olhou para mim.

– Eu achei que talvez pudéssemos conversar um pouco sobre ele...

Seus olhos tinham um tom verde acinzentado. Eram um pouco próximos demais um do outro. Não eram como os de Thilda. Aliás, ela era muito pouco parecida com a mãe.

– Pode deixar o livro aí.

Fiz um gesto em direção à estante de livros. Um olhar enfático, que eu esperava ser suficiente e me livrasse de ter de rejeitá-la abertamente.

– Está bem. – Ela baixou a cabeça outra vez e foi até a estante, onde parou.

Detive-me. Era verdade que eu estava ocupado, mas não havia razão para ser ríspido.

– Não posso agora, mas terei muito prazer em conversar com você mais tarde – disse eu numa voz que pretendia soar meiga.

Ela não respondeu, só olhou para o livro que ainda segurava nas mãos.

– Onde ele deve ficar?

– Na prateleira, claro.

– Sim, mas... quero dizer... você não organiza os livros de acordo com um sistema?

– Não. Só deixe o livro aí.

Ela levantou os olhos, empolgada desta vez.

– Que tal eu organizar os livros pra você?

– O quê?

– Os livros. Posso organizá-los alfabeticamente por autores, se quiser.

Pelo visto, ela não desistiria.

– Bem... sim... por que não?

Ela abriu um leve sorriso e se sentou no chão, de frente para a estante. O pescoço era uma linha belamente curvada, com o cabelo preso de forma simples. Nada de coques complicados sobre as orelhas, parecia não se interessar por esse tipo de coisa. Ela se retorceu, mudou de posição. Ao que me pareceu, tinha encontrado uma posição mais confortável para permanecer ali. Com certeza, pretendia ficar bastante tempo.

Então pôs mãos à obra. Trabalhava rápido, com movimentos precisos. E o cuidado com que manuseava os livros... Era como se fossem filhotes de pardal que ela ajudava a devolver ao ninho.

Debrucei-me sobre os desenhos outra vez e tentei continuar, mas não pude deixar de observá-la. O entusiasmo dos movimentos, o esmero, a concentração, a veneração. Cada livro era colocado em alinhamento exato com o próximo. Ela passava os dedos sobre as lombadas para garantir que nenhum se destacasse da fileira. No passado, eu mesmo tinha tratado os livros assim. Ela deve ter percebido meu olhar, porque de repente se virou e sorriu. Lancei um breve sorriso em troca, voltando rapidamente a atenção para o trabalho, com uma sensação estranha de ter sido desmascarado.

Ela levou pouco tempo para terminar. Ouvi que se levantou, mas fingi que não notara, como se estivesse absorto demais em meu trabalho. Mas ela não saiu do quarto.

Ergui os olhos.

– Obrigado.

Ela sorriu em resposta. Mas será que não iria embora? Era impossível trabalhar com essa sombra de carne e osso que ficava ali de pé, respirando.

– Você... você pode se sentar, se quiser – disse eu, enfim, e puxei uma cadeira. Pelo menos isso eu lhe devia.

– Obrigada. – Instalou-se depressa na cadeira. – Não vou incomodá-lo.

Mais uma vez retomei o trabalho.

– O que é *isso*? – perguntou ela apontando para o desenho.

Ergui os olhos.

– O que você acha?

– Uma colmeia – foi a resposta pronta.

Olhei surpreso para ela. Então lembrei que com certeza tinha visto todos os folhetos que me foram enviados.

– Você vai construir essa colmeia? – perguntou.

– Vou *mandar* construí-la.

– Mas... esta é a primeira coisa que você vai fazer?

– A primeira? Você não está vendo todos os livros que já li? – Estiquei o braço apontando para eles.

– Estou – disse ela apenas. Então fixou os olhos nas mãos, que estavam recatadamente entrelaçadas no colo.

A irritação subiu dentro de mim.

– Você não disse que ficaria quieta?

– Me perdoe. Fico quieta agora.

– Estou escutando seu cérebro zunir.

– É só que...

– O quê?

– Você sempre disse que é preciso começar pelo básico.

– Ah é, eu disse isso?

Bem, eu tinha dito, sim. Muitas vezes. Não especificamente a Charlotte, mas a Edmund, quando, ao fazer a lição de casa, queria passar direto para os cálculos mais difíceis, sem ter ainda dominado a multiplicação simples.

Ela ergueu os olhos.

– E você também sempre falou que a zoologia começa pelas observações.

– Ah é?

– Que o fundamento está nas observações. Depois vem o raciocínio.

Senti uma pressão na testa. Minhas próprias palavras na boca de Charlotte. A danada estava coberta de razão.

TÃO

Acompanhamos a dra. Hio. Um elevador para cima, depois, um longo corredor. Em seguida, um elevador para baixo. Ela andava depressa, às vezes olhando para trás. Talvez não quisesse ser vista. Disse que tinha recebido instruções claras, ninguém deveria visitá-lo. Ele estava em uma ala de isolamento. Ninguém estava autorizado a entrar.

– No entanto – continuou ela, falando mais para si mesma. – Você é a mãe. – Ela olhou depressa para Kuan, como se só agora notasse sua presença, e se corrigiu. – Vocês são os pais. Deveriam ter o direito de vê-lo. – A voz tremeu quando ela disse isso, o tom profissional tinha desaparecido.

O que nos aguardava? Wei-Wen num leito hospitalar. Pálido. Os olhos fechados. Os vasos sanguíneos das pálpebras mais visíveis do que o normal. O pequeno corpo, antes tão cheio de teimosia e energia, agora totalmente inerte. Os braços ao longo do corpo, uma cânula com um tubo de plástico num deles. Aqueles braços que envolviam meu pescoço. A bochecha fofa e suave que ele encostava na minha. Tudo cercado de máquinas, aparelhos apitando, telas reluzindo. Tudo estéril. Branco. Solitário?

Era longe, ou será que ela deu voltas a mais? Sempre que passávamos por alguém, ela apenas fazia um breve gesto de cumprimento e apertava o passo. Fomos tragados pelas entranhas do edifício. Como se estivéssemos a caminho de um lugar de onde não havia saída.

Enfim ela parou. Estávamos na frente de uma porta de aço. Ela deu uma rápida olhada em volta, como que para se assegurar de que não havia ninguém por perto, antes de apertar um botão. A porta se abriu com um som de sucção. Uma borracha preta a emoldurava, vedando-a por completo. Passamos pela soleira. Ali dentro ouvia-se o rumor forte de um sistema de refrigeração. A pressão do ar mudou. A porta se fechou atrás de nós, encaixando-se no batente por sucção.

Eu esperava encontrar profissionais da área de saúde. Funcionários vestidos de branco, esterilizados, que nos rodeariam. Vozes ríspidas, autoritárias, *vocês precisam ir embora, precisam sair, essa é uma zona fechada*. Eu tinha ensaiado as palavras que diria. Em relação a Kuan, estava pronta para ser dura. Vi pelo seu olhar que ele já tinha desistido, estava na defensiva, não queria ficar aqui, em território proibido.

Mas o corredor diante de nós estava deserto. A ala estava deserta. Seguimos adiante, mudamos de direção, atravessamos outro corredor. Eu esperava um balcão, uma recepção, médicos passando apressados. No entanto, aqui também não havia vivalma. A dra. Hio seguia na dianteira. Não via seu rosto, mas os passos eram hesitantes, ela andava cada vez mais devagar.

Parou na frente de uma porta. Essa também de aço polido, nenhuma marca de dedos, nenhuma marca de vida, lisa feito um espelho. Uma janela arredondada no meio, uma escotilha, como num antigo navio. Tentei espiar lá dentro, mas o brilho das luzes do teto era forte demais e o reflexo esverdeado impossibilitava ver qualquer coisa do outro lado.

– É aqui. É aqui que ele está – disse ela.

Ela ficou parada, insegura. Então recuou.

– Vocês podem entrar sozinhos.

Pus a mão na porta. O metal estava surpreendentemente frio. Afastei a mão por um instante. Minha palma deixou uma marca de suor no meio de toda a esterilidade. Então abri a porta.

Entrei numa sala sombria. Mal percebi que Kuan me seguia. Demorei a me acostumar à escuridão. A apenas um metro de distância da porta, quase esbarrei numa divisória de vidro que ia do chão ao teto. Atrás dela, havia um quarto hospitalar com mobiliário básico. Um guarda-roupa. Uma cama. Uma mesa de cabeceira de aço. Paredes nuas. Uma cama.

Vazia.

A cama estava vazia.

O quarto estava vazio. Ele não estava ali.

Saí como um furacão para o corredor. Mas parei bruscamente. Ali estava a dra. Hio com outro médico. Falavam depressa e num sussurro. O outro médico se inclinou para ela, rígido e zangado. Reprovador.

Kuan veio atrás de mim e também ficou parado.

– Onde ele está? – perguntei em voz alta.

O médico se virou para nós, calando-se de repente. Alto, magro, pálido. Mãos inquietas, que enfiou nos bolsos do jaleco.

– Infelizmente, seu filho não está mais aqui. Recebeu alta.

TAO　　　　　　　　　　　　　　177

– O quê?

– Foi transferido.

– Transferido? Para onde?

– Para...– ele ainda não tinha olhado para mim.– Pequim.

– Pequim?

– Como talvez já tenham sido informados, ainda não estamos certos quanto ao problema do seu filho. Por isso foi decidido que ficaria em melhores mãos com uma equipe de especialistas.

Kuan não disse nada, apenas fez um gesto de assentimento.

– Não – protestei.

– O quê? – Finalmente o médico olhou para mim.

– Não. Vocês não podem mandar meu filho para longe sem mais nem menos.

– Não o mandamos *para longe*, mas para os melhores especialistas. Vocês deveriam estar gratos...

– Mas por que ninguém falou nada para nós? Por que não poderíamos ter ido junto?

A mesma coisa outra vez. Primeiro a mamãe. Agora ele. Tirados de mim, sem explicação.

– Em que hospital ele está internado?

– Vão ser informados sobre isso.

– Agora!

– Se vocês forem para casa, logo forneceremos mais informações.

Explodi. Não aguentei mais ser ponderada, controlada, sensata. A voz subiu, ficou estridente.

– Me leve até meu filho já! Me leve até ele!

Em dois passos eu estava junto do médico e agarrei seus ombros.

– Quero ver meu filho, você entende?

O sangue me subiu à cabeça, as bochechas ficaram molhadas. Tentei sacudi-lo, e ele só permaneceu imóvel, incrédulo.

Então alguém me pegou e me segurou firme, agarrando meus braços, me imobilizando. Tentando me deixar tão paralisada quanto ele. Kuan. Obediente como sempre.

Não conversamos no trem de volta para casa. A viagem levou quase três horas. Tivemos de trocar de trem. E fomos submetidos a dois controles. Um teste de impressão digital e muitas perguntas. Quem éramos? Onde morávamos? Para onde estávamos indo? Para onde tínhamos ido? Kuan respondeu a todas as perguntas com calma. Não consegui compreender como era capaz disso. Como se fosse o mesmo de sempre. Mas não era. Encontrei seu olhar uma vez, olhos desconhecidos me olharam de volta. Eu me virei para o lado.

O último trecho percorremos a pé. Estávamos a apenas cem metros de casa quando notamos os helicópteros que nos sobrevoavam. O forte barulho aumentava e diminuía. Primeiro, achei que estivessem logo acima da casa, mas ao chegar mais perto vi que circulavam sobre os campos, sobre as pereiras. Sobre a floresta.

Dobramos a esquina e paramos. Na frente de nossa casa, onde as plantações começavam, estavam nossos colegas, todos com a roupa de trabalho. Interrompidos no meio da jornada, tinham se agrupado passivamente ali. Alguns ainda portavam as tesouras de podar e os cestos para entulho. Estavam calados, quietos, apenas olhando espantados para a área diante de nós. À distância vislumbrei a colina onde tínhamos feito o piquenique. Atrás dela estava a floresta selvagem. Acima das árvores voavam as aeronaves e na nossa frente passavam fileiras de tanques de guerra silenciosos. Eles formavam uma parede. Uma parede entre nós e as plantações ali fora. Atrás dos tanques de guerra trabalhavam soldados. Estavam erguendo uma cerca alta de lona branca com centenas de metros de extensão. Trabalhavam com rapidez e eficiência, não diziam nada. O único som que vinha dali era o das batidas nas estacas. Para além dos soldados, atrás do cercado, vislumbrei vultos com macacões inteiriços e capacetes. Protegidos contra algo lá fora.

GEORGE

Não consegui dormir. O aperto ainda estava fincado no coração depois da conversa com Tom. Suas palavras giravam na minha cabeça vezes sem conta. *Ganhei uma bolsa de estudo, não vai te custar um centavo, John cuidou de tudo.*

A meu lado, Emma estava deitada na maior paz, sua respiração era quase inaudível. O rosto estava relaxado, lívido. Ela parecia mais jovem quando dormia. Era quase um desaforo ela poder dormir assim quando eu estava ao seu lado me debatendo.

Uma lâmpada piscou no pátio. Uma das lâmpadas externas estava prestes a queimar, ou talvez estivesse com algum mau contato. O pisca-pisca se transformou em iluminação de discoteca. Um feixe de luz estroboscópica atravessou a janela e bateu nas minhas pálpebras. Puxei o edredom sobre a cabeça, mas não adiantou, só tornou ainda mais difícil fazer o ar chegar aos pulmões.

Enfim levantei, tentei ajustar a cortina e consegui cobrir a fresta lateral por onde a luz entrava.

Mas não foi o bastante. Piscava através da cortina também. Talvez Emma tivesse razão ao sugerir que a gente comprasse uma daquelas coisas que não deixam passar nenhuma luz. Ela tinha me mostrado numa revista, pareciam persianas comuns. Mas isso teria que ficar para mais tarde. Agora a lâmpada precisava ser arrumada. Já. Não ia tomar muito tempo, era uma tarefa simples e manejável. Um problema que eu poderia resolver rapidamente. E não tinha outro jeito, eu precisava arrumar aquela lâmpada para conseguir dormir.

A noite estava quente. Não pus agasalho, saí vestindo apenas a camiseta com que tinha ido dormir. Ninguém ia me ver mesmo.

A lâmpada estava no alto da parede, eu precisava de uma escada. Fui até o celeiro, desenganchei a escada mais alta da parede, saí, coloquei-a no lugar, conferi sua estabilidade e subi.

A cúpula da lâmpada estava totalmente presa. Não ia ser fácil removê-la. Estava quente também. Tão quente que só aguentei tocar nela por breves momentos. Tentei usar a camiseta, segurando a cúpula dentro do tecido enquanto girava, mas não deu. Enfim tirei a camiseta.

A lâmpada piscava a intervalos descompassados, sem regularidade. Não me surpreenderia se fosse mau contato. Emma protestava cada vez que eu fazia trabalhos elétricos sozinho, mas, francamente, os eletricistas te cobram só por você olhar para eles. Devem ganhar uma boa grana, talvez essa fosse a profissão mais acertada. Ou talvez a profissão que Tom devesse ter. Teria sido muito melhor, pouco estudo, trabalho bem pago.

Bolsa de estudo. Não vai te custar um centavo. John cuidou de tudo.

Foi uma decepção, mas não o suficiente para me chocar.

E lá estava eu, sem camiseta, de samba-canção, meias e sapatos nos pés, tentando remover a cúpula suja da lâmpada. Finalmente, ela se soltou. Segurei a camiseta e a cúpula na mão esquerda, e tentei atacar a lâmpada.

– Merda!

Estava fervendo. Tive que descer e deixar a cúpula no chão. Aí subi outra vez. Por sorte, a lâmpada se soltou rapidamente. Mas me ocorreu que pudesse ter algo errado com a voltagem, talvez fosse melhor tirar o soquete todo. Havia risco de incêndio se deixasse isso assim. Não ia ser muito difícil.

De volta para o celeiro a fim de buscar ferramentas. E aí subir na escada de novo.

Eu detestava parafusos Philips. Bastavam poucas voltas para a cruzeta se transformar num buraco no qual a chave de fenda só ficava girando sem pegar. E esses quatro parafusos eram daquele tipo especialmente teimoso e enferrujado. Mas eu era mais teimoso. Esse cara não desistia nunca, não senhor.

Eu me encostei na parede e girei a chave de fenda com toda a força.

Enfim todos os quatro tinham saído. O soquete ainda estava na parede, grudado com a tinta vermelha. Mas eu daria um jeito nisso aí, fazer força não me assustava. Por isso peguei firme e dei um tranco.

O soquete se soltou. Só os fios ficaram, saindo da parede feito minhocas. Cutuquei um deles com o dedo.

– Caralho!

GEORGE

O choque não fora forte a ponto de me desequilibrar. Não o choque por si só. Mas na outra mão eu estava segurando o soquete e a chave de fenda. E a escada também não estava muito firme.

Eu estava deitado no chão. Não sei se desmaiei na queda. Tinha na cabeça uma imagem pouco clara da escada balançando no ar comigo no topo. O próprio desastrado de uma história em quadrinhos. Senti que estava doendo em diversos lugares. Doendo pra caramba.

Bem lá em cima vi os fios se arrastarem pela parede vindo em minha direção. Foquei os olhos. Os fios se acalmaram.

Então surgiu o rosto de Emma. Pálida de sono e descabelada.

– Nossa, George.

– Foi a lâmpada.

Ela levantou a cabeça e descobriu os fios que despontavam do buraco da parede.

Fui me sentando. Devagar. O corpo felizmente estava funcionando. Nada fraturado. E a lâmpada foi tirada. Consegui o que queria.

Ela fez um gesto em direção à escada.

– Você tinha que mexer com isso no meio da noite? – Estendeu a mão e me ajudou a levantar. – Não podia esperar?

Dei alguns passos. A perna latejava, tentei não mostrar o quanto doía. Deveria ter sentido vergonha, mas na verdade só estava aliviado porque tinha conseguido fazer aquilo. Um cabra teimoso. Não era do tipo que caía fora quando as coisas ficavam difíceis.

Emma me deu a camiseta. Quis logo vesti-la, mas ela me interrompeu.

– Espere um pouco.

Começou a limpar minhas costas. Foi aí que percebi como estava imundo. Coberto de poeira e cascalho das meias à raiz do cabelo, as mãos cheias da sujeira pegajosa e preta da lâmpada do pátio.

Eu me desvencilhei de sua mão e vesti a camiseta. Senti que várias lasquinhas de pedra ainda estavam grudadas nas costas, presas entre a pele e o algodão chinês deslavado. Ia doer para dormir, seria como andar com pedras no sapato. Mas não tinha importância, a lâmpada fora tirada, isso é o que contava.

Levantei a escada e fui em direção ao celeiro outra vez. Ia terminar o que tinha começado.

– Preciso buscar fita isolante – disse eu. – Não posso deixar os fios soltos daquele jeito.

– Mas *isso* você pode fazer de manhã, não?

Não respondi.

Ela suspirou.

– Pelo menos, me deixe desligar a energia para você trabalhar. – Sua voz estava mais alta agora.

Eu me virei. Ela esboçou um sorriso. Será que era irônico? Porque eu tinha esquecido o mandamento número um do eletricista.

– Pode ir dormir – foi só o que falei.

Ela encolheu os ombros. Então foi em direção à casa.

– E escuta, Emma – falei para suas costas.

GEORGE

– O quê? – Ela parou. Virou-se.

Eu me endireitei, tomei coragem.

– Não vai ter Flórida nenhuma. Só pra você saber. Não comigo. Aí você vai ter que achar outro. Eu vou morar aqui. Não vai ter nada de Gulf Harbors.

WILLIAM

A colmeia de palha que eu encomendara chegou três dias depois. Instalei-a na meia sombra de um álamo, na parte mais baixa do terreno, aquela parte do jardim onde deixamos a vegetação crescer livremente. Ali não estaria no caminho de ninguém. As crianças nunca ficavam lá embaixo e eu poderia trabalhar em paz de verdade, fazer minhas observações da colônia das abelhas, tomar notas e desenhar sem ser incomodado. Um agricultor da região ao sul da cidade vendeu-me a colmeia sem pestanejar, provavelmente porque lhe ofereci o preço, em vez de perguntar o que ele cobraria. Não tentou sequer negociar comigo. Aceitou a oferta de imediato, o que me fez pensar que provavelmente tivesse conseguido a colmeia pela metade do preço.

Ele começou a dar explicações sobre a colheita do mel, mas eu o dispensei. Evidentemente, não foi por causa do mel que eu adquirira a colmeia.

De um velho lençol, Thilda tinha feito uma roupa protetora para mim, não muito diferente da de um esgrimista. O processo foi complicado: ela precisou ajustar a roupa três vezes, parecia não entender que minhas antigas medidas não se aplicavam mais. Nas mãos, eu usava um par de luvas descartáveis, que, embora deixassem a pele úmida, eram absolutamente necessárias como proteção.

Agora eu estava aqui, debaixo do álamo, só eu e a colmeia, eu e as abelhas.

Peguei um caderno. Os estudos de observação eram um trabalho meticuloso, mas costumavam me dar prazer, pois foi ali, na observação, que tudo começou, que minha paixão se despertou. Imagine se seria possível esquecer isso...

Estava pronto para começar as anotações quando me lembrei de mais uma coisa. Faltava um banco. Como eu tinha perdido a prática depois de todos esses anos!

Um pouco mais tarde eu estava de volta, ofegante, trazendo uma simples banqueta. O suor escorria dentro do macacão, que agora, quando o senti no corpo, parecia justo demais, apertado nas axilas e na virilha.

Sentei e pouco a pouco me acalmei.

Não havia muito para ver. As abelhas saíam da colmeia e voltavam, o que nada tinha de surpreendente. Saíam para colher pólen e néctar. O pólen virava alimento para as larvas, enquanto o néctar era transformado em mel. Era um trabalho meticuloso e tranquilo, sistemático, instintivo, hereditário. Todos eram irmãos, pois a rainha era a mãe de todos. Foram concebidos por ela, mas não estavam subjugados a ela. Estavam subjugados à coletividade.

Queria muito ver a rainha, mas o envoltório de palha ocultava as abelhas e tudo o que elas faziam lá dentro.

Com cuidado, levantei a colmeia e espiei pela parte de baixo. As abelhas voaram de sobressalto e se espalharam ao meu redor, não gostaram nada de ser perturbadas.

Observei favos cheios, um ou outro zangão, vi ovos e larvas. Inclinei-me para observar ainda mais de perto. Senti um formigamento de expectativa na pele, pois agora eu tinha começado, finalmente eu tinha começado!

– O almoço está servido.

A voz de Thilda abafou o zumbido dos insetos e afugentou os pássaros.

Tornei a me debruçar sobre a colmeia. Não me preocupei em responder, as refeições da família já não faziam parte do meu cotidiano, não almoçava com eles há meses. As crianças afluíram para a casa, uma atrás da outra, e desapareceram lá dentro.

– Vamos comer!

Espiei Thilda por baixo do meu braço. Ela estava no meio do jardim olhando para mim. E eis que já vinha rumando para cá.

O garfo da pequena Georgiana raspou no prato vazio.

– Chiu! – disse Thilda. – Deixe o garfo na mesa!

– Estou com fome!

Thilda, Charlotte e Dorothea colocaram as travessas na mesa. Uma com verduras, outra com batatas. E uma terrina com um líquido ralo que se pretendia passar por sopa.

– É só isso? – Apontei para os pratos que foram servidos.

Thilda fez que sim.

– Onde está a carne?

– Não tem carne.

– E a torta?

– Estamos sem manteiga e farinha branca. – Ela me encarou com firmeza. – A não ser que queira usar parte do dinheiro da faculdade.

– Não. Não vamos tocar no dinheiro da formação de Edmund.

De repente percebi por que ela insistira em que eu participasse do almoço da família. Era mais astuciosa do que eu pensava.

Olhei em volta. Os rostos magros das crianças estavam todos voltados para os três pratos desoladores na mesa.

– Então... – disse eu enfim. – Então vamos agradecer o alimento que recebemos.

Baixei a cabeça e orei. A oração parecia imprópria em minha boca. Por isso recitei-a depressa e terminei logo.

– Amém.

– Amém – repetiu a família baixinho.

Pela janela, vislumbrei a colmeia lá no fundo do jardim. Servi-me de pouca comida para poder voltar o mais rápido possível.

Entreguei as travessas para Thilda, que se serviu e as passou para as crianças de acordo com a idade. Deixou-me feliz o fato de Edmund ser o mais velho e ter a oportunidade de se servir depois de Thilda, pois rapazes naquela idade precisam de quatro refeições substanciosas por dia. No entanto, ele pegou pouco e só beliscou a comida. Estava excepcionalmente pálido e magro, como se nunca visse a luz do dia. Também tinha as mãos trêmulas e um pouco de suor na testa. Será que não se sentia bem?

As meninas, em contrapartida, atiraram-se sobre a refeição. Mas era pouca comida para todas elas. Quando a pequena

Georgiana finalmente ganhou sua porção, só havia restos. Charlotte passou uma de suas batatas para a irmãzinha.

Comemos em silêncio. Em poucos minutos, a comida sumiu dos pratos das meninas.

Durante toda a refeição, senti os olhos de Thilda em mim. Ela não precisava dizer uma palavra, eu sabia muito bem o que ela queria.

GEORGE

Saí de madrugada. Levei uns sanduíches num saco plástico e café numa garrafa térmica. Dirigi sem parar. Sete horas seguidas na estrada, sem uma única pausa. Não tinha visto Emma. Depois de terminar a lâmpada, apaguei no sofá por umas duas horas. Ela estava lá em cima no quarto, talvez estivesse dormindo, talvez não. Não pude conferir. Não tive tempo. Não... Não tive coragem, para dizer a verdade.

Meus olhos coçavam, estavam levemente injetados, mas eu me sentia bem desperto. Não me custava nada dirigir todos esses quilômetros. Rodei acima do limite de velocidade o caminho todo, mas tinha pouco trânsito e nenhum controle da polícia rodoviária. Só me faltava perder a carteira.

Às 12h25 em ponto, de acordo com o relógio do painel do carro, cheguei derrapando na frente da faculdade. Estacionei numa vaga onde se lia "Reservado para o professor Stephenson", mas pouco me lixei. Stephenson, seja ele quem fosse, que encontrasse outra vaga.

Obviamente, os prédios da faculdade eram de tijolos vermelhos, todas as universidades são de tijolos vermelhos. E mesmo que essa não fosse muito antiga, fora construída para ter um ar nobre. Edifícios altos e largos, janelas quadriculadas de bordas brancas. Devem ter construído desse jeito para que lembrasse Harvard, ou algum lugar assim. Infundisse respeito. Ela não me assustava nada.

A última vez que vim aqui foi no outono do ano passado, quando trouxemos Tom. Ele foi instalado num quarto minúsculo que dividiria com um japonês baixinho de óculos. O quarto cheirava a meias com chulé e hormônios. Coitados dos meninos, não havia espaço nenhum onde pudessem ficar sozinhos. Mas isso parecia fazer parte do pacote.

Entrei apressado. Passei por uma longa fileira de plaquetas de bronze homenageando os benfeitores da faculdade. Felizmente, a Green Apiaries não figurava entre eles. Havia vários mostruários com troféus conquistados pelos alunos da faculdade em diversas competições mais ou menos ridículas, além de retratos de reitores mal-humorados. Todos eles homens. Não eram tantos, a faculdade fora fundada nos anos setenta e não podia se gabar de uma história especialmente longa.

Cheguei a uma sala grande e redonda com piso de pedra. Meus passos ali ecoaram forte. Comecei a andar na ponta dos pés, mas logo parei. Não tinha nada por que me desculpar. Eu pagava as mensalidades de uma vaga aqui, também pertencia a esse lugar. De certa forma, eu era até um sócio dessa faculdade.

Perguntei por Tom. Em alto e bom som. Sem preliminares.

O cara da recepção era esguio e usava dreadlocks. Estava sentado com a cabeça enfiada na tela do computador. Conferiu um registro sem se dignar a me dirigir um olhar sequer.

GEORGE
193

– Ele está em horário de intervalo – disse.

Continuou batendo nas teclas do computador. Com certeza estava jogando alguma coisa em pleno expediente.

– É urgente – falei.

Ele resmungou. Pelo visto, fazer o seu trabalho não era uma de suas prioridades.

– Pode tentar a biblioteca.

Tom estava debruçado sobre alguns livros e falava em voz baixa com mais duas pessoas. Uma moça de cabelos castanhos, bonitinha, mas com uma roupa sem graça, e um sujeito de óculos. Evidentemente, estavam muito entretidos numa conversa, murmuravam com intensidade, pois ele não me viu até eu estar bem em cima dele.

– Pai?!

Ele o disse baixinho, aqui no baluarte do conhecimento parecia não se permitir usar a voz.

Os outros dois também ergueram os olhos. Ambos me fitaram como se eu fosse uma mosca tonta que tivesse se perdido aqui dentro.

Por algum motivo, pensei que encontraria Tom sozinho, que ele estaria aqui apenas me esperando. Mas pelo visto ele vivia uma espécie de vida própria, com gente que eu não fazia ideia de quem fosse.

Levantei a mão numa saudação desajeitada.

– Olá, meu chapa.

No mesmo instante, quis morder a língua. Olá, meu chapa? Ninguém falava isso.

– Você veio até aqui? – perguntou.

– Ô, se vim – respondi.

A coisa só piorava. Ô, se vim?! Eu não estava raciocinando direito. O jeito seria deixar para depois aquilo que eu ia dizer.

– Tem alguma coisa errada? – Ele se levantou num salto. – Tem alguma coisa errada com a mãe?

– Não, nada disso. Sua mãe continua afinada como um violino. He! He!

Meu Deus. Era melhor eu calar a boca.

Ele me levou lá fora para o sol. A gente se sentou num banco. A primavera estava mais adiantada aqui do que em casa, havia um ar pesado e quente. Por todo lado eu via jovens. Universitários. Um monte de óculos e bolsas de couro.

Percebi que ele estava olhando para mim, mas de repente eu não sabia por onde começar.

– Você viajou esse caminho todo só para conversar?

– Parece que sim.

– E o apiário? As abelhas?

– Elas não vão para lugar nenhum... Quero dizer, não vão voar para lugar nenhum.

Esbocei uma risada, mas o riso saiu torto e terminou num pigarro.

Ficamos um pouco em silêncio. Eu me concentrei, reencontrando aquilo que na verdade queria dizer.

– Estou indo para Hancock County na semana que vem. Blue Hill.

– Ah, é? Onde fica?

– No Maine. Só a dez minutos do mar. Você lembra que foi comigo para lá?

GEORGE 195

– Bem... Não sei.

– Quando você tinha cinco anos, antes da escola. Viajamos só nós dois. Dormimos na barraca, lembra?

– Ah, sim. Aquela viagem.

– Aquela viagem, sim.

Ele ficou um tempo calado.

– Tinha ursos lá – disse ele enfim.

– Mas deu tudo certo – falei, um pouco alto demais.

– Ainda tem?

– O quê?

– Ursos?

– Não. Não mais.

De repente me lembrei dos seus olhos grandes. Arregalados na escuridão. Quando ouvimos o barulho do urso através da lona da barraca.

– Estão em extinção, você sabia? – disse ele subitamente, a segurança de volta à sua voz.

– Não só eles. – Tentei rir de novo. – Seu velho pai também.

Ele não riu.

Tomei fôlego. Tinha que pôr aquilo para fora, agora, o motivo por que estava aqui.

– Eu vim te chamar para ir comigo ao Maine – disse eu.

– O quê?

– Você quer que eu te fale mais uma vez?

–Agora?

– Na segunda. Três caminhões, um a mais do que nos anos anteriores.

– Que bom. Quer dizer que você está crescendo?

196   **GEORGE**

– *Nós* estamos crescendo.

– Não posso ir, pai. Você sabe disso.

– Tem mais trabalho do que antes. Está na hora de você dar uma força.

– Logo tenho as provas finais.

– Não precisa ficar muitos dias.

– Não vou conseguir dispensa para isso.

– Uma semana, no máximo.

– Pai...

Engoli as palavras. O discurso tinha ido pelo ralo. O discurso com D maiúsculo, que eu tinha preparado no caminho inteiro vindo para cá. Todas as palavras grandes que eu tinha enfileirado como soldadinhos de chumbo novos em folha tinham virado chumbo no cérebro. Herança, era o que eu diria, é sua herança. É isso que você é, Tom. As abelhas, eu ia dizer, com uma pausa expressiva, é ali que está o seu futuro. É só dar uma chance a isso. Dar uma chance a elas.

Mas nenhuma daquelas palavras chegou até a minha boca.

– Peço uma folga em seu nome, falo que a gente precisa de você na empresa familiar – arrisquei a sugestão.

– Ninguém consegue folga por coisas assim.

– Quantos dias de falta por doença você teve esse ano? Nenhum?

– Dois... talvez três.

– Está vendo? Quase nada.

– Acho que não adianta.

– Fale então que está doente. Por Deus, você pode estudar em qualquer lugar, não pode?

GEORGE

– Não é só uma questão de estudar, pai. Temos que entregar trabalhos, projetos.

– Você pode fazer isso em qualquer lugar, não?

– Não, preciso de livros.

– Leve os livros.

– Livros da biblioteca. Aqui.

– É só uma semana, Tom. *Uma* semana...

– Mas, pai. Não quero ir!

Ele tinha levantado a voz agora. Duas meninas de cabelo curtinho, com roupas que deveriam ser exclusividade de homens, calças dobradas e coturnos gigantes, passaram e olharam com curiosidade para a gente.

– Não quero. – Ele disse isso em voz mais baixa dessa vez. Olhou para mim com olhos suplicantes, não muito diferente do que Emma fazia. Um olhar que normalmente me levava a ceder.

Eu me levantei abruptamente. Não era capaz de ficar sentado nem mais um segundo.

– É culpa dele, não é?

– O quê? De quem?

Não esperei pela resposta. Só me voltei como um furacão na direção do inferno de tijolos vermelhos.

A ala dos professores ficava atrás da recepção.

– Ei, aonde você vai?

Passei o cara dos dreadlocks, não me dando ao trabalho de responder.

– Ei!

Ele se pôs em pé, mas eu já tinha avançado um bom pedaço no corredor. Passei por um escritório depois do outro, alguns com as portas abertas. Professor Wilkinson, Clarke, Chang, Langsley. Vislumbrei estantes recheadas de livros, janelas largas com parapeitos profundos, cortinas pesadas. Nada pessoal, tudo cheirava a conhecimento.

E Smith. Ali estava. Uma porta fechada com mais uma plaqueta de bronze. Eu já começava a acreditar que havia futuro se começasse a produzir bronze. *Professor John Smith.*

O cara dos dreadlocks estava se aproximando.

– É aqui – gritei para ele, percebendo que estava ofegante. – Já achei.

Ele fez que sim e ficou parado, talvez não pudesse permitir a entrada de estranhos. Logo encolheu os ombros e voltou sem pressa para a recepção.

Será que eu deveria bater na porta? Como um estudante fracote com o livro didático debaixo do braço?

Não. Eu ia entrar direto.

Endireitei as costas, engoli com força. Pus a mão na maçaneta e apertei.

Estava trancada.

Porra.

Na mesma hora, vinha chegando um jovem pelo corredor. De barba feita e cabelo recém-cortado, usando um moletom de capuz e tênis All Star. Um estudante.

– Posso ajudar?

Ele abriu um largo sorriso. Dentes brancos, perfeitamente alinhados. Todo mundo usava aparelho hoje em dia, ficavam com a dentição idêntica. Dentes diferenciados já não tinham nenhum charme.

– Estou procurando por John Smith – falei.

GEORGE

– Sou eu.

– Você?

Encolhi um pouco. Ele nem de longe era como eu esperava. Difícil se exaltar com um cara desses. Parecia totalmente inocente. Apenas uma criança.

– E você, quem é? – sorriu ele.

Endireitei o pescoço.

– Sou o pai de Tom.

– Certo. – Ele continuou sorrindo, estendeu a mão. – Prazer.

Peguei a mão. Não podia deixar de fazer isso.

– Prazer, sim. Muito.

– Vamos entrar? – disse ele. – Imagino que tem alguma coisa a me dizer.

– Lógico. – Saiu com dureza excessiva.

– O quê?

– Nada. – Tentei disfarçar com um sorriso.

– Não?

– Ah, sim. Quero dizer... tenho uma coisa a lhe falar.

Ele destrancou a porta e me deixou entrar. O sol nos recebeu, passando pelas janelas. Traçou faixas luminosas no ar e brilhou sobre as imagens emolduradas. A maioria, pôsteres. Pôsteres de filmes. *De volta para o futuro, E.T., Guerra nas estrelas*, o primeiro filme: *Há muito tempo, numa galáxia muito, muito distante...* Nossa.

– Pode sentar. – Ele apontou para uma poltrona.

Eu me sentei. Ele também. Na cadeira de escritório. Fiquei mais baixo que ele, não gostei disso.

– Ah, desculpa.

200   **GEORGE**

Ele se levantou de novo e foi se sentar na outra poltrona. Ficamos da mesma altura. Cada um sentado numa cadeira funda, tudo que faltava era uma bebida.

– Agora, sim. – Ele sorriu de novo. – Então, em que posso ajudar? Me diga.

Eu me contorci. Desviei o olhar.

– Um pôster legal. – Fiz um gesto em direção ao cartaz de *Guerra nas estrelas*. Tentei manter a voz calma.

– Não é? Esse é original.

– É mesmo?

– Comprei no eBay quando comecei a trabalhar aqui.

– Estava quase a ponto de dizer: você tem idade para ter visto esse filme?

Ele riu.

– Assisti em vídeo.

– Foi o que pensei.

– Mas eu tinha os bonecos de todas as personagens. As espaçonaves também. Você é fã?

– Roxo, lógico. – Lá ia eu de novo. Pelo visto, precisava ficar de olho na minha fala.

De repente ele começou a cantar. A música de abertura, enquanto regia com um dedo no ar. Me fez rir.

Ele mesmo se interrompeu.

– O cinema nunca mais será igual.

– Tem razão.

Ficamos em silêncio. Ele só olhou para mim. À espera.

GEORGE

WILLIAM

Cedi ao desejo de Thilda, à ordem de seu olhar, embora cada passo em direção à loja me doesse. Era o caminho do penitente, meu Caminho de Canossa. Saí cedo, logo ao amanhecer. Um galo cantava com voz estridente de um quintal. Marteladas metálicas soavam da oficina do seleiro, mas não vi ninguém. O silêncio ainda reinava no carruageiro, no relojeiro e na mercearia. No final da rua, o botequim, um local abafado e fedorento onde nunca punha meus pés, estava fechado. Um freguês beberrão, que evidentemente não encontrara o caminho de volta para sua própria cama, dormia encostado na parede externa. Reconheci-o como um dos frequentadores mais assíduos. Virei o rosto para o outro lado, seu destino despertou repulsa. Imagine abdicar do controle dessa forma, deixar a bebida governar sua vida, tomar conta...

Só a padaria estava aberta, e o cheiro de pão fresco, roscas e talvez uma ou outra swammerpada passava pelas frestas da casa, quase tomando uma forma visível. Felizmente, o padeiro e seus dois filhos ainda se encontravam lá no fundo, ao pé do forno grande e quente. Ainda não estava na hora de uma pausa, de sair à rua e saborear um cachimbo de fumo, enquanto os primeiros clientes começavam a chegar. Ou de me ver.

Normalmente, eu só abriria a loja daqui a várias horas, mas não queria ser visto. Não estava preparado para as perguntas dos atrevidos. *Ora, o sujeito apareceu. Olha só. Ainda está vivo, então? Adoeceu, pelo que dizem. Mas já se recuperou? Agora veio para ficar?*

O edifício baixo de alvenaria vermelha estava escuro e fechado, e a calçada, repleta de folhas do ano passado. Senti o braço pesado quando o levantei para enfiar a chave na fechadura. Metal contra metal, o ruído fez-me estremecer. Não queria entrar. Sabia o que me aguardava. Um lugar empoeirado, sujo, dias de trabalho para deixá-lo apresentável.

A porta estava empenada e costumava ser difícil de abrir. Mas quando encostei o ombro nela, abriu-se silenciosa e recém-lubrificada, não com o ranger antiquíssimo a que me habituara no decorrer dos anos. Lembrei-me de que a sobrinha de Thilda, que eu, num momento de fraqueza, empregara na loja, poderia ter lubrificado as dobradiças. Moça de seios fartos e risadinhas ruidosas, Alberta era mão de obra excedente num lar com prole numerosa e estava numa idade altamente núbil. Talvez já tivesse passado do ponto, uma pera comum um tanto madura, que logo cairia no chão sob o peso de seus próprios sumos. Tanto seus pais como ela própria estavam penosamente conscientes da precariedade de sua situação. Sabiam que encontrar um consorte adequado e disposto para ela não seria uma tarefa simples. Tinham esperanças de algo mediano, mas ela carecia de dote e tampouco possuía outra coisa que a tornasse especialmente atrativa, com exceção do referido busto. No entanto, seu empenho era louvável, ela vivia mais exposta do que se estivesse em uma vitrine. Estava tão pronta para ser colhida que se comportava como se qualquer espécime do sexo masculino fosse seu escolhido. Na loja, tudo o que fazia era se contorcer de forma convidativa atrás do balcão e exibir, para todos os que quisessem ver, a fenda suada entre os seios, que exalava odores de fêmea. Fora isso, não levantava um dedo. Desde que eu adoeci até Thilda ser forçada a dispensá-la, imagino que não tenha feito muita coisa além de se expor na porta da loja. E não importa o que fizesse, ela se atrapalhava, e sua presença, suas risadinhas constantes, deixavam-me em parte tonto, em parte fervendo de irritação. Sua desinibição, a concupiscência, deixada à mostra tão despudoradamente...

A loja estava na penumbra. Acendi algumas velas e a candeia de latão. O local estava surpreendentemente limpo e muito bem arrumado. O balcão grande estava quase vazio, com o tinteiro, o bloco de recibos e a balança de bronze posicionados com esmero numa das extremidades. A volumosa luminária de teto fora polida e estava pronta para ser usada, com o recipiente limpo e repleto de óleo. Normalmente, o chão ficava cheio de grãos de pimenta e flocos de sal, que se faziam sentir a cada passo. Mas agora tinha sido tão bem esfregado que se via cada ranhura, e as áreas mais claras da madeira, onde o piso estava mais desgastado, formavam como que um caminho entre o balcão, a parede das gavetas e a porta de entrada. Thilda havia dito que deixara Alberta cuidar do fechamento da loja no último dia, mas não mencionou que outra pessoa tivesse vindo desde então. Será que alguém esteve aqui mesmo com a loja fechada?

Aproximei-me de uma das janelas. Não havia pó no peitoril. Não havia nem uma mosca morta, o que seria de esperar depois de todo esse tempo. E era fácil respirar, o ambiente não estava pesado e abafado, mas recém-arejado. Fui até o móvel que continha as pequenas gavetas. Pus a mão num puxador, abri a gaveta e olhei lá dentro. Estava totalmente limpa.

Conferi mais uma. Ela também estava limpa.

Alguém havia tirado o pó. Teria sido Alberta? Pelo que sabia, ela tinha ascendido, tornara-se a encarregada do setor de tecidos da mercearia. Eu não podia acreditar que tivesse tempo ou vontade de me ajudar, em meio a todas as suas tarefas supostamente importantes naquele estabelecimento.

Quem quer que o tivesse feito, eu não poderia deixar de me sentir aliviado. Tudo impecável. A loja não só estava pronta para ser aberta, estava mais limpa e arrumada do que nunca.

Verifiquei o estoque, e *este*, porém, era uma tristeza. Sua abundância assemelhava-se à do Saara. Já não havia mais grãos e sementes, e a quantidade de pimenta, sal e especiarias tinha se reduzido à metade. Nas gavetas para os bulbos de flores sobravam apenas algumas folhas soltas e raízes brancas solitárias. Alberta tinha fechado a loja quando a primeira neve cobriu o solo. Antes disso, pelo visto, ela vendera todos os bulbos de outono, até alguns secos e bastante duvidosos de narciso, que tinham sido guardados durante vários anos. Mas ainda havia bulbos primaveris e tubérculos para cultivo em estufa. O sortimento não estava nada ruim. Trazia uma boa sensação segurá-los, era como pegar a mão de um velho amigo. Mas infelizmente a estação deles já se fora. Era tarde demais para o pré-cultivo em recinto protegido e, se fossem plantados diretamente na terra, não floresceriam até a geada se insinuar de novo no solo, nas horas noturnas.

Apesar disso, eu teria de abrir a loja e tentar vender o pouco que tinha, mostrar a Thilda que pelo menos estava fazendo um esforço, e assim atenuar suas incessantes lamúrias, mesmo que apenas por alguns dias.

Às oito horas em ponto, abri a porta e deixei o sol penetrar na loja. Do lado de fora, coloquei dois vasos com dálias que eu tirara do canteiro de casa. Balançavam de leve ao vento e alegravam a ruela com tons de vermelho, cor-de-rosa e amarelo.

Fiquei ali, no vão da porta. A loja estava iluminada e convidativa atrás de mim. Endireitei as costas. Relutara tanto em voltar para cá, para este lugar que antes me havia oprimido, que me havia deixado com ombros tensos e olheiras. Mas agora estava limpo e atraente, tão asseado como eu mesmo me sentia. A loja estava pronta, eu estava preparado – para reencontrar o vilarejo, encarar o mundo. Agora, podiam vir.

Formou-se uma fila. Aparentemente, o vilarejo inteiro já sabia que eu ressuscitara dos mortos e de repente todos queriam comprar minhas especiarias empoeiradas e bulbos de flores ressecados. Tratei de despachar algumas encomendas já na parte da manhã, mas, quando o sol estava a pino, não foi possível fazer outra coisa senão atender os fregueses. Provavelmente, essas poucas horas foram suficientes para todo mundo ficar sabendo. Não foi a primeira vez que me espantei com a rápida propagação da fofoca nesse lugarejo, era como se tivesse a ajuda de uma ventania, pelo menos quando algo realmente importante acontecia. E estava claro que este fora o caso agora. A julgar pela multidão, minha volta parecia comparável a uma ressuscitação de Cristo.

Ouvi as pessoas cochicharem a meu respeito, mas, para minha própria surpresa, isso quase não me afetava. Pois não me cumprimentavam com sorrisos desdenhosos e comentários sarcásticos, como ocorrera depois da palestra sobre Swammerdam, mas com olhares francos, cabeças curvadas, mãos estendidas numa curiosidade respeitosa. Minha imagem refletida no vidro ajudou-me a entender por quê. Minha nova aparência de fato colaborava. Eu não parecia mais um comerciante insosso. O aspecto rechonchudo, desleixado, desaparecera. Esse homem esbelto, de feições marcantes, inspirava respeito. Ele era interessante, especial, não um deles. Muito poucos tinham certeza sobre o que me afligira, e, se tivessem suas suspeitas, talvez fossem levados à veneração e não ao desdém. Pois eu estivera cara a cara com meu fim, mas havia lutado e ressuscitado.

Eu estava em meu elemento. O dinheiro não parava de passar por minhas mãos. Eu contava e somava sem descanso, mas ao mesmo tempo conversava com todo mundo, fazendo questão de perguntar como as coisas estavam indo com cada um. *O casamento de sua filha, Victoria, não é, foi abençoado com filhos? E o sítio? Quantos potrinhos você disse? Maravilha! E a colheita? O que você acha, parece que vai ser uma safra abundante? Olha o pequeno Benjamin, já está com dez anos, e continua tão esperto como antes. Vai ser alguém importante, esse menino.*

Quando tranquei a porta à noite, foi com um movimento leve e preciso. Na mão, eu segurava uma carteira recheada. E, embora as pernas estivessem extremamente cansadas, não me custou nada a caminhada de meio quilômetro para casa. Lá me aguardavam os livros. Eu trabalharia até meia-noite, pois não estava nem um pouco fatigado, só ganhara mais forças. Tinha pensado que teria de escolher, mas eu daria conta das duas: tanto da vida como da paixão.

TÃO

Era noite e eu estava acordada de novo. O sono não fazia sentido, da mesma forma que nada fazia sentido. Eu estava na sala. Encostada em uma das paredes. Inclinava a cabeça e olhava para minhas mãos, colocando as pontas dos dedos umas contra as outras. Pressionava as unhas de uma das mãos sob as da outra até doer. Elas estavam muito compridas. Queria saber quanto tempo eu teria que apertar antes de sair sangue.

Tinha conseguido lidar com o desaparecimento da mamãe. Ela estava doente, velha. Parecia que tinha ido para um lugar bom, o filme dava a impressão de um local bonito e seguro. Mas Wei-Wen... O choro ardia no peito, apertava a garganta, causava uma dor física tão forte que eu tinha dificuldade de respirar. Mas não o soltava.

Ninguém nos obrigou a trabalhar. No dia seguinte à nossa volta para casa, a supervisora de minha equipe de trabalho apareceu, acompanhada do supervisor de Kuan. Os dois tinham sido informados. Por quem, não disseram e eu esqueci de perguntar. Ficaram gaguejando na porta, não quiseram entrar e disseram que era para tomarmos o tempo que fosse necessário.

Não sabíamos por quanto tempo nos deixariam em paz. Nos primeiros dias, chegavam presentes na porta. A maior parte, comida. Enlatados. Uma garrafa de ketchup de verdade. Até um kiwi. Eu nem sabia que ainda produziam kiwis. Só que não tinha gosto de nada. Nossas coisas, alguém tinha recolhido e também mandaram nos entregar. Tudo estava ali, até a lata de ameixas vazia. Seu cheiro me deixou nauseada.

No início, Kuan só ficou deitado no quarto. Ele chorava por nós dois. Os soluços enchiam o apartamento, difundindo-se pelos cômodos apertados. Mas eu não conseguia ir lá e ficar com ele.

Então ele se levantou. Ficamos rondando um ao outro em silêncio. Os dias passavam batidos. Vivíamos num vácuo, tão imóvel e fechado como a sala onde Wei-Wen tinha ficado. Kuan continuava calado. E eu era incapaz de dizer qualquer coisa, pois não sabia como. Talvez ele não me culpasse, talvez nem lhe passasse pela cabeça.

Sim.

O olhar vazio. A distância que mantinha de mim o tempo todo. Antes, tínhamos intimidade física, agora nunca ficávamos perto um do outro. No entanto, ele era passivo demais para dizer alguma coisa. Talvez não tivesse coragem. Ou será que era uma tentativa de me proteger? Eu não sabia.

Mas aquilo que se instalara entre nós tinha tomado dimensões intransponíveis. *Ele* mantinha distância de mim, mas eu também não conseguia tocar *nele*, falar com ele. Tornou-se quase insuportável ficarmos no mesmo quarto. Ele despertava em mim sempre os mesmos pensamentos.

As mesmas duas palavras. Minha culpa, minha culpa, minha culpa. Por isso, tudo nele passou a ser repulsivo. Seu corpo me causava aversão, eu ficava enjoada com a simples ideia de que ele pudesse me tocar. Mas eu escondia isso o melhor que podia. Brincávamos de pai e mãe, mas sem o filho. Preparando comida. Arrumando. Lavando roupa. Todo dia igual. Levantar, comer um pouco. Tomar chá. Aquele chá inevitável. E esperar.

Eu tentava ligar para o hospital toda hora. Era sempre eu quem o fazia, nem para isso ele tinha iniciativa. Nunca mais consegui falar com a dra. Hio, e depois de algumas semanas ficou claro que ela tinha saído. Os outros médicos não disseram nada sobre o porquê.

As respostas eram as mesmas, não importando com quem eu falasse: *Não sabemos mais. Vocês precisam esperar. É claro que vamos fornecer nomes. Evidentemente. Só esperem mais um pouco. Apenas alguns dias. Vamos averiguar. Vamos entrar em contato mais tarde. Vocês só precisam esperar.*

Embora tivessem nos dado todo o tempo de folga que quiséssemos, certa manhã Kuan saiu do banho vestindo a roupa de trabalho.

– Melhor assim – disse ele em voz baixa.

Fiquei surpresa, quase pasmada, não porque ele ia sair, mas porque senti um grande alívio. Isso, me livraria dele, ficaria sozinha, me parecia ser o único ponto positivo em todas essas semanas.

– Tudo bem pra você? – perguntou.

– Sim, pode ir.

– Se achar difícil ficar sozinha, posso muito bem ficar.

– Está tudo bem.

Mas ele continuou parado. A roupa estava folgada em seu corpo, ele tinha ficado ainda mais magro do que antes. Ele só olhou para mim, talvez esperando que eu dissesse alguma coisa. Ficasse brava, gritasse, xingasse. Mas por que esperava que *eu* ficasse com raiva? *Isso* também se tornara minha responsabilidade? Os grandes olhos miravam-me suplicantes, a boca macia estava ligeiramente entreaberta. Virei o rosto para o outro lado, não aguentei olhar para ele. O belo homem que antes me fizera esquecer de mim mesma. Agora eu só queria me livrar dele o mais rápido possível.

– Tao?

– Você precisa ir, se pretende chegar na hora da chamada.

Continuei sem olhar para ele. Ouvi como tomou fôlego várias vezes, talvez tenha desejado dizer algo, mas não encontrou as palavras.

Aí ele foi embora, seus passos no chão, a porta que bateu. Enfim me deixou sozinha no apartamento vazio.

Entrei no quarto. O pijama de Wei-Wen estava na cama dele. Eu o peguei e fiquei sentada segurando-o nos braços. Não quis lavá-lo. Só tinha sido usado duas noites e estava pronto para ele na cama. Até ele voltar. O tecido parecia fininho entre os dedos, luas sorridentes sobre um fundo azul. Ainda havia um leve cheiro de suor de criança.

Passei o dia inteiro sentada assim.

Depois disso, gradativamente comecei a trocar a noite pelo dia. Enquanto Kuan dormia seu sono pesado de trabalhador braçal, eu estava acordada na sala. Alternava entre andar e ficar parada, e só ao raiar do dia desabava na cama. Não conseguia descansar. Se eu sentasse, se relaxasse, se dormisse, Wei-Wen desapareceria para sempre.

Virei-me para a janela. A vista dava de frente para o cercado branco que rodeava as plantações. Guardas ficavam postados a intervalos de aproximadamente cem metros. Vislumbrei o contorno do mais próximo. Ele olhava para o nada e não se mexia. Eu faria qualquer coisa para saber o que estava vigiando.

A cerca era tão alta que não podíamos ver o lado de dentro, nem mesmo do telhado da casa. Já tinha subido lá para tentar. No topo da cerca fora esticada uma rede que o vento não parava de agitar. Durante as primeiras semanas, os trabalhadores subiram diversas vezes para prendê-la melhor. Todo dia apareciam espectadores curiosos, mas sempre eram mandados embora. A área estava rigorosamente vigiada. Eu tinha caminhado ao longo da cerca para ver se havia alguma abertura, lugares por onde seria possível penetrar, mas por todo lado havia guardas.

Kuan me contou que as pessoas falavam. Agora a equipe de trabalho atuava em outro pomar. Era uma caminhada de dez quilômetros em cada sentido, o que dava bastante tempo para conversar. Ele escutava. As especulações corriam soltas. Tudo o que estava acontecendo tinha algo a ver com Wei-Wen, essa era a opinião deles. A cerca, o isolamento, os militares. Todos achavam isso. Só podia ser, diziam, pois nós tínhamos sido os últimos a estar lá dentro. E Wei-Wen tinha sido internado. Mas ao se darem conta de que Kuan estava ouvindo, eles se calavam. E tão logo se sentiam seguros de que ele não escutava mais, com certeza retomavam o assunto.

TAO

A tagarelice agora estava focada em nós e tinha um viés sensacionalista. Éramos o objeto da atenção de todos, e não havia nada que eu pudesse fazer.

Sabíamos tão pouco quanto eles. Nossas especulações tinham as mesmas bases que as deles. Algo tinha acontecido com Wei-Wen ali fora, e agora ele não estava mais aqui. Isso era tudo o que sabíamos.

De repente, reparei no guarda lá embaixo. Estava encolhido perto da cerca, sentado com os joelhos dobrados e a cabeça levemente balançando para a frente. Estava dormindo.

WILLIAM

Os ovos não têm mais de 1,5 mm de comprimento. Um em cada alvéolo, sua cor acinzentada contrastando com a cera amarela. A larva eclode depois de apenas três dias. Ela, pois geralmente trata-se de uma fêmea, é superalimentada tal qual uma criança mimada. Em seguida, vêm os dias de crescimento, antes de o alvéolo ser coberto por uma camada de cera. Ali dentro, a larva cria o casulo, o qual ela tece em torno de si mesma, uma roupa protetora contra tudo e todos. Aqui, e somente aqui, ela está sozinha.

Decorridos 21 dias, a operária sai do alvéolo e se reúne com as outras. Recém-nascida, mas não pronta para o mundo, um bebê. Não sabe voar nem comer por conta própria, e mal consegue segurar-se nos quadros. Vive a rastejar, a engatinhar, a ensaiar. Nos primeiros dias, portanto, é incumbida de tarefas simples dentro da colmeia, e seu raio de ação é curto. Faz a limpeza do ninho, começando por seu próprio alvéolo, depois os das outras. E nunca está sozinha. São muitas, centenas de outras, que sempre estão exatamente na mesma fase de desenvolvimento dela.

Vem então a fase de trabalho como abelha nutriz. Embora ela mesma seja apenas uma criança, agora é sua responsabilidade alimentar as que ainda estão por nascer. Ao mesmo tempo, ela ensaia os primeiros voos, experimentando as asas, cuidadosa, hesitante, nas tardes em que o tempo está agradável. Ela encontra o caminho para sair pelo alvado, faz um breve passeio para cima e para baixo na frente da colmeia, antes de gradativamente aumentar a distância do lar. No entanto, ela ainda não está pronta.

Continua a ter tarefas na colmeia. Cuida do pólen que chega, produz cera e dá sua contribuição como abelha guardiã. E, ao mesmo tempo, os passeios fora da colmeia tornam-se mais longos. Ela se prepara. Logo estará pronta. Logo.

E então, enfim, ela se torna campeira. Sai sozinha, está livre, segue voando de planta em planta, por quilômetros a fio, coletando o doce néctar floral, o pólen e a água. Aqui fora ela está sozinha, mas mesmo assim é parte da coletividade. Uma parte minúscula, quase insignificante, quase um nada quando está sozinha. Mas, em conjunto com as outras, ela é tudo. Pois juntas formam a colmeia.

A ideia teve início na esfera do invisível, mas se desenvolveu como a própria abelha. Comecei com esboços, leves traços de carvão no papel, medidas imprecisas, formas vagas. Depois ousei mais, fiz contas, calculei, os traços ficaram mais definidos, estendi todo o papel no chão. Por último, peguei a caneta e a tinta, e ela tomou forma diante de mim, traços nítidos, precisos, medidas exatas. E, finalmente, no 21º dia, a colmeia estava pronta.

– O senhor é capaz de construir isto?

Espalhei os desenhos sobre o tampo da mesa desgastada de Conolly. A mesa estava cheia de cortes e arranhões acumulados ao longo de muitos anos, e, além do mais, não estava totalmente firme. Era de esperar que ele, mais do que qualquer pessoa, produzisse móveis para seu próprio uso com capricho e os conservasse em bom estado. Mas talvez fosse como na casa do ferreiro... Tudo em sua salinha estava torto e cambaio. Uma cama mal-ajambrada ocupava um canto, perto da lareira via-se uma cadeira quebrada. Será que não se dispunha a consertar sua própria mobília, preferindo jogá-la no fogo quando não tinha mais jeito? O chão estava cheio de serragem, como se trouxesse o trabalho para dentro da sala, embora a própria oficina ficasse num quarto contíguo.

Ele pegou um dos desenhos. Parecia frágil em sua mão forte. Segurou-o contra a luz da sala apertada, deu um passo em direção à pequena janela. Um dos vidros estava quebrado e tinha sido tampado com uma tábua cheia de nós. Ele me fora recomendado – o melhor carpinteiro da região, diziam –, mas o ambiente não era convincente.

– A caixa não tem problema, mas por que ela precisa de telhado inclinado?

– Bem... É uma casa... uma construção... um lar.

– Um lar? – Ele hesitou. – Você está falando de abelhas?

Pensei. Não poderia lhe explicar tudo isso, teria de encontrar uma razão lógica, falar sua língua.

– É por causa da água. A chuva. Quando chove, a água escorre.

Ele fez que sim, este foi um argumento que pôde reconhecer, pois tinha a ver com construção, não com emoções.

– Isso complica o trabalho. Mas tudo bem.

WILLIAM

Então pegou o desenho do interior.

– E isso... quadros?

– Vão ser pendurados do topo. Seria preferível com dez por colmeia, mas podemos nos contentar com sete ou oito. Um pedaço de cera vai ser afixado neles.

Ele me olhou interrogativo.

– Cera de abelha. Para que as abelhas possam continuar a construção a partir dela.

– Como assim?

– Por natureza, as abelhas constroem favos diagonais, mas não vou deixá-las construir desordenadamente, por isso facilito as condições de trabalho.

– Certo – disse ele, e coçou a orelha, parecendo não estar interessado.

– Nessa colmeia, os quadros vão ajudá-las a construir favos alinhados. Terei uma visão completa das condições de trabalho através da porta, além de poder tirar e inserir os favos. Assim, será mais fácil observar e tomar conta das abelhas e, sobretudo, colher o mel sem prejudicá-las.

Ele me olhou sem qualquer expressão por um momento, e então tornou a estudar os desenhos.

– Tenho molduras – disse ele. – Mas as paredes e o teto... estou um pouco em dúvida sobre os materiais.

– Essa avaliação vou deixar por sua conta – disse eu, com toda a simpatia que consegui exibir. – Afinal, esta é sua área.

– Tem razão, senhor – disse ele. – E a sua área, então, hum... são os favos paralelos.

Pela primeira vez ele sorriu, um sorriso largo e franco, enquanto me estendia a mãozona forte. Sorri de volta e peguei sua mão. Já estava imaginando caixas e mais caixas da Colmeia Padrão de Savage saindo da oficina do carpinteiro e sendo vendidas com um bom lucro tanto para ele como para mim. Sim, esta realmente prometia ser uma excelente cooperação.

GEORGE

Os caminhões de Kenny entraram no pátio com uma tosse retumbante, cheia de gases de escape. A poeira subiu dos pneus e se depositou nas caçambas vazias, formando uma camada grossa. Os motores encobriam por completo o canto dos passarinhos ao pôr do sol. Eu tinha alugado três caminhões este ano. Estávamos falando de caminhões, infelizmente, e não de carretas do tipo que Gareth usava. Os caminhões eram cascos velhos e enferrujados por fora, nada impressionantes, e não comportavam mais que três colmeias de altura e quatro de largura. Mas sob o capô eles eram pangarés fiéis, com motores tão simples que você mesmo era capaz de consertar se tivessem algum problema, o que acontecia com frequência.

Começamos a carregar as colmeias no lusco-fusco. Não dava para fazer isso durante o dia, pois as abelhas estavam fora. A gente precisava esperar que se recolhessem.

Estava escurecendo. Deixamos os motores ligados e os faróis iluminando a campina enquanto trabalhávamos. Éramos como alienígenas de roupa branca com chapéus e véus, entrando e saindo dos feixes de luz dos caminhões, como se tivéssemos chegado a um planeta desconhecido para buscar material biológico em caixas. Aquilo me fez sorrir sozinho. Agora, sim, aquele Professor Moletom deveria nos ver.

O suor escorria sob a roupa. Era trabalho pesado. Cada colmeia pesava muitos quilos.

Mas no próximo ano. Mas, no próximo ano, seria um caminhão grande e talvez uma carreta de verdade. Eu tinha juntado um dinheiro e esperava que fosse o suficiente para mais um empréstimo no banco. Não tinha falado com Emma sobre isso. Sabia qual era sua opinião. Mas para ganhar dinheiro há que se gastar dinheiro. É assim que funciona.

Fomos embora assim que terminamos de carregar os caminhões. Não tinha por que esperar. A viagem era demorada. Dois homens em cada caminhão se revezando no volante. Peguei meu próprio caminhão. Tom e eu.

Talvez fosse por causa da *Guerra nas estrelas*, talvez porque o próprio Tom tivesse dito que escreveria sobre a viagem, que lhe serviria de inspiração. De qualquer forma, ele veio naquela mesma tarde. Com a total aprovação de John, o professor. Tom deu um abraço em Emma, vestiu o macacão e saiu. O resto do tempo, tinha passado com as abelhas. Não dizia grande coisa. Eu não via seu rosto. Estava na sombra por trás do véu. Mas ele trabalhou, fez o que a gente pediu. Em silêncio e com ligeireza, até mais rápido do que Jimmy e Rick. Quis dizer isso a ele, fazer um elogio, mas não encontrei o momento certo.

Também na estrada não tive essa oportunidade, porque Tom enrolou a blusa no formato de uma salsicha, encostou-a na janela, recostou a cabeça nela e fechou os olhos.

GEORGE

Meu menino era bonito. Um pouco pálido, mas bonito. As meninas deviam gostar dele, não? Será que tinha uma namorada? Eu não sabia.

O ronco do motor era regular. A respiração de Tom também. Pouco movimento na estrada, só muito de vez em quando passávamos por algum veículo. A estrada estava seca, mantínhamos uma velocidade alta, mas nada de imprudências. Tudo estava indo de acordo com o plano.

A gente se revezou para dormir e dirigir. Ninguém disse muita coisa. O dia raiou. A paisagem ondulava a nossa volta. Uma máquina passou por um campo um pouco distante. Parecia um inseto gigantesco. O corpo da máquina, o tanque de pesticida, era grande e redondo, comportando milhares de litros. Ele tinha longas asas giratórias que espalhavam a substância química sobre os campos numa nuvem de gotículas.

Eu mantinha minhas abelhas longe dos pesticidas. Tinham um efeito entorpecente sobre elas, sempre levavam a perdas. Mas nos últimos anos muitos tinham passado a usar um método novo. O pesticida não era mais pulverizado, mas espalhado sobre o solo na forma de pequenas bolinhas. Era mais seguro e melhor, diziam. Ficava no solo e era absorvido pelas raízes das plantas, permanecendo por mais tempo, atuando por mais tempo. De qualquer forma, era uma merda. Eu gostaria que os agricultores resolvessem isso à moda antiga, que as lavouras se virassem sozinhas, sem a ajuda de pesticidas. Mas pelo visto não era possível. As pragas eram capazes de acabar com uma lavoura madura em uma só noite. Nós já éramos numerosos demais, os preços dos alimentos baixos demais, e todo o resto caro demais, para que alguém se arriscasse.

Tom despertou ao meu lado. Abriu a garrafa térmica, tomou um pouco do que restava e de repente se lembrou de mim.

– Desculpa, você quer?

– Pode tomar à vontade.

Ele bebeu tudo em dois goles. Não disse mais nada.

– Bem – falei. Mais para preencher o silêncio.

Ele não respondeu. Não tinha muito a dizer.

– E aí? – falei. – Bem. – E pigarreei. – Tem algum esquema com alguma menina? Na faculdade?

– Não. Nada disso – falou.

– Nenhuma bonitinha?

– Nenhuma que me ache bonitinho – riu, e percebi que ele estava falador.

– Você vai ver só – disse eu.

– Espero que não precise esperar tanto tempo quanto você e a mamãe.

Emma e eu nos casamos com trinta anos de idade. Meu pai já tinha desistido de mim fazia tempo.

– Deveria estar contente – falei. – Foi poupado de irmãozinhos barulhentos. Você nem tem noção da sorte que teve.

– Talvez fosse legal com irmãos também – disse Tom.

– No papel – falei. – Na realidade é um inferno. E sei do que estou falando.

Éramos quatro irmãos. Gritaria e brigas da manhã à noite. Eu era o mais velho e assumi o papel de papaizinho desde os seis anos de idade. De fato, sempre achei ótimo que Tom fosse filho único.

GEORGE   223

– Seja como for. Primeiro vai ter que arranjar uma mulher. E depois pode fazer filhos, um por vez. Você sabe como funciona a reprodução. A abelha e a flor. Ou será que nunca tivemos aquela conversa?

– Não, talvez seja uma boa ter essa conversa agora? – Ele deu risada. – Me fale, pai. Como é aquela história da abelha e da flor?

Eu ri.

Ele também.

Me fez bem.

WILLIAM

— **E**dmund? – Bati à porta de seu quarto.
Nos últimos dias, enquanto aguardava a nova colmeia, eu tinha ficado bastante tempo lá fora com as abelhas, para me familiarizar com elas. Primeiro com mãos trêmulas, depois com confiança cada vez maior. Já tinha encontrado a rainha, que era maior que as operárias e os zangões, e a marcara com um pontinho de tinta branca na carapaça. Observara realeiras já construídas e as inutilizara imediatamente. Não poderia correr o risco de enxameação, ou seja, de que a antiga rainha levasse parte da colônia embora para dar espaço a uma rainha mais nova e seus descendentes. No entanto, a colmeia fornecia-me poucos conhecimentos, era com grande esforço e cuidado que eu a abria, as abelhas ficavam inquietas toda vez. Ainda não estava claro para mim como era possível a rainha pôr dois tipos de ovos, um para as operárias e outro para os zangões. As condições para o trabalho de observação não eram das melhores. Supus que tão logo a nova colmeia estivesse instalada os estudos renderiam mais.

Pelo menos uma coisa era certa: eu estava lidando com uma colônia de abelhas aplicadas. A colmeia ficava cada vez mais pesada, as abelhas traziam néctar e pólen e o mel já estava brilhando lá dentro, dourado escuro, açucarado e tentador. Charlotte fazia-me companhia com frequência. Ela monitorava as abelhas com grande entusiasmo, pegava a colmeia nas mãos, pesava-a, estimava a quantidade de mel. Com habilidade, levantava a colmeia, verificava a existência de realeiras, identificava a rainha, tirava-a com a mão – sim, ela ousava fazer isso mesmo sem luvas – e via como as abelhas voavam em rodopios, procurando-a, como sempre fazem com sua rainha. Charlotte cresceu nesse verão. O corpo desengonçado ganhou formas, as faces pálidas adquiriram rubor, as saias ficaram quase indecentemente curtas, subindo até o meio da canela. Um novo vestido, pensei, isso ela mereceria, mas teria de ficar para depois, porque agora outras coisas eram mais importantes.

Havia dias em que eu precisava ir à loja. Então, ela me ajudava lá também. Arrumava, limpava, mantinha o estoque organizado, fazia contas a ponto de raspar o bico da caneta, somando, subtraindo, avaliando o lucro.

Mas Edmund nunca participava. Os preparativos para seus estudos no outono não caminhavam como deveriam, o que era nítido até para mim, que tão raramente estava presente no seio da família. Os livros, por ele guardados num canto escuro da sala de estar, estavam ficando tão empoeirados quanto os meus estiveram. Ele andava sempre muito cansado, sentindo-se mal, fechando-se com frequência dentro de seu quarto. A inquietação fora substituída por uma languidez, uma morosidade, uma lentidão que raras vezes eram vistas nos jovens.

Mesmo assim, eu agora esperava que ele me acompanhasse. Queria explicar-lhe o que verificara sobre a colmeia de palha e depois demonstrar como minha invenção era muito mais brilhante. Queria mostrar-lhe o que ele e seu livro tinham desencadeado em mim, na esperança de que eu fosse capaz de despertar o mesmo entusiasmo nele.

– Edmund? – Bati à porta de novo.

Ele não atendeu.

– Edmund?

Nada aconteceu.

Hesitei, então apertei a maçaneta com cuidado.

Trancada. Claro.

Inclinei-me, espiei pelo buraco da fechadura e vi que a chave estava inserida do outro lado. Logo ele não estava fora, mas havia-se fechado dentro de casa.

Bati com força à porta.

– Edmund!

Finalmente ouvi passos no chão lá dentro e a porta foi destrancada. De uma fresta estreita, ele piscou para a luz e para mim. A franja estava ainda mais comprida e ele tinha deixado crescer um bigode ralo no lábio superior. Vestia uma camisa amassada e mais nada. Os pés estavam descalços sobre o piso de madeira e sustentavam canelas surpreendentemente peludas.

– Pai?

– Lamento ter de acordar você.

Ele encolheu os ombros, abafando um bocejo.

– Queria que me acompanhasse lá fora – falei. – Gostaria de lhe mostrar uma coisa.

WILLIAM

Ele me fitou com olhos apertados, ensonados. Esfregou um dos pés na canela como que para se esquentar, mas não respondeu.

– Queria muito que você entendesse a colmeia de palha – continuei, enquanto tentava manter a empolgação sob controle.

– A colmeia de palha? – Ainda esse tom de voz um pouco arrastado, apagado.

– Sim. Você já a viu, lá no fundo do jardim.

– Ah, aquela. – Ele bamboleou e engoliu.

– Para que você compreenda a diferença entre ela e a nova colmeia. Quando ela chegar.

– Ah, é? – Ele o disse com lábios cerrados e engoliu outra vez, como se refreasse um refluxo.

– E perceber como a nova tem uma construção muito melhor.

– Certo.

Seus olhos continuaram tão ensonados como antes, não havia nenhum sinal de interesse.

– Talvez você queira se vestir?

– Não podemos fazer isso outro dia?

– Agora é um bom momento. – Dei-me conta de que eu estava cabisbaixo, como se implorasse. Ele, porém, parecia não prestar atenção.

– Estou muito cansado – disse simplesmente. – Talvez mais tarde.

Então endireitei as costas e tentei dar um tom autoritário à voz.

– Como seu pai, exijo que me acompanhe já.

Enfim ele me encarou. Os olhos estavam injetados de sangue, mas mesmo assim estranhamente límpidos. Jogou a franja para trás, levantou o queixo.

– Caso contrário?

Caso contrário? Não consegui responder. Percebi que eu estava piscando aceleradamente.

– Caso contrário vou sentir o cinto? – acrescentou. – É isso que você quer dizer, pai? Caso contrário, você vai pegar o cinto e chicotear minhas costas até eu sangrar e ficar sem outra opção senão dizer sim?

Isso não estava indo na direção que eu tinha esperado, de forma alguma.

Ele cravou os olhos em mim, eu cravei os olhos nele. Ninguém disse nada.

De repente, Thilda apareceu no corredor. Aproximou-se de mim com passos determinados, as saias roçando no assoalho.

– William?

– São quase duas horas da tarde – disse eu.

A voz dela elevou-se.

– Ele precisa descansar. Não está bem... Pode ir dormir, Edmund.

Ela parou a meu lado, pôs a mão em meu cotovelo.

– Você não faz outra coisa, a não ser dormir – disse eu para Edmund. A voz saiu alta, soava desesperada demais.

Ele não respondeu, só encolheu os ombros. Thilda tentou me afastar, enquanto olhava para Edmund com carinho.

– Vá-se deitar, meu bem. Você precisa descansar.

– Descansar de quê? – perguntei.

WILLIAM

– Você não tem moral para falar – disse Edmund subitamente.

– Como?!

– Afinal, você ficou de cama durante meses.

– Edmund – disse Thilda. – Vamos deixar *isso* fora da discussão.

– Por quê? – perguntou ele.

Senti o desespero paralisar-me.

– Sinto muito, Edmund. Vou emendar isso. É o que estou tentando agora. Por essa razão gostaria tanto de lhe mostrar...

Mas Thilda me empurrou.

– Coitado do Edmund – disse ela com doçura na voz. – É demais para ele. Ele tem que descansar, precisa de repouso.

Edmund olhou-me impassível. Então fechou a porta e deixou-nos ali.

Thilda ainda estava segurando meu braço, como para me prender, e o olhar continuava tão insistente como antes. Fiz menção de protestar, mas de repente me ocorreu: será que estava doente? Será que Edmund estava doente?

– Há algo que você não me tenha contado? – perguntei a Thilda.

Seu olhar frio quase me assustou.

– Sou a mãe dele e percebo que precisa de descanso – disse ela lenta e claramente, parecendo não ter a intenção de explicar-me coisa alguma.

– E eu sou o pai dele e percebo que ele precisa de ar fresco – disse eu, percebendo no mesmo instante como as palavras soavam ridículas.

Ela levantou os cantos da boca num sorriso desdenhoso. Nenhum de nós disse mais nada, só ficamos de frente um para o outro. Ela não ofereceu nem respostas nem deu o braço a torcer. Pois ele não estava doente, é claro que não estava. Simplesmente Thilda o protegia, contra os estudos e contra tudo o que exigisse qualquer coisa dele. No entanto, ela não fazia ideia do que havia entre nós, do que ele tinha desencadeado dentro de mim, de como seria importante eu dizer isso a ele.

Mas eu não estava preparado para tentar dar explicações, sabia como era inútil lutar contra ela. Todos os argumentos lógicos seriam arremessados para o ar, ela era um moinho de vento.

Talvez eu conseguisse agarrar Edmund antes da chegada da noite, antes de ele sair, como era seu costume. Essa expressão indefinível, "sair"... Eu desejava, esperava, que ele passasse tempo na floresta, com seus próprios estudos de observação, inspirado por mim, assim como eu tinha feito na idade dele. Sim, talvez fosse isso.

Quanto a mim, provavelmente ele preferia esperar que eu tivesse algo a lhe mostrar de verdade, o que era estimulante. Ele realmente veria. Eu o encheria de orgulho.

TAO

D obrei a esquina de casa. A cerca estava na minha frente, esticada, alta. Reluzia branca na escuridão, refletindo os raios da meia-lua. A terra recendia, o tempo estava quente e abafado, a grama se eriçava na beira da estrada.

Passei pelo vigia na ponta dos pés. Sua cabeça estava inclinada e o escuro protegia seu rosto. Ouvi sua respiração pesada e calma.

Algo zunia no ar, um som baixo, talvez dez metros acima de mim. Um inseto? Não, grande demais. O ruído logo desapareceu e o silêncio voltou.

Com cuidado, estendi a mão e toquei a cerca. Fiquei assim, totalmente imóvel. Esperei um alarme, um som uivante. Mas nada aconteceu.

Andei alguns metros para a frente, acompanhando o cercado, com a mão tateando o material liso e denso. E ali, entre os dedos, de repente senti uma costura. A emenda da lona era justa, mas mesmo assim consegui enfiar os dedos nela. Puxei um pouco. Com um ruído fraco, a costura cedeu. Puxei mais, até fazer um buraco grande o suficiente para me dar passagem.

Lancei um último olhar em direção ao soldado, ele ainda estava dormindo a sono solto. Então forcei minha passagem pela cerca.

No interior do cercado, a escuridão parecia maior. Eu sabia que havia holofotes, às vezes víamos luzes vasculhando a área de noite, mas agora todos estavam desligados.

Será que havia guardas do lado de dentro? Eu não sabia. Fiquei parada, tentando acostumar meus olhos à escuridão. Lentamente, as árvores emergiram diante de mim. A essa altura, estavam sem flores, mas carregadas de folhagem.

Tudo estava em silêncio, apenas um leve vento roçava as folhas e a grama. Mas eu tremia de ansiedade. Estava fazendo algo proibido, o que aconteceria se fosse pega?

Avancei devagar. A uma pequena distância vislumbrei a trilha que tínhamos seguido para a colina. Fui até ela.

Nunca na minha vida sentira medo aqui fora. Muitas outras emoções, sim, frustração, tédio, e também alegria, mas nunca temor. Desloquei-me no maior silêncio possível, ouvindo as batidas do meu coração e com as costas molhadas de suor.

A trilha me levou adiante, por entre as árvores. De repente alguma coisa se moveu na extremidade do meu campo de visão, uma sombra. Será que havia alguém ali? Virei-me depressa, mas não vi nada. Nada. O mundo aqui fora era vazio e silencioso. O medo tinha causado o engano.

Dei mais alguns passos para a frente.

Um, dois, três, e pule. Um, dois, três, e pule.

Por aqui tínhamos caminhado.

Wei-Wen entre nós dois. Saudável, determinado, quente, fofo. Meu filho.

Meu filho.

Fui obrigada a parar, a me inclinar para a frente. Uma dor física no diafragma me atingiu com tanta força que não consegui me mover.

Respirar com calma. Afastar os pensamentos. Endireitar-me. Ser racional. Olhar em volta. Quanto faltava agora? Para a colina onde tínhamos feito o piquenique?

Continuar.

Não tinha andado muito mais quando vislumbrei uma luz. Uma luz amarelada pairava no ar sobre uma área um pouco adiante.

Eu me aproximei. Mais devagar agora. Pisava o chão com cuidado cada vez maior.

E aí vi a tenda. Estava na divisa da floresta, tendo como pano de fundo arbustos e árvores silvestres. Era circular, do tamanho de uma casa pequena, com teto pontudo, toda iluminada. Feita da mesma lona do cercado, a mesma brancura estéril. De onde eu estava podia ver a silhueta de diversos soldados. A tenda estava sob vigilância muito mais pesada do que a cerca. Eles andavam calmamente para a frente e para trás, lançando formas nítidas sobre a lona, um estranho teatro de sombras numa tenda de circo que alguém tinha esquecido de colorir. Será que representavam uma ameaça ou uma proteção?

Não vi nenhuma entrada. Nem janelas. Não me atrevi a chegar mais perto, preferi continuar a mais ou menos cem metros de distância e dar a volta na tenda, para observá-la do outro lado. Passei a colina, e, no mesmo instante, ocorreu-me que a tenda estava aproximadamente no mesmo lugar onde Kuan teria encontrado Wei-Wen. O medo se intensificou dentro de mim. As pernas tremiam tanto que mal conseguiram me levar para a frente. Eu me dei conta de que tinha torcido para que não houvesse uma ligação, que a cerca e os militares não tivessem nada a ver com Wei-Wen.

Mas agora... O telefonema que eu andava esperando. A mensagem de que Wei-Wen só tinha caído e batido a cabeça, que sofrera um traumatismo craniano completamente normal e estava se recuperando, que nós poderíamos visitá-lo e logo levá-lo para casa. Esses pensamentos me pareciam mais ainda aquilo que de fato eram: fantasias impotentes, desesperadas.

A meio caminho entre mim e a tenda, avistei uma pilha de caixas de papelão. Eu me aproximei na ponta dos pés, atrás da pilha não seria vista pelos guardas.

Algumas das caixas estavam fechadas, outras, abertas. Olhei dentro de uma delas, levei a mão ao fundo e tirei o conteúdo. Terra e restos de raízes de plantas. Impressos na lateral da caixa, o código postal e o nome da cidade. Pequim.

Deixei a caixa e me desloquei lentamente em direção à tenda. Receosa de que meu destrambelhamento costumeiro me trairia, que eu mais uma vez quebraria galhos, concentrei-me em mover cada músculo do corpo da forma mais inaudível possível.

Já podia ver a frente da tenda. Igualmente branca e impenetrável, mas com uma abertura lateral, fechada por um zíper estreito e comprido. Eu me agachei. Esperei. Mais cedo ou mais tarde alguém teria de entrar ou sair.

Fiquei assim de cócoras até a dor nas pernas se tornar insuportável e me obrigar a mudar de posição. Sentei-me no chão, embora estivesse úmido. O relento do solo penetrou a roupa.

TAO

Notei então o acúmulo de galhos junto da tenda. Uma dúzia de árvores frutíferas tinham sido derrubadas para dar espaço a ela. Ramos secos apontavam rígidos para a lona branca.

Nada aconteceu. Às vezes, ouvia vozes baixas vindas da tenda, mas não consegui distinguir as palavras.

Por muito tempo fiquei sentada ali, envolvida pela escuridão. Os minutos se passaram, se tornaram uma hora. O ar parado estava começando a me deixar sonolenta.

Então, o deslizar de um zíper. A tenda foi aberta e dois vultos saíram, ambos usando roupa de proteção branca. Eles aproximaram os rostos e discutiram intensamente em vozes baixas. Eu me inclinei para a frente, apertando os olhos para enxergar. A tenda ficou aberta apenas por um instante, mas ainda assim consegui distinguir um pouco do que ela escondia. Uma estrutura interna de vidro, cheia de plantas. Flores. Uma estufa? Folhas verdes luminosas, flores cor-de-rosa, laranja, brancas e vermelhas, envolvidas por uma luz dourada. Como uma ilustração de conto de fadas, colorida e quente, uma paisagem de outro mundo. Plantas vivas, plantas em flor, plantas que eu nunca antes tinha visto, que não existiam entre as fileiras homogêneas de árvores frutíferas nos pomares.

De repente, um dos vultos começou a andar em minha direção. Continuei sentada. O vulto se aproximou.

Levantei-me e recuei silenciosamente.

O vultou parou. Ficou à escuta, como se tivesse me farejado. Não ousei me mexer mais, permaneci totalmente imóvel, na esperança de me misturar aos troncos das árvores.

Ele ficou parado mais um instante, mas aí deu meia-volta e retornou para a tenda. Então eu me apressei a sair.

Apertei o passo, corri de volta para a cerca, me esforçando ao máximo para não fazer barulho.

Eu tinha visto algo. Mas não sabia o quê. O cercado, as caixas, a tenda. Não fazia sentido.

Ninguém forneceria o que eu precisava, nem aqui nem no hospital. Ninguém queria me dar respostas. E não queriam me dar meu filho.

Alcancei a cerca, saí de quatro pela mesma abertura, passei pelo guarda. Ele ainda estava roncando em seu posto.

Fiquei mais um tempo na noite amena, lá fora. A cerca se avultava sobre mim. Mas Wei-Wen não estava aqui. Nem nesta região do país. Ele estava no lugar de onde vinham as plantas. Em Pequim.

TAO

GEORGE

Arbustos de mirtilo em flor são uma coisa linda. Durante o inverno, eu até me esquecia disso, mas toda vez que o Maine me recebia com aqueles cachos brancos e cor-de-rosa, no mês de maio, eu tinha que parar e olhar.

Sim, era tão lindo que livros a esse respeito deveriam ser escritos. Mas, sem as abelhas, as flores eram apenas flores, não mirtilos, não um ganha-pão. Por isso Lee respirava com o mesmo alívio toda vez que a gente aparecia. Imagino que passeava entre seus arbustos desejando que fossem capazes de se autopolinizar, que não tivessem a desgraça de depender de um apicultor suado de outro estado e de seus homens, no mínimo tão suados quanto ele.

Ficaríamos três semanas no Maine. Lee pagava oitenta dólares por colmeia. Sem dúvida doía no bolso, mas eu sabia de muitos que cobravam mais. Gareth, por exemplo. Eu era barato comparado a Gareth.

Além do mais, valia a pena para Lee. Em cada colmeia, cinquenta mil abelhas trabalhavam do raiar do sol ao cair da noite. Abelhas felizes. De todas as colmeias vinha um zumbido animado. Ele nunca tivera nada a reclamar. Desde que instalou a fazenda, em toda primavera eu vim aqui. E as abelhas davam muitos mirtilos, ano após ano.

Assim que saí do caminhão, Lee praticamente correu a meu encontro, braços e pernas em ângulos agudos, sapatos enormes pisando no chão, calças um pouco curtas demais e um chapéu de algodão sujo na cabeça. Estendeu a mão delgada e pegou a minha, sacudindo-a sem soltar, como se quisesse me segurar e ter certeza de que eu e as abelhas não iríamos embora antes de termos feito nosso trabalho.

A mão estava mais magra do que eu me lembrava. O cabelo, mais ralo.

Sorri para seu rosto equino alongado.

– Olha só. Ainda mais rugas.

Ele sorriu de volta.

– Não tantas como você.

Na verdade, o Maine era longe demais para nós, eu deveria ter encontrado algo mais perto de casa. Mas Lee tinha se tornado como um amigo durante todos esses anos, ele era grande parte do motivo por que eu fazia a viagem. A gente conversava muito enquanto eu estava aqui. Ele não parava de fazer perguntas. Sobre as abelhas, sobre a apicultura. Nunca se cansava disso. Eu zoava com ele dizendo que era agricultor universitário. Com muitos anos de formação superior e grande entusiasmo, ele comprou os destroços de uma fazenda na década de 1990. Lançou-se no negócio com opiniões fortes sobre tudo o que funcionava na teoria. Tinha que ser orgânico.

Bem. Desde então, ele deve ter cometido todos os erros enumerados pelos livros, e mais alguns. Pois a prática se mostrou uma coisa bem diferente.

GEORGE

Nos últimos anos, ele tinha mudado tudo. Agora administrava uma fazenda padrão, aqui também as máquinas gigantes de pesticida circulavam pelos campos. Eu provavelmente teria feito a mesma coisa, se fosse ele.

Fiz um gesto em direção a Tom, que estava alguns metros atrás de mim.

– Você se lembra do Tom?

Tom se aproximou obedientemente, estendendo a mão.

– Olha só – disse Lee. – Você deve ter dobrado de tamanho desde a última vez.

Tom riu educadamente.

– Então, você veio junto esse ano?

– Parece que sim.

– E as aulas?

– Me deram folga.

– Isso daqui também é aula – falei.

Os caminhões de Kenny foram embora. Tudo ficou quieto. Terminamos de acomodar as colmeias. Agora só sobrávamos eu, Lee e Tom. Tom estava dentro do caminhão. Lendo ou dormindo, talvez. Mais uma vez, tinha sido difícil arrancar alguma palavra dele nas últimas horas. Mas ele também trabalhou bastante hoje quando foi solicitado, isso ele fez, sim.

Lee tirou as luvas, afastou o véu e acendeu um cigarro.

– Bem. Agora é só aguardar. Conferi a previsão do tempo. Parece boa – disse ele.

– Que bom.

– Um pouco de chuva nos próximos dias, mas não muita coisa.

– Um pouco de chuva a gente aguenta.

– E também coloquei cercas novas.

– Ótimo.

– Isso deve manter eles longe.

– Espero que sim.

Ficamos calados de novo. Não consegui afastar a imagem de patas enormes de urso despedaçando as colmeias.

– De qualquer forma é sua despesa – falei.

– Obrigado. Sei disso.

Ele inalou profundamente.

– Então, ele vai assumir o apiário?

Fez um gesto indicando Tom, que estava sentado no caminhão.

– Essa é a ideia.

– Ele quer?

– Está chegando lá.

– Vai precisar de faculdade, então? Não pode simplesmente começar?

– Você fez faculdade, não?

– É exatamente isso que quero dizer.

Ele olhou para mim com um sorriso maldoso.

Nos primeiros dias num lugar novo, as abelhas ficam quietas. Passam mais tempo dentro da colmeia, em casa. Em seguida, dão saidinhas, conferem as condições e se familiarizam com o lugar. E aos poucos os passeios ficam mais longos.

No terceiro dia elas tinham começado a trabalhar, havia um zumbido intenso por todo lado. Lee estava sentado em meio aos arbustos, a uns cinquenta ou sessenta metros das colmeias.

A cabeça curvada. Ele estava contando, não me viu. Eu me aproximei na ponta dos pés.

– Bu!

Ele se assustou e deu um salto.

– Caralho!

Dei risada.

Ele fez um gesto de frustração com a mão.

– Você me interrompeu!

– Relaxa, vou te ajudar.

– Não confio na sua contagem. Você não é objetivo.

Eu me agachei a seu lado.

– Você as está afugentando – sorriu. – Não tem espaço para mais abelhas aqui.

– Tudo bem, tudo bem.

Eu me levantei, andei uns dez metros, tentei escolher uma área de aproximadamente um metro quadrado para fazer a contagem. Procurei com os olhos.

Sim, estavam aqui.

Uma abelha saiu de uma flor e desapareceu. Ao mesmo tempo, outra pousou. E não é que chegou uma terceira?

– Está indo bem aí? – Levantei os olhos.

– Médio. Duas aqui. E aí?

– Três.

– Certeza? – perguntou. – Você está inflando os números.

– É você que não sabe contar – falei.

Ele continuou sentado.

– Tudo bem. Agora vêm mais.

Eu me levantei, sorri para ele. Uma média de 2,5 abelhas por metro quadrado significava uma boa polinização. Por isso

Lee ficava contando assim com frequência, quase obcecado. Pois o número de abelhas por metro quadrado determinava o número de quilos de mirtilos que ele poderia colher quando o verão chegasse ao fim.

Duas com ele. Três comigo. Daria certo.

Mas aí começou a chover.

WILLIAM

Finalmente ela chegou. Conolly saltou da boleia para a carroça, onde ela estava, nova e reluzente, contrastando com a superfície imunda e arranhada do piso do veículo. Eu subi também, estiquei a mão e toquei nela, na colmeia. Senti a madeira macia e lisa sob os dedos, lixada a preceito; o telhado fora feito de três tábuas, com juntas quase invisíveis. As portas foram equipadas com pequenos puxadores torneados, passei a mão sobre eles, não havia qualquer vestígio de lascas. Puxei uma delas, a porta abriu-se sem fazer barulho. Espiei lá dentro. Os quadros estavam pendurados em fileiras retas, prontas para serem preenchidas. A colmeia exalava um forte perfume de madeira fresca, o cheiro envolvia-me, quase me deixando tonto. Andei em volta dela. O trabalho dos detalhes era impressionante. Cada quina tinha sido arredondada com perfeição, e ele até se dera ao trabalho de fazer alguns belos entalhes em uma das laterais. Sim, todos os elogios que ouvi sobre Conolly foram justos. Ele realmente criara uma obra-prima.

– Então? – Conolly sorriu orgulhoso como uma criança.
– Satisfeito?

Nem consegui responder, só fiz que sim, esperando que ele notasse meu largo sorriso.

Juntos levamos a colmeia para o pátio empoeirado. Ela parecia tão luminosa e imaculada, foi quase um sacrilégio colocá-la no chão sujo.

– Onde o senhor quer deixá-la? – perguntou Conolly.

– Ali.

Apontei para o álamo.

– O senhor já tem abelhas? – perguntou.

– Elas serão transferidas para esta colmeia. Depois de construirmos mais, vamos criá-las.

Ele me mediu com os olhos.

– Depois de *o senhor* construir mais – corrigi, esboçando um sorriso.

– Mas também é a única coisa pela qual vou levar o mérito – riu ele.

Então ele se virou para a colmeia de palha lá embaixo. Havia um zunido em torno dela, milhares de abelhas estavam trabalhando. No mesmo instante, uma delas deu uma guinada em nossa direção. Conolly saltou para o lado, buscando se esquivar.

– Acho que o senhor vai carregar a colmeia até lá sozinho.

– Não são perigosas.

– E o senhor quer que eu acredite nisso?

Afastou-se mais, como para ressaltar seu ponto.

Dei um sorrisinho para ele, tentando parecer compreensivo e condescendente ao mesmo tempo.

– Então será poupado – afirmei.

WILLIAM

Juntos passamos a colmeia para um carrinho de mão e nos despedimos. Por ora. Estávamos certos de que nos veríamos em breve.

E a colmeia me aguardava. Estava pronta.

Foi com seriedade consideravelmente maior que trajei a roupa branca hoje, o chapéu, as luvas. Solene como uma noiva, pendurei o véu sobre o rosto antes de empurrar o carrinho de mão pelo jardim. Um caminho de grama pisada e achatada tinha sido formado até a colmeia. Lembrava a nave estreita de uma igreja, ocorreu-me de repente. Achei graça da ideia de que eu era a noiva indo para o altar, enrubescida de excitação. Tão grande era esse dia para mim, ele selava meu destino.

Afastei um pouco a colmeia antiga e coloquei a nova no mesmo lugar. Em seguida, fiquei a observá-la. A madeira dourada brilhava ao sol. A velha colmeia de palha parecia pálida e deteriorada, em comparação.

Com cuidado e movimentos lentos, comecei o trabalho de transferir as abelhas. Encontrei a rainha e coloquei-a na nova colmeia. Ela acomodou-se rapidamente. E as outras a seguiram.

Minha calma passou para elas. Eu estava completamente seguro. Tão seguro que tirei as luvas e trabalhei com as mãos nuas. Elas aceitaram, deixavam-se controlar, domar.

Eu estava animado com a perspectiva das muitas horas que passaria aqui fora, eu e elas a sós, em uma tranquilidade imperturbável, uma contemplação compartilhada, com confiança mútua cada vez maior.

Mas então algo aconteceu. Senti um movimento na canela, o adejar rápido de asas, seguido de uma dor aguda.

Pulei, e um grito agudo e feminino escapou-me. Por sorte, ninguém me ouviu. A mão foi instintivamente em direção à canela para matar aquilo que estava ali.

Sacudi a perna da calça. Uma abelha caiu de costas na grama e ali ficou, com o tórax peludo, o abdome brilhante e as pernas finas de inseto impotentemente voltadas para o ar. A canela ardia intensamente. Como algo tão pequeno podia causar uma dor tão violenta? Pisar nela, eu queria pisar nela, esmagá-la, mesmo que já estivesse morta. Mas uma olhada na colmeia, em todas as suas irmãs, me deteve. Nunca se pode ter certeza.

Apressei-me a enfiar as calças dentro das botas, vesti as luvas. Certifiquei-me de ter fechado todas as aberturas e, então, com mãos rápidas e ombros firmes, continuei o trabalho. Talvez não pudesse confiar nelas ainda, e eu tampouco lhes havia dado muitos motivos para confiar em mim. Mas com o tempo a confiança viria, eu estava convencido disso, eu não lhes daria motivo para me picar, e um dia estaríamos unidos.

Finalmente, muitos minutos penosos mais tarde, as abelhas estavam no lugar.

Dei um passo para trás a fim de contemplá-las. Elas eram os juízes, na última instância decidiriam se a colmeia seria seu lar. Muitas delas ainda davam voltas em torno da velha colmeia de palha, desabrigadas, em busca da rainha. Transferi a colmeia de palha para o carrinho de mão. Iria levá-la embora para ser queimada, e então ficaria claro de uma vez por todas se eu tinha sido bem-sucedido.

TAO

B lusas. Calças. Roupas íntimas. Para quantos dias? Uma semana? Duas?

Coloquei tudo o que cabia. Tinha desenterrado uma mala gasta de meu pai, agora eu jogava roupa nela. Depressa, com a urgência de alguém que já esperou demais.

Quando cheguei em casa depois da excursão na área cercada, foi impossível ir para a cama. Trotei de um lado para outro na sala, não porque estivesse inquieta, mas porque finalmente tinha me colocado em movimento. Não precisava ficar aqui esperando, esperando e torcendo para receber aquele telefonema que explicaria tudo. Esperando e remoendo aquela palavrinha que eu não tinha dito a Kuan. Uma única palavrinha: desculpa. Eu não conseguia. Porque se dissesse essa palavra, a culpa se tornaria uma verdade. A culpa seria minha.

Essa era a única coisa que eu podia fazer.

Fechei a mala. O zíper fez um *vapt*! Alto. O som deve ter encoberto os passos dele, pois quando me virei Kuan estava ali. Piscando um pouco os olhos, descabelado, recém-acordado.

– Vou para Pequim.

– O quê?

Ele ficou pasmo. Talvez por causa do que anunciei, talvez porque não pedira que me acompanhasse. Eu deveria ter dito vamos. *Vamos* para Pequim. Mas não me passara pela cabeça que ele fosse junto.

– Mas como...

– Preciso achar Wei-Wen.

– Mas você não faz ideia de onde ele está. Em que hospital está.

– Preciso ir.

– Mas Pequim... Por onde você vai começar?

Ele era só pele e osso. Sombras pontudas. Mais magro do que nunca. Feições marcadas demais.

– Encontrei endereços. Preciso procurar nos hospitais.

– Sozinha? Mas a cidade é... Será que é segura? – disse, erguendo um pouco a voz.

– É nosso filho.

As palavras saíram com uma rispidez desnecessária.

Pus a mala no chão sem olhar mais para ele. Mas percebi como ele estava imóvel atrás de mim, as palavras entaladas. Será que cogitava dizer que iria junto?

– Mas como você vai pagar? A passagem, o hotel...?

Minhas mãos pararam no meio de um movimento. Eu sabia que a pergunta viria, a pergunta sobre o dinheiro.

– Só estou pegando um pouco – disse eu baixinho.

Ele foi depressa até o armário da cozinha, abriu a porta e procurou com os olhos. Seu rosto congelou. Voltou-se para mim. De repente, havia uma frieza no olhar. Com um movimento brusco, ele arrancou a mala das minhas mãos e a abriu. Imediatamente deu com os olhos na lata, que estava em cima.

– Não. – Soou alto, com uma força que eu raras vezes ouvira.

Ele soltou a mala com um baque no chão e deu um passo em minha direção.

– Você não vai conseguir achar Wei-Wen, Tao – falou. – Você vai gastar tudo o que temos, mas não vai conseguir achá-lo.

– Não vou gastar tudo. Já disse que não vou gastar tudo.

Peguei outra blusa, embora não precisasse de mais blusas. Comecei a dobrá-la. Tentei trabalhar com calma. Senti o tecido sintético estalejar entre os dedos.

– Preciso tentar. – Olhei para baixo, para o chão. Tentei não olhar para a mala, que eu só queria agarrar. Fixei o olhar num risco, Wei-Wen tinha deixado cair um brinquedo ali uma vez durante o inverno, um cavalo amarelo de madeira. Fiquei brava quando aconteceu, não tínhamos muitos brinquedos. E ele gritou porque o cavalo quebrou, ficou sem uma das pernas.

– Mas se o dinheiro acabar... Estamos juntando faz três anos... Vamos ficar velhos demais... Se o dinheiro acabar, não temos...

Ele não terminou a frase, só ficou parado. A mala entre nós, a lata em cima.

– Não vai adiantar nada – disse ele enfim. – Viajar até lá não vai adiantar.

– Como se adiantasse ficar sentado aqui?

Ele não respondeu, talvez não quisesse contestar minha acusação. Ficou ali, incapaz de dizer o que guardava dentro de si, o que o incomodava tanto. Não era só o fato de Wei-Wen ter sido levado embora, ter sido subtraído de nós, mas de que isso era minha culpa. E agora eu também lhe tiraria a chance de ter outro filho.

Desviei os olhos, não consegui olhar para ele, não podia pensar nisso. Minha culpa. Minha culpa. Não. Afinal, eu sabia que não era assim. Ele tinha tanta culpa quanto eu. Poderíamos simplesmente ter ficado em casa naquele dia. Ter ficado em casa com os números, os livros. Foi ele quem quis sair. Ele tinha tanta culpa quanto eu. Nós dois éramos culpados.

Nós dois éramos culpados.

– Venha comigo.

Ele não respondeu.

– Você pode vir junto, podemos viajar os dois.

Eu me atrevi a olhar para ele. Será que estava furioso? Ele me olhou nos olhos. Não. Apenas infinitamente triste.

Então ele sacudiu a cabeça de leve.

– É melhor eu ficar aqui. Disponível. Além do mais... Vai ficar mais caro se formos os dois.

– Não vou gastar tudo – falei em voz baixa. – Prometo que não vou gastar tudo.

Rapidamente puxei a mala para mim. Joguei a blusa por cima, ela cobria a lata. Aí fechei o zíper mais uma vez. Ele não me impediu.

Levei a mala até a entrada e peguei minha jaqueta. Ele me seguiu.

– Você precisa ir já?

– O trem só sai uma vez por dia.

Ficamos parados. Seu olhar permaneceu em mim. Será que ele esperava que eu dissesse aquela palavra agora? Isso deixaria tudo mais simples? Se eu a gritasse? Se a bradasse?

Não consegui. Pois no momento em que pedisse desculpa eu teria de aceitar que, se a vontade dele tivesse prevalecido, não estaríamos vivendo isso. Não teríamos ido para os pomares naquele dia, e Wei-Wen ainda estaria...

Pus a jaqueta. Os sapatos. Aí peguei a mala e fui em direção à porta.

– Tchau, então.

Ele deu um passo para a frente. Será que ia arrancar a mala de mim? Não. Ele queria me dar um abraço. Virei o rosto para o outro lado, pus a mão na maçaneta, não suportava o contato do seu corpo com o meu. Não suportava sua face em contato com a minha. Não suportava seus lábios em contato com meu pescoço, que ele talvez despertasse as mesmas sensações de antes, contra minha vontade. Ou será que *isso* só provocaria náuseas em mim? E mais ainda... Será que eu despertaria as mesmas sensações nele? Será que ele ainda me desejava? Eu não sabia e não queria saber.

Não tornei a respirar com calma até encontrar meu lugar, sentar e acomodar meu corpo. A coluna descansou no plástico gasto do assento. Inclinei a cabeça para trás e ela encontrou o encosto. Fiquei sentada assim, olhando para as casas, as pessoas, as árvores e as plantações lá fora. Não me diziam respeito. O trem deslizava tão depressa pela paisagem que as árvores se tornavam meras sombras. De acordo com a tabela de horários, os 1,8 mil quilômetros deveriam ser percorridos até hoje à noite, mas tudo dependia do número de controles no caminho.

Meu próprio mundo desapareceu atrás de mim. A paisagem mudava gradativamente à medida que avançávamos para o norte. Dos pomares corriqueiros de minhas paragens natais, passamos para as colinas arborizadas, as plantações em terraços, depois para as amplas planícies com arrozais e, mais adiante, quando o trem subiu as montanhas, para as regiões mais áridas e inférteis. Quando descemos outra vez, eu me deparei com uma paisagem desolada. Seca, nua, quase sem árvores. Quilômetros e mais quilômetros da mesma monotonia. Desviei o rosto da janela, não havia nada para ver.

Eu só tinha ido a Pequim uma vez antes, quando era pequena. Meus pais tinham amigos lá. Fomos visitá-los. Só me lembrava de algumas imagens. Uma rua grande e movimentada, empoeirada, vívida. Um barulho ensurdecedor, pessoas por todos os lados, muitas mais do que eu já tinha visto. E a viagem de trem, eu me lembrava muito bem dela, exatamente como a de agora. O trem também. A tecnologia não tinha mudado durante minha vida inteira. Ninguém mais tinha tempo para inovações.

Cochilei. Dormitando, entrei e saí de sonhos que se pareciam. Sonhei que cheguei a Pequim, estava procurando Wei-Wen e encontrei alguém que me levaria até ele. Uma das vezes foi um funcionário de um hotel. Ele disse saber onde Wei-Wen estava e me conduziu por becos estreitos e ruas movimentadas. Corremos, ele na frente, eu atrás. Sempre esbarrando em muitas pessoas, quase o perdi de vista. Eu o agarrei, mas ele se soltou. Acordei ofegante. Quando caí no sono de novo, a mesma coisa aconteceu. Dessa vez, foi uma mulher numa loja. Ela disse que me levaria até Wei-Wen e me guiou pelo emaranhado de ruas, onde os arranha-céus tampavam o sol e os vendedores tentavam nos parar a toda hora. Ela corria tão rápido que a perdi de vista, e, soluçando, tive que parar e admitir que minha única chance de vê-lo de novo se fora.

E de repente eu estava em outro lugar. Uma festa ao ar livre. Um sonho, uma recordação? Eu usava um vestido de verão, estava quente. Era criança e participava de uma comemoração do fim do ano letivo. Comíamos doces e bolos secos, feitos com produtos sintéticos que substituíam a banha e o ovo. E um picolé aguado, artificial, mas gostoso mesmo assim. Eu estava suada, o sorvete desceu gelado pela garganta.

Algumas meninas brincavam de roda e a cantoria ecoava cada vez mais alta pelo jardim. Algumas vozes límpidas e afinadas, outras um pouco fora do ritmo e do tom, do jeito que as crianças muitas vezes cantam. Fiquei parada na sombra, observando-as.

A mesa dos doces estava se esvaziando. Algumas crianças foram se servir mais uma vez. Daiyu foi uma delas. Uma menina da sala, olhos um pouco encovados. Usava um macaquinho azul-claro de calças curtas, e o cabelo estava preso com fivelas. Os sapatos eram fechados e brilhavam ao sol, pareciam quentes. Ela estava se servindo na mesa dos doces. Colocou um pedaço de bolo no prato. Um dos maiores. Em seguida, pegou um garfinho e foi se sentar com os pais.

Outra criança chegou à mesa. Um menino. Wei-Wen. Meu Wei-Wen. O que ele estava fazendo aqui?

Ele pegou um pedaço do bolo também. Um pedaço grande, ainda maior que o de Daiyu.

E então foi embora.

Não, pensei, não o bolo. Não pegue o bolo.

Mas ele escapou para longe de mim, sempre com o bolo na mão, desapareceu na multidão de pessoas. Aí apareceu outra vez. Eu precisava chegar até ele antes que desse a primeira mordida no bolo. Ele não podia comer do bolo. Não podia. Agora eu já era adulta, eu era eu mesma, estava correndo atrás dele, apertando o passo, abrindo caminho. Eu o vi de relance mais uma vez, mas então ele desapareceu de novo, ressurgiu, sumiu. A festa cresceu à minha volta, cada vez mais pessoas, ficou enorme.

Seu lenço vermelho na multidão, uma ponta se agitando, ao longe.

E mais uma vez ele sumiu.

Acordei assim que o trem entrou numa estação grande, escura e dilapidada. Pequim.

TAO

GEORGE

Estávamos no quarto do motel. Paredes amarelo-claras e carpete manchado. Um cheiro de naftalina e mofo envolvia a gente.

Fora da janela, só água e mais água. Não era uma daquelas chuvas leves e aconchegantes que deixam um perfume gostoso e fazem os pássaros cantar. Não. Isso daqui era um temporal de proporções bíblicas, como dizem. Pelo quinto dia, ainda por cima. Comecei a imaginar que alguém lá fora estava me aprontando isso, que eu talvez devesse construir uma arca.

Tom ia embora no dia seguinte. Estava com o nariz enterrado num livro. Destacando linhas com um marcador de texto amarelo-néon. O som do marcador era a única coisa que se ouvia. Com frequência. Parecia que precisava grifar cada palavra do livro.

Não havia lugar nenhum pra ir. Na chegada, o quarto deu a impressão de ser grande. Eu tinha pedido uma suíte, já que ficaríamos aqui os dois, mas nos últimos dias ela encolheu bastante. Uma única janela e vista para o beco dos fundos. As duas camas *queen-size* tomavam um espaço grande demais.

Eu estava sentado numa, a que ficava mais próxima da parede, amassando a colcha floral debaixo de mim. Já cansei de olhar para os dois quadros na parede. Num deles, um campo de flores e uma mulher; no outro, um barco. Os vidros estavam sujos, com um tom cinzento, e havia manchas de dedos bem no rosto da mulher. Tom tinha se apoderado da área de estar perto da janela. Seus livros ocupavam a mesa inteira, e ao lado dele sempre estava a mala, essa também cheia de material de estudo.

Pensando bem, ele tinha ficado assim a maior parte do tempo. Não que tivesse muito mais a fazer, mas mesmo assim. Nenhum grande entusiasmo estava em evidência. Não pelas abelhas, nem pela chuva. Ele poderia ficar nervoso, irritado, xingar – mas nada, só lia. Lia e grifava o texto com marcadores grossos de cores néon. Cor-de-rosa, amarelo, verde. Parecia que tinha uma espécie de sistema, pois as canetas estavam alinhadas com esmero na sua frente, sobre a mesa, e ele usava alternadamente cada uma.

Levei um susto quando o telefone tocou. Levantei. O número de Lee aparecia na telinha.

– E aí?

– Alguma novidade? – Lee perguntou.

– Nada na última meia hora, não.

– Conferi outra previsão de tempo – disse Lee. – Estão dizendo que a chuva vai parar hoje à tarde.

– E as outras cinco que você conferiu?

– Mais chuva. – A voz estava murcha.

– Tem certas coisas que a gente não pode controlar – falei.

– Tem... – Ele hesitou. – Tem alguma possibilidade de você ficar alguns dias a mais?

GEORGE   257

Não era a primeira vez que a gente tocava nesse assunto, mas ele nunca tinha chegado a perguntar tão diretamente.

– Já encomendei os caminhões para o retorno – respondi.

– E o pessoal.

– Pois é.

Ele não disse mais, sabia que não ia dar.

– Deve parar logo – falei, tentando soar como minha mãe.

– Sim.

– E um dia ou dois a mais ou a menos não fazem muita diferença.

– Não.

Ficamos calados. Só ouvindo a chuva cair a cântaros lá fora e os pneus dos carros que passavam patinando pelas poças d'água.

– Acho que vou dar um pulo lá agora – disse ele de repente.

– Ah, é?

– Só para conferir.

– Dei uma passada hoje de manhã. Elas estão dentro das colmeias. Nada está acontecendo.

– Tudo bem, mas mesmo assim.

– Faça o que você quiser. São suas abelhas.

Ele riu baixinho, mas não se ouviu muita alegria naquela risada.

Aí a gente desligou.

Tom levantou os olhos do livro.

– Por que você não fala as coisas sem rodeios?

– O que você quer dizer?

– É óbvio que essa situação vai afetar a safra dele.

– Pois é.

– Ele é uma pessoa adulta, consegue lidar com a verdade.

Ele pôs a tampa no marcador de texto com um clique decidido. O clique, a maneira como ele o fez, me deixou comichando por dentro. E as palavras, caramba, ele se expressava como um professor de cinquenta anos de idade.

– Achei que você estivesse estudando – falei.

– Já terminei.

– Não que estivesse prestando atenção nas minhas conversas.

– Meu Deus, pai. São três metros de distância entre nós.

– E por que você de repente está começando a opinar tanto?

– Como é?

Senti uma comichão insana. Não dava para controlar.

– Como é? – falei, imitando ele. – Depois de passar uma semana coçando o saco, você de repente vai se envolver?

Ele se levantou. Era mais alto do que eu.

– Não cocei o saco. Trabalhei. E enquanto foi preciso, carreguei mais peso e suei mais que você. E isso você sabe muito bem.

– Mas vontade você não teve.

Dei um passo em sua direção. Ele recuou automaticamente, mas deve ter se dado conta logo, pois se endireitou de repente e plantou os pés firmes no chão.

– Nunca disse que estava muito interessado. Foi você quem me pediu para vir junto, lembra?

– Meio difícil de esquecer.

Ele ficou quieto. Só olhou para mim. O que será que estava pensando?

GEORGE

Aí, de repente, veio com esta:

– Você pode descrever Jimmy e Rick para mim, pai?

– O quê?

– Como são? Descreva para mim.

– Jimmy e Rick? Desde quando você se interessa por eles?

– Não me interesso muito por eles. Mas se eu te pedir para descrevê-los, você vai ter muita coisa a dizer, certo?

Fiquei olhando para ele, sem entender direito.

– Eu mesmo já sei muito sobre eles – continuou. – Simplesmente porque ouvi você falar deles. E Lee, ele também. Sei do que eles gostam, o que fazem nas horas livres, até quais são seus medos. Porque você me contou isso. – Sua voz estava mais suave agora, mais baixa. – Por exemplo, sei que Rick sente falta de uma namorada. E Jimmy... Já ouvi o bastante para saber que você desconfia que ele joga no outro time.

Fiz menção de responder, de dizer algo sobre Jimmy, mas não sabia direito o quê. Porque, a bem dizer, isso não tinha nada a ver com Jimmy ou Rick. Entendi que Tom queria chegar a algum ponto com isso, mas qual seria esse ponto? Era como se ele empurrasse meu cérebro dentro de uma caixa e agitasse ela fortemente.

– Como me descreveria então?

– Você?

– Sim. Do que eu gosto? No que sou bom? Do que tenho medo?

– Você é meu filho – respondi.

Ele suspirou. Deu um sorriso débil, como que desdenhoso.

Ficamos olhando um para o outro. A comichão se intensificou.

Aí ele desviou os olhos. Foi até a mala de livros.

– Já que a gente não vai fazer nada mesmo, vou estudar História.

Ele pegou um livro grosso azul-escuro. Vi que a capa mostrava o Big Ben.

Então ele sentou e virou a cadeira, de modo a ficar de costas para mim.

Eu também gostaria de ter um livro bem grosso para ler. E uma cadeira para virar. Ou, de preferência, um comentário bem inteligente na ponta da língua. Mas ele me pegou agora. Fiquei sem palavras. Só aquela coceira intensa.

Uma hora se passou, talvez uma hora e meia, antes de a chuva parar. O céu se abriu num tom que não era exatamente azul, mas pelo menos um cinza um pouco menos intenso do que aquele que a gente viu nos últimos dias. Pelo jeito, a sexta previsão de Lee estava na pista certa.

Enfim, Tom pôs o livro de lado. Se levantou e vestiu uma jaqueta.

– Vou dar uma volta lá fora.

– Você não pode pegar o caminhão.

– Tudo bem.

– Talvez eu precise dele.

– Sei disso. Não vou pegar o caminhão.

– Muito bem.

Ele estava prestes a abrir a porta quando o telefone tocou de novo. Lee. Pediu que a gente fosse até lá imediatamente.

GEORGE   261

TÃO

E ncontrei um hotel aberto próximo à estação de trem, deteriorado e vazio, mas com preço bom. Do outro lado da rua havia um restaurante que servia comida simples e barata. Fui até lá, me dei ao luxo de uma refeição quente hoje. Sabia que o orçamento não me permitiria isso todos os dias. Não, pelo menos, se fosse preciso fazer o dinheiro durar mais de uma semana. E não fazia ideia de quanto tempo teria de ficar. Até encontrá-lo. Não iria embora antes.

Um jovem colocou um prato na minha frente. Arroz frito, era tudo o que eles tinham nesse estabelecimento familiar. O pai era quem cozinhava, explicou o rapaz enquanto me servia. Ninguém mais trabalhava ali além dos dois.

Eu era a única freguesa no salão do restaurante. Na rua eu também não tinha visto muita gente. Tudo era diferente do que eu lembrava. A cidade barulhenta e vívida tinha desaparecido. Agora, a maioria das casas estava desabitada, nas ruas imperava o silêncio. Já não havia condições de subsistência aqui. Eu sabia que muitos tinham sido deslocados à força para outras partes do país, onde havia demanda de mão de obra na agricultura, mas mesmo assim o silêncio total me surpreendia. A cidade tinha crescido e se desenvolvido até certo ponto, então tudo parou, e agora ela estava em pleno processo de degradação. Assim como uma pessoa de idade que se aproxima da morte. Cada vez mais só, cada vez mais quieta, com um ritmo que diminuía a cada dia. Na rua onde eu estava, o único lugar com luz acesa era esse pequeno restaurante logo em frente ao hotel. De resto, tudo estava escuro e deserto.

Puxei a cadeira para mais perto da mesa. O arrastar do móvel soou oco e estrepitoso no restaurante vazio. O rapaz ficou aguardando enquanto eu comia. Ele era bem jovem, não devia ter mais de dezoito anos de idade, e magro. Cabelo de comprimento médio, parecia não ter sido cortado há tempo. Trajava o uniforme com displicência juvenil e se movimentava com desenvoltura e descontração. Num pátio de escola, ele seria alguém com quem as pessoas gostariam de ser vistas. Alguém que não precisava se esforçar, alguém que naturalmente tinha aquela coisa a mais. Era o tipo de adolescente que deveria estar cercado de amigos.

Ele percebeu que estava sendo observado por mim, e de repente não sabia o que fazer com as mãos. Colocou-as rapidamente atrás das costas.

– Gostou da comida? – perguntou.

– Gostei, sim. Obrigada.

– Lamento que os pratos do cardápio estejam em falta.

– Tudo bem. De qualquer forma, eu não teria dinheiro para pagar – sorri.

Ele sorriu de volta, parecia aliviado, deve ter entendido que estávamos na mesma situação.

– Costuma ser tão vazio aqui? – perguntei.

TAO

Ele fez que sim.

– Nos últimos anos tem sido assim.

– Vocês vivem de quê?

Ele encolheu os ombros.

– De vez em quando alguém aparece. E também já vendemos parte dos equipamentos. – Ele apontou para a cozinha, onde o pai estava lavando louça. – Todas as facas boas, um moedor de carne, algumas panelas, o fogão grande. Vai durar mais algum tempo. De acordo com as contas que fizemos, temos dinheiro para aguentar... até novembro.

Ele ficou calado, talvez pensando a mesma coisa que eu. O que fariam depois?

– Por que vocês ainda estão aqui? – perguntei.

Ele começou a tirar o pó invisível de uma mesa.

– Quando todas as pessoas que a gente conhecia foram forçadas a se mudar, recebemos autorização para ficar, porque gerenciamos um restaurante com uma longa história. O papai lutou durante meses para obter a autorização. – Ele dobrou o pano, espremendo-o. – Eu me lembro de como ele chegou feliz em casa quando finalmente ficou confirmado que não precisávamos nos mudar. E que não seria necessário deixar nossa casa.

– Mas e agora?

– Agora já é tarde demais. Agora estamos aqui – respondeu, desviando o olhar.

Ele alisou uma mecha do cabelo rebelde. De repente me fez lembrar de Wei-Wen. Como esse menino era jovem, talvez mais jovem do que eu tinha pensado inicialmente, apenas uns catorze ou quinze anos. A idade do estirão.

Empurrei o prato em sua direção.

– Pode comer. Estou satisfeita.

– Não. – Ele olhou confuso para mim. – Você pagou por isso.

– Já comi o bastante.

Estendi os pauzinhos para ele.

– Olhe aqui. Venha sentar.

Ele lançou um olhar furtivo para o pai na cozinha, mas este não estava prestando atenção em nós dois. Então o rapaz puxou a cadeira depressa, sentou e pegou os pauzinhos. Atacou o arroz com a rapidez de um cão, parecia Wei-Wen devorando as ameixas. Mas de repente parou, levantou os olhos, como se minha atenção o deixasse constrangido. Eu lhe dei um sorriso incentivador. Ele voltou a comer, fazendo um esforço visível para ir com calma.

Eu me levantei para sair, quis deixá-lo em paz.

Mas então ele também se levantou.

– Pode continuar sentado – falei, indo em direção à porta.

– Tudo bem. – Ele ficou parado, hesitante. – Não.

Ele se aproximou de mim.

Pus a mão na maçaneta e fiz menção de abrir a porta. Olhei para ele, não entendendo direito.

– Onde você está hospedada? – perguntou.

– Ali. – Apontei para o hotel do outro lado da rua.

Ele ficou bem a meu lado, olhou para a rua. Não se via nenhum carro, nenhuma pessoa, nenhum tipo de vida.

– Vou ficar aqui até você estar lá dentro.

– Como assim?

– Fico aqui esperando você entrar.

TAO   265

Ele o disse com uma seriedade muito zelosa no rosto jovem.

– Obrigada.

Abri a porta e saí. A rua estava deserta. Cheirava a tijolos úmidos, poeira e algo levemente podre. Os restos de uma cidade. Fachadas dilapidadas. Uma tela de informação pendurada numa parede, repassando vezes sem fim os primeiros dez segundos de um filme. Li Xiara, a chefe da Comissão, discursava, talvez sobre a solidariedade e a moderação. Mas a mensagem fora perdida, pois o áudio tinha parado de funcionar havia tempo. Lojas fechadas com grades nas portas. Janelas quebradas. Apenas tons de marrom e cinza. Nenhuma cor restava, como se tudo estivesse encoberto por uma névoa. E por um silêncio grande, pesado.

Eu me virei depois de atravessar a rua. Sim, ele ainda estava ali. Fez um gesto indicando o hotel, como se quisesse que eu me apressasse a entrar.

GEORGE

Lee estava debruçado sobre as colmeias tentando pôr as coisas em ordem. Mesmo todo encoberto pelo macacão, o chapéu e o véu, dava para ver que ele estava aflito. Quatro colmeias reviradas no chão. Uma grande nuvem de abelhas confusas, desabrigadas e zangadas pairava no ar úmido pós-chuva.

– Ai!

De repente ele soltou um grito, levando a mão ao pescoço.

– Cuidado com as aberturas – falei, ajeitando melhor seu véu. A abelha morta teria que ser tirada depois.

Ele xingou, vi lágrimas em seus olhos. Talvez por causa da picada, ou talvez elas já estivessem ali.

– Achei que a cerca fosse bastar – Lee disse em voz baixa.

– Pouca coisa segura um urso depois que ele fareja o mel.

Percebi então os olhos de Tom em mim.

– Você não disse que não tinha mais ursos aqui?

Não olhei para ele, não quis ouvir aquela pergunta. Peguei uma colmeia. Dei uma conferida. Continuou inteira.

– Me dê esse daí – apontei para um quadro que estava um pouco afastado.

Tom foi até lá, pegou o quadro e trouxe para mim. Foi quando notei que suas mãos tremiam. Ergui o olhar. Ele me fitava, com os olhos tão arregalados como daquela vez. Não restava nada do professor, na minha frente estava um menininho.

– O urso está por perto? – perguntou em voz baixa.

Peguei o quadro e continuei olhando para ele.

– Não, ele se manda imediatamente.

Ele ficou parado, olhando para mim, duvidando.

Pousei a mão em seu ombro, raramente eu fazia isso.

– Tom. Isso daqui não é que nem aquela vez. Isso acontece todo ano, e eu nunca, nenhuma vez, cheguei a ver um urso. São só as abelhas que apanham, não a gente. E é pior para o Lee, que precisa arcar com o custo.

Ele entendeu, não se esquivou de minha mão.

– É por isso que estamos hospedados no motel, entendeu? Não na barraca – falei.

Ele fez outro gesto de assentimento. Apertei seu ombro. Minha vontade era de lhe dar um abraço, vi que estava precisando de mim. Ainda precisava de mim. Mas nesse instante Lee voltou.

– Três colmeias – disse ele. – Deve dar... duzentos e quarenta dólares?

Soltei Tom e fiz que sim para Lee. Mas parei quando vi seu olhar desesperado atrás do véu.

– Duzentos e quarenta? Não. Vamos falar em duzentos.

– Mas George...

– Assunto encerrado. Você pode pensar nisso como um empréstimo.

268   **GEORGE**

Lee virou a cabeça, engoliu com dificuldade. Mas Tom continuou olhando para mim. Ele não disse nada, mas os olhos diziam tudo. E lembravam de tudo.

Aconteceu a primeira vez que fiquei na fazenda do Lee, a primeira vez que saí com as abelhas. Não estávamos levando muitas colmeias, só aquelas que consegui acomodar na traseira da picape. Eu pensava naquilo como um experimento. Se funcionasse, poderia expandir meu negócio e começar com polinização em pequena escala. Mas antes de tudo via aquilo como férias. Pois Tom, que tinha cinco anos de idade, ia junto. Só nós dois, no meio da natureza. Longe de outras pessoas. Pescar, beber a água do riacho, acender uma fogueira. A gente tinha falado sobre isso durante semanas.

Encontramos um morro um pouco afastado das colmeias. Ali tinha uma vista ótima para todos os lados e uma boa área plana. Montei a barraca sem pressa, cuidando para deixar todas as estacas bem firmes no chão e a lona esticada. Seria nossa casa durante três semanas, importante fazer benfeito.

Tom foi incumbido de desenrolar os sacos de dormir. Ele também se empenhou e ajeitou os sacos como mandava o figurino, devia ter visto como Emma fazia as camas em casa. Ele estava empolgado, falava sem parar, ainda não tinha tido tempo de sentir saudades da mãe. E de qualquer forma daria tudo certo, pensei. Nós dois íamos nos divertir à beça aqui no morro, as semanas iam passar num piscar de olhos, e ele se lembraria dessa viagem para o resto da vida.

Acendemos uma fogueira. Ficamos bem juntinhos assando *marshmallows*. Ele estava com um pouco de frio, eu o abracei. Os ombros esguios quase desapareceram debaixo do meu braço. Olhamos para as estrelas, apontei as constelações que conhecia. Não eram muitas, apenas a Ursa Maior e Órion, com suas Três Marias. Por isso inventei mais algumas.

– Olha ali, a serpente.

– Onde?

– Ali.

Seus olhos seguiram meu dedo enquanto eu apontava para algumas estrelas que formavam um caminho sinuoso como o da serpente ao rastejar.

– Por que se chama serpente?

– Não se *chama* serpente. *É* uma serpente.

E aí contei a história da serpente. Normalmente, não sou muito bom para inventar histórias, mas dessa vez ela fluiu aos borbotões. Talvez porque Tom estivesse sentado bem juntinho de mim. Talvez porque estivéssemos tão longe de coisas como televisão e outras distrações o homem primitivo dentro de mim de repente tenha vindo à tona. Talvez porque me desse poderes especiais saber que essa seria nossa vida durante três semanas inteiras.

– A serpente morava na fenda de uma rocha, nos arredores de um pequeno vilarejo – falei. – Ela era um verdadeiro demônio, mais malvada que a própria malvadeza, mais faminta que a própria fome. Ela comia tudo, absolutamente tudo o que encontrava pela frente. Primeiro, pegou a floresta, depois, pegou as plantações. Aí passou para as hortas, as frutas, as frutinhas silvestres. E ia sempre crescendo, ficando cada vez maior. Depois de ter devorado cada arbusto, cada batata, por menor que fosse, cada folha murcha de capim no prado, ela começou com as pessoas. Criancinhas para o café da manhã, vovozinhas para o almoço. Ela não parava de crescer, e no fim estava tão gorda e comprida que se deitou formando um círculo em torno do vilarejo. E ali ficava, abocanhando um depois do outro. As pessoas fugiam para dentro de suas casas, se escondendo nos armários, debaixo das camas e nos porões. Mas a serpente achava todos, se espremia lá dentro, em cada cantinho, e comia-os um por um.

Percebi que Tom estava tremendo, e não era só de frio. Abracei-o mais forte e ele se aconchegou, como se quisesse entrar dentro de mim, se deleitando de pavor e prazer.

– Ninguém sabia o que fazer, as pessoas não viam saída. Agora vamos morrer, pensavam, vamos ser comidos. Todos se escondiam da melhor maneira que pudessem. Todos, menos um único menininho.

– Quem era ele? – A voz era baixa e ansiosa.

– Era... esse rapazinho não era qualquer um.

– Não?

– É que ele era apicultor.

– Ah, é? – disse Tom depressa, como se quase não ousasse dizer mais, com medo de que eu parasse de contar a história.

– Ele tinha uma colmeia grande e bonita. Com a melhor colônia de abelhas que já se viu, fiéis, trabalhadoras, nunca enxameavam. A rainha estava vivendo seu terceiro ano, pondo ovos como nunca antes. E então ele foi até a colmeia e sussurrou para as abelhas, pedindo sua ajuda.

Fiz uma pausa calculada. Sabia o fim, agora, e estava bem contente com ele.

GEORGE 271

Tom esperou. Deixei que esperasse. Senti seus olhos em mim, arregalados de expectativa, queria que ele permanecesse um pouco com aquela sensação.

Enfim ele não aguentou mais.

– E depois?

Continuei devagarinho.

– As abelhas ficaram pensando naquele pedido de ajuda. Enquanto isso, a serpente se aproximava do menino, sibilando.

Tom olhou boquiaberto para mim.

– E exatamente na hora que a serpente ia abocanhar o menininho, as abelhas apareceram! Um enxame gigantesco voou diretamente em cima da serpente. E elas desataram a picar, na cabeça, no pescoço, na cauda, nos olhos, em todo lugar elas picavam, até a serpente não aguentar mais e sair se arrastando o mais rápido que pôde.

Tom estava imóvel, com todos os músculos do corpo tensionados.

– E aí todos foram salvos? – perguntou, em voz quase inaudível, talvez receando a resposta.

Esperei mais uma vez, senti que ele tremia ali do meu lado.

– Sim – falei.

Tom respirou aliviado.

– Mas as abelhas não se contentaram com isso – continuei.

– Não? – Ele riu um pouco agora.

– Elas continuaram enxotando a serpente para cada vez mais longe.

– Para longe?

– Sim, para bem longe.

Por fim Tom relaxou totalmente, o pequeno corpo ficou mole contra o meu.

– Elas perseguiram a malvada até lá em cima no céu – contei. – E ali você pode ver a serpente. Até hoje.

Tom fez que sim, senti como movimentou a cabeça contra meu braço.

– Está ali – falei. – E ali – apontei para um ponto a alguma distância. – Ali estão as colmeias.

– Ali?

– Sim, está vendo? Aquela lá e aquela ali e aquela acolá. – Desenhei três retângulos no céu.

– E as abelhas?

– As abelhas? – Pensei um pouco, e aí veio a resposta, e eu me senti bem genial. – São todas as outras estrelas.

É assim que vai ser, pensei. É assim que vamos passar três semanas inteiras.

Fomos deitar, e Tom dormiu imediatamente. Eu fiquei ouvindo sua respiração no escuro, ele roncava de leve, estava com o nariz um pouco entupido. E ele se virou algumas vezes no saco de dormir até se aquietar. E então eu também adormeci.

Mas aí veio o urso. O primeiro barulho nos acordou, um estrondo da panela que desabou da fogueira para o chão. Uma sombra inclemente contrastava com as abelhas que brilhavam no céu. O som de patas pisando nos arbustos, tão perto que era possível escutar o roçar do pelo nas plantas.

Segurei Tom, mas agora meu braço não lhe dava qualquer apoio. Seus olhos, bem arregalados, olhavam fixamente para a escuridão.

GEORGE 273

Ouvimos como o urso revirou o acampamento. O saco plástico com os *marshmallows* foi rasgado. A lenha que eu tinha empilhado com tanto esmero foi derrubada e ouvimos golpes surdos quando as patas grandes acertaram a caixa térmica de isopor.

Então tudo ficou quieto.

Continuamos sentados ali. Por muito tempo. Afaguei o cabelo de Tom, desejando que virasse o rosto para mim, olhasse para mim, mas ele continuou a olhar para a frente, para o nada. O que eu deveria dizer? O que Emma teria dito? Não fazia ideia, por isso não abri a boca. Eu o puxei ainda mais para perto de mim, mas seu corpo estava rígido.

Enfim arrisquei sair.

O acampamento tinha sido revirado. Os *marshmallows* foram comidos, mas o urso tinha sumido.

Só então respirei direito.

Dei uma espiada dentro da barraca.

– Está seguro agora.

Mas Tom não respondeu. Continuou parado com o olhar sem brilho, a boca fechada e o corpo todo imóvel. Peguei-o nos braços e o carreguei até o carro. No dia seguinte, coloquei-o no ônibus para Autumn Hill. Não tinha opção. Emma estaria na rodoviária para recebê-lo. Ele não reclamou de ter que fazer a longa viagem sozinho. Antes, isso estaria fora de qualquer cogitação.

A voz dela tornou-se severa quando contei o que tinha acontecido. Eu sabia o que ela estava pensando, mesmo que não proferisse muito mais do que monossílabos. Você deveria ter verificado melhor, ela pensou, você deveria ter se informado direito, você deveria saber que havia ursos na região. Só uma lona de barraca entre vocês e a morte, você teve mais sorte do que merecia.

Vi o rosto branco dele no vidro traseiro quando o ônibus saiu. O alívio pintado em seu rosto. E os olhos, grandes e assustados.

Ele nunca mais veio comigo aqui para o Maine.

Não até agora.

O tempo ainda estava aberto quando entramos no caminhão. Lee foi para casa, disse que ia mandar uma reclamação sobre a cerca elétrica.

Tom não proferiu uma única palavra no caminho até o hotel. Talvez estivesse procurando o urso, esperando que aparecesse como um furacão na estrada, na frente do carro, metesse a pata no capô e partisse a carroçaria em pedaços, arrancando nós dois como se fôssemos ratinhos num buraco.

Assim que entramos no quarto, ele rapidamente começou a juntar suas coisas, arrebatou os marcadores, jogou o livro com o Big Ben na mala. Fiquei olhando para ele.

– Você não está com pressa.

– É bom deixar tudo pronto – falou por entre os dentes, mais uma vez de costas para mim.

Só depois de fechar a mala ele me olhou. Eu estava sentado, fingia ler o jornal.

Ele estava em pé, os braços caídos ao longo do corpo. Enfiou as mãos nos bolsos da calça, mas logo tirou outra vez. Tinha alguma coisa em seus olhos que eu não estava captando.

GEORGE

– Sim? – falei enfim.

Ele não respondeu. Estava com a língua coçando, não havia dúvida disso.

– Tudo bem. – Tornei a me debruçar sobre o jornal, inclinei a cabeça um pouco para o lado, fiz uma careta, como se aquilo que estava lendo fosse especialmente interessante.

– Por que você faz isso? – perguntou ele de repente.

Levantei os olhos.

– O quê? Faço o quê?

– Por que você fica arrastando as abelhas para cima e para baixo desse jeito?

– Como?

– As abelhas. – Ele tomou fôlego. – Agora você perdeu três colmeias. Três colônias perderam suas casas. – A voz se elevou, os olhos se dilataram, ele cruzou os braços sobre o peito, como se precisasse segurar a si mesmo. – E só o fato de carregar as abelhas nos caminhões para lá e para cá. Você sabe mesmo o que isso faz com elas?

A grande seriedade no corpo jovem. Era demais. Dava vontade de rir. E foi exatamente o que fiz. Um riso se formou em meus lábios, um som pigarreante escapou da garganta, mas a risada não saiu tão autêntica como eu esperava.

– Você não gosta de mirtilos? – perguntei.

Algo nele titubeou.

– Mirtilos?

Tentei manter a cabeça erguida, preservar o riso, me proteger por trás dele.

– Não haveria muitos mirtilos no Maine sem as abelhas.

Ele engoliu.

– Sei disso, pai. Mas por que você faz parte de todo esse... sistema? A agricultura... do jeito que tem ficado...

Dobrei o jornal com gestos largos. Deixei-o na mesa. Tentei manter a voz calma, não berrar.

– Se você fosse filho do Gareth, entenderia do que está falando. Mas eu não trabalho do jeito *dele*.

– Achei que você quisesse ser como ele.

– Ser como Gareth?

– Sei que você quer expandir.

Ele disse aquilo de forma simples, não como um questionamento. Não como uma acusação, embora na verdade fosse.

Dei risada outra vez. Uma risada oca.

– E além do mais eu nos inscrevi no clube de golfe. E investi numa fábrica de bronze.

– O quê?

– Não. Nada.

Ele suspirou profundamente. Então tirou os olhos de mim e se voltou para a janela. Lá fora o tempo ainda estava aberto.

– Acho que vou dar aquela volta agora mesmo – disse ele, sem tornar a olhar para mim.

Aí ele saiu.

Todo o meu plano saiu com ele pela porta arranhada do quarto de hotel.

GEORGE

277

WILLIAM

— **M** as onde ele está? Thilda e todas as meninas formavam uma fileira diante de mim na cozinha. Agora elas enfim veriam o resultado de meus esforços. Eu pretendia levá-las até a colmeia, mas mantê-las a uma distância segura para que não fossem picadas. Depois eu abriria a colmeia com cuidado e lhes explicaria tudo. De modo que elas, de modo que Edmund, compreendessem a invenção que mudaria nossas vidas. Que nos traria honra, que levaria nosso nome aos livros de história.

O sol deitara-se rente aos campos atrás do jardim, onde lutava contra o horizonte e também contra algumas nuvens sombrias que se reuniram a oeste. Em breve, ele se poria, e talvez chovesse durante a noite. Queria mostrar a colmeia à família no momento preciso do ocaso, pois era nessa hora que as abelhas estariam reunidas dentro dela.

– Ele avisou que não viria para o jantar – disse Thilda.

– Bem, e por que não?

– Não lhe fiz essa pergunta.

– Mas você disse a ele que eu tinha algo a lhes mostrar hoje, certo?

– Ele é um jovem com uma vida própria. Quem sabe onde está?

– Ele deveria estar aqui!

– Ele está exausto – disse Thilda. Ela falava sobre Edmund como se ainda fosse um bebê, numa voz meiga, choraminguenta, embora ele nem estivesse presente.

– E como você pensa que ele vai enfrentar a faculdade no outono, se não consegue lidar com obrigações?

Ela demorou muito a responder. Refletiu, fungou.

– Mas ele precisa?

– Como disse?

– Acho prudente ele esperar mais um ano. Morar em casa, descansar bem.

As narinas dilataram-se quando ela falou, senti náuseas e desviei o rosto.

– Vá procurá-lo – disse eu, sem olhar para ela.

Oito pares de olhos fitaram-me, mas nenhum membro da família fez a menor menção de se mexer sequer um milímetro.

– Mas vá procurá-lo, então!

Finalmente, alguém entendeu quem era o chefe da família. Ela deu um passo para trás, em direção à porta, e pegou a touca do gancho.

– Estou saindo já.

Charlotte.

Ficamos sentados na cozinha, esperando, enquanto a escuridão saía dos cantinhos e nos envolvia. Ninguém acendeu as lâmpadas. Quando alguma das menininhas tentava dizer algo, Thilda mandava ficar quieta. Vislumbrei o céu por uma janela. As nuvens tinham vencido o sol há tempo, mas logo elas também não seriam mais vistas, pois a escuridão tragava seus contornos. Logo a noite nos cegaria e seria tarde demais para mostrar qualquer coisa.

Onde será que ele estava?

Saí, permaneci em pé na escada. Um sistema de baixa pressão atmosférica e umidade pairava sobre a paisagem. O ar estava abafado e denso, nenhum sopro de vento. Tudo estava parado. As abelhas tinham-se recolhido à colmeia e não pude mais ouvi-las.

Onde será que ele se encontrava o tempo todo? O que poderia ser mais importante do que aquilo que eu lhe mostraria?

Quando entrei outra vez, Thilda disfarçou um bocejo. Georgiana já estava dormindo com a cabeça no colo de Dorothea e as gêmeas recostavam-se uma na outra, ambas pestanejando.

Era tarde demais para elas. Deviam estar na cama há muito tempo.

De repente eu não sabia onde me meter e dei dois passos para o lado. Na mesa, havia uma jarra de água, peguei-a e me servi. Senti um oco no abdome, um leve ronco criou-se lá dentro. Depressa, afastei a cadeira da mesa, na esperança de que o som rascante tirasse as atenções do ruído em meu estômago. Então sentei, pus as duas mãos sobre o ventre, inclinei-me um pouco para a frente, e o ronco se manteve lá dentro.

Subitamente a porta abriu-se.

Levantei-me depressa. A cadeira raspou no chão.

Charlotte entrou primeiro. Estava com os olhos cravados no chão.

E atrás dela, um vulto escuro. Edmund. Ela o encontrara.

– Mas, querido! – Thilda pôs-se em pé rapidamente.

Ele estava pingando. Deu alguns passos desequilibrados no chão da cozinha. Estava com o cabelo e a camisa molhados, mas as calças estavam secas, como se alguém tivesse jogado água nele.

– Charlotte? – disse Thilda.

– Edmund... ele...

– Caí no riacho – disse Edmund lentamente.

Então passou por nós cambaleando.

Dei um passo para a frente e pus a mão em seu ombro, querendo guiá-lo, pois talvez não fosse tarde demais para levá-lo lá fora, mostrar-lhe tudo e fazê-lo entender.

No entanto, senti como ele tremia sob a roupa molhada e percebi que os dentes batiam em sua boca.

– Edmund?

– Preciso... dormir – disse ele baixinho sem se virar.

Então ele se desvencilhou de meu braço, e, com passos arrastados, foi em direção à escada para o andar de cima.

Thilda saltitou atrás dele, os pés soando como garras de galinha contra o piso, a tagarelice, como cacarejos inquietos.

– Meu bem... venha cá, vou te ajudar... olhe aqui, ande com cuidado... a cama está feita... segure meu braço... isso, assim... isso.

Suas costas pesadas desapareceram escada acima. Olhei para minha mão, ainda estava úmida depois de o ter segurado, e esfreguei-a depressa na perna da calça.

A melancolia, aquela que me atacara com tanta violência, será que ela também residia em meu filho? Passara de minha corrente sanguínea para a sua? Hereditária? Talvez por isso ele nunca me deixava entrar em sua intimidade?

Senti um aperto no peito. Não, não ele. Não Edmund.

De repente me dei conta das crianças, as meninas formavam um círculo em torno de mim. Silenciosas, bambas de sono. Olhavam para mim, aguardavam minha próxima instrução. Todas, com a exceção de Charlotte, ela não olhou nos meus olhos, mas também estava pálida por falta de sono.

Respirei fundo.

– Amanhã – falei baixinho para elas. – Terá de ficar para amanhã.

TAO

— Você sabe como chegar lá?

Eu estava no saguão degradado e simplório do hotel, apontando para o mapa que acabara de desdobrar. O hospital era um dos últimos da lista. Eu tinha trabalhado sistematicamente, marcando e riscando um por um.

– Há uma linha de metrô daqui até lá – disse a recepcionista, apontando. – Agora não sei, mas era possível fazer baldeação aqui – ela colocou o dedo no mapa, perto de uma dobra surrada.

Era uma mulher esguia e empertigada, que dava risadas surpreendentemente altas e longas sempre que surgia uma oportunidade. Estava sempre trabalhando. Sozinha, os outros tinham sido transferidos, ela contou. Agora se agarrava ao hotel, que pagava cada vez menos, para conseguir comida para si mesma e a filha. A filha vinha todo dia depois da escola e fazia a lição de casa no saguão. Só assim mãe e filha conseguiam se ver.

– Mas fica naquele trecho da rede do metrô que a Comissão Urbana recomenda não usar mais – continuou ela.

Olhei para ela com ar interrogativo.

– Aquelas áreas são barra-pesada. São ocupadas. Não. Ocupadas não é a palavra certa. Mas as pessoas que ainda moram lá não têm nada. E ninguém mais controla essa população – explicou.

– Que tipo de pessoas são?

– As que se recusaram a mudar. As que foram abandonadas. As que se esconderam. Tudo aconteceu rápido demais, e quem se arrependeu depois logo viu que já era tarde demais.

Ela engoliu seco e desviou o olhar. Talvez fosse o caso dela, o mesmo do rapaz e do pai no restaurante. Mas não consegui perguntar, não aguentaria mais uma dessas histórias.

Só queria me colocar em movimento, procurar, assim como tinha feito todos os dias desde que cheguei aqui. Afinal, ele tinha de estar em algum lugar. A cada manhã, eu saía na hora da alvorada, levando na bolsa dinheiro e alguns biscoitos secos embrulhados em papel. A cada dia, um novo bairro, um novo hospital. Eu já tinha entrado em contato com muitos deles antes, telefonando tanto de casa como do hotel. Tinha os nomes das unidades, os nomes dos médicos. Agora procurava as mesmas pessoas mais uma vez, pensando que seria mais difícil que negassem informações se me vissem pessoalmente, se vissem a Mãe, cara a cara. Algumas delas se lembravam de mim, sentiam dó de mim. Algumas até se atreviam a me olhar nos olhos e dizer que entendiam meu desespero.

Entretanto, o resultado era o mesmo em todo lugar. Eles não o encontravam em registro algum. Nunca ouviram falar de Wei-Wen. E eu era sempre encaminhada para outro lugar, para outro hospital, *você tentou em Fengtai, você visitou o*

Hospital Central de Chaoyang, você passou no Centro Haidian de Problemas Respiratórios?

Eu sempre pedia para falar com o superior, raras vezes me contentava com a primeira pessoa que me era indicada. E depois eu aguardava. Dias inteiros. Sentada, em pé, caminhando, perto da janela, em locais escuros, sobre pisos frios de pedra, em salas sombrias, com um copo de água na mão, uma xícara de chá de uma máquina, em geral sozinha, às vezes em salas de espera esparsamente ocupadas. Nunca estavam cheias, nunca estavam movimentadas. E mesmo assim parecia que eu era constantemente empurrada para baixo numa lista, com frequência só conseguia falar com a pessoa certa perto da hora de fechar. Algumas vezes eu via olhares recriminadores: *será que essa mulher não pode desistir, há tantas pessoas desesperadas, muitos doentes, subnutridos, uma única criança, ela tem que se acalmar, entender que não temos tempo.* No entanto, eu permanecia. Não fazia nada, só me mantinha claramente presente, até fazer valer minha vontade.

Em diversas ocasiões, a espera me levava até o escritório do diretor. Espaços amplos com mobília pesada, salas que já tinham sido elegantes, mas agora estavam em estado de decadência. Eu apresentava minha solicitação, conversava com eles, sentia a compaixão. Alguns verificavam duas vezes, telefonavam para outros. De fato, faziam um esforço. Mas ninguém podia me ajudar. Wei-Wen estava sumido.

No início, eu ligava para Kuan toda noite. Mas as palavras entre nós eram poucas. Eu avisava que não tinha tido progresso na busca. Ele me informava de que tampouco tinha ouvido qualquer coisa. Num tom prático e mais breve a cada noite. E então ele perguntava sobre o dinheiro, quanto eu tinha gastado, quanto sobrava. Eu mentia, não podia dizer que tinha desembolsado 5,5 mil iuanes só para pagar a passagem de trem da ida. Uma noite eu não liguei. Ele também não ligou para mim. Nós dois sabíamos que ninguém tinha nada a contar, chegamos a um acordo implícito de que o primeiro a saber alguma coisa entraria em contato.

Eu passava as noites num sono pesado sem sonhos, como se alguém cobrisse minha consciência com uma manta negra no instante em que colocava a cabeça no travesseiro. A convicção de que não podia fazer mais nada me dava equilíbrio. Eu tinha certeza de que o encontraria no final. Só não podia desistir. Mas com o passar dos dias, ficou cada vez mais difícil acreditar.

Conforme avancei na lista, fiquei mais inquieta. Pois ainda não tinha achado o menor vestígio de Wei-Wen. E o dinheiro havia sumido mais depressa do que eu planejara, a lata estava ficando leve demais. Não sobravam mais que sete mil iuanes. Com essa quantia até daria para completarmos o valor necessário nos próximos dois anos, antes de atingirmos o limite por idade. Bastaria que fôssemos frugais. Mas eu ainda não tinha comprado a passagem de volta para casa.

– Faz tempo que não tenho notícias de lá – disse a recepcionista, enquanto dobrava o mapa para mim. – Talvez esteja completamente deserto agora. De qualquer forma, fomos aconselhados a ficar longe.

– Mas e o hospital?

– Está no limite. – Ela apontou. – As áreas fora do controle começam aqui. Mais para o sul você ainda pode viajar. Mas... você tem certeza de que precisa ir lá?

Fiz que sim.

Ela fixou os olhos em mim e compreendeu. Afinal, sabia que eu estava procurando meu filho. Embora não tivesse contado a ela mais do que isso, deveria ser o suficiente. Todos os que têm filhos entendem que é o suficiente, o suficiente para que potenciais riscos se tornem secundários.

Estiquei o pescoço para ver o telhado. Telhas vermelhas desgastadas pela intempérie. No passado com certeza tinham sido lustrosas, envernizadas, como o telhado de um templo. As paredes estavam acinzentadas e a pintura, descascada. Um zunido fraco no céu chamou minha atenção, era algo que se movimentava pelo ar. Franzi o cenho para ver melhor, mas o que quer que fosse desapareceu atrás do telhado.

Acima de mim, um céu cinza impenetrável. Fazia sol quando saí do hotel, mas aqui havia neblina. Como se já estivesse escurecendo.

A viagem demorou quatro horas. O itinerário incluiu três baldeações e um longo desvio – único jeito para passar somente por aquilo que a recepcionista tinha chamado de áreas seguras. Mesmo assim, tudo era tão silencioso e deteriorado que os poucos passageiros que encontrava me pareciam suspeitos e repetidas vezes me vi receosa, lançando olhares furtivos sobre o ombro.

Eu tinha feito várias tentativas de entrar em contato com esse hospital. As primeiras ligações foram atendidas, mas a resposta era sempre a mesma. Nunca ouviram falar do nome de Wei-Wen, não poderiam me ajudar. Nas últimas vezes, eles não atenderam minhas ligações. Somente uma secretária eletrônica me cumprimentava do outro lado, um sistema de correio de voz que não levava a lugar nenhum.

Um arranjo de plantas mortas foi a primeira coisa que vi. A luz débil de uma lâmpada indicava que o hospital ainda tinha energia elétrica. O grande saguão estava vazio. Um balcão de madeira escura surgiu à minha frente. Encontrei uma antiga máquina de registro de acompanhantes, deveria datar do período pré-Colapso. O aparelho tremeluziu sob meus dedos, mas logo ficou preto.

Comecei a andar ao acaso.

Primeiro fui para a direita, mas encontrei uma porta trancada.

À esquerda achei um elevador. Tentei os diversos botões, mas nada aconteceu. Continuei. Corredores escuros sem fim se estenderam diante de mim.

Testei várias portas, mas todas estavam trancadas.

Enfim uma delas se abriu, deixando entrever uma escadaria mal iluminada. Subi um andar. Ali a porta estava trancada. Tentei mais uma, também estava trancada. Somente no terceiro andar achei uma porta aberta. Entrei num corredor, tão deserto como os outros. Andei alguns metros. Meus passos soavam como baques surdos no chão de pedra.

Parei perto de uma janela. Então descobri que havia luz em uma das alas laterais do hospital. Continuei naquela direção. Torcendo para que o corredor por onde andava unisse as alas e eu pudesse ir direto para lá.

De repente ouvi um som na minha frente, metal oco atritando contra o piso de linóleo.

– Olá? – disse eu baixinho.

Uma porta estava aberta mais adiante, uma porta dupla de vidro. Não enxerguei o que havia lá dentro.

Tomei consciência súbita de meu coração, ele batia forte. Algo estava errado. Talvez fosse melhor sair dali, alcançar a luz lá longe na ala lateral. Mas eu precisava passar pelas portas. Apertei o passo.

Mais um ruído. Passos arrastados.

Então uma figura apareceu diante de mim. A primeira coisa que vi foram os pés descalços. Unhas por cortar nos dedos enrugados. Ela, pois teria de ser uma mulher, mal conseguia se locomover. Apoiava-se num suporte com uma bolsa de medicação intravenosa, era o suporte que estava fazendo o ruído. Mas a bolsa estava vazia. O cabelo grisalho crescia em tufos e o couro cabeludo descascava, soltando grandes escamas. Ela vestia apenas uma camisola hospitalar, que estava manchada. Pude ver os contornos de uma fralda, e só naquele momento senti o cheiro.

Ela olhou fixamente para mim, como se tivesse esquecido a fala.

Recuei, quis fugir.

Ela sibilou, tentou mais uma vez, quis dizer algo.

Eu me controlei, respirei fundo, não podia abandoná-la.

Dei alguns passos em sua direção. Ela vacilou um pouco, parecia que ia desmoronar.

– Oo... oolha – disse ela debilmente. – Olha.

TAO

289

Ela bamboleou. Agarrei seu cotovelo para apoiá-la. O fedor ardia no nariz. O braço era magro como o de uma criança. Ela queria me levar para o quarto de onde vinha.

Empurrei a porta, que se abriu sem fazer barulho. Entramos. Eu continuava a apoiá-la. A náusea me invadiu, o fedor era como uma massa espessa, impenetrável. Ele me atingiu e sugou o ar de mim.

Uma sala. Ao longo das paredes, havia leitos, camas hospitalares de tubos de aço polido, muitas, todas com lençóis que alguma vez tinham sido brancos. Não deu tempo de contar, mas deviam ser mais de cem.

Nos leitos havia pessoas. Alguns idosos, muitos velhos e um ou outro velhíssimo. Acordados, choramingando, agarrando-se às camas, gemendo, as mãos se agitando no ar. E alguns estavam de olhos fechados, como se dormissem.

Minha chegada fez vários deles se erguerem nas camas. Eram muito magros, magérrimos, e tão maltrapilhos quanto a mulher que entrou comigo. Agora se puseram em pé com grande esforço e começaram a vir a meu encontro.

Uns vinte velhinhos lutaram contra seus próprios corpos, lutaram contra a força da gravidade e se movimentaram para a frente. Alguns tão mal das pernas que eram obrigados a engatinhar. Todos repetiram as mesmas palavras. *Socorro. Me ajude. Nos ajude.* Vezes sem fim.

Mas os que estavam dormindo não se moveram, apesar do barulho, apesar dos gritos dos outros. Entendi então que não era o sono que os acorrentava à cama. Era a morte.

Dei meia-volta e saí correndo.

Gritei. Berrei sem palavras. Tentei chamar a atenção de alguém, mas ninguém respondeu.

Continuei na escuridão. Até a outra ala, onde havia luzes acesas.

Meus passos no piso de linóleo, minha própria respiração, nenhum outro som.

Virei para outro corredor e finalmente vi os quartos iluminados. Corri em direção à porta. Abri-a com estrondo. Uma mulher vestida de branco, uma médica ou enfermeira, olhou surpresa para mim. Ela estava guardando roupa de cama numa caixa.

– Quem é você?

Só agora percebi que estava chorando.

Esfreguei meus olhos, tentei explicar, mas as palavras se embaralharam.

– Venha cá, pode sentar – ela quis me ajudar a sentar numa cadeira.

– Não, não... os velhos... eles precisam de ajuda.

Ela virou o rosto. Tornou a dobrar os lençóis.

Puxei-a pelo braço.

– Preciso te mostrar... Vamos!

Ela se desvencilhou de mim com delicadeza. Não olhou para mim.

– Sabemos sobre eles – disse calmamente.

Pus a mão nela outra vez.

– Mas estão doentes. Alguns deles... acho que estão mortos.

Ela se afastou abruptamente.

– Não podemos levá-los conosco.

TAO

– Levá-los?

– Estamos esvaziando o hospital. Não há outra coisa a fazer. Estamos levando os pacientes para um hospital em Fangshan, mais ao sul. Somos muito poucos, não aguentamos mais. Os suprimentos não chegam até aqui, ninguém quer trabalhar aqui.

– Mas e os velhos?

– Estão mortos.

– Não. Eu vi. Estão vivos!

– Logo vão morrer. – Ela me olhou nos olhos, endireitou a nuca, como se quisesse parecer durona.

Permaneci em pé.

– Não!

Ela pôs a mão em meu braço.

– Sente-se.

Ela foi até a pia, quis encher um copo de água, mas a torneira soluçou. Desistiu e foi em direção ao corredor.

– Espere aqui.

Logo depois ela voltou com um copo de água morna.

Aceitei a água. O copo era algo para segurar. Eu me agarrei a ele.

Ela se sentou comigo.

– Você é parente de algum paciente? – perguntou com voz meiga.

– Sim. Não. Não sei. Quero dizer... não de algum paciente daqui.

Ela olhou surpresa para mim.

– Estou procurando meu filho – expliquei.

Ela fez um gesto de assentimento.

– Tem razão. Ele não está aqui. Os últimos pacientes foram transferidos hoje cedo. Agora só sobraram os equipamentos.

– E os velhos?

Ela se levantou bruscamente e não respondeu.

– E os velhos? – perguntei outra vez.

– Não podemos ajudá-los. – A voz era neutra e ela pegou um carrinho sem olhar para mim. – Devo pedir que saia.

A náusea me invadiu.

– Eles simplesmente vão ficar aqui?

Ela virou a cabeça para o outro lado.

– Vá embora agora.

– Não!

Enfim ela ergueu o olhar. Os olhos imploravam.

– Vá embora. E esqueça o que viu.

Eu quis segurar o carrinho, mas ela o puxou para si. Ele bateu no batente da porta com um estrondo. Ela ajeitou o carrinho para passá-lo pelo vão da porta, mas não acertou. Teve de tentar outra vez. Afinal conseguiu manobrá-lo para fora. As rodinhas vibravam contra o chão enquanto ele ia sumindo pelo corredor. O som feria os ouvidos.

Eu estava na rua, não sabia como tinha conseguido chegar ali. Havia abandonado os velhos, abandonei-os assim como todos os outros fizeram, eu era parte disso. Esse era nosso mundo. Sacrificávamos nossos idosos. Será que foi isso que aconteceu com minha mãe também? Ela fora mandada para longe. Tudo foi tão rápido. Ela desapareceu. E eu não fiz absolutamente nada para ajudar. Só deixei aquilo acontecer.

Mamãe.

Eu me inclinei para a frente, me ajoelhei, o diafragma se contraiu, o estômago se revirou.

Vomitei até não sobrar mais nada. Então me pus de pé. Eu devia voltar. Dar-lhes comida, água. Tirá-los dali. Ou achar alguém que pudesse ajudar. Eu devia agir como um ser humano. Alguém tinha de ser capaz de fazer alguma coisa. Talvez fosse eu esse alguém. Talvez a diretoria nem soubesse da decisão de deixá-los aqui. Talvez não soubessem.

No entanto. Não era por esse motivo que eu estava aqui. Wei-Wen.

Aqueles lá dentro não eram minha responsabilidade. Eram responsabilidade do hospital. E de suas famílias. Alguém os tinha abandonado ali. Não eu, não dessa vez.

Mamãe. Eu tinha falhado com ela. Não falharia com Wei-Wen. E as pessoas lá dentro... Não havia nada que eu pudesse fazer. Precisava me concentrar em meu filho.

Vomitei de novo, como se o corpo protestasse contra meus pensamentos. Fios de muco grudaram nos lábios. Senti um gosto azedo, o nariz e a garganta arderam intensamente. Eu mereci.

Fiquei sentada, tonta e mole. Aí me levantei lentamente e comecei a caminhar. Não sabia para onde estava indo, só que precisava ir para o mais longe possível daqui.

Eu estava com a boca seca. Tentei respirar pelo nariz, molhar a língua com saliva. Não ajudou. Enfiei a mão na bolsa, tinha uma garrafa de água ali. Peguei a garrafa, ela estava pela metade, e a esvaziei em grandes goles.

Depois continuei andando. Perdi contato com o tempo. Uma parte do céu estava mais clara. Fui atraída para aquele lado. Talvez o sol estivesse ali, talvez eu pudesse sair de toda essa nebulosidade cinzenta. Mas o ponto no céu ficou cada vez menor, o leve véu diante do sol tornou-se mais espesso.

Só quando era tarde demais, percebi que estava perdida.

GEORGE

As colmeias estavam de volta. Na campina, no arvoredo e nas valas, onde Tom evidentemente queria que ficassem. A bem da verdade, ele não queria nada com elas, nem estar aqui fora.

Era de manhã e eu estava na campina, perto do rio Alabast. O sol queimava o chapéu branco, o macacão e o véu. Eu estava sem roupas por baixo. Gotas de suor escorriam pelas costas, fazendo cócegas até encontrarem a borda das cuecas. A Flórida deveria estar um inferno agora. Meu Deus, como eu estava feliz por não ter feito *aquela* escolha.

Porque o calor do verão aqui em cima era mais do que suficiente. O tempo tinha sido excepcional nas últimas semanas. Pouca chuva. As abelhas, entrando e saindo, entrando e saindo. Colhendo néctar desde o sol raiar até se pôr na campina, logo atrás da fazenda de Gareth.

Essa época era a melhor. Eu passava muito tempo aqui fora com as abelhas. Sem pressa. Às vezes, ficava parado observando sua dança, os movimentos para a frente e para trás. Não conseguia decifrar esse sistema delas, mas sabia que era sua maneira de contar onde estava o melhor néctar: *Agora vou agitar as asas um pouco, me movimentar para a direita, depois um tanto para a esquerda e então dar uma volta. Vocês viram bem? Então já sabem que devem passar o carvalho grande, subir a pequena ladeira, atravessar o riacho, e ali, pessoal, ali estão as melhores framboesas silvestres que vocês podem imaginar!*

Assim elas passavam o tempo. Entrando e saindo, dançando umas para as outras, procurando, encontrando, trazendo. E as colmeias ficavam cada vez mais pesadas. Às vezes, eu tentava sentir seu peso, calcular quanto mel já pingava lá dentro. Dinheiro dourado, vivo. Dinheiro para a entrada, dinheiro para o empréstimo.

As melgueiras foram acrescentadas às colmeias faz tempo. A tarefa agora era evitar a enxameação, evitar que a velha rainha levasse embora parte da colônia para dar lugar a uma nova rainha e sua prole.

A campina perto do rio Alabast ficava longe das moradias. Mesmo assim, mais de uma vez eu fui chamado por mulheres ranzinzas para tirar um enxame de alguma árvore frutífera. Enquanto eu chacoalhava a árvore e, com jeito, transferia o enxame para uma nova colmeia, seus filhos medrosos ficavam tremendo dentro de casa, com os narizes espremidos contra as janelas. A gente ficava com má reputação por causa dessas coisas, por isso eu fazia de tudo para evitar a enxameação. Quando acontecia, as abelhas nem sempre esperavam que as olheiras achassem um novo lar. Tinham a capacidade curiosa de encontrar árvores nos jardins das pessoas, não apenas na natureza criada por Deus.

Por isso eu sempre estava com a cabeça nas colmeias, procurando realeiras. Se eu via o menor indício delas, esmagava na hora. Mas se descobria larvas, o jeito era esquecer todo o resto. A colônia tinha que ser dividida.

Em algumas colmeias, a vontade de enxameação é grande. Nunca descobri por quê. Então, tinha de trocar a rainha, fazer a criação a partir de uma das melhores. Resistir à tentação de continuar com as crias das abelhas enxameadas. Eu já tinha trocado a maioria das rainhas esse ano, mas deixei algumas viverem. Algumas rainhas fiéis que continuavam a postura de ovos por até três anos. As rainhas modelo. Em geral, era com base nelas que eu fazia a criação.

Estava ao lado de uma delas agora. Uma colmeia cor-de--rosa, uma colônia fiel. Uma das que recolhiam mais néctar. Abelhas nas quais eu podia confiar. Produziam que era uma beleza, a colmeia já tinha sido ampliada com duas melgueiras esse ano. Duas melgueiras pesadas, cheias de mel. Fazia uma semana que eu não vinha aqui, estava concentrado nas col-meias de outros lugares.

Não olhei com muita atenção para o alvado antes de tirar a tampa. Tom dava voltas na minha cabeça. A gente não tinha tido notícias dele. Nada sobre a bolsa de estudos, nada sobre o que ele pensava a respeito do futuro. Ou talvez ele tivesse telefonado e conversado com Emma enquanto eu estava fora, sem ela mencionar isso depois. Eu só esperava. Talvez ele estivesse refletindo sobre as opções que tinha. De certa forma, nenhuma notícia até era uma boa notícia. E afinal ele sabia onde eu estava, o apiário certamente não tinha criado asas para sair voando desde a última vez que a gente se viu.

Será que eu tinha perdido Tom?

Coloquei o teto no chão e só então me concentrei. Pois o som não estava como de costume, como deveria ser. Estava quieto demais.

Tirei o forro de isolamento térmico. Agora eu ouviria direito. Não?

Dei uma conferida no alvado, na entrada.

Nenhuma abelha.

Então olhei na melgueira de cima. O estoque de alimento estava em ordem. Muito mel.

Mas onde elas estavam?

Talvez na outra melgueira. Sim. Tinham que estar ali.

Retirei a melgueira de cima. As costas reclamaram. *Lembre-se de usar as pernas para levantar peso.* Tentei ir com calma. Deixei a melgueira na grama, me endireitei e espiei dentro da outra.

Nada.

O ninho. Tinham que estar no ninho.

Retirei a tela excluidora com pressa. O sol estava bem em cima da minha cabeça, iluminando a caixa debaixo de mim.

Vazia. Estava vazia.

Tinha bastante crias, mas só isso. Apenas algumas poucas abelhas recém-eclodidas engatinhavam ali, sem que ninguém cuidasse delas. Órfãs.

No fundo encontrei a rainha. Assim como todas as rainhas, ela tinha uma marca, uma marca de verniz turquesa nas costas. Em torno dela havia abelhas jovens, as crianças. Elas não dançavam, estavam moles. Sozinhas. Abandonadas. A mãe e as crias abandonadas pelas operárias. Abandonadas por aquelas que deveriam cuidar delas. Abandonadas para morrer.

GEORGE

Procurei no chão em torno da colmeia. Mas também não tinha nada ali. Estavam simplesmente sumidas.

Com cuidado, coloquei a tela excluidora e as melgueiras de volta no lugar. Percebi que estava piscando em ritmo acelerado. As mãos tremiam, de repente estavam frias como num dia de outono com chuva e vento.

Eu me virei para a colmeia mais próxima. O alvado, a entrada da colmeia, dava para o lado contrário ao do meu campo de visão, mas também não era necessário olhar para saber o que me esperava. O silêncio falava alto demais.

Nenhum vestígio de ácaro. Nenhuma doença. Nenhum cemitério, nenhum massacre, nenhum cadáver.

Só a colmeia abandonada.

E mais uma vez a rainha quase sozinha lá embaixo.

Senti um aperto no peito, me apressei a colocar a tampa de volta.

Abri a próxima.

A esperança estava em minhas mãos, que retiravam a tampa rapidamente.

Mas não. A mesma coisa.

Abri a próxima.

A mesma coisa.

A próxima.

A próxima.

A próxima.

Ergui os olhos.

Olhei para todas elas, espalhadas a intervalos irregulares. Minhas colmeias. Minhas abelhas.

Vinte e seis colmeias. Vinte e seis colônias.

WILLIAM

Enquanto Edmund dormia para se recuperar, eu trabalhava na colmeia. O sol estava brilhando outra vez, meu ânimo melhorava aqui fora. Era óbvio que ele não estava doente, só cansado. Thilda com certeza tinha razão. Um dia a mais ou a menos não importava, e assim que ele visse o que eu tinha realizado, certamente despertaria de verdade.

As condições de observação eram excelentes. Eu instalara a colmeia numa posição alta, assim mal havia necessidade de curvar as costas para ver. As abelhas acomodaram-se com rapidez surpreendente, a essa altura colhiam pólen e néctar e se reproduziam a olhos vistos. Tudo estava como deveria estar. Mas uma coisa me intrigava: a incessante necessidade que as abelhas tinham de fixar os quadros de cera em algo. Eu experimentara diversas estratégias, mas, se os quadros ficavam muito perto das paredes laterais da colmeia, as abelhas produziam uma mistura de cera e própolis, o material viscoso que elas faziam de resina; se ficavam longe demais, elas criavam uma ligação, construíam escadas, favos transversais. Isto, a necessidade de fixar os favos, acabaria por dificultar a colheita a longo prazo. Havia algo aqui, algo em que eu precisava trabalhar mais.

Ele chegou enquanto eu estava lá. Avistei-o antes de ele me ver. Sua figura causou uma vibração dentro de mim: o chapéu inclinado que deixava o rosto na sombra, uma camisa solta em torno do corpo vigoroso, a mochila, a mesma mochila de lona desgastada que trazia sempre pendurada ao ombro, cheia de recipientes de vidro, pinças, estiletes e criaturas vivas.

Debrucei-me sobre a colmeia. Esta poderia ser a oportunidade que eu tinha aguardado, mas eu não deveria mostrar o quanto estava em jogo para mim. Mantive as mãos em atividade, embora não tivesse uma ideia muito clara do que estava fazendo. Com as costas viradas para a rua, pretendi me mostrar completamente absorto, absorto nesse empreendimento grande, que era só meu, o primeiro que era exclusivamente meu.

Seus passos aproximaram-se, ficaram mais lentos. Pararam.

Então ele pigarreou.

– Quem diria?

Virei-me. Simulei uma expressão de surpresa.

– Rahm.

Ele deu um breve sorriso.

– Então é verdade o que dizem?

– O quê?

– Alguém já está recuperado.

Endireitei-me.

– Não apenas recuperado. Estou me sentindo melhor do que nunca. – Soou imaturo.

– Fico feliz – disse ele sem sorrir.

Eu torcia para que ele fizesse mais perguntas, quisesse saber por que eu proferira palavras tão enfáticas. Mas ele não disse nada, simplesmente permaneceu ali, meio virado para o outro lado, como se fosse me deixar logo.

Fui em direção à cerca, tirei o chapéu e o véu. Quis mantê-lo aqui, estender a mão para cumprimentá-lo e sentir sua mão na minha. Ao mesmo tempo, tomei consciência de meu rosto suado, provavelmente rubro. Enxuguei a testa de forma discreta, mas ele já o tinha notado.

– Está quente aí dentro.

Fiz que sim.

– No entanto, deve ser prudente se cobrir.

– Sim – respondi, sem entender direito onde ele queria chegar.

– As consequências podem ser realmente terríveis se não nos cobrirmos.

Ele adotou o tom professoral de sempre, como se dissesse uma novidade para mim.

– Estou ciente disso – limitei-me a responder, desejando ser capaz de dizer algo perspicaz e sábio, algo que o fizesse abrir um sorriso. Mas tudo o que eu tinha a oferecer parecia obviedade.

– É por isso que nunca senti muito entusiasmo pelas abelhas. Você não consegue o contato direto – observou ele.

– Suponho que isso dependa um pouco da pessoa, se ela se sente à vontade ou não.

Ele me ignorou, prosseguindo do ponto onde tinha parado.

WILLIAM

– A não ser que você seja um Wildman. – O sorriso breve desenhou-se nos lábios.

– Wildman?

Assim como tantas vezes antes, ele apresentou um nome que me era estranho. Seus conhecimentos pareciam inesgotáveis.

– Então. Alguém não leu sobre Wildman?

– Não... Não sei... O nome soa familiar.

– Um artista de circo, um charlatão. E um palhaço. Ele deixava as abelhas subirem nele, sem proteção. Era famoso por sua barba de abelhas. – Passou a mão sobre o rosto para mostrar. – Tinha abelhas nas faces, no queixo e no pescoço. Até se apresentou para o rei George III. Será que foi em... 1772?

Olhou para mim como se eu tivesse a resposta.

– Seja como for. O nome Wildman combinava com ele. O que fazia era uma roleta russa, colocando essas abelhas em seu corpo e simulando ter controle absoluto sobre elas, uma espécie de magia. Mas a única coisa que ele de fato realizava era provocar uma enxameação artificial. Ele as superalimentava com melado e tirava a rainha. E onde a rainha está, as abelhas também estão.

O tom professoral de Rahm não dava qualquer indício de que ele soubesse que esse assunto específico não era nada novo para mim.

– Por sinal, o pai dele ocupava-se em parte da mesma coisa. Thomas Wildman. No entanto, este passou a ser um apicultor respeitado, entre outros, por muitos membros da nobreza, tomou juízo. O filho, ao contrário, continuou com a loucura pelo resto da vida. O que será que queria provar?

– O que será? – repeti.

– Bem – disse Rahm. – E fez um gesto de despedida com a mão no chapéu. – O senhor não é nenhum Wildman, senhor Savage. Sabemos muito bem disso. Mas, de qualquer forma, tome cuidado. – Ele afastou uma abelha com a mão.

– Elas picam. – Então fez menção de ir embora.

– Rahm. – Dei um passo em sua direção.

– Sim? – Ele se virou.

– Se tiver tempo... Tenho algo que gostaria de lhe mostrar.

Rahm não disse uma palavra enquanto eu apresentava a colmeia. Ele estava usando o chapéu e o véu de Charlotte, o que me impedia de ver seus olhos. Falei cada vez mais rápido, deixando-me levar pelo entusiasmo, pois pela primeira vez estava apresentando uma coisa minha. E havia tanto a dizer, tanto a explicar. Mostrei-lhe como seria simples colher o mel, como os quadros poderiam ser retirados com facilidade, expliquei-lhe como a limpeza da colmeia seria prática. Estendi-me sobre a ideia por trás, que minha colmeia fora inspirada pela colmeia de folhas de Huber, mas que meu modelo era infinitamente mais simples em sua função, além de garantir uma temperatura muito melhor para as abelhas. E, sobretudo, mostrei-lhe que permitia uma visão geral excelente e as possibilidades que isso ofereceria para o futuro estudo das abelhas.

Por fim, parecia não haver mais a dizer, e percebi que eu estava ofegante depois de minha torrente ininterrupta de palavras.

Enfim.

Aguardei sua resposta, mas ela não veio.

Enquanto o silêncio crescia entre nós, minha ansiedade também aumentava.

– Agradar-me-ia muito ouvir o que pensa – disse eu por fim.

Ele deu a volta na colmeia. Estudou-a de todos os lados. Abriu-a. Fechou-a.

Pus as mãos nas costas. As luvas estavam mais abafadas do que nunca.

E então ele o disse.

– O senhor construiu uma colmeia de Dzierzon.

Olhei para Rahm sem entender o que ele quis dizer. Ele repetiu as palavras lentamente.

– O senhor construiu uma COLMEIA DE DZIERZON.

– Como?

– Johan Dzierzon. Pastor e apicultor. Polonês, mas no momento residente na Alemanha. É a colmeia dele que o senhor construiu.

– Não. Esta é minha... quero dizer... nem ouvi falar desse... Tzi...

– Dzierzon.

Rahm virou-se de costas para a colmeia. Afastou-se alguns passos, tirou o chapéu. O rosto estava vermelho. Será que estava bravo?

– Li sobre a colmeia de Dzierzon há mais de dez anos. Ele publicou uma série de artigos sobre ela no *Bienenzeitung*.

Ele me mediu com o olhar, que estava impassível.

– Estou ciente de que o senhor não lê essa revista, e os artigos não tiveram circulação fora da comunidade de pesquisa científica. Portanto, compreendo perfeitamente que não tenha ouvido falar dele. – O tom era condescendente. – Mas esta colmeia que o senhor fez oferece-lhe uma boa visão geral, assim como o senhor corretamente observou. Facilitará seu estudo das abelhas *in vivo*. Afinal de contas, o trabalho talvez possa dar algum fruto.

Agora ele sorriu, e compreendi que o rubor do rosto não era causado por raiva, senão divertimento. Um riso abafado, aquela risadinha breve sem alegria, pois mais uma vez eu o desapontara, e ele só tinha vontade de rir.

Entretanto, ele não soltou a risada, apenas ficou me olhando, evidentemente aguardando uma resposta. Não consegui dizer nada. Aquilo não poderia ser verdade! Será que todo o meu trabalho fora em vão? Um nó formou-se na garganta, o sangue fluiu para o rosto. E já que fui incapaz de dizer qualquer coisa, ele continuou:

– Minha recomendação é que o senhor se inteire melhor do assunto antes de iniciar seu próximo projeto. Muitos avanços foram feitos nessa área nos últimos anos. Por exemplo, Dzierzon alega que as rainhas e as operárias são produtos de fecundação, enquanto os zangões se desenvolvem a partir de ovos não fecundados. Uma teoria polêmica, mas bastante atual e muito comentada. Ao que parece, ele também inspirou um jovem monge, chamado Gregor Mendel, a iniciar um trabalho de pesquisa sobre a hereditariedade que é absolutamente inusitado. Há muito em que se aprofundar, como o senhor pode perceber.

Ele me entregou o chapéu.

– Mas de qualquer forma foi bom ver que o senhor já se recuperou. E obrigado por querer mostrar-me seu pequeno passatempo.

WILLIAM

Como eu continuava segurando o chapéu, estender-lhe a mão não foi um gesto natural. Tampouco estava preparado para dizer qualquer coisa, um soluço talvez acompanhasse o adeus.

Rahm pôs seu próprio chapéu na cabeça com um movimento rotineiro. Despediu-se fazendo um gesto com a cabeça e pondo a mão na aba, e então se virou e foi embora.

Ali estava eu, um menininho, com meu pequeno passatempo.

GEORGE

Andei depressa pela campina, em direção ao rio. Passei o carvalho. Meu estômago deu um nó. Elas tinham que estar em algum lugar.

Peguei o celular, conferi se alguém tinha ligado. Quem sabe alguém tivesse um enxame no jardim? Mas não. Eu teria ouvido o toque.

Pois não se tratava de enxameação. Claro que não. Eu sabia disso. Nenhuma colmeia tinha esse aspecto depois de uma enxameação. Nenhum enxame abandonava a velha rainha.

Passei o pente fino pela paisagem, indo de um lado para outro.

Nada.

Peguei o celular outra vez. Tinha que pôr ordem nisso daqui, tomar o controle, e precisava de ajuda.

Digitei o número de Rick. Ele atendeu imediatamente, barulho no fundo, ele estava no bar.

– Rick aqui, às ordens! – Foi dito com uma risada.

Não consegui responder, as palavras estavam entaladas na garganta.

– Alô? George?

– Sim. Olá. Desculpa.

– Tem algum problema? Espere um pouco.

Já não havia barulho em torno dele, deve ter saído do bar.

– Olá. Isso. Agora estou te escutando.

– Pois é. Rick... Só queria saber se você pode vir. Para a campina perto do rio.

A risada sumiu de sua voz, ele percebeu pela minha que era sério.

– O que você quer dizer? Agora?

– Sim. Agora...

– George? O que foi?

Minha voz falhou.

– Tem... tem que dar um jeito em muita coisa, muita coisa mesmo.

Emma estava chorando. Ela estava chorando no meio da campina, debaixo de uma árvore. As folhas lançavam sombras sobre seu rosto, se movimentando sobre as bochechas banhadas em lágrimas. Talvez ela estivesse tentando se esconder debaixo da árvore, esconder que tinha desmoronado. Mas eu a achei, abracei e segurei firme, do jeito que eu sempre fazia quando as lágrimas se apoderavam dela. Isso ajudou, ela se acalmou. E, pelo visto, eu também me acalmei.

Em torno da gente havia colmeias reviradas, as cores de doces gritavam à luz do sol. Eram pequenas casas, arrasadas por um gigante. E o gigante era eu. Eu não tinha tido forças para fazer a arrumação. Tinha passado pela campina com pressa, conferindo uma por uma, enquanto o sangue fervia no corpo e a respiração sibilava nos ouvidos.

Não tinha perdido todas. Uma ou outra colmeia ainda estava como antes, as abelhas zuniam e trabalhavam lá dentro, como se nada tivesse acontecido. Mas as colmeias saudáveis eram muito poucas. Não aguentei contar. Só continuei. Sem parar.

Rick e Jimmy tinham chegado, os dois. Estavam trabalhando a uma pequena distância da gente. Rick andava devagar de um lado para outro, dessa vez de boca fechada, para variar. O corpo oscilava de leve, parecia não saber por onde começar. Jimmy já estava pegando pesado. Carregava as colmeias vazias, empilhando-as de forma organizada.

– Uma coisa dessas não pode acontecer do nada – soluçou Emma na minha blusa.

Eu não tinha nenhuma resposta.

– Deve ter tido algum... erro.

Soltei-a.

– Você acha que é por causa do nosso jeito de operar?

– Não, nada disso. – O choro acalmou. – Mas... como está de alimento? – Ela se endireitou, o rosto estava coberto de sombra, ela não me olhou nos olhos.

– Tudo certo, meu Deus, olha a data, você sabe que não é nessa época que ficam sem alimento!

– Não, não mesmo.

Ela enxugou as lágrimas. Eu estava ali sem saber onde enfiar minhas mãos.

Ela olhou para fora da sombra da árvore, para a campina e a luz.

GEORGE

– Está bem quente. Muitas delas ficam no sol o dia inteiro.

– É o que têm feito todo verão, durante muitas gerações.

– É. Desculpa... Mas não consigo acreditar que elas possam desaparecer. Sem um motivo.

Minhas mandíbulas ficaram tensas. Virei de costas para ela.

– Tudo bem. Você não consegue acreditar nisso. Mas isso não faz nenhuma diferença agora, faz?

Uma abelha solitária passou por nós zunindo.

– Desculpa – disse ela em tom meigo. – Vem cá, então.

Ela abriu os braços de novo. Estava ali, macia e segura. Deixei que me abraçasse. Afundei o rosto em sua blusa. Gostaria de chorar como ela, mas os olhos estavam sequíssimos. Só tive dificuldade de respirar. Ficou apertado demais, a blusa me sufocou, a pele quente que irradiava através do tecido.

Eu me afastei. Comecei a empilhar alguns quadros, mas, sem ter onde colocar, acabei amontoando todos no chão. Arrumação sem objetivo.

Ela se aproximou de mim, mais uma vez com os braços abertos.

– Você...

Eu tinha sido traído, igual Cupido pela mãe. Só que não tinha nenhuma mãe para quem dirigir o choro. Tampouco uma mãe para culpar, pois não sabia quem me tinha traído...

E não podia chorar feito uma criancinha inchada de picadas.

Sacudi a cabeça com força para os braços abertos de Emma.

– Preciso trabalhar.

Peguei mais alguns quadros, coloquei em cima dos outros, uma torre instável.

– Tudo bem. – Seus braços baixaram.

– Vou arranjar alguma coisa para vocês comerem.

Ela deu meia-volta e foi embora.

O sol de fim de tarde era um buraco afogueado no céu. Raios duros e sombras longas.

O corpo doía, mas eu continuei. Tinha colmeias em sete lugares diferentes, e vi o mesmo espetáculo por todo lado.

Agora estávamos no último ponto, o bosque atrás da fazenda do McKenzie. Uma pequena mata entre os campos. As colmeias estavam na meia-sombra. Normalmente, seu zunido competia com os passarinhos nas árvores e as moscas que davam guinadas a torto e a direito. Mas agora tudo estava quieto.

De repente, Jimmy apareceu com três cadeiras de lona.

– Agora a gente precisa sentar um pouco – disse ele.

Ele encontrou um lugar a uma pequena distância das colmeias. Rick e eu fomos atrás com passos arrastados. Rick não tinha dito uma única palavra a tarde inteira, eu me peguei sentindo falta de uma história. Toda vez que olhei para ele, ele se virou, talvez quisesse esconder os olhos embaçados.

Jimmy tirou uma garrafa térmica e um pacote de bolachas. Será que ele tinha trazido isso? Ou Emma lhe tinha dado? Não sabia. Ele puxou o plástico das bolachas e deixou o pacote entre nós. E então, serviu o café. Cada um pegou uma xícara. Nada de brinde dessa vez.

A cadeira de lona soltou um rangido. Tentei ficar parado, não me mexer, o som estava errado. Pertencia a um outro

GEORGE   313

tempo. Jimmy tomou um gole do café, sorveu-o. Aquele som também estava errado. Um som corriqueiro. A xícara em sua mão. Do nada fiquei com vontade de agarrar aquele pulso firme, jogar o café em sua cara para que houvesse silêncio. Não, imagine pensar assim... Coitado do Jimmy. A culpa não era dele.

Nós três podíamos falar sobre muitas coisas. Sobre apicultura. Sobre agricultura, ferramentas, trabalho manual, carpintaria. E sobre a cidadezinha, as fofocas, as pessoas. Gareth, a gente era capaz de passar muito tempo falando dele. Sobre mulheres também, pelo menos Rick e eu. Geralmente, a conversa fluía livre. A gente sempre tinha assunto, e motivo para dar risada. Jimmy e eu tomávamos a iniciativa, a conversa entre nós era que nem um pingue-pongue, enquanto Rick apresentava os monólogos mais demorados.

Mas hoje não tínhamos palavras. Toda vez que tentei dizer algo, travei. E acho que os outros sentiam a mesma coisa. Pois Jimmy não parava de pigarrear e Rick olhava de um para o outro, respirando fundo a intervalos regulares. Mas nada saía.

Então tomamos café e comemos bolachas. E tentamos evitar de nos mexer, para que os rangidos das cadeiras não nos lembrassem de que o silêncio entre nós era grande demais. O café estava morno, não tinha gosto de nada. A bolacha descia, aliviava um pouco, só agora percebi que o vazio na barriga era fome.

Assim ficamos, enquanto a escuridão caía sobre nós, em torno de nós. Chegando até os ossos.

TAO

Não achei placa alguma, o mapa não fazia sentido. E não encontrei ninguém a quem perguntar. Mas a certeza de que estava num lugar onde não deveria estar cresceu dentro de mim. Eu estava nas áreas que a recepcionista tinha indicado, aquelas sobre as quais as autoridades não tinham mais controle. Aqui estavam apenas os que se recusaram a sair. Os que foram abandonados. Os que se esconderam.

Dobrei uma esquina. Diante de mim, havia mais uma rua deserta. A escuridão parecia cada vez maior, as sombras ficavam cada vez mais longas, o silêncio era grande demais. Um movimento captado pelo canto do olho chamou minha atenção. Eu me virei abruptamente. Um portão escancarado dava para um pátio interno. Será que havia alguém lá dentro?

Continuei em frente e passei pelo portão. Até agora não tinha pensado em estar com medo, só em escapar daqui. Mas de repente percebi como todos os músculos do meu corpo ficaram tensos. Será que eu deveria dar meia-volta?

Dei mais alguns passos. Um pouco mais lentos agora. Nada aconteceu. Talvez fosse algo da imaginação. Ou talvez um animal. Um gato, uma ratazana. Algo que em vão tentou continuar sua vida nesse lugar afastado e abandonado, onde não havia comida para nenhum ser vivo. Mal havia pragas, apenas algumas plantinhas fracas que brotavam com esforço nas rachaduras do asfalto.

Levantei a cabeça. No fim da rua, vislumbrei algo azul e branco. Apertei o passo. Ficou mais nítido para mim, o símbolo branco com o fundo azul. Estava piscando, o fornecimento de energia talvez não fosse estável. Mas mesmo assim não havia dúvida: o metrô ficava no fim da rua.

A essa altura eu estava trotando. Não era garantido que a estação estivesse em uso, mas provavelmente haveria um mapa ali. E talvez eu pudesse seguir os trilhos de lá até as áreas habitadas. Aqui na periferia o metrô ainda ficava a céu aberto, não dentro de túneis como no centro da cidade.

Só que não corri rápido o suficiente. Pois algo saiu do pátio atrás de mim. Deu tempo de ver um corpo comprido e desengonçado se movimentar em minha direção. Um assobio penetrou o ar. De repente, notei que mais duas pessoas surgiram atrás de mim, uma de cada lado. De onde saíram? Onde estavam escondidas? Não tinha a menor noção.

Talvez estivessem a uns vinte metros de distância, mas eram velozes. Correram em meu encalço e estavam se aproximando depressa. Uma moça alta e magra e dois rapazes. Não crianças, não adultos. Com a pele lisa e os olhos de idosos. Os três eram magros, estavam prestes a sucumbir. Mas parecia que minha presença lhes dera muito mais força do que o peso corporal indicaria.

Não esperei, sabia o que queriam. Seus olhares me diziam que estavam dispostos a qualquer coisa para aliviar a fome. Era como se carregassem todo o desespero dos velhos do hospital, mas tivessem a energia e o físico para agir em nome de sua aflição.

Mais uma vez, eu corri. Só que dessa vez era diferente. Quando deixei os velhinhos, tinha fugido de meu próprio nojo, dessa vez corri para salvar a vida.

E eles estavam chegando mais perto. Não tive coragem de me virar, mas os ouvia. Os passos contra o asfalto. Os seis pés que atingiam o chão num ritmo irregular. O som ficou cada vez mais alto.

Diante de mim, a placa azul cresceu. Se desse tempo de eu chegar ali, se desse tempo de eu entrar na estação, se um trem chegasse...

No entanto, sabia que estava me iludindo. Nenhum trem chegaria, aqui não. Aqui havia só eu. E eles. Três jovens desesperadamente famintos, sem a esperança de uma vida. Mas, mesmo assim, impulsionados pela força da autopreservação inerente ao ser humano. Impulsionados pelo instinto. *Eles* também eram nosso mundo.

Agora estavam a apenas poucos metros de distância. Escutei sua respiração. Logo estariam em cima de mim. Agarrando minhas costas, me derrubando no chão.

Eu não tinha escolha.

Virei-me bruscamente, sem uma palavra, e ergui as mãos sobre a cabeça num sinal de que estava me rendendo.

Os três pararam. Um ar de surpresa passou sobre seus semblantes, substituindo por um instante a selvageria. Encarei a menina. Por que ela? Talvez por ser mulher, como eu. Talvez fosse a mais fácil de convencer. Tentei deixar o

TAO

olhar transmitir todos os meus pensamentos sobre compaixão. Fiquei olhando para ela, forçando seus olhos a permanecerem focados nos meus. Se tivesse acontecido mais tarde, talvez ela não conseguisse me olhar nos olhos. Mas duas piscadas rápidas me contaram que eu a tinha tomado de surpresa. Pois ela continuou parada, passou os olhos de mim para os outros dois. Ficamos parados assim, os quatro. Ousei mover o olhar agora. De um para o outro, deixando os olhos pousarem por um tempo em cada um, querendo que me vissem, realmente me enxergassem, tivessem tempo de refletir. Para que eu me transformasse em algo além de costas em fuga, uma presa. Para que me transformasse num ser humano.

– Vocês estão sozinhos aqui? – perguntei baixinho.

Ninguém respondeu.

Dei um passo para a frente.

– Precisam de ajuda?

Um pequeno som escapou da menina, um gemido, um "sim". Ela se apressou a olhar para um dos meninos, o mais alto. Talvez ele fosse o líder.

Eu me arrisquei e me dirigi a ele.

– Posso ajudar vocês. Podemos sair daqui. Juntos.

Um sorriso enviesado passou sobre seus lábios.

– Você está com medo. – A voz era aguda, mais aguda do que eu tinha imaginado.

Fiz que sim com um gesto lento da cabeça, continuando a encará-lo.

– Você tem razão. Estou com medo.

– E aí as pessoas dizem qualquer coisa – ele falou.

Eu me abstive de responder, preferindo fazer uma pergunta:

– O metrô está funcionando?

– O que você acha?

– Vocês já tentaram ir para algum outro bairro?

Ele riu. Uma risada cortante.

– A gente tentou quase tudo.

Dei mais um passo em sua direção.

– Onde eu moro tem comida. Posso comprar para vocês.

– Que tipo de comida?

– Que tipo? – A pergunta me fez hesitar. – Coisas comuns. Arroz.

– Coisas comuns – ele imitou. – Você quer que a gente deixe nossa casa por uma porção de arroz?

Olhei para a rua atrás dele. Deserta. Empoeirada. Nada que indicasse uma casa habitada.

Ele fez um gesto para o outro menino e a menina. Eles se aproximaram de mim. Será que estavam se preparando para me atacar?

– Não. Esperem. – Coloquei a mão na bolsa. – Tenho dinheiro!

Mexi lá dentro. Os dedos encostaram num papel estaladiço.

– E comida. Bolacha.

Tirei um pacote e o estendi para eles.

A menina chegou a meu lado no mesmo instante, apanhou o pacote de minha mão e estava prestes a arrancar o papel.

– Ei! – O rapaz alto avançou para ela num pulo. A menina fechou o punho, ouvi como as bolachas foram esmagadas e transformadas em migalhas dentro da embalagem.

Depressa, eu me afastei alguns metros.

TAO

Ela fez menção de sair correndo, mas o rapaz já estava em cima dela. À força, ele abriu seus dedos e tirou o pacote de bolacha. Ela não disse nada, mas os olhos se encheram de lágrimas.

O rapaz ficou parado com o pacote nas mãos. A logomarca era simples, em preto e branco. A estampa estava um pouco manchada, talvez por causa do suor das mãos da menina.

– A gente precisa dividir – disse o rapaz, e olhou para a menina. – A gente precisa dividir.

Os três estavam ocupados uns com os outros agora.

Será que eu deveria tentar correr? Não. Eu precisava lhes dar tudo que eu tinha, ser generosa. Não fugir. Senão eles voltariam para cima de mim. Eu não tinha escolha.

Enfiei a mão na bolsa de novo. Engoli em seco, hesitei, mas tinha que fazer aquilo.

– Olhem aqui. Dinheiro.

Não tive coragem de me aproximar mais deles e deixei algumas notas surradas no chão, as últimas. Na lata que deixei no quarto do hotel só sobravam umas moedinhas.

O rapaz fixou os olhos nelas.

Recuei um passo. Senti um nó na garganta.

– Agora já lhes dei tudo que tenho.

Ele continuou olhando para o dinheiro.

– E agora estou indo embora.

Dei mais um passo. Aí dei meia-volta.

Calmamente, fui me afastando em direção ao metrô.

Um passo.

Dois. Três.

As pernas queriam correr, mas eu as forcei a andar devagar. Continuar a ser uma pessoa para eles, não me tornar uma presa, não reiniciar a caçada. Manter a cabeça erguida, não me virar.

Ouvi que eles se moveram um pouco atrás de mim. O raspar do tecido de uma jaqueta, um leve pigarro. Cada som minúsculo se destacou no silêncio. Mas nenhum passo soou no asfalto.

Sete. Oito. Nove.

Ainda estava quieto.

Onze. Doze. Treze.

Eu me atrevi a apertar o passo. Cheguei mais perto da estação, que estava trancada com uma corrente e um cadeado. Só então eu me virei.

Eles ainda estavam ali, no mesmo lugar, me seguindo com os olhos. Todos os três igualmente inexpressivos. Nenhum sinal de movimento.

Segui em frente, de olho neles o tempo todo.

Logo dobrei uma esquina. Não consegui mais ouvi-los. Diante de mim, havia outra rua deserta. À minha direita estavam os trilhos do metrô; à esquerda, uma fileira morta de casas. Aqui não havia vivalma.

Então corri.

WILLIAM

Dez dias mais tarde chegou a encomenda postal. Os escritos de Dzierzon. Subi com o embrulho e fechei a porta do quarto, que agora era exclusivamente meu. Thilda não dormia mais lá, embora eu já tivesse me recuperado. Talvez desejasse que a convidasse de volta para o leito conjugal, talvez não viesse antes de eu implorar, e isso não aconteceria.

A cama abria-se diante de mim, grande, macia e segura. Como seria simples apenas deitar, envolver-me nas cobertas, deixar tudo ficar escuro e quente.

Não.

Preferi sentar perto da janela com o embrulho no colo. No fundo do jardim vislumbrei Charlotte vestida de branco, debruçada sobre a colmeia. Ela passava horas lá. Tinha levado uma mesa e uma cadeira e estava sentada com papel e tinteiro. Sempre observando e fazendo anotações num livrinho encadernado em couro, com entusiasmo e leveza nos movimentos. Ela era igual a mim, trabalhava assim como *eu* tinha trabalhado anteriormente – muito tempo atrás, como me parecia agora. Eu mesmo não tinha voltado à colmeia desde a conversa com Rahm. Abandonei-a. Preferia tê-la despedaçado, pulado em cima dela, ver os pedaços de madeira voando para todos os lados, quebrados e destruídos. Mas não tive coragem de fazê-lo, as abelhas impediram-me, a ideia de que milhares de abelhas desesperadas e desabrigadas pudessem partir para o ataque.

Desamarrei o barbante, quebrei os selos, desdobrei o papel e, com um dicionário alemão a meu lado, comecei a ler. Até o último momento, mantive a esperança de que as alegações de Rahm estivessem erradas, que ele tivesse compreendido mal alguma coisa, que Dzierzon de forma alguma tivesse criado uma colmeia tão avançada. Mas, apesar de meu alemão ser sofrível e eu compreender apenas uma fração dos textos, uma coisa ficou evidente: sua colmeia era muito parecida com a minha. É certo que as portas estavam posicionadas de modo um pouco diferente e a inclinação do teto era menor, mas os princípios eram idênticos e o método de utilização, idem. Além do mais, ele tinha realizado estudos de observação extremamente aprofundados das abelhas em suas colmeias, e grande parte da pesquisa tratava precisamente disso. A base conceitual era mais que sólida e os resultados do estudo revelavam uma paciência ilimitada. Tudo tinha sido meticulosamente documentado, e a argumentação fora apresentada de forma exemplar, ou seja, o trabalho de Dzierzon era de excelente qualidade.

Deixei os escritos de lado e voltei a atenção para a janela outra vez. Lá fora, Charlotte tampou a colmeia, deu alguns passos e tirou o chapéu. Sorriu para si mesma antes de se dirigir à casa.

Abri a porta. Ouvi seus passos lá embaixo. Fui até o patamar da escada, de onde consegui observá-la. Ela entrou no hall. Sentou-se à mesa de console, pegou o caderno e o

WILLIAM

colocou diante de si, aberto. Refletiu, o olhar pairou por um instante no ar, antes de inclinar a cabeça e escrever. Desci a escada, ela ergueu os olhos e sorriu ao me ver.

– Pai. Que bom que você veio – disse. – Olhe aqui, você precisa ver isso.

Ela quis mostrar-me o caderno e estendeu-o para mim.

Mas não olhei para ele, simplesmente fui até o mancebo, peguei meu chapéu e o casaco, vesti-os com pressa.

– Pai?

Ela olhou radiante para mim, eu desviei o olhar.

– Agora não – falei.

O entusiasmo apaixonado em seus olhos, não suportei permanecer no mesmo lugar que ela. Andei rapidamente para a porta.

– Mas não demora nada. Você precisa ver o que pensei.

– Depois.

Ela nada disse, mas manteve aquele olhar, decidido e insistente, como se não aceitasse a rejeição.

Eu nem tinha forças para ficar curioso. Ela não descobrira ou pensara algo que já não fora descoberto ou pensado, e não aguentei ter de explicar isso a ela, desapontá-la, contar-lhe que todo o tempo que gastou perto da colmeia somente resultara em obviedades, que todas as suas ideias já tinham sido engendradas milhares de vezes antes. Abri a porta lentamente, senti como a indolência se apossara do meu corpo mais uma vez. Um suspiro soltou-se do diafragma, preparei-me para os muitos que viriam de agora em diante. Na mão, eu apertava a chave da loja, da minha loja de sementes, simples e rural. Era meu lugar.

A swammerpada deixou uma camada de gordura no céu da boca, mas mesmo assim não resisti à tentação de comer mais um pedaço. Já havia devorado duas no decorrer da manhã. O cheiro delas emanava da padaria, impondo sua presença inoportuna também aqui dentro de minha loja. Ele penetrava por todas as frestas, até quando a porta estava fechada, lembrando constantemente como era fácil comprar mais uma, ou várias. O padeiro até me dava um desconto, achava que eu estava magro demais. Mas isso não duraria muito tempo: o corpo já tinha começado a inchar, como se estivesse reencontrando sua antiga forma desleixada.

Nenhum vento soprava mais pelas ruas arrastando clientes para a loja. A atração da novidade definitivamente havia diminuído, e metade do dia já se passara sem que ninguém tivesse entrado. As grandes encomendas de sementes já haviam sido feitas há tempo, agora era a época das especiarias. Sementes, só para plantas de cultivo rápido, como a alface e o rabanete.

Comi mais alguns pedaços da empada, embora estivesse salgada demais. Bebi água morna de uma concha para compensar, mas ajudou pouco.

Então fui até a porta. A carruagem da tarde, que vinha da capital, passou pela frente da loja e parou no fim da rua. As pessoas saíram em grande número, mas ninguém veio em minha direção.

Cumprimentei o seleiro, que estava engraxando uma sela ao sol, sorri educadamente para o carpinteiro, que acabava de sair da oficina com uma roda nova, saudei brevemente minha ex-criada Alberta, que levava dois grandes rolos de tecido para dentro da mercearia. Todos formigas trabalhadeiras, muito ocupados. Pelo visto, até Alberta conseguira se tornar um pouco útil. Com os quadris rebolantes e passos ligeiros, ela fez saudações a torto e a direito enquanto subia a escada saltitando.

– Senhor Savage. – Ela sorriu em minha direção.

Então titubeou por um instante, evidentemente se lembrando de algo.

– Tenho uma coisa que o senhor precisa experimentar! Aguarde um instante.

Ela desapareceu depressa dentro da loja com os rolos de tecido. Logo depois, saiu com uma trouxinha em uma das mãos.

Posicionou-se diante de mim. Senti seu odor, que me deixou enjoado.

– Do que se trata? Estou muito atarefado.

– Fiquei sabendo que o senhor começou a criar abelhas – disse ela, e sorriu com os dentes tortos atrás de lábios um tanto úmidos.

De repente, lembrei-me dos monstros marinhos de Swammerdam, mas afastei o pensamento.

– Meu pai também cria abelhas. Ele tem cinco colmeias. Olhe aqui. – Ela mostrou a trouxa. – O senhor pode experimentar. É o melhor.

Sem esperar por um convite, ela entrou na loja. Colocou a trouxa sobre o balcão e desamarrou o nó. Continha um pão e um pequeno pote de mel. Ela o segurou, olhou para ele e estalou os lábios ruidosamente.

– Venha cá. – Fez um gesto para que eu me aproximasse.

326   WILLIAM

Sua pele era áspera, oleosa, duas espinhas estavam brotando no queixo. Quantos anos ela teria agora? Com certeza bem mais de vinte. As mãos e o rosto mostravam que já passara horas demais trabalhando ao sol.

Ela me deu um pedaço de pão e nele despejou um pouco de mel. Não era límpido, mas de uma coloração turva, e formou caracóis sobre a fatia, espalhando-se e penetrando nela.

– Vamos! Experimente!

Ela mesma pegou um pedaço grande.

O cheiro do mel, dela e da swammerpada comida pela metade embrulhou meu estômago. Mesmo assim, impulsionado por educação, por cortesia estúpida, comi um pedaço.

Enquanto aquilo tomava conta da boca, fiz um gesto com a cabeça.

– Muito bom.

Mastiguei procurando não pensar nas crias e larvas que se encontravam no mel, já que ele fora espremido da colmeia de palha.

Ela ficou de olho em mim o tempo todo enquanto comia. Por fim, lambeu o mel dos dedos, exageradamente, com uma autoconfiança que beirava o ridículo.

– Delicioso. Bem, agora está na hora de voltar ao trabalho.

Ela então se retirou, ou melhor, seus quadris passaram ondulando pela porta. Não consegui senão olhar para eles e fiquei parado assim, no meio da loja.

Finalmente ela se fora. Dei dois passos em torno de mim mesmo, a respiração estava acelerada. Na bancada sobrava uma gota de mel. Limpei-a depressa, suprimindo-a à força, e, com ela, os lábios úmidos de Alberta, as espinhas, o movimento quase obsceno de seu busto a cada passinho que dava, os quadris contra os quais eu poderia me impulsionar, como se ela fosse terra. Porém, me contive. Assumi o controle. Mesmo que isso exigisse todas as minhas forças.

A única cadeira da loja chamou-me. Aos tropeços, fui até ela e instalei meu traseiro avolumado no assento. Cruzei as mãos sobre o abdome, como para me manter no lugar.

Permaneci sentado assim, tomando fôlego. Vários minutos se passaram, meu ardor esfriou, o enjoo diminuiu. Sim, eu era capaz de me conter.

Estava quente, um feixe de sol revelou as partículas de poeira dançando no ar bem na minha frente. Movimentavam-se calmamente, pairavam no ar livres da ação da gravidade. Franzi os lábios e dei um sopro, as partículas foram impelidas para longe, mas tornaram a se estabilizar com rapidez surpreendente.

Soprei de novo, mais forte desta vez. Agora também fugiram depressa antes de reencontrar sua antiga existência disforme, tão leves que nada pudesse prendê-las.

Tentei focar em uma partícula por vez. Mas os olhos arderam. Havia um número grande demais.

Então transferi a atenção para o todo. Mas não havia um todo, apenas quantidades infinitas de partículas de poeira incontroláveis.

Não adiantou. Nem isso. Elas me venceram. Nem isso eu era capaz de controlar.

E, assim, fiquei sentado, completamente vencido. Mais uma vez, uma criança impotente.

Eu tinha dez anos de idade. Raios de sol brilhavam por entre a folhagem da floresta, conferindo uma luminosidade dourada a tudo, tudo era amarelo. Eu estava sentado no chão. A terra emanava calor e umidade pela calça. Imóvel, intensamente concentrado, eu estava ali, diante do formigueiro: um grande caos à primeira vista. Cada criatura tão pequena e insignificante, era inconcebível que pudessem ter construído um formigueiro que quase se elevava acima de mim. Mas com o tempo fui compreendendo, e cada vez mais. Pois nunca me cansei, era capaz de ficar observando as formigas por horas a fio. Movimentavam-se de acordo com esquemas claros. Carregando, deixando, buscando materiais. Era um trabalho meticuloso e tranquilo, sistemático, instintivo, hereditário. E um trabalho que não dizia respeito a cada indivíduo, mas à comunidade. Sozinhas elas não eram nada, mas juntas formavam o formigueiro, como se *ele* fosse um único ser vivo.

A compreensão desse cenário despertou algo em mim, um calor diferente, um fervor. Todo dia eu tentava convencer meu pai a ir comigo até lá, até a floresta amarela. Queria tanto mostrar-lhe o que elas tinham realizado, o que essas pequenas criaturas eram capazes de fazer juntas... Mas ele só dava risada. *Um formigueiro? Deixe-o em paz. Faça algo útil, faça um esforço, vamos ver do que você é feito.*

Tinha sido assim nesse dia também. Ele zombara do meu pedido, e mais uma vez eu estava ali sozinho.

De repente vi algo, uma ruptura no sistema. Um besouro tinha-se aproximado do lado leste do formigueiro, onde o sol brilhava. Suas proporções eram ciclópicas em comparação com as das formigas. O sol atravessou as árvores e um raio atingiu as costas do besouro. Ele estava completamente imóvel agora. Um espaço abriu-se ao seu redor. Ninguém passou por ele, as formigas deixaram-no em paz, continuando com seu trabalho determinado. Nada mais aconteceu.

Mas então notei uma formiga que estava indo em direção ao besouro. Ela saíra dos padrões costumeiros, não fazia mais parte do todo.

E estava levando algo.

Franzi o cenho. O que era? O que ela estava levando?

Larvas. Larvas de formigas.

A essa altura, outras chegaram, mais formigas quebraram os padrões, e todas traziam a mesma coisa. Todas carregavam seus próprios filhos.

Aproximei-me mais para enxergar. As formigas soltavam as larvas na frente do besouro. Depois de ficar parado por um instante, ele esfregou as patas dianteiras. Então começou a comer.

As mandíbulas do besouro trabalhavam vigorosamente. Cheguei bem pertinho. As larvas desapareciam goela abaixo, uma depois da outra. As formigas formavam uma fila comprida, todas elas prontas para servir ao besouro sua própria prole. Desejei parar de assistir, mas não consegui.

Uma nova larva foi engolida. E as formigas aguardavam, elas tinham rompido com os padrões habituais, liberando-se do todo para cometer essa atrocidade.

Aquilo me atingiu, bateu dentro de mim. Minhas faces começaram a arder, o rubor espalhou-se, o sangue tomou cada parte do meu corpo. Não queria assistir, fiquei nauseado, mas não consegui me conter. Para minha surpresa, senti uma pulsação sob a braguilha. Uma sensação que eu antes só tinha notado muito de leve, mas que agora, de repente, me absorveu por completo. Apertei minhas coxas, pressionando aquilo que tinha endurecido. Mais uma larva foi triturada na boca do besouro. Os olhos muito separados brilhavam, as antenas mexiam-se. Deitei-me de bruços, estirado no chão, batendo o corpo contra a terra. Pensei que a calça ficaria suja e estragada, mas não consegui parar. Ao mesmo tempo, a náusea invadiu-me porque as larvas estavam sendo mortas, elas desapareciam em direção às entranhas do besouro. Era diferente de qualquer coisa que eu já tinha visto. E aquilo me inundou.

Enquanto eu estava deitado assim, golpeando a terra com meu corpo, ouvi passos atrás de mim, os passos de meu pai. Ele tinha vindo, apesar de tudo. Parou e observou a cena, mas não viu nada do que eu gostaria de lhe mostrar. Ele só viu a mim, a criança que eu era, e minha vergonha infinitamente grande.

Aquele momento... Eu no chão. O espanto inicial de meu pai, seguido de sua risada, curta e fria, sem alegria, mas cheia de nojo, de desdém.

Olhe para você. Você é deplorável. Vergonhoso. Primitivo.

Aquilo foi o pior de tudo, até pior do que as cintadas que levei no final do dia e a tremenda dor nas costas durante a noite toda. Eu só quis lhe mostrar, explicar e compartilhar meu entusiasmo, mas tudo o que ele viu foi a vergonha.

GEORGE

Fui até o centro de Autumn. Se é que se pode chamar aquilo de centro. Na verdade, Autumn não passava de um único cruzamento. Uma estrada indo para o norte encontrava outra indo para o sul, e ali havia uma pequena aglomeração de casas. Eu estava com pouca gasolina, mas não completei o tanque. Nunca enchia mais que meio tanque, era um novo truque que eu tinha inventado. E aquele meio tanque, aquele eu espremia até a última gota. Como se custasse menos dinheiro encher até a metade um tanque vazio do que completar um tanque meio cheio.

Os desaparecimentos tinham recebido um nome agora. Desordem do Colapso das Colônias.[1] Estava na boca de todo mundo. Testei as palavras. Elas giravam na minha cabeça. Havia um ritmo nelas, e letras repetidas. Os cês e os ós e os enes e os esses. Um pequeno trava língua, Desordem do Colapso das Colônias, Colônia do Colapso da Desordem, Colapso da Desordem da Colônia, e um quê de medicina em tudo isso, como se pertencesse a uma sala de jalecos brancos e aparelhos

---

[1] CCD ou Colony Collapse Disorder no original.

de monitoramento, não ao meu campo, lá fora, com as abelhas. De qualquer forma, eu nunca usava aquelas palavras. Não eram minhas. Preferia falar dos *Desaparecimentos*, ou dos *Problemas*, ou, se me sentisse revoltado, o que frequentemente era o caso, da *Encrenca desgraçada*.

Na frente do banco, tinha uma vaga apertada entre uma picape verde e uma perua preta. Olhei em volta, nenhuma outra vaga no resto da rua. Manobrei o carro bem rente à picape verde e tentei entrar de ré. Nunca gostei de fazer baliza, não sou muito homem nesse sentido, evito sempre que possível. Acho que Emma não sabe como sou péssimo nisso. Mas eu precisava ir ao banco. Hoje. Já tinha esperado demais. Perdia dinheiro a cada dia que passava, a cada dia sem colmeias lá fora no sol, entre as flores.

Girei o volante com força para o lado. Dei ré até o carro passar a metade da picape. Aí endireitei a direção e continuei de ré.

Mais torto, impossível. Quase subindo na calçada.

Tirei o carro de novo.

Uma mulher passou. Ficou olhando para mim. De repente me senti como um adolescente, um novato ao volante.

Tentei mais uma vez, respirei fundo. Fui com calma, virei a direção até o fim, andei devagar de ré, até a metade, e endireitei o carro.

Merda!

A vaga era pequena demais, esse era o problema. Saí, guiei o carro para o meio da rua e fui em direção ao estacionamento comunitário, um pouco mais adiante. Coisa de preguiçoso querer estacionar logo na frente do banco. O povo era preguiçoso demais neste país. Eu era bem capaz de caminhar.

GEORGE

No retrovisor, vi um Chevrolet enorme chegar. Ele entrou na vaga superapertada num só movimento fluido.

O ar condicionado foi como uma parede que precisei romper assim que abri a porta do banco. Enfiei as mãos nos bolsos da calça, pois ainda tremiam um pouco depois da crise da baliza.

Allison estava em sua mesa, digitando no teclado do computador, como de costume. Tinha o bom senso de se vestir como uma mulher, blusa com estampa floral, recém-passada, contrastando com a pele sardenta, jovem, e os olhos totalmente verdes. Parecia limpinha, tinha um cheiro limpinho também. Ela ergueu o olhar e deu um sorriso que parecia propaganda de creme dental.

– George. Olá, como vai?

Allison sempre me fazia sentir um pouco especial. Como se eu fosse seu cliente favorito. Em outras palavras, ela sabia fazer seu trabalho muito bem.

Eu me acomodei na cadeira em frente à sua mesa. Sentei sobre as mãos, quis esconder o tremor, mas o tecido de lã turquesa fez as palmas coçarem. Tornei a tirar as mãos, coloquei-as no colo, e ali elas ficaram quietas.

– Faz tempo. – Os dentes dela cintilaram para mim.

– Pois é. Faz um bom tempo.

– Tudo bem com vocês?

– Não tão bem como deveria ser.

– É mesmo. Sinto muito. Já ouvi falar.

A brancura dos dentes de repente desapareceu atrás dos lábios macios, jovens.

– Aliás, espero que você possa nos ajudar a sair do pior aperto – falei sorrindo.

Nenhum sinal mais daqueles dentes lindos, infelizmente. Ela só olhou para mim com seriedade.

– Naturalmente, vou fazer o melhor que posso.

– O melhor que pode. Não tenho como pedir mais que isso. – Dei risada. Logo percebi que estava soando falso e enfiei as mãos debaixo das coxas de novo.

– Então – ela se virou para a tela. – Vamos ver. Aqui está.

Ficou calada. Conferiu a conta. O que viu não a fez pular de entusiasmo.

– O que você tinha em mente? – perguntou.

– Bem. Teria que ser um pequeno empréstimo, né?

– Então. Quanto?

Falei o valor.

As sardas saltaram em seu nariz. A resposta veio sem uma gota de consideração.

– Não posso, George.

– Nossa. Você não pode pelo menos fazer os cálculos?

– Não. Posso dizer desde já que não tenho como fazer isso.

– Tudo bem. Você pode conversar com Martin, então?

Martin era seu chefe. Tinha aversão a conflitos, não era o tipo de entrar numa briga de bar, digamos. Passava a maior parte do tempo dentro de sua saleta. Saía raras vezes, só quando era para avaliar e assinar grandes valores. Isso eu soube pelo Jimmy, que tinha acabado de fazer um empréstimo imobiliário. Martin ficava com menos cabelo a cada vez que o via. Lancei um olhar para ele, estava sentado atrás de sua parede de vidro. A careca brilhava sob a luz da lâmpada de teto.

– Não vale a pena. Confie em mim – disse ela.

Um nó insistiu em subir na minha garganta. Será que eu teria de ficar aqui implorando? Era isso que ela queria? Quase vinte anos mais nova do que eu, era isso que ela era. Emma costumava tomar conta dela tempos atrás. Frágil como uma fadinha, quem imaginaria que se tornaria uma sargentona?

– Pelo amor de Deus, Allison.

– Mas George, você realmente precisa de tanto?

Não consegui encontrar os olhos verdes sobre a mesa.

– O apiário está totalmente parado – disse eu em voz baixa para o chão.

– Mas... – Ela ficou um pouco calada, pensando. – Que tal estudar como colocá-lo para funcionar sem a necessidade de fazer investimentos tão vultosos?

Eu tinha vontade de berrar, mas não respondi. Ela não sabia porra nenhuma sobre apicultura.

– Onde você acha que está a maior parte de suas despesas?

– Mão de obra, claro. Pago dois homens, você sabe disso, né?

– Sei, sim.

– E aí são os custos de operação. Alimento. Gasolina, esse tipo de coisa.

– Mas e agora? Os investimentos que você *precisa* fazer?

– Novas colmeias. Tivemos que queimar um monte.

Ela estava mordendo uma caneta esferográfica.

– Tudo bem. E quanto custa uma colmeia?

– Os materiais. Difícil de dizer. Elas têm que ser construídas.

– Construídas?

– Sim. Eu faço a construção delas do zero. Cada uma. Com a exceção da tela excluidora.

– A tela excluidora?

– Isso. É o que você tem entre... Esquece.

Ela tirou a caneta da boca. Os dentes tinham deixado marcas na parte de cima. Se mordesse com mais força, quebraria o plástico, seus dentes brancos ficariam sujos de tinta. Seria um espetáculo e tanto. Tinta azul nos dentes brancos, na blusa recém-passada, nos lábios macios, como uma maquiagem desajeitada de Halloween.

– No entanto... – Ela refletiu. – Já vi Gareth, Gareth Green, receber entregas de colmeias. Quero dizer, vi colmeias chegando, num caminhão. Prontinhas.

– É porque Gareth encomenda as colmeias – disse eu com dicção clara, como se falasse com uma criança.

– Fica mais caro do que construí-las?

Ela deixou a caneta sobre a mesa. Pelo visto, não me daria a alegria de sujar sua aparência limpinha.

O nó estava subindo. Quase atingindo o ponto em que não seria mais possível escondê-lo.

– Só quero dizer – continuou ela, mais uma vez revelando os dentes brancos, como se isso fosse bem divertido – que talvez você possa economizar algum dinheiro encomendando as colmeias. E tempo. Tempo também é dinheiro. Não fazer mais a construção caseira.

– Entendi – falei baixinho. – Entendi o que você quis dizer.

GEORGE 337

WILLIAM

Quando enfim aguentei movimentar-me outra vez, já estava completamente escuro. Lá fora, tudo continuava calmo, com a exceção do boteco barulhento, que ficava um pouco mais adiante na mesma rua. Um lugar sem graça, apinhado de gente e abafado, onde os beberrões do vilarejo se encontravam noite após noite e bebiam até cair. Avistei vultos na janela. Alguns indivíduos passaram correndo, saindo de lá. Houve gritaria, cantoria e risadas grosseiras, que foram ficando mais fracas conforme eles se afastavam.

A loja já estava mais fria e eu me sentia gelado. O sereno entrava pela porta, que eu não tinha chegado a fechar antes de cair no sono. O pescoço estava duro, havia tombado sobre o peito, e a baba umedecia a frente da camisa.

Com o corpo todo doído, levantei-me, corri até a porta e fechei-a depressa.

Imagine se alguém tivesse me flagrado, se os clientes tivessem espiado aqui dentro e me visto dormindo na loja, em pleno horário de expediente. Esse tipo de coisa poderia gerar ainda mais histórias, mais uma vez eu poderia ganhar a fama de tolo do vilarejo. Mas talvez, com sorte, a tarde tenha sido desgraçadamente – ou abençoadamente – tão sem movimento quanto a manhã.

O estômago gritava por comida e, embrulhado num papel, estava o último pedaço da empada. Seca e fria, a gordura se solidificara, criando uma borda vermiforme em torno dela. Todavia, comi-a, enquanto jurava para mim mesmo que nunca mais me deixaria ser levado a ingerir tal iguaria. Talvez nem sequer empadas em geral. Também, que diferença isso faria?

Fechei e tranquei a porta e fui rumando para casa.

O volume das vozes do boteco aumentou.

No escuro, as janelas formavam quadrados num tom amarelo quente. Agora, pela primeira vez na vida, senti-me atraído por elas. Apenas um cálice de vinho barato. Não devia fazer mal. Parei, fiquei ali. O fato de eu ser visto ali dentro, de eu me tornar um deles, mudaria alguma coisa?

Tudo estava como de costume do lado de fora do boteco. As mesmas cenas desenrolavam-se nessa noite como em qualquer outra. Dois peões discutiam ruidosamente, um deu uma cutucada no outro, começou um empurra-empurra, logo partiriam para as pancadas. Um zé-ninguém baixote gorgolejava sozinho enquanto atravessava a rua trançando as pernas. Ao mesmo tempo, um brutamontes saiu cambaleando pela porta, passou a esquina de raspão e vomitou duas vezes onde ninguém poderia vê-lo, mas eram inconfundíveis os sons do jantar do dia e do álcool consumido em excesso no seu caminho de volta para o ar livre.

Não. Rumei para casa. Afinal de contas, tanto assim eu não afundara.

Ao deixar o boteco para trás, notei que havia ainda mais gente na rua nessa noite clara de verão.

Os gritinhos vulgares de uma jovem.

– Pare com isso! Não!

Era um não que dizia sim. Seguido de risadinhas intensas. Reconheci a voz. Era Alberta. Nem precisei vê-la para saber como os grandes seios com certeza estavam prestes a pular para fora do vestido. De onde eu estava, poderia literalmente sentir o cheiro penetrante da fenda entre eles.

Alguém se esfregou contra ela e enfiou as mãos em todas as suas curvas, balbuciando incoerências de bêbado. Enlevado pelo próprio desejo, pela própria embriaguez, pela própria luxúria, ele lançou seu corpo contra essa fruta caída, essa fruta que estava a ponto de apodrecer, que logo se incharia até ficar irreconhecível, que se estufaria por nove meses inteiros. Um jovem. A julgar pela figura magricela, talvez não tivesse mais que uns quinze ou dezesseis anos, a voz ainda rouca e crua, recém-transformada. Era muito mais novo do que ela, deveria estar em casa, na cama, dormindo, ou talvez lendo, estudando, planejando o futuro, para deixar alguém orgulhoso, ganhar renome. Uma porta abriu-se e deixou a luz sair, revelando com quem Alberta dividia o coito vertical, quem era a jovem figura que tão precocemente iniciara seu próprio processo de apodrecimento, consumido por algo que ele acreditava ser paixão, e que neste exato momento estava prestes a colocar toda a sua existência em jogo. E que não me viu a mim, não viu o pai, o pai que pensara que a vida havia atingido seu ponto mais baixo há tempo, mas a quem, nesse instante, o chão faltou de vez.

Edmund.

TAO

Continuei seguindo o trilho do metrô, passei diversas estações, mas não vi uma só pessoa, nenhum sinal de vida de qualquer tipo. Quilômetro após quilômetro, sempre correndo, com os pulmões doendo e o gosto de sangue na boca. Cada estação que eu avistava despertava uma esperança. Mas cada tentativa de abrir uma porta, de chegar à plataforma, era o mesmo balde de água fria. Pois não estavam operando. Eu continuava em terra de ninguém.

Eu não sabia que minhas pernas podiam me levar por tantos quilômetros, que eu era capaz de me forçar a esse ponto. Mas agora não sobrava mais nada.

Exausta, me agachei rente à parede de uma casa. O peito ardia por falta de oxigênio. A escuridão apertou o cerco em torno de mim, em torno da cidade, em torno daquilo que uma vez tinha sido uma cidade. Logo na minha frente havia um prédio condenado, vandalizado até ficar irreconhecível, talvez a última coisa que tivessem feito aqueles que foram embora daqui. Como se quisessem que nada sobrasse. Mas por todo lado havia vestígios de pessoas. Velhos cartazes de propaganda, uma bicicleta estragada, cortinas puídas ostentando as marcas da intempérie atrás de um vidro quebrado, placas com nomes nas portas de entrada, algumas divertidas, manuscritas, outras formais e bem produzidas. Onde será que estavam agora todos aqueles que viveram suas vidas aqui?

Eu não tinha notado antes, mas o lixo fora removido. As lixeiras estavam vazias, alinhadas numa fileira ordenada ao longo da calçada, ladeando a rua inteira. Talvez *essa* realmente tenha sido a última coisa que aconteceu aqui. Um caminhão de lixo tenha passado ribombando pelas ruas desertas e feito a limpeza, para impedir a infestação de ratos. Ou talvez para recolher os últimos restos de alimento, os resíduos orgânicos que pudessem ser resgatados, reaproveitados e servidos mais uma vez. De preferência como ração animal, ou também para nós, como comida humana, disfarçada, camuflada, misturada em picadinhos e salsichas na forma de enlatados, com a adição dos inúmeros componentes artificiais de sabores e substâncias químicas que tornavam nossos alimentos comestíveis.

Minha boca se encheu de saliva. Eu tinha guardado o pacote de bolacha para a volta. Agora eu não tinha nada.

Tentei me pôr em pé, mas as pernas falharam. Os músculos queimavam. Fiz mais uma tentativa, me segurando na parede, e dessa vez consegui.

Passo a passo fui até o portão mais próximo e o empurrei com cuidado. O movimento fez o metal ranger.

Ali dentro havia um pátio vazio. Folhas tinham sido levadas pelo vento, formando montículos nos cantos. Dos dois lados havia uma porta.

Experimentei uma.

Ela levava a uma entrada, uma escadaria estreita. O dia se esvaía lá fora, e a luz minguante do crepúsculo atravessava algumas pequenas aberturas na parede e incidia sobre os degraus.

Subi mancando. Cada passo doía, mas a respiração não estava mais ofegante. Cheguei ao primeiro andar. Uma porta de cada lado. Tentei a mais próxima. Estava trancada. Então atravessei o patamar em direção à outra porta e parei. Apertei a maçaneta. Era mais uma tentativa. Minha mão, porém, esperava encontrar a mesma resistência, por isso me assustei quando a porta se abriu.

Fiquei parada. O cheiro do apartamento me atingiu. Não havia nada de especial nele, mas todas as casas têm seu próprio cheiro. O cheiro das pessoas que moram ali. A comida que comeram, a roupa que lavaram, os sapatos que usaram, o suor que transpiraram, o hálito que expiraram nas horas finais da noite – o cheiro acre das bocas de pessoas dormindo –, a roupa de cama que talvez precisasse ser trocada, uma frigideira que era para ter sido limpa, mas acabou ficando para o dia seguinte, de modo que os restos de comida iniciaram o primeiro estágio da decomposição.

Mas agora só restava a sombra de todos esses cheiros, quase encoberta pelo abafamento maciço.

Passei pela soleira. O apartamento era pequeno, apenas dois cômodos. Assim como o apartamento meu e de Kuan. Talvez esse também tivesse abrigado uma família de três. Um quarto que dava para os fundos, uma sala com cozinha conjugada que dava para a rua.

Tranquei a porta e examinei a sala. Estava praticamente vazia, abandonada, era evidente que só os móveis maiores

TAO

tinham ficado. Um desgastado sofá de canto, um tanto grande e com estofado cinza, fazia volume, ocupando quase metade do espaço. Uma antiga cômoda torta de laca preta estava na parede oposta.

Revistei rapidamente os armários da cozinha, não consegui resistir, mesmo sabendo que estariam vazios. Uma panela grande e surrada estava acomodada no fundo de um dos armários. Além disso, nada.

A cômoda também estava vazia, à exceção de alguns fios velhos e um telefone rachado na última gaveta.

Depois fui para o quarto. Os guarda-roupas estavam vazios, com as portas escancaradas, como se alguém não tivesse tido tempo de fechá-las. Nas paredes, havia alguns pregos e a sombra de quadros que uma vez estiveram pendurados ali.

Uma estreita cama de casal estava posicionada ao longo de uma das paredes do quarto. Sem colchão, cobertores ou travesseiros. Ali, os dois tinham dormido, lido, brigado, dado risada, feito amor. Onde será que estavam agora? Ainda juntos?

Ao longo da parede oposta havia uma cama de criança. Poderia ter pertencido a uma criança em idade pré-escolar, era mais comprida que um berço e mais curta que uma cama de adulto. Poderia ter sido de Wei-Wen. Um pequeno travesseiro ainda estava lá. Amassado no meio, onde a cabeça tinha repousado.

De repente, senti as pernas falharem. Sentei-me na pequena cama e ali fiquei alguns segundos. Não havia outra pessoa por perto, só eu. Tudo estava abandonado. Vazio. E eu estava tão abandonada quanto esse apartamento.

Não.

Uma sensação de vazio no peito. Seria saudade? Eu mal tinha pensado em Kuan, tinha evitado isso, mantendo-o à distância. Toda vez que seu rosto surgia em minha mente, eu o afastava à força. Obrigava-me a pensar apenas em Wei--Wen, em encontrar meu filho.

Eu me levantei, voltei para a sala, tirei o telefone da cômoda e olhei em volta rapidamente. Ali, ao lado do sofá, havia uma tomada. Não era possível que houvesse sinal, não aqui, tão longe de tudo.

Apressei-me a colocar o contato na tomada. Então peguei o fone.

Ouvi o som de um sinal fraco.

Depressa digitei o número de casa no aparelho rachado.

Primeiro, apenas chiados, sinais mudos enviados por dezenas de quilômetros através de cabos velhos, quase desintegrados.

E aí tocou.

Uma vez.

Logo uma voz preencheria o vazio em meu peito. A voz de Kuan. Não tinha feito nenhum plano sobre o que eu diria, só precisava escutá-lo.

Duas vezes.

Pois talvez ainda existisse essa ideia de nós dois, talvez fosse possível, agora que a distância entre nós era tão grande.

Três vezes.

Será que ele não estava?

Os segundos passaram.

Quatro vezes.

Mas então.

TAO

– Alô?

Sua voz no ouvido.

Solucei de alívio.

– Olá...

– Tao!

Não consegui responder, tentei segurar os soluços, mas eles me venceram.

– O que foi? Aconteceu alguma coisa?

– Estou... Não sei onde estou...

– O que você quer dizer?

– Eu... Não tem ninguém aqui...

A linha chiou, o sinal caiu.

– Kuan? Não!

O telefone soltou um zunido baixo antes de ficar mudo.

Tentei de novo, digitei seu número. Aguardei.

Nada.

Tirei a tomada, recolocando-a em seguida.

O telefone continuou mudo.

Encaixei o fone e deixei o aparelho no chão. Levantei-me e olhei para ele, inútil ali no chão.

Do nada, meu pé se esticou e chutou o telefone com força total. Repetidas vezes. O antigo aparelho eletrônico voou para todos os lados, juntamente com pedaços rachados de plástico.

Depois entrei no quarto, dei dois passos até a cama de criança.

Fiquei sentada na cama enquanto o quarto escurecia. A sensação de solidão me atingiu com tanta intensidade que tive falta de ar. O momento se tornou tudo, o momento se tornou uma eternidade. Eu, sozinha num apartamento abandonado.

Não havia mais nada. Eu tinha perdido tudo. Até o dinheiro tinha desaparecido.

Um segundo filho... Quem ele seria? Outro menino? Uma menina? Parecida comigo? Esquisita, calma, à margem do grupo... Nunca conheceria essa criança. Eu a tinha sacrificado, e nada sobrara. A vida parava aqui.

Deitei-me de lado, encolhendo as pernas. Às cegas, encontrei o pequeno travesseiro e o agarrei. Puxei-o para mim, abraçando-o, apertando-o contra o corpo, contra o peito.

Assim eu adormeci.

O cabelo de Wei-Wen cheirava a suor de criança e a algo seco, como areia. Dei um beijo nele, deixando os lábios capturarem alguns fios de cabelo. Puxei-os um pouco.

– Ai, mamãe. Você está comendo meu cabelo!

Soltei os fios e dei risada. Encontrei sua bochecha e passei a beijá-la. Tão macia, surpreendentemente macia, é incrível como as crianças têm bochechas macias. Era como se eu pudesse pressionar os lábios nelas sem nunca encontrar resistência, não importando a força que empregasse. Apenas ficar deitada assim e ter todo o tempo do mundo.

– Meu filhinho. Meu fofinho.

Ele fungou fortemente como resposta. Olhou para o teto, onde alguns adesivos fosforescentes em forma de astros representavam o sistema solar. Tinham sido meus quando eu era pequena, eu havia implorado para tê-los, embora meus pais na verdade quisessem me comprar uma boneca. Depois de adulta, quando saí de casa para morar sozinha, descolei-os com cuidado do teto de meu quarto de menina. Coloquei os adesivos

TAO

num saquinho, guardando-os no fundo de uma mala com lembranças da infância, e, quando Wei-Wen finalmente nasceu, eu os colei de novo. Era como se eu criasse um vínculo entre minha própria infância e a dele, entre nós e o mundo, entre o mundo e o universo.

Eu ensinei a ele o nome de todos os planetas, queria que entendesse como éramos pequenos, que nós também fazíamos parte de algo maior. Mesmo que ele ainda fosse novo demais para compreendê-lo. As estrelas e os planetas ainda eram apenas adesivos lá no teto. Para ele, só a lua e o sol tinham existência real, porque os via no céu com os próprios olhos. Mas não conseguia entender por que a lua não tinha seu próprio adesivo ali no teto, por que não se fizera merecedora disso. Afinal, ela era quase tão grande quanto o sol.

– Aquele é Júpiter. – Ele apontou para o teto.

– Hum.

Eu o cheirei, não consegui resistir. Mas, pelo visto, ele não se deixou afetar.

– Ele é o maior de todos.

– Sim. Ele é o maior.

– E Satumo. É aquele dos anéis.

– Saturno – corrigi.

– Satumo.

– Pois é. É aquele dos anéis.

– É o mais legal.

Ele pensou um pouco.

– Por que a Terra não tem anéis?

– Bem... não sei.

– Acho que ela deveria arranjar alguns. É mais legal.

Enfiei o nariz em sua bochecha.

Ele se mexeu um pouco, desviou seu rosto do meu.

– Agora você pode sair, mamãe.

– Posso ficar deitada mais um pouco.

– Não.

– Até você adormecer?

– Não. Você pode sair agora.

Ele estava pronto, a cama se tornara segura para a noite. Minha tarefa como mãe tinha sido realizada.

Eu lhe dei um último beijo na bochecha. Ele não tinha paciência de esperar, puxou o edredom com força para se cobrir.

– Vá embora. Eu vou dormir.

– Tudo bem. Estou saindo. Boa noite. Até amanhã.

– Boanoitatémanhã – ele repetiu sonolento, comendo as palavras.

A única coisa que eu queria era ficar ali, sob o sistema solar, sob os anéis de Saturno de plástico fosforescente verde-néon. Mas acordei com o primeiro indício da aurora. A janela não tinha cortinas, e a luz do alvorecer espalhou-se lentamente pelo quarto. Fiquei deitada na mesma posição, tentando encontrar um caminho de volta para o outro quarto, a outra cama de criança, mas não consegui.

Nessa manhã, nessa cama estranha, a primeira coisa em que pensei foi a mesma coisa de todas as outras manhãs: seu nome.

Wei-Wen. Wei-Wen.

Meu filho.

Sua fofura. Seu rosto.

TAO

Não queria mais nada além de me agarrar a isso. Mas um outro rosto se impôs. Um rosto desse mundo. O rapaz, o rapaz comprido e desengonçado, com o pacote de bolacha nas mãos. Seu olhar em mim, pronto para o ataque.

E os velhos. Muitos deles incapazes de compreender a situação, incapazes de compreender que tinham sido abandonados para morrer. Mas a mulher que se aproximara de mim, ela sabia. Minha chegada a havia despertado. Despertado sua esperança.

O que aconteceria com ela?

O que aconteceria com o rapaz desengonçado?

E o garçom do restaurante?

Seu pai?

O que tinha acontecido com Wei-Wen?

O que tinha acontecido com ele?

Algo que dizia respeito a todos esses outros.

O isolamento da floresta, os militares, a cerca, o sigilo...

Algo que dizia respeito a todos nós.

Eu me sentei depressa.

Entendi agora.

Eu tinha começado pelo lado errado. Eu tinha começado querendo achar Wei-Wen. Mas eu não seria capaz de encontrá-lo enquanto não soubesse o que o tinha acometido. Qual era o significado disso.

O rosto de Wei-Wen surgiu outra vez. Mas não seu rosto normal e fofo de criança. Seu rosto daquele dia. Wei-Wen nos braços de Kuan. A pele que ficava mais branca a cada segundo. A respiração ofegante. As imagens se tornaram mais claras agora. As imagens que eu tinha tentado não lembrar, que eu não aguentava encarar. Deslizei para o chão e me sentei. Dobrei as pernas até encostá-las no peito, olhando ao longe.

Lá estava ele. O rosto pálido, úmido. Gotas de suor brotando no dorso do nariz. Seus olhos. Wei-Wen estava consciente quando Kuan veio correndo com ele. Seu corpo inteiro lutava com a respiração que ardia no peito, chiava. E os olhos aterrorizados. Ele fixou os olhos em mim, incapaz de pedir ajuda.

Depois, na metade do caminho entre a colina e os complexos habitacionais, sua cabeça pendeu para trás. Ele estava inconsciente. Eu vi que isso aconteceu, seu olhar foi se afastando, ele apagou.

Quando chegamos, sua respiração era apenas um fiozinho que o ligava ao mundo.

Encostei a cabeça nos joelhos. Forcei-me a reviver os minutos lá nos pomares. Olhe para seu rosto, olhe para ele. O que foi que parou sua respiração? O que tinha acontecido?

A palidez, a pele suada. Parecia algo que eu tinha visto antes. De repente, outra imagem veio à tona. Mais um rosto. Daiyu. A festa ao ar livre. Daiyu estava no chão, vestida com seu macaquinho azul-claro. Os sapatos pretos brilhavam ao sol. Ela também transpirava, com suor na testa. Tentou encher os pulmões de ar, a mesma respiração chiada e os mesmos olhos suplicantes. O olhar que dizia *me ajude*. Estávamos em torno dela, tínhamos brincado no fundo do jardim. Os adultos estavam numa mesa um pouco distante de nós. A mão de Daiyu repousava ao lado de seu corpo. Ela segurava algo. Um pedaço de bolo. O bolo com que se servira logo antes. Ela tinha acabado de comer do bolo. Tinha tirado

TAO 351

o pedaço do prato e dado uma volta comendo, enquanto a gente brincava.

– Daiyu não consegue respirar. Ela não está respirando!

De repente sua mãe estava ali. Deixamos ela passar. A mãe gritava.

– Minha bolsa, me passe aqui. Minha bolsa!

Então ela abriu a mão de Daiyu e tirou o pedaço de bolo, antes de se virar para nós.

– Tem nozes no bolo?

Nozes? Nenhuma de nós sabia. Sua expressão era tão insistente que eu me senti responsável. Como se *eu* devesse saber se havia nozes no bolo.

Alguém veio correndo com a bolsa. A mãe de Daiyu mexeu nela, não encontrou o que estava procurando. Virou a bolsa de ponta-cabeça e tudo o que estava dentro caiu no chão. Vi um batom, lenços umedecidos, uma escova de cabelo. Ela agarrou algo, uma pequena embalagem branca com letras verdes. Rasgou a embalagem e tirou uma seringa.

Naquele momento minha mãe chegou. Ela segurou minha cabeça perto de si, não querendo que eu visse mais. Com jeito, afastou-me dali.

– O que foi? O que Daiyu tem? – perguntei. – O que ela tem?

WILLIAM

Era de manhã. As folhas filtravam a luz. Acima de mim, tudo se movimentava. As árvores ao vento, as nuvens que deslizavam no céu, nada estava parado. Senti uma tontura e fechei os olhos. Deitado de costas, imóvel, sobre a terra fria e úmida, deixei a amarelidão me envolver. Pois não havia nada mais, não havia nada que me pudesse tirar dali. Não a pesquisa científica, minha paixão. Não Edmund, ele estava perdido, estivera perdido o tempo todo. Nem mesmo o desejo. Este desaparecera. Eu não tinha mais vontade de me esfregar na terra, arrebatado, a caminho do clímax. Queria que ela me engolisse, até eu mesmo me tornar terra.

Eu não tinha comido, mas isso não importava. As empadas ainda reviravam meu estômago, estavam grudadas na garganta, secavam a cavidade bucal.

O vilarejo, o movimento ali e nos arredores, meu próprio lar, tudo poderia estar a milhares de quilômetros de distância, eu tinha caminhado no escuro até as pernas doerem, até que nenhum ruído de fora pudesse me alcançar. A floresta era cortada por algumas trilhas e eu segui uma delas, mas logo a deixei, quis fugir de tudo que lembrasse os seres humanos. Por fim, eu simplesmente tombei na relva.

Será que sentiam minha falta? Será que estavam me procurando? Talvez eu logo ouvisse algo, ouvisse seus chamados, as vozes das meninas em diversos tons, desde a voz fininha e estridente de Georgiana, no topo da escala, até a mais grave de todas, a da própria Thilda, que destoava desafinada.

Ou talvez ninguém sentisse minha falta. Talvez estivessem acostumadas a minhas ausências, meus sumiços, talvez nem notassem que eu não estava presente.

Ou estariam preocupadas com Edmund? Ele devia estar doente hoje, tinha de estar – hoje, como em tantos outros dias. Provavelmente dormiria até o sol passar pelo zênite, sua palidez noturna devia-se ao fato de nunca se expor ao ar livre. Mas não se tratava de doença alguma. Tantas coisas que eu não tinha entendido... E não, elas não estavam preocupadas com sua saúde. O dia *era* como qualquer outro, pois Edmund sempre estivera assim. Todos os dias que ele desperdiçara, fechado no quarto, dormindo enquanto o organismo eliminava lentamente o álcool. Nada de melancolia hereditária, apenas indolência e danos autoinfligidos. Ele não era melhor do que os rudes trabalhadores braçais que deixavam a vida desaparecer na caneca de cerveja. Um beberrão.

Segui o trajeto do sol lá em cima. Logo ele estava a pino, secando o que restava de líquido em mim. A transpiração assomou à pele. Respirei de boca aberta. A língua parecia um musgo seco. Quis erguer a mão, enxugar as gotas de suor, mas o braço estava pesado demais.

O dia passou. O sol desapareceu atrás das árvores outra vez, as sombras se alongaram, tudo esfriou. A temperatura do meu corpo ficou igual à da terra. Por trás das pálpebras, a escuridão. Será que eu já tinha sido engolido?

– Pai?

Mais uma chamada. Um tom afinado. No meio da escala.

– Pai?

A voz estava mais alta agora, e logo escutei os passos tranquilos nas urzes e musgos.

Abri os olhos e me deparei com os olhos claros de Charlotte.

– Boa tarde – disse. Não havia qualquer sinal de surpresa nela. Talvez elas não tivessem me procurado, nem se dado conta de que eu tinha desaparecido.

Charlotte simplesmente olhava para mim, estudando-me, como se eu fosse um inseto, deitado ali de comprido. De repente, senti o sangue fluir para o rosto.

– Pois é. Aqui estou.

Sentei-me, tirei a sujeira da camisa e passei a mão pelo cabelo, soltando ciscos e agulhas de pinheiro.

– Foi difícil me achar?

– Como assim?

– Você está me procurando faz tempo?

– Não, não muito tempo. Afinal, o caminho está ali. – Ela apontou para trás e então o descobri, o caminho para casa, e, em seguida, não pude deixar de notar algumas árvores muito familiares. Eu não desaparecera nas profundezas da floresta. A decepção não me levara tão longe. Estava muito perto de minha própria casa.

WILLIAM

Ela se sentou a meu lado, e então percebi que tinha algo na mão. O caderno, aquele com que sempre andava, aquele em cujas páginas escrevia com entusiasmo.

– Gostaria de lhe mostrar uma coisa. Posso?

Ela o abriu sem esperar a resposta.

– É uma coisa com que estou trabalhando há tempo.

Tentei focar o olhar, mas os traços de tinta ziguezagueavam como minhocas sobre o papel.

– Espere. – Ela tirou-me os óculos, limpou-os rapidamente com o tecido do vestido e colocou-os de volta em meu nariz.

Estavam mais limpos, mas não foi só por esse motivo que endireitei as costas e tentei absorver o que ela tinha a me apresentar. O pequeno gesto causara-me um nó na garganta. Eu era grato por ter sido justamente ela quem veio, justamente ela quem me encontrou, quem me viu assim, e mais ninguém. Engoli e dirigi a atenção para o que Charlotte queria mostrar.

Um desenho. Uma colmeia. Mas completamente diferente da minha.

– Pensei que se virássemos a colmeia de ponta-cabeça tudo seria diferente – disse ela. – Se inserirmos os quadros de cima para baixo, em vez de pendurá-los do teto, se abrirmos a colmeia no topo, teremos um controle muito maior.

Fiquei olhando para os desenhos que ela me mostrou. Lentamente as formas foram ficando nítidas no papel.

– Não – disse eu, e pigarreei. – Não... Não vai funcionar. – Procurei as palavras. – Os quadros vão se colar nas laterais da caixa. – Endireitei-me, afinal eu era uma autoridade.

356 WILLIAM

– As abelhas vão colá-los com própolis e cera, será impossível soltá-los.

Então ela sorriu.

– Se ficarem próximos demais uns dos outros, sim. Cinco milímetros ou menos.

– E se ficarem distantes demais, as abelhas vão construir escadas, favos de ligação – disse eu. – De qualquer forma, não funciona de cima para baixo. Já cogitei essa possibilidade. – A última parte eu disse com um sorriso condescendente.

– Eu sei, mas você não experimentou com alternativas diferentes. A questão é só encontrar a medida certa.

– Não estou entendendo.

Ela apontou para os desenhos outra vez.

– Tem que ter um ponto intermediário, pai. Em que ponto elas param de produzir cera e própolis? Em que ponto começam a fazer as construções de escada? Que tal encontrar o ponto zero? Com o número certo de milímetros entre a borda externa da moldura e a parede interna, elas não produzirão cera nem farão construções de escada.

Só pude olhar para ela. Olhar de verdade. Ela estava bem calma, mas os olhos brilhavam, revelando seu entusiasmo. O que ela estava dizendo? Cera. Construções de escada. Será que haveria algo entre as duas?

As forças aumentaram, pus-me em pé.

O ponto zero.

GEORGE

Depois da reunião no banco de merda, fui para a campina perto do rio Alabast. Ela estava vazia agora. Sobravam só umas poucas colmeias num canto lá embaixo. Ainda tinha vida nelas, mas eu não sabia por quanto tempo. Nada distinguia essas das outras. Não tinha motivo para que elas sobrevivessem.

Andei em círculos. As colmeias tinham deixado marcas na relva por toda a parte. Grama achatada, morta. Mas entre os talos surgiam brotos. Logo, todas as marcas teriam sumido, e não haveria mais vestígio das colônias de abelhas que tinham vivido aqui.

Fui chegando mais perto do zunido. De repente senti saudades de uma picada. A dor ardente. O inchaço. Poder xingar em alto e bom som.

Uma vez, somente uma única vez, fui picado pra valer. Eu tinha oito anos de idade. Lembro que estava na cozinha. Minha mãe chegou do supermercado. Não sei por quê, mas justamente nesse dia ela trouxe algo para mim. Ah, sim, foi para me agradar. Eu ia ganhar mais um irmãozinho, o terceiro, e ela devia saber que a notícia não seria bem recebida. Eu nunca ganhava brinquedos fora do aniversário e do

Natal, mas nesse dia ela excepcionalmente tinha comprado uma coisa. Um carro de brinquedo. E não era qualquer um. Hot Wheels. Eu estava querendo um deles fazia um tempão. Fiquei tão feliz que a cabeça ferveu. E corri para a campina com o carro, antes mesmo de ela conseguir me contar sobre a barriga.

Lá estava o papai. Com a cabeça numa colmeia. Eu não pensei. Corri diretamente para ele. *Olha! Olha o que ganhei! Olha, papai!* Aí me dei conta de sua expressão atrás do véu. *Não chegue perto! Volte!* Mas era tarde demais para parar.

Fiquei de cama por vários dias. Ninguém fez a conta, mas devo ter levado mais de cem picadas. Tive febre alta. O médico veio. Receitou uns comprimidos tão fortes que seriam capazes de derrubar um urso. E só fiquei sabendo da criança na barriga bem mais tarde.

Depois disso, passei a evitar picadas a qualquer custo.

Eu costumava pensar nas picadas como um castigo. Como um sinal de que eu não tinha feito meu trabalho direito. Não tinha me protegido. Não tinha tomado os devidos cuidados. Uma temporada sem picadas, essa era a meta, mas sempre acabava com algumas, nenhum apicultor consegue evitar picadas um verão inteiro. Com exceção desse ano. Até agora, eu não tinha levado nenhuma picada, mas por motivos bem diferentes dos que eu desejava.

Andei em círculos, me aproximando cada vez mais. Havia um zunido fraco. Parei. Calculei a densidade. Não era grande coisa. Com certeza não tinha 2,5 por metro quadrado.

Pisei com força no chão. Uma abelha solitária saiu voando. Uma picada. Me pique!

GEORGE

Ela deslizou pelo ar e deu uma guinada, se desviando de mim. Não queria me fazer esse favor.

Dei meia-volta e fui em direção ao celeiro.

Eu não tinha comprado novos materiais. Num canto, a última encomenda da primavera ainda formava uma pilha com cheiro bom e fresco. Ela me assustava. Entre mim e a pilha estava o tempo. Horas e mais horas. O trabalho necessário para construir todas as colmeias. E depois ainda mais. O melhor seria encomendar tábuas novas o quanto antes. Pois eu mesmo ia cuidar da construção. Enquanto fosse apicultor, eu ia construir minhas próprias colmeias.

Peguei uma tábua, pesei nas mãos. Senti a madeira na pele nua. Ainda úmida. Com a maleabilidade certa. Viva.

Aí vesti as luvas. Através delas a madeira não era nada além de uma matéria morta. Peguei os protetores de ouvido. Liguei a serra.

Naquele momento, a luz da porta incidiu sobre o chão. Uma réstia ficou mais larga e uma sombra a preencheu. Então a luz desapareceu.

Eu me virei.

Emma estava ali.

Ela olhou para a pilha de tábuas e depois para mim. Sacudiu a cabeça de leve.

– O que você vai fazer?

Ela sabia a resposta, mas mesmo assim perguntou.

Deu alguns passos em minha direção.

– Isso daqui é loucura.

Ela apontou para as tábuas.

– Você tem que construir tantas. A gente precisa de tantas.

Como se eu não soubesse. Como se não estivesse totalmente ciente disso.

Encolhi os ombros, fiz menção de colocar os abafadores, mas algo em seus olhos me deteve.

– A gente poderia ter vendido – disse ela.

Soltei os protetores auditivos. Eles caíram no chão com um estrondo.

– Poderíamos ter vendido no inverno. Ter mudado. Já estar lá no sul. Ela não disse mais, não o que estava pensando.

Enquanto tínhamos a chance. Enquanto o apiário valia alguma coisa.

Eu me curvei, peguei os abafadores e os levantei com as duas mãos, como se *uma* não bastasse, como se eu fosse uma criança.

Coloquei os abafadores na cabeça e me virei para o outro lado.

Não ouvi Emma sair. Só vi o feixe no chão, ele ficou maior, a sombra dela o preencheu, aí ele ficou menor e desapareceu.

Não tocamos mais no assunto. Ela não disse mais. Os dias se passaram. Eu trabalhava até ficar com bolhas, até a coluna doer e os dedos sangrarem de cortes. Não sei o que Emma fazia. Mas ela pelo menos não tocou mais no assunto. Apenas me olhou vez ou outra com olhos marejados, um olhar que dizia: *É sua culpa.*

Tentamos viver como antes. Fazer as mesmas coisas. Jantar juntos todo dia. Tevê à noite. Ela acompanhava muitos seriados. Chorava e ria na frente da tela. Soltava suspiros. Discutia comigo. *Você já viu isso? Não, não pode ser. Mas ele não merece isso. E* ela, *imagine, ela é um doce. Nossa, meu Deus.*

E ficávamos sentados juntos no sofá. Nunca em cadeiras separadas. Ela gostava que eu afagasse seu cabelo. Fazia cafuné. Mas agora minhas mãos ficavam mais no colo. Estavam doendo demais, estavam sensíveis demais.

Uma noite, estávamos sentados assim e o telefone tocou. Ela não fez menção de se mexer. Eu também não.

– Atenda você – disse ela. Estava com os olhos na tevê, aguardando alguma votação, a tensão subindo: quem seria eliminada, a loira ou a morena? Grande suspense, pelo visto.

– Talvez seja Tom – falei.

– E daí?

– É melhor você falar com ele.

Ela me olhou surpresa.

– Pelo amor de Deus, George.

– O quê?

– Você não pode se recusar a falar com ele.

Não respondi.

O telefone continuou tocando.

– Não vou atender – disse ela, empinando o nariz.

– Tudo bem. Então não vamos atender – falei.

Mas ela ganhou, claro, eu fui até o corredor e atendi.

Era Lee. Ele estava ligando para contar sobre as perspectivas da safra.

– Saio todo dia – disse ele feliz. – E estão crescendo. Um monte de mirtilos verdes.

– Nossa – falei. – Apesar da chuva?

– Elas devem ter mandado bem quando o sol saiu. Vai ser um ano aproveitável, afinal de contas. Melhor do que o esperado.

– Nada mal.

– Não. Só queria que você soubesse. Suas abelhas são boas.

– Foram – falei.

– O quê?

– Foram. Minhas abelhas foram boas.

Ele ficou calado do outro lado da linha. Devia estar digerindo o que eu tinha dito.

– Não. Aconteceu com você também? Sumiram?

– Sumiram.

– Mas achei que não estava afetando os lugares mais ao norte... Que era só na Flórida. E na Califórnia.

– Pelo visto, não. – Tentei manter a voz firme, mas ela falhou.

– Ai, George. Meu Deus. O que posso dizer?

– Não há muito o que dizer.

– Não... Você tem seguro?

– Não contra esse tipo de coisa.

– Mas... O que você vai fazer? O que você vai fazer agora?

Enrolei o fio do telefone no dedo indicador. Fez pressão num corte que eu tinha levado durante o dia. Não sabia o que responder.

– Não...

– George. – A voz estava mais alta agora. – Me avise se precisar de alguma coisa.

– Obrigado.

– Estou falando sério.

GEORGE

– Sei.

– Gostaria de te emprestar algum dinheiro.

– Gostaria nada. – Dei risada.

Ele riu de volta, talvez pensasse que estava tudo bem brincar.

– Também não tenho nenhum. A safra não está *tão* boa.

– Mesmo com o desconto que ganhou?

– Mesmo com o desconto.

Ele ficou calado.

– Eu não devia ter aceitado aquilo.

– O que você quer dizer?

– Que você me desse um desconto.

– Lee...

– Se eu soubesse...

– Lee. Esqueça.

Desenrolei o fio do dedo indicador. Ele tinha deixado marcas em espiral até na palma da mão.

– Quer saber? – disse ele de repente, com leveza. – Na verdade liguei para te contar o contrário. A safra foi à merda. As abelhas foram péssimas.

Não consegui senão rir.

– Que bom saber.

– Ainda bem que sumiram – disse ele.

– É. Bom que sumiram.

A linha ficou em silêncio.

– Mas George, de verdade. O que você vai fazer?

– Não sei. Talvez eu precise começar a encomendar as colmeias.

– Encomendar? Não. Afinal, é sua herança. As colmeias são sua herança.

– Ela não está valendo grande coisa nesse momento.

– Não...

Ouvi que ele engoliu.

– Mas, de qualquer jeito... Não desista.

– Certo... não.

Não consegui dizer mais. O entusiasmo em sua voz foi o suficiente para me deixar mudo.

– George? Você está aí?

– Estou...

Respirei fundo, me recompus.

– Sim. Estou aqui. Não estou indo para lugar nenhum.

TAO

A uns dois quilômetros de distância do apartamento onde eu tinha passado a noite, finalmente encontrei uma estação de metrô que estava aberta. Ontem eu havia chegado perto, já me aproximando da parte habitada da cidade, mas não sabia disso. Duas outras pessoas estavam esperando comigo na estação. Uma velhinha cambaleante e macilenta, que se arrastou até um banco, e um homem na casa dos cinquenta, com olhos desconfiados, que carregava sacolas pesadas e volumosas. Talvez tivesse se abastecido nas casas abandonadas.

Só meia hora depois chegou um trem. Muito demorado. Eu precisava voltar já, precisava encontrar uma biblioteca, encontrar respostas. Embarquei sorrateiramente, sem passagem, e mal notei que a velhinha estava lutando para entrar. Era quase tarde demais quando percebi seu olhar e corri até ela para ajudar. Ela agradeceu várias vezes e tentou iniciar uma conversa, mas eu estava sem disposição.

No trem, eu me sentei sozinha. Estava inquieta e teria preferido ficar em pé, mas o trem sacolejava tanto que não tive coragem. Via-se que há muito tempo não se cuidava de sua conservação, tampouco de sua limpeza. Talvez décadas. O cheiro era acre. Os vidros estavam cobertos por uma grossa camada de gordura, formada ao longo dos anos pelos milhares de dedos que os abriram quando o sol batia ou os fecharam em dias frios. Do lado de fora estavam manchados de pó e sujeira.

O trem seguiu chacoalhando pela paisagem urbana, e a barulheira era tão ensurdecedora que quase impossibilitava o raciocínio. Mesmo assim, eu me sentia como um animal em busca da presa, seguindo meu faro, determinada. Os mesmos dois rostos giravam na cabeça. Wei-Wen e Daiyu. A mesma palidez. A mesma respiração chiada.

Eu tive que trocar de trem três vezes. Em nenhuma delas pude ver uma tabela de horários, todas tinham sido arrancadas, e o sistema eletrônico já não funcionava há muito tempo. A única coisa a fazer era esperar – a primeira vez, exatamente 23 minutos; a segunda, 14 minutos; a última, 26 minutos. Cronometrei o tempo todas as vezes.

Depois de três baldeações, finalmente cheguei. Era quase como voltar para casa, até que enfim um ambiente familiar, como se eu tivesse ficado fora muito mais do que 24 horas. O corpo inteiro gritava de fome, mas eu não tinha tempo de sentar e comer. Devorei um pacote de bolacha que tinha deixado no hotel e perguntei à recepcionista onde ficava a biblioteca mais próxima.

Só havia uma. Uma única biblioteca aberta em toda Pequim. Ficava em Xiacheng, na mesma linha de metrô do hotel. Passei pelo antigo zoológico no caminho. Os ornamentos do portal de entrada tinham sido corroídos pela intempérie. A vegetação lá dentro ameaçava se apoderar de tudo, arrebentar a cerca. O que teria acontecido com os animais? As espécies em extinção? O último coala? Talvez estivessem circulando soltos pelas ruas, usando as casas abandonadas como abrigo. Era uma ideia reconfortante pensar que eles ainda seriam capazes de continuar suas vidas aqui na Terra, mesmo que restassem tão poucos de nós, os seres humanos.

A praça na frente da biblioteca estava deserta. Eu a atravessei apressada, não tinha tempo de ficar com medo. A porta de entrada era tão pesada que cheguei a pensar que estivesse trancada, mas, usando todas as minhas forças, consegui abri-la.

O espaço era enorme, dividido em níveis, como uma escadaria. As paredes estavam cobertas de livros, milhares deles. No chão, em fileiras retíssimas, havia mais mesas de trabalho e cadeiras do que eu poderia contar. O ambiente estava na penumbra, com todas as lâmpadas apagadas. A única luz vinha das janelas no alto. E não se via uma única pessoa, como se a biblioteca de fato estivesse fechada.

Dei alguns passos para dentro da sala.

– Alô?

Ninguém respondeu.

Levantei a voz.

– Olá?

Por fim, ouvi passos do lado oposto. Uma vigia jovem apareceu.

– Oi?

Ela trajava um uniforme que em algum momento teria sido preto, mas que agora estava cinza, desgastado pelo uso e pelas inúmeras lavagens. Ela olhou surpresa para mim. Talvez eu fosse a primeira pessoa a entrar em muito tempo.

Ela logo se recompôs e fez um gesto indicando o mar de livros.

– Suponho que queira livros emprestados? Fique à vontade.

– Não preciso me registrar? Você quer meu nome?

Ela me olhou espantada, como se fosse algo em que não tivesse pensado. Então sorriu.

– Não tem necessidade.

Depois, me deixou em paz.

Pela primeira vez em muitos anos, eu me deixei abraçar por livros, por palavras. Eu poderia ter passado uma vida inteira aqui. Tao com o lenço vermelho. A que se destacava. Entretanto, *aquela* era outra vida.

Comecei na seção de ciências naturais. Wei-Wen tinha sido exposto a algo que seu organismo não tolerava, tinha sofrido um choque anafilático ali nos pomares. Talvez uma picada de cobra? Achei um livro antigo sobre as serpentes da China. Era grande e pesado. Eu o deitei na minha frente sobre a mesa e procurei ao acaso no texto. Sabia que antigamente havia najas na região, mas elas desapareceram, pelo menos foi o que nos disseram. Elas comiam rãs, que, por sua vez, comiam insetos. E como muitos dos insetos foram extintos, a base de subsistência da naja também desapareceu. Folheei até encontrar uma imagem, uma cobra escura com a pele da nuca dilatada na forma de um capuz, tensa, pronta para o ataque, exibindo abaixo da cabeça um desenho circular que parecia traçado com giz branco. Será que havia algumas delas lá fora, mesmo assim?

Li sobre a picada, sobre os sintomas. Dormência, bolhas, dores, incômodo no peito, febre, garganta inflamada, problemas respiratórios. Não tão diferentes das reações de Wei-Wen.

TAO

Necrose, foi o que li mais adiante, um ataque por uma naja chinesa sempre levará à necrose, à morte celular, parecida com a gangrena, em torno do local da picada.

Não tínhamos visto nenhuma picada. Não seria natural termos notado?

E mesmo que não tivéssemos notado a picada, mesmo que Wei-Wen tivesse sido atacado por uma cobra, uma naja, isso não justificaria o sigilo, a tenda e a cerca, o fato de que o tiraram de nós.

Continuei minha busca na seção de medicina. Se não fosse uma picada de cobra, o que seria? Enquanto eu virava as páginas de enciclopédias médicas e manuais de medicina, a compreensão alcançou-me. Talvez eu estivesse ciente dela o tempo todo, mas não suportei assimilá-la, pois era algo grande demais, significativa demais.

Só tocou uma vez, e de repente ele estava lá.

– Tao, o que aconteceu? A linha caiu, onde você estava?

A vigia tinha me dado permissão para usar o telefone, que ficava numa sala separada, bem no fundo da biblioteca. O aparelho estava empoeirado, não fora usado há meses.

– Não foi nada – disse eu, quase tinha esquecido a conversa no apartamento, na noite anterior. – Deu tudo certo.

– Mas... o que aconteceu? Você parecia tão... – Em sua voz havia um carinho que normalmente era reservado a Wei-Wen.

– Eu tinha me perdido. Mas depois achei o caminho – acrescentei depressa. Precisava lhe dar uma explicação para que pudesse prosseguir.

– Pensei em você o dia todo.

Sua preocupação. Não a aguentei. Não foi por isso que liguei. Ontem eu a teria recebido de bom grado, agora ela só atrapalhava.

– Esqueça aquilo – falei. – Acho que descobri o que aconteceu com Wei-Wen.

– O quê?

– Choque anafilático.

– Choque anaf...

– Significa reação alérgica – disse eu, percebendo como soava meticuloso e didático. Tentei mudar o tom de voz, não quis parecer uma professora para ele. – Wei-Wen teve um choque anafilático. Reagiu a algo lá fora.

– Por quê... O que te faz pensar isso? – perguntou.

– Escute – falei. Então li rapidamente um texto sobre os sintomas e o tratamento. Pontuando as menções a dificuldade de respirar, queda de pressão, perda de consciência, adrenalina.

– Tudo bate – disse eu. – Foi exatamente assim que ele reagiu.

– Eles deram adrenalina para ele? – perguntou ele.

– O que você quer dizer?

– Quando eles chegaram, deram adrenalina para ele? Você disse que é preciso administrar adrenalina quando há risco de vida.

– Não sei. Não os vi dando nada.

– Eu também não.

– Mas... eles podem ter feito isso dentro da ambulância.

Ele ficou calado, ouvi sua respiração baixa.

– Parece fazer sentido – disse ele enfim.

TAO

– Faz sentido. Só pode ter sido assim – falei.

Ele não respondeu. Estava pensando. Eu sabia no quê. Na mesma coisa que eu tinha pensado desde que acordei no apartamento abandonado. Enfim, ele o articulou.

– Mas a quê? Ele teve alergia a quê?

– Pode ter sido algo que ele comeu – disse eu.

– Sim... Mas então o quê? As ameixas? Ou alguma coisa que ele achou na floresta?

– Acho que foi algo que ele achou na floresta, mas não algo que comeu.

Ele ficou quieto, talvez não tivesse entendido.

– Acho que não foi comida – continuei. – Acho que veio de fora.

– Como assim?

– Primeiro pensei que fosse uma picada de cobra. Mas não faz sentido, os sintomas não batem...

Ele não respondeu, só esperou, sua respiração no telefone estava mais acelerada agora.

– Acho que não foi picada de cobra, mas picada de inseto.

WILLIAM

Hertfordshire, 4 de agosto de 1852

Prezado Sr. Dzierzon,

Escrevo ao senhor como a um colega, embora o senhor provavelmente não conheça meu nome. Não obstante, temos muito em comum, e, portanto, julguei forçoso estabelecer contato. Por muito tempo, eu, o autor desta carta, venho acompanhando a sua obra, e o novo padrão de colmeias desenvolvido pelo senhor chamou minha atenção em especial. Não posso deixar de expressar minha admiração ilimitada por seu trabalho notável, pelos estudos que o senhor tem feito e, enfim, pela própria colmeia, assim como foi apresentada na publicação *Eichstadt Bienenzeitung*.

Eu, o autor desta carta, também criei uma colmeia, em parte baseada nos mesmos princípios da sua. Com toda a modéstia, desejo apresentá-la ao senhor, na esperança de que talvez possa dedicar um pouco de seu tempo valioso à expressão de sua opinião sobre meu trabalho.

Desde cedo, o modelo proposto por Huber instigou-me a pensar no desenvolvimento de uma colmeia que possibilitasse a remoção dos quadros sem ter de matar as abelhas, sem ter sequer que lhes causar aflição. A leitura de suas anotações também me fez perceber que somos capazes de domar esses seres maravilhosos num grau muito maior do que antes se pensava. Essa compreensão foi absolutamente essencial para a continuação de meu trabalho.

Primeiro, desenvolvi uma colmeia que parecia com a do senhor, com uma entrada lateral e molduras superiores móveis. No entanto, esse dispositivo não ofereceu a solução para todos os meus desafios. Como o senhor mesmo deve ter percebido, com esse modelo a remoção dos quadros não é uma operação simples, sendo antes demorada e trabalhosa. Além do mais, e muito lamentavelmente, ela só pode ser realizada com o sacrifício tanto das abelhas como de suas crias.

Mas em raríssimas ocasiões somos tomados por uma epifania que muda tudo. Em meu caso, ocorreu no fim de uma tarde de verão, enquanto estava deitado no chão da floresta, em contemplação intelectual. O tempo todo eu tinha imaginado a colmeia como uma casa, com janelas e portas, tal qual a colmeia do senhor. Um lar. Mas por que não enxergar tudo de forma diferente? Pois as abelhas não se tornarão iguais a nós, seres humanos, elas serão domadas por nós, tornar-se-ão nossos súditos. Assim como o céu olhou para mim lá embaixo – e talvez também Deus Pai (sim, acredito que ele tenha dado uma ajuda naquela tarde de verão) –, nós também vamos olhar para as abelhas lá embaixo. Nosso contato com elas obviamente deve ser de cima para baixo.

A mudança foi total quando virei tudo de ponta-cabeça, quando comecei a pensar em uma colmeia cuja entrada ficasse precisamente em cima. Isso me levou à ideia que agora é o motivo de minha carta para o senhor: meus *quadros móveis*, em breve patenteados. Nesse modelo, as travessas são afixadas de forma que não estejam em contato com a própria colmeia, nem na parte superior, nem no fundo, nem nas laterais. Assim, posso tirar ou mover as travessas à vontade, sem ter de cortá-las ou prejudicar as abelhas. E também estou livre para transferir as abelhas para outras colmeias e tenho um controle muito maior sobre elas do que antes.

Mas como, o senhor deve se perguntar, podemos evitar que as abelhas prendam as travessas nas laterais ou em outras travessas com cera e própolis, ou que façam construções em escada? Bem, isso vou esclarecer agora mesmo! Por meio de cálculos e experimentos durante um longo período, cheguei ao número decisivo. E este, meu caro amigo, se o senhor me permitir que o chame assim, é NOVE. Deve haver nove milímetros entre as travessas. Deve haver nove milímetros entre as travessas e a lateral, entre as travessas e o fundo, entre as travessas e o topo, nem mais nem menos.

Espero e acredito que a "Colmeia Padrão de Savage" logo estará disponível em toda a Europa, sim, e quem sabe até ultrapasse as fronteiras do continente. No decorrer de meu trabalho, cultivei a simplicidade como princípio, e o aspecto prático tem sido essencial. Espero, assim, que a colmeia possa ser utilizada por todos, desde os apicultores novatos até os mais experientes, com centenas de colmeias. Mas, em primeiro lugar, espero que a colmeia facilite as condições de observação para nós, naturalistas, de modo que possamos continuar a fazer novas descobertas e a nos aprofundar no estudo dessa

WILLIAM

criatura que é tão infinitamente fascinante e, sobretudo, tão importante para a humanidade.

Já solicitei uma patente para minha invenção, mas como o senhor deve estar ciente, a análise desses pedidos pode levar tempo. Entrementes, estou muito ansioso para receber seus comentários a respeito de meu trabalho. Talvez, quem sabe, o senhor queira desenvolver uma colmeia com base em meus princípios. Se for o caso, sentir-me-ei mais honrado do que o senhor possa imaginar.

Meus cumprimentos mais humildes,
William Atticus Savage

A primeira carruagem entrou no pátio. Meu coração deu um pulo, a chegada do primeiro convidado sinalizava que tudo estava começando. Eu vestira a melhor roupa que possuía, recém-engomada, recém-lavada, e estava de barba feita. Até havia tirado o pó da cartola. Já estavam chegando, e eu estava pronto.

As colmeias formavam duas fileiras nos fundos do terreno. Sim, a essa altura havia muitas delas, Conolly realmente estivera ocupado. O som acumulado de milhares de abelhas era tão alto que poderíamos ouvi-las até dentro de casa. Minhas abelhas, domadas por mim, meus súditos, que deveras me obedeceram cegamente, já que dia após dia, cada uma com suas pequenas contribuições, ajudaram a encher a colmeia com mel brilhante cor de âmbar. E, não menos importante, faziam sua parte para que a colmeia crescesse, para que houvesse um número ainda maior de súditos.

Nas últimas semanas, eu tinha enviado uma série de convites para minha primeiríssima apresentação da "Colmeia Padrão de Savage". Os convites foram encaminhados aos agricultores locais, mas também aos naturalistas da capital. E a Rahm. Eu tinha recebido a resposta de muitos, mas não dele. No entanto, ele deveria vir. Ele tinha de vir.

Edmund também estava pronto. Parecia ter compreendido a seriedade da situação. Sim, até Thilda tinha conversado com ele. Pois ainda não era tarde demais, ele era jovem, naquela fase da vida em que é fácil ser levado ao mau caminho, se deixar seduzir pelo simples prazer. Seguir sua paixão, foi o que dissera. Um argumento pelo qual eu tinha a mais alta estima, agora era só uma questão de cuidar para que ele encontrasse uma paixão de *distinção*. Minha esperança era que o contato com a ciência, o contato direto com a natureza, o inspirasse. Que o orgulho que eu despertaria nele, o orgulho de fazer parte dessa família, de levar nosso nome adiante, o conduzisse de volta ao caminho do dever.

Num esforço coletivo, as mulheres da família tinham levado cadeiras e bancos até as colmeias. Ali, o público ficaria sentado, assistindo à minha apresentação. Durante dias, Thilda e as meninas cortaram, assaram, ferveram e refogaram iguarias na cozinha. Haveria comes e bebes, claro que sim, embora nosso derradeiro dinheiro, até o dinheiro da faculdade, fosse gasto. Pois só se tratava de um investimento a curto prazo. Depois deste dia, eu estava certo, tudo se resolveria.

Charlotte ficara a meu lado o tempo todo. Desde aquele momento na floresta fazíamos tudo juntos. Sua serenidade me contagiou, seu entusiasmo tornou-se meu. Este dia era também dela, mas havia um entendimento implícito de que seu traje branco de apicultora permaneceria no baú de roupas do quarto das meninas. Seu lugar era entre as outras mulheres. E ela parecia sentir-se à vontade com uma bandeja na mão e as faces rubras do calor da cozinha. Mas às vezes me mandava sorrisos alegres, ansiosos, reveladores de que aguardava com tanta expectativa como eu.

A primeira carruagem parou diante de mim, preparei-me para receber o convidado. Só então vi quem era. Conolly, apenas Conolly.

Estendi a mão, mas ele não a apertou, apenas me deu um tapa no ombro.

– Passei a semana contando os dias – disse ele sorrindo. – Nunca participei de uma coisa assim.

Sorri de volta, tentando parecer condescendente, não querendo admitir que eu também não tinha participado de nada igual. Mas ele me cutucou com o cotovelo.

– Você também está ansioso... Estou vendo.

Então ficamos ali, feito dois menininhos no primeiro dia de aula, mexendo os pés com impaciência.

Primeiro chegaram os agricultores locais – dois que já faziam criação de abelhas e um que estava pensando em começar. Eles desceram até as colmeias enquanto nós aguardávamos os demais convidados.

Um pouco mais tarde, dois senhores, desconhecidos para mim, chegaram montados a cavalo. Ambos portavam cartola e trajavam roupa de cavaleiro. Estavam cobertos de poeira, como se tivessem feito uma longa viagem. Desmontaram, vieram em minha direção e só então os reconheci. Eram meus velhos colegas de faculdade, ambos barrigudos, com calvas incipientes e rostos com poros dilatados, cheios de rugas. Como eles envelheceram; não, *eles* não, *nós*. Como nós envelhecemos.

Cumprimentaram-me, agradeceram o convite, deram uma olhada em volta e fizeram um gesto de aprovação. Comentaram as vantagens de morar assim, tão integrado à natureza, e não como eles, que tinham escolhido viver na floresta urbana, onde as árvores eram edifícios de alvenaria, o solo fértil eram paralelepípedos, e tudo o que se via ao virar o rosto para o céu eram andares de prédios, telhados e chaminés.

As pessoas chegaram em grande número. Vários agricultores, alguns somente por curiosidade, e até três zoólogos da capital, que vieram na diligência da manhã e desceram na estrada logo abaixo de nossa propriedade.

Mas nada de Rahm.

Entrei em casa rapidamente, consultei o relógio em cima da lareira. Minha intenção era iniciar à uma em ponto. Só então, quando todos estivessem em seus lugares, eu desceria e me posicionaria diante deles. E Edmund, meu primogênito, estaria ali na plateia, *ele* me veria ali na frente de todo mundo.

Já era uma e meia. Os convidados estavam ficando um pouco inquietos. Alguns pescavam discretamente o relógio do bolso do colete, dando uma rápida olhada nele. Tinham-se servido bem da comida e da bebida que Thilda e as meninas ofereceram a todos, e provavelmente estavam bastante satisfeitos. Fazia calor, várias pessoas tiravam o chapéu, pegavam lenços e enxugavam o pescoço úmido. Meu próprio

WILLIAM

chapéu era uma escaldante estufa negra que fazia pressão sobre a cabeça, dificultando o pensamento. Arrependi-me do traje. Cada vez mais pessoas lançavam olhares para as colmeias e depois me fitavam com ar interrogativo. A conversa deixou de fluir, sobretudo a minha. Não conseguia manter a atenção no interlocutor, os olhos sendo sempre atraídos para o portão. Ainda nada de Rahm. Por que será que ele não vinha?

Eu teria de começar de qualquer forma. *Precisava* começar.

– Vá buscar as crianças – falei para Thilda.

Ela fez que sim. Com voz baixa, começou a reunir as meninas em torno dela, enquanto Charlotte foi encarregada de buscar Edmund.

Comecei a andar calmamente em direção às colmeias e o público percebeu que algo, enfim, estava acontecendo. As conversas dispersas dissolveram-se e as atenções se voltaram para mim.

– Prezados senhores, por favor, tomem seus lugares – disse eu, fazendo um gesto para as cadeiras e bancos que foram colocados lá embaixo.

Os convidados atenderam de imediato. Os assentos estavam na sombra, eles já deveriam estar ansiosos para se acomodar ali.

Assim que todos os presentes se sentaram, percebi que tínhamos exagerado, pois a plateia não era tão numerosa como o esperado. Entretanto, as meninas chegaram, e Edmund também. Elas fizeram bastante volume, espalhando-se de forma desorganizada, do jeito que só as crianças sabem fazer, e preencheram as maiores lacunas.

– Bem. Então me parece que todos estão sentados – disse eu. Mas minha vontade era gritar o contrário. Pois ele não estava aqui, sem ele o dia não tinha sentido. Logo captei os olhos de Edmund ali na frente. Não, não sem sentido. Apesar de tudo, era por causa de Edmund que eu fazia aquilo.

– Peço que me desculpem por um momento, enquanto visto a roupa de proteção. – Esbocei um sorriso. – Afinal, não sou nenhum Wildman. – Todos, até os agricultores, deram risadas, altas e muitas. E eu, que pensara ter oferecido uma piada aos poucos iniciados, algo que separaria *eles* de *nós*... Mas não fazia mal. O que importava agora era a colmeia, e eu sabia que nunca tinham visto nada igual.

Entrei depressa em casa e me troquei, tirando a roupa pesada de lã e vestindo a roupa branca. O tecido fino parecia fresco na pele, e era um alívio substituir a cartola preta pelo chapéu branco e leve de apicultor, com o véu diáfano na frente do rosto.

Espiei pela janela. Estavam quietos nas cadeiras e nos bancos. Agora. Eu precisava fazê-lo agora. Com ou sem ele. Para o inferno com Rahm, claro que eu estaria muito bem sem sua presença professoral de sabe-tudo!

Saí e fui descendo a trilha para as colmeias. Ela agora estava mais larga por causa dos sulcos abertos pelas rodas da carroça velha e rangente de Conolly, e em alguns lugares havia buracos fundos. Eu mesmo levara as colmeias até lá embaixo, pois Conolly não se atrevia a chegar nem perto. E foi a duras penas que consegui voltar com a geringonça ladeira acima.

Os rostos sorriram para mim, todos numa expectativa amigável. Isso me fez sentir seguro.

E então me posicionei diante deles e fiz meu discurso. Finalmente, eu compartilhava minha invenção com o mundo pela primeira vez, finalmente, tinha a oportunidade de apresentar a "Colmeia Padrão de Savage".

Depois, todos se aproximaram, apertando minha mão, um por um. *Fascinante, incrível, impressionante*, os elogios choviam sobre mim, não consegui distinguir quem dizia o quê, tudo se misturava. Mas o principal eu percebi: Edmund estava ali, vendo tudo. O olhar alerta e consciente, o corpo, excepcionalmente, nem inquieto nem letárgico, apenas presente. Sua atenção estava voltada para mim, o tempo todo.

Ele viu tudo, todas as mãos, até a última mão que foi estendida para mim.

Eu havia tirado a luva, e os dedos frios tocaram os meus. Um choque percorreu o corpo todo.

– Parabéns, William Savage.

Ele sorriu, não uma ponta de um sorriso, mas um sorriso que se prolongou, permaneceu no rosto, sim, que de fato pertencia a ele.

– Rahm.

Ele segurou minha mão e fez um gesto indicando as colmeias.

– Isso é outra coisa.

Eu mal consegui falar.

– Mas... Quando o senhor chegou?

– A tempo para pegar a parte importante.

– Eu... eu não o vi...

– Mas eu vi *você*, William. E, além do mais...

Ele passou a mão esquerda sobre a manga de minha roupa, senti os pelos se eriçarem ali dentro num arrepio maravilhoso.

– ... você sabe que não me atrevo a ficar perto das abelhas sem estar devidamente paramentado. Por isso fiquei aqui, bem no fundo.

– E eu... pensei que não...

– Pois é. Mas o fato é que estou aqui.

Com suas duas mãos, ele segurou a minha. O calor delas fluiu para mim, e foi bombeado pelo sangue até os mais ínfimos componentes do meu ser. Com o rabo do olho, vislumbrei Edmund. Ele estava ali ainda, continuava olhando para nós, para mim, ainda estava igualmente atento e alerta. Ele viu.

TÃO

Passei o dia todo na biblioteca. Li livros, antigos ensaios e pesquisas, assisti a filmes num velho projetor guardado no subsolo. Tinha que ter certeza absoluta.

Muita coisa fazia parte do currículo da escola primária. Eu me senti transportada às aulas demoradas de história natural, nas quais a professora proferia sermões sobre nossa história num tom lúgubre e monótono. Tão monótono que logo batizamos as aulas de História do Sono. Éramos pequenos demais para entender a dimensão daquilo que se buscava transmitir. Quando a professora cravava em nós seus olhos emoldurados por rugas, a gente se virava para a luz do sol na janela e fantasiava sobre as formas das nuvens brancas que passavam, ou conferia o relógio na parede para ver quanto tempo faltava para o próximo intervalo.

Agora reencontrei as informações que a professora tentara nos passar naquela época. Algumas datas ainda estavam gravadas na memória.

2007. Foi o ano em que o Colapso recebeu um nome. DCC - Desordem do Colapso das Colônias.

No entanto, tinha começado muito antes. Achei um filme sobre o desenvolvimento da apicultura no século passado. Depois da Segunda Guerra, fora uma atividade próspera. Somente nos Estados Unidos havia 5,9 milhões de colônias. Mas os números diminuíram, tanto lá como no resto do mundo. Em 1988, o número de colmeias havia caído pela metade. A morte das abelhas afetou muitos lugares, e já na década de 1980 atingiu a província de Sichuan. Mas só quando se fez sentir nos Estados Unidos, e de forma tão drástica como em 2006 e 2007, quando apicultores com milhares de colmeias assistiram ao desaparecimento em massa de suas abelhas no decorrer de poucas semanas, só então o Colapso recebeu um nome. Talvez por ter acontecido nos Estados Unidos; naquela época nada era realmente importante antes de acontecer nos Estados Unidos. A morte em massa na China nem mereceu um diagnóstico global. Assim eram as coisas naquela época. Depois tudo mudou.

Numerosos livros foram escritos sobre o DCC. Dei uma passada de olhos neles, mas não encontrei respostas claras. Não existia consenso sobre a causa do Colapso, pois não havia uma causa única. Havia muitas. Os pesticidas tóxicos foram o primeiro fator a ser estudado. Na Europa, certos pesticidas chegaram a ser temporariamente proibidos em 2013 e, aos poucos, no resto do mundo. Só os Estados Unidos resistiram. Alguns cientistas achavam que os pesticidas afetavam o sistema de navegação interno das abelhas, impedindo-as de encontrar o caminho de volta à colmeia. As substâncias tóxicas comprometiam o sistema nervoso de pequenos insetos, e muitos estavam convencidos de que esta era, em grande parte, a causa da morte das abelhas. Diziam que a proibição desses pesticidas seguia o princípio de que é melhor prevenir do que remediar. Entretanto, os resultados das pesquisas não foram suficientemente conclusivos. As consequências da proibição dos pesticidas eram graves demais. Safras inteiras foram dizimadas por pragas, com subsequente escassez de alimentos. A agricultura moderna era inviável sem pesticidas. E a proibição de seu uso acabou não tendo o impacto esperado: as abelhas continuaram a desaparecer. Em 2014, foi constatado que a Europa havia perdido sete bilhões de abelhas. De acordo com alguns, isso acontecia porque as substâncias tóxicas estavam no solo, as abelhas morriam porque continuavam expostas aos pesticidas. Mas poucos prestavam atenção. E depois de um período experimental, a proibição foi revogada.

Os pesticidas não eram os únicos culpados. O ácaro *Varroa Destructor*, um parasita minúsculo que atacava as abelhas, também era uma causa. O ácaro grudava no corpo da abelha como uma grande bola, sugava a hemolinfa e transmitia um vírus que com frequência só era detectado muito tempo depois.

Além disso, havia as alterações climáticas. O clima do planeta já vinha, aos poucos, mudando. Do ano 2000 em diante as transformações ganharam um ritmo cada vez mais rápido. Os verões secos e quentes, sem flores e néctar, matavam as abelhas. Os invernos rigorosos matavam as abelhas. E a chuva. As abelhas ficavam dentro de casa na chuva, assim como os seres humanos. Os verões chuvosos significavam uma morte lenta.

As monoculturas eram um terceiro fator. Para as abelhas, o mundo se tornara um deserto verde. Quilômetros e mais quilômetros de plantações idênticas, sem áreas silvestres. O que significava desenvolvimento para o ser humano era um desastre para as abelhas.

E elas desapareceram.

Sem as abelhas, milhares de hectares de terra lavrada de repente estavam em pousio. Campos floridos sem bagas, árvores sem frutos. Subitamente, produtos agrícolas que antes faziam parte do cardápio do dia a dia se tornaram escassos: maçãs, amêndoas, laranjas, cebolas, brócolis, cenouras, mirtilos, nozes e grãos de café.

A produção de carne caiu no decorrer da década de 2030, já não era possível produzir os tipos de ração mais adequados para o gado. Da mesma forma que com a escassez de carne, as pessoas tiveram de se acostumar com a falta de leite e queijo, mais uma vez porque os animais não tinham alimento suficiente. E a produção de biocombustíveis – por exemplo, o óleo de girassol –, em que se investira pesadamente para substituir o petróleo, de repente estava fora de cogitação, pois dependia da polinização. De novo, houve um retorno às energias não renováveis, algo que, por sua vez, acelerou o aquecimento global.

Ao mesmo tempo, o crescimento demográfico estagnou-se. Primeiro parou; em seguida, a curva começou a cair. Pela primeira vez na história da humanidade nossa população não estava aumentando. A espécie estava em declínio.

A morte das abelhas afetou os continentes de maneiras diferentes. A agricultura americana foi a primeira a entrar em crise. Ao contrário dos chineses, os americanos não conseguiam fazer a polinização manual. Não tinham mão de

TAO

387

obra. Não trabalhavam por salários baixos o suficiente, nem em jornadas longas o suficiente, ou duro o suficiente. A mão de obra importada tampouco solucionou o problema. Esses trabalhadores também precisavam ser alimentados e, embora fossem mais esforçados e resistentes do que os americanos, não produziam muito mais do que o necessário para a própria subsistência.

O Colapso nos Estados Unidos levou a uma crise alimentar global. Ao mesmo tempo, as abelhas também morriam na Europa e na Ásia.

A Austrália foi o último país a ser atingido. Soube como isso ocorreu por meio de um documentário de 2028. A Austrália era a esperança de todos, lá ainda não havia chegado o ácaro *Varroa Destructor*, lá parecia que as abelhas não reagiam aos pesticidas da mesma forma que nos outros lugares. Da Austrália vinham abelhas saudáveis, e a apicultura acabou se tornando uma atividade econômica significativa no país. A Austrália também passou a ocupar uma posição de vanguarda na área de pesquisas relativas a abelhas, polinização e apicultura.

Num dia de primavera de 2027, porém, um apicultor de Avon Valley percebeu que havia algo errado em uma de suas colmeias. Mark Arkadieff administrava um apiário orgânico. Ele fazia tudo certo. Polinização em pequena escala, apenas poucas colmeias eram deslocadas por vez, gentil e cuidadosamente, e somente para as fazendas que pudessem garantir que não usavam pesticidas. Ele tratava bem das suas abelhas, trocava os quadros de fundo quando estavam sujos, cuidava para que sempre tivessem alimento suficiente. O próprio

Arkadieff dizia que as abelhas eram donas dele, não o contrário. Ele era seu servo humilde, elas governavam sua vida, seu ciclo anual, o horário em que se levantava e se deitava. Ele tinha pedido a esposa, Iris, em casamento enquanto cuidadosamente tentavam conduzir para uma nova colmeia uma colônia prestes a enxamear.

Não era justo que o apiário de Arkadieff, a Happy Bees Honey Farm, tenha sido o primeiro lugar no continente australiano a ser afetado pelo ácaro. Talvez fosse culpa da irmã. Ela morava na Califórnia e recentemente tinha passado duas semanas na fazenda. É possível que tenha trazido algo contaminado na bagagem. Ou será que foram as roupas de trabalho encomendadas da Coreia do Sul? O fato é que nenhum deles percebeu nada quando abriram a embalagem de papel pardo com aspecto inocente e tiraram os macacões para usar no apiário. Ou seria algo no fertilizante que a fazenda vizinha acabara de receber, grandes sacos produzidos na Noruega?

Mark não sabia, a mulher não sabia. A única coisa que sabiam era que naquela primavera suas abelhas adoeceram, e eles não perceberam até ser tarde demais.

Ele mostrou o apiário para a equipe de jornalistas enquanto contava sua história. Não conseguiu esconder as lágrimas ao abrir as colmeias vazias, com apenas algumas abelhas moribundas no fundo.

Agora, nenhum país estava protegido. O mundo se encontrava diante do maior desafio da história da humanidade. Um último grande esforço foi feito. O ácaro *Varroa Destructor* foi parcialmente combatido. Houve tentativas de diversificar as monoculturas em alguns lugares. Foram inseridos canteiros de flores entre as plantações. Proibiram-se as substâncias tóxicas mais uma vez. Mas em consequência dessa proibição safras inteiras foram consumidas por pragas.

Experimentos feitos por cientistas ingleses tinham resultado na criação de plantas geneticamente modificadas que possuíam (E)-beta-farneseno, feromônio próprio dos insetos. A substância era secretada pelos insetos para indicar que há um perigo por perto. Essas plantas geneticamente modificadas passaram a ser usadas em larga escala. A China, desesperada pela escassez alimentar, foi o primeiro país a adotar esse novo padrão. Seus governantes sustentavam que os feromônios não afetariam as abelhas. Os ambientalistas protestaram ruidosamente, afirmando que as abelhas reagiriam aos feromônios da mesma forma que os insetos-praga. Mas não foram ouvidos. Alegava-se que era uma situação de ganho mútuo. Os seres humanos poderiam continuar com sua agricultura industrial – outra coisa seria inimaginável – e as abelhas estariam livres das substâncias neurotóxicas dos pesticidas.

Assim, os campos se encheram de plantas geneticamente modificadas. E os resultados foram bons. Tão bons que o mundo inteiro apostou nisso. E as plantas geneticamente modificadas se espalharam em ritmo frenético. Tomaram conta de tudo. Mas a mortandade das abelhas não só continuou como se agravou. Em 2029, a China tinha perdido cem bilhões de abelhas.

Nunca se pôde constatar se as abelhas de fato reagiam aos feromônios ou não. De qualquer forma, era tarde demais. As plantas cresciam descontroladamente. Em cada beira de estrada havia plantas que afugentavam os insetos.

O mundo parou.

Na biblioteca encontrei entrevistas com apicultores de todas as partes do mundo. A resignação era generalizada. Eles tinham se tornado os porta-vozes e representantes da crise. Nas entrevistas mais antigas, alguns estavam furiosos, jurando que continuariam a lutar, mas, conforme as datas avançavam, mais evidente era a resignação. Se eu tivesse visto esses filmes antes, não me deixaria impressionar. Eram depoimentos de outros tempos. Homens cansados, com roupas de trabalho gastas, feições rudes, pele queimada pelo sol, uma fala banal; eles não tinham nada a ver comigo. Mas nesse momento cada pessoa se destacou para mim, cada desastre individual. Cada uma delas deixou marcas.

GEORGE

U m dia ele simplesmente apareceu. Talvez Emma tivesse telefonado para ele. Ouvi sua voz quando saí do celeiro. Lá dentro, com os protetores de ouvido, eu não escutava nada, nem se havia carros chegando ou saindo, nem as vozes no pátio, nem Emma me chamando.

A voz de um homem adulto. Primeiro, não entendi quem era. Depois percebi que era ele. Afinal, sua voz agora era assim.

Atravessei o pátio com pressa. Ele tinha chegado! Emma devia ter contado a ele como as coisas estavam. Parece que se falavam toda hora, e ele tinha vindo para ajudar! Com ele aqui, tudo seria mais fácil. Com ele, eu aguentaria qualquer coisa. Me dedicaria à carpintaria vinte horas por dia. Trabalharia mais duro do que nunca.

Mas aí escutei o que ele estava dizendo. Falava sobre seu emprego de verão. Entusiasmado. Parei, fiquei ali, não me atrevi a entrar.

– Era sobre tomates – disse ele. – Mas de certa forma tudo fica interessante quando você aprende mais sobre o assunto. Eu nunca tinha visto tomates tão grandes. O fotógrafo também não. E o horticultor que ganhou o concurso estava muito orgulhoso. A matéria foi publicada na primeira página, imagine só! A primeira matéria que escrevi foi direto para a primeira página!

Pus a mão na maçaneta.

Emma dava risada e fazia elogios efusivos, como se ele fosse um menino de cinco anos que acabara de aprender a andar de bicicleta.

Apertei a maçaneta e abri a porta. Ficaram calados imediatamente.

– Olá – falei. – Não sabia que você vinha.

– Aí está você – disse Emma para mim.

– Quis surpreender minha mãe – falou Tom.

– Ele fez toda essa longa viagem mesmo tendo que voltar no domingo – disse Emma.

– Mas para quê? – perguntei.

– Afinal é o aniversário da mamãe – disse Tom.

Eu tinha me esquecido disso. Fiz uma contagem rápida e cheguei aliviado à conclusão de que era só amanhã.

– E aí eu queria ver como está indo – disse ele baixinho.

– Para quê?

– George – disse Emma com voz ríspida.

– Aqui está tudo bem – falei para Tom. – Mas foi bom você vir para o aniversário.

No dia seguinte comemoramos com peixe, eu não tinha comido peixe desde sua última vinda aqui. Tom contou histórias do jornal local onde trabalhava. Ele não o disse diretamente, mas pelo que entendi recebia muitos elogios. O editor achava que ele "levava jeito para a coisa", o que quer que essa "coisa" de fato fosse. Emma dava risada o tempo todo, eu quase tinha esquecido como era o som daquela risada.

Afobado, eu tinha ido à cidade comprar uma meia-calça cara e um creme de mão para ela.

– Ah. Eu não precisava de nada este ano – disse ela quando abriu o presente.

– É claro que precisava ganhar um presente – falei. – Além do mais, são coisas úteis, coisas que você vai usar.

Ela fez que sim, murmurou obrigada, mas vi que seus olhos passaram pela etiqueta meio raspada do preço. Devia estar pensando em quanto eu havia gastado do dinheiro que a gente não tinha.

Tom deu-lhe um livro grosso com a imagem de uma fazenda na capa. Ela gostava de livros que levavam muito tempo para ler.

– Comprado com meu primeiro salário – disse ele sorrindo.

Por esse presente ela agradeceu profusa e sorridentemente. Aí, de repente, tudo ficou em silêncio. Tom pegou um pedaço de peixe. Mastigou devagar, percebi seus olhos em mim.

– Me conte então, pai – disse ele do nada.

Será que ele quis dizer sobre as abelhas? Provavelmente, só queria ser educado.

– Bem. Escuta só. Era uma vez... – disse eu.

– George – disse Emma.

Tom continuou olhando para mim, o mesmo olhar aberto.

– Eu e a mamãe conversamos um pouco, mas ela disse que você é que tem que explicar direito, você que é o especialista.

Ele fez perguntas como um adulto. Como se *ele* fosse o adulto. Eu me retorci, uma sensação de desconforto no traseiro, a cadeira apertava a região lombar.

– Nossa, como você ficou interessado de repente – falei.

Ele deixou os talheres na mesa, enxugou a boca meticulosamente com o guardanapo.

– Andei lendo bastante sobre o CCD ultimamente. Mas tudo não passa de hipóteses. Pensei que talvez você, que lida com abelhas todos os dias, tivesse algumas outras ideias sobre o porquê...

– O jornalista veio nos visitar, pelo visto. Você vai escrever uma matéria sobre isso agora?

Ele piscou, fez uma careta. Aquilo pegou nele.

– Não, pai. Não. Não é por isso.

Então ficou calado.

De repente não aguentei mais o cheiro de peixe, ele irritava minhas narinas, grudava no cabelo e na roupa. Levantei-me bruscamente.

– Temos outra coisa?

– Tem mais peixe – disse Emma, pondo de lado o livro que segurava nas mãos até agora.

Fui em direção à geladeira, não olhei para nenhum dos dois.

– Quis dizer outra coisa além de peixe.

– Vai ter sobremesa. – A mesma alegria e leveza na voz.

– Sobremesa não mata minha fome.

Eu me virei, cravei os olhos nela, depois olhei de relance para Tom. Os dois olharam para mim, continuaram sentados à mesa, perto um do outro, só olhando para mim, de um jeito meio meigo, mas com certeza achavam que eu era um idiota.

Tom se virou para Emma.

– Você não precisava ter feito peixe por minha causa. Afinal é seu aniversário e tudo. Você deveria ter feito uma coisa de que gosta.

– Eu por mim gosto bastante de peixe – disse ela. Parecia estar lendo alguma coisa de um livro em voz alta.

– Amanhã vocês podem muito bem servir o que costumam servir para o jantar – continuou Tom. Ainda com aquela educação desgraçada. Isso daqui não parecia acabar nunca.

– De qualquer jeito, você não está indo embora amanhã? – perguntei.

– Na verdade, sim – disse Tom em voz baixa.

– Mas dá tempo para ele jantar cedo – disse Emma. – Não é, Tom?

– Claro – respondeu ele.

– Cedo quer dizer o quê? – perguntei. – Queria trabalhar umas boas horas antes de comer. – Minha voz soava grossa e áspera, contrastando com o arrulho meigo dela.

– Lá pelas duas da tarde, não foi isso que a gente tinha falado? – disse Emma a Tom.

– Talvez eu consiga ficar um pouco mais – disse Tom.

Ignorei-o.

– Umas duas da tarde? É o que chamo de almoço – disse eu para Emma.

– Não se estresse por minha causa – disse Tom.

– Não é nenhum estresse preparar um jantar simples – arrulhou Emma.

GEORGE

– Temos muito o que fazer por aqui agora, como você deve ter percebido – falei. Pelo menos um de nós poderia ser franco.

– Eu me disponho a ajudar enquanto estou aqui – disse Tom depressa.

– Algumas horinhas de músculos de universitário não vão realmente dar conta do recado.

Emma nem me respondeu, continuou com aquela fofura na voz falando com Tom.

– Seria ótimo se você pudesse ajudar o papai, sim.

– ÓTIMO – repeti.

Ninguém respondeu nada. Felizmente. Eu ia vomitar se escutasse mais vozes meigas agora.

Tom pegou os talheres outra vez, cutucou a comida. Usou o garfo para tirar algumas espinhas de peixe e uma pele cinza brilhante.

– Gostaria de poder ficar um pouco mais.

Gostaria. Como se fosse alguma coisa que já acontecera. Alguma coisa que ele não podia mudar.

– Não seria o caso de você ligar e perguntar se pode chegar mais tarde? – sugeriu Emma.

– Fui um de 38 candidatos para aquele emprego – disse Tom baixinho.Dei passos largos em direção à porta. Não aguentava mais escutar as desculpas dele.

Eu tinha chegado ao meio do pátio quando ele me alcançou.

– Pai... Espere.

Eu não me virei, continuei andando em direção ao celeiro.

– Preciso trabalhar.

GEORGE

– Posso ir junto?

– Você precisa se inteirar de muita coisa. Não faz sentido para um tempo tão curto.

– Mas eu quero. Quero mesmo.

Nossa. Essa insistência era nova. As palavras se insinuaram e desataram um nó desagradável na minha garganta. Será que ele estava falando sério? Eu precisava me virar e olhar para ele.

– Vai ser uma trapalhada só – falei.

– Pai. Não é porque sou jornalista. É porque... Eu me importo. De verdade.

Ele olhou para mim. Olhos grandes, bem abertos.

– É meu apiário também.

Então ele se calou. Ficou parado ali. Parecia não querer dizer mais. Só me perturbar com o olhar. Não aguentei aquele olhar, aqueles olhos bonitos, meu filho. Criança e adulto ao mesmo tempo.

Ele estava falando sério.

– Tudo bem. – Fiz que sim, um incômodo na voz. – Está tudo bem. – Pigarreei um pouco para limpar a voz, mas parece que não tinha mais a dizer.

Aí entramos juntos no celeiro.

WILLIAM

A carta chegou com a carruagem da tarde. Eu ainda estava flutuando depois do dia de ontem, que tinha transcorrido tal como eu desejara. Sim, talvez melhor ainda, minha vida nova havia começado ali. Aquele instante ainda estava preservado dentro de mim, o momento entre Edmund, Rahm e eu, o instante em que tudo era exatamente como deveria ser, em que a Ideia sobre o momento e o próprio Momento formavam uma unidade maior.

Comecei a tremer ao ver o carimbo postal de Karlsmarkt. Era dele, um reconhecimento, não poderia ser outra coisa. Mandei minha carta semanas atrás, sua resposta poderia ter chegado em qualquer dia, mas imagine, ela veio exatamente agora, exatamente hoje. Tremi. Era demais. Teria me tornado um Ícaro? Minhas asas poderiam pegar fogo? Não, não se tratava de presunção ou soberba, isso era o resultado de trabalho duro, era merecido.

Levei a carta para meu quarto, onde me acomodei na cadeira, e, com a mesma reverência com que encontraria o próprio São Pedro, quebrei o selo.

"Karlsmarkt, 29 de agosto de 1852

Prezado Sr. William Savage,

Recebi sua carta com grande entusiasmo. É um trabalho muito interessante o que o senhor tem feito. Imagino que os apicultores de seu distrito poderão beneficiar-se muito de suas colmeias.

Suponho, no entanto, que algumas mudanças tenham ocorrido desde que o senhor me escreveu, e que agora já esteja ciente da obra do pastor Lorenzo Langstroth. Talvez até o pedido de patente do senhor já tenha sido rejeitado? Perdoe-me, portanto, se eu apresentar informações das quais o senhor já tenha conhecimento.

Ao que me parece, o senhor teve exatamente as mesmas ideias de um apicultor do outro lado do oceano Atlântico. Devo dizer que li a descrição de sua colmeia com surpresa, já que é muito parecida com a do pastor. Eu mesmo tive o prazer de manter correspondência com o pastor Langstroth durante o último ano e sei por certo que ele agora recebeu a patente dos quadros, tais como são descritos em sua carta. Ele também fez os cálculos no intuito de chegar à medida de ouro para a distância entre a parede da colmeia e os quadros, bem como a distância entre cada um dos quadros; no entanto, o resultado dele foi 9,5 milímetros.

Espero que o senhor continue sua pesquisa extremamente frutífera, pois estou convencido de que, quando se trata do conhecimento sobre a vida das abelhas, ainda estamos apenas nos estágios iniciais. Ficaria feliz em receber mais notícias suas e espero que possamos iniciar uma correspondência entre nós, que somos pares nesta área.

Atenciosamente,
Johann Dzierzon"

Segurei a carta com as duas mãos, mas mesmo assim ela tremia, as letras balançavam, mal eram legíveis. Uma risada tilintava nos ouvidos.

Pares nesta área. Repeti as palavras para mim mesmo, mas não faziam sentido.

Era tarde demais. Eu não era par de ninguém.

Eu deveria ser colocado numa caixa com tampa, onde poderia ser observado e controlado de cima. Agora eu fora domado, pela própria vida.

Soltei a carta e me levantei. Eu precisava derrubar, destruir, despedaçar alguma coisa. Qualquer coisa para estancar o furacão dentro de mim. Abruptamente, as mãos dispararam, arrastando os livros, o tinteiro e os desenhos que estavam sobre a mesa. Tudo caiu no chão. A tinta saiu num jorro, transformando-se numa pupila insondável sobre as tábuas de madeira. Ela ali permaneceria para sempre como um lembrete ocular de meu fracasso. Como se isso fosse necessário. Todo o meu ser, meu corpo disforme e pachorrento, era um lembrete.

A estante de livros teve o mesmo destino que o tinteiro, depois foi a vez da cadeira de trabalho. Rasguei as ilustrações na parede. Os monstros marinhos de Swammerdam foram

WILLIAM

feitos em pedaços, nunca mais fixaria os olhos neles, nunca mais enxergaria Deus nos menores componentes da Criação.

Em seguida, o papel de parede. O desgraçado papel de parede amarelo. Arranquei-o, uma tira depois da outra, até só restarem farrapos e grandes feridas na parede crua de tijolos que estava por trás.

E então, por fim, eu estava com eles nas mãos, os desenhos da colmeia. Inúteis. Deveriam ser destruídos para sempre.

Os músculos das mãos ficaram tensos. Eu queria amassá--los, rasgá-los, mas não consegui.

Não consegui.

Pois não era eu quem poderia fazer isso. Não eram meus, não caberia a mim destruí-los, mas a ele. Tudo era sua culpa, e, portanto, também sua responsabilidade.

Saí correndo no corredor.

– Edmund!

Não bati à porta. Entrei feito um furacão, ele não tinha se dado ao trabalho de trancá-la.

Ele pulou da cama. Estava com o cabelo em pé, os olhos injetados de sangue. Fedia a álcool. Afastei-me do fedor quase sem pensar, como sem dúvida eu já fizera antes, tentando não ver, tentando me enganar. Fingindo que aquilo não existia.

Não. Hoje não, e nunca mais. Ele seria castigado. Espancado com a fivela do cinto sobre as costas até a pele ficar cheia de vergões e o sangue escorrer.

Mas primeiro isso.

– Olhe aqui! – Joguei os desenhos sobre sua cama. – Aqui estão!

– O quê?

– Foi você quem me instigou. Aqui estão! O que devo fazer com eles?

– Pai... Eu estava dormindo.

– Não valem nada. Você compreende isso?

Seu olhar desembaçou-se, ele se recompôs. Pegou um deles.

– O que é isso?

– Não valem o papel em que foram desenhados! São inúteis!

Ele passou os olhos pelos traços de tinta sem sentido.

– Ah. A colmeia. É a colmeia – disse ele em voz baixa.

Respirei com dificuldade, tentei acalmar-me.

– São seus agora. Os desenhos. Foi você quem quis que eu começasse com isso. Você pode fazer o que quiser com eles.

– Quis que você começasse... O que você quer dizer?

– Você deu início a isso. Agora pode destruí-los. Queimá--los. Rasgá-los, fazer o que quiser.

Ele se levantou devagar e tomou um gole de água de um copo, com a mão surpreendentemente firme.

– Não entendo o que você quer dizer, pai.

– É sua obra. Fiz isso aí por você.

– Mas por quê? – Ele fixou os olhos em mim. Não consegui lembrar a última vez em que havíamos nos olhado. Agora tinha os olhos apertados. Ele parecia mais velho do que seus dezesseis anos.

– O livro! – gritei.

– Que livro? Do que você está falando?

– O livro de Huber. François Huber! O apicultor cego!

WILLIAM

– Pai. Não estou entendendo. – Ele olhou para mim como se eu fosse louco, como se pertencesse ao manicômio.

Encolhi-me. Ele nem se lembrava disso. Aquele momento que tivera um significado tão grande para mim.

– Aquele que você deixou comigo... depois daquele domingo... quando todas estavam na igreja.

De repente pareceu que ele começava a entender.

– Aquele dia, sim. Na primavera...

Fiz que sim.

– É algo que nunca vou esquecer. Que você, por livre e espontânea vontade, foi me ver naquele dia.

Seu olhar desviou-se, ele mexeu as mãos como se tentasse agarrar alguma coisa, mas não achou nada além de grãos de pó no ar.

– Foi a mãe que me pediu para ir – disse ele enfim. – Ela pensou que poderia ajudar.

Thilda, ele era dela, ainda e para sempre.

GEORGE

Ficamos construindo colmeias o resto do dia. Até escurecer. Ele trabalhou duro. Não com aquela má vontade de antes. Agora estava disposto. Não parava de fazer perguntas, aprendia depressa, era meticuloso e ligeiro.

O som do martelo contra o prego, ritmo. A serra sibilando, música. E às vezes o silêncio. O vento, os pássaros lá fora.

O sol batia no teto do celeiro, o suor pingava da gente. Ele pôs a cabeça debaixo da torneira para se refrescar, sacudiu-a como um cão e deu risada. Mil gotas de água fria me atingiram, me refrescaram, e claro que não pude deixar de rir de volta.

O domingo passou do mesmo jeito. Trabalhamos, falamos sobre pouca coisa além das colmeias. Parecia que ele estava se divertindo. Não o via assim desde a época de garotinho. Ele comeu bem. Até pegou um pedaço de presunto na hora do almoço.

Olhei para o relógio. Estávamos do lado de fora, tomando um cafezinho. Eram quase duas horas da tarde. O ônibus sairia dali a pouco. Não falei nada. Talvez ele tivesse esquecido. Talvez ele tivesse mudado de opinião.

Ele também verificou a hora.

Tirou o relógio, olhou. E enfiou o relógio no bolso.

– Pai. Como foi? Na primeira?

Ele olhou para mim, de repente sua grande seriedade estava de volta.

– O que você quer dizer?

– Na primeira colmeia que você abriu?

– O que você acha? Um horror total.

– Mas... O que foi diferente? Por que agora é diferente?

Tomei um gole de café, ele ficou dançando na boca, estava difícil engolir.

– Ah, não sei... Elas simplesmente somem. Só algumas poucas sobram no fundo. É horrível. Apenas a rainha e as larvas. Totalmente sozinhas.

Eu me virei para o lado, não quis que ele visse meus olhos molhados.

– E acontece tão depressa, um dia elas estão saudáveis, no dia seguinte, simplesmente sumidas.

– É diferente da mortandade invernal – observou ele.

Fiz que sim.

– Não se compara. Naquele caso a gente entende a causa. Ou é o clima, ou é a falta de alimento, ou os dois.

Ele ficou calado, segurou a xícara com as duas mãos, refletiu.

– Mas você vai ter mortandade invernal de novo – disse ele enfim.

Fiz que sim.

– Obviamente. Às vezes, o inverno é rigoroso.

– E vão ficar cada vez mais rigorosos – continuou ele. – Vamos ter ventanias, tempestades.

Eu deveria dizer alguma coisa, contribuir, mas não sabia com quê.

– E a mortandade de verão – continuou ele. – Você vai ter mais mortandade de verão também. Porque os verões estão ficando mais úmidos, mais instáveis.

– Pode ser – falei. – Mas a gente não sabe direito.

Ele não olhou para mim, só continuou, a voz ficou mais alta.

– Você vai ter mais colapsos também, pai. Vai acontecer de novo. – Ele falava em voz alta agora. – As abelhas estão morrendo, pai. Nós somos os únicos que podemos fazer algo em relação a isso.

Eu me virei para ele. Nunca ouvira ele falar assim. Tentei dar um sorriso, mas só saiu uma careta torta.

– Nós? Você e eu?

Ele não sorriu, mas também não parecia bravo. Apenas totalmente sério.

– Os seres humanos. Temos que mudar. Foi sobre isso que falei no Maine, entende? Não podemos participar do sistema. Temos que mudar antes de ser tarde demais.

Engoli em seco. De onde vinha isso daí? O envolvimento? Ele nunca tinha sido assim antes. De repente, fiquei orgulhoso, senti uma necessidade de olhar para ele. Mas ele estava mostrando um súbito interesse pela xícara de café.

– Vamos retomar o trabalho? – perguntou em voz baixa.

Fiz que sim.

O crepúsculo chegou. A noite caiu.

Estávamos sentados na varanda, todos os três. O céu estava claro.

– Você se lembra da serpente? – perguntei.

– E das abelhas – acrescentou Tom.

– A serpente? – perguntou Emma.

Tom e eu trocamos olhares e sorrimos.

No dia seguinte, dormi até tarde. Acordei com um sorriso estampado no rosto. Pronto para novas colmeias.

Emma estava sentada à mesa quando entrei na cozinha. Ela tinha começado o livro grosso.

Um único prato estava na frente dela. Olhei em volta.

– Onde ele está?

Ela largou o livro. Puxou os cantos da boca para baixo formando um bico triste.

– Ah, George.

– O quê?

– Tom foi embora cedo. Antes do café da manhã.

– Sem falar tchau?

– Ele disse que não queria te acordar.

– Mas achei...

– É. Eu sei. – Ela pegou o livro outra vez, como que se agarrando a ele, mas não disse mais nada.

Também não aguentei dizer nada. Virei a cabeça para o lado.

A sensação era que Deus havia tirado um sarro de mim. Tinha pendurado uma escada para o céu e me deixado subir para dar uma olhada, ver anjos em prados de algodão-doce, antes de me empurrar bruscamente de uma nuvem e me fazer cair na Terra de novo. Na Terra num dia de chuva. Cinzento. Lamacento. Pobre.

Só que o sol continuava brilhando com a mesma obstinação. Escaldando o planeta até a morte.

Eu tinha perdido as abelhas.

E, pelo visto, tinha perdido Tom também. Faz tempo. Só que tinha sido burro demais para perceber isso.

TAO

– S enhora? Estamos fechando agora.
A vigia estava na minha frente chacoalhando um pesado molho de chaves na mão.

– Volte amanhã, será bem-vinda. E, se quiser, leve algum livro emprestado.

Eu me endireitei.

– Obrigada.

Diante de mim, havia um longo artigo sobre a morte dos abelhões. Os abelhões e as abelhas silvestres desapareceram ao mesmo tempo que as abelhas melíferas criadas em colmeias, mas sua morte não foi tão visível ou alarmante. O número de espécies ficou cada vez menor, sem que alguém de fato soasse o alarme. As abelhas silvestres eram responsáveis por dois terços da polinização no mundo. Nos Estados Unidos, eram as abelhas melíferas que faziam a maior parte do trabalho, mas, nos outros continentes, as espécies silvestres eram definitivamente as mais importantes. Era difícil detectar e medir a constante redução das espécies e populações dessas abelhas, mas elas também estavam sendo afetadas por ácaros, vírus e pelo clima instável. Além das substâncias tóxicas. Elas estavam no solo em quantidades suficientes para envenenar as futuras gerações, tanto de abelhas quanto de seres humanos.

Intensificou-se a pesquisa sobre a domesticação de insetos que pudessem ser apropriados para uma polinização eficiente. Os primeiros a serem testados foram as abelhas silvestres, mas foi em vão. Em seguida, houve tentativas de criação de diversos tipos de moscas polinizadoras, como *Ceriana conopsoides*, *Chysoroxum octomaulatum* e *Cheilosia reniformis*, mas sem resultados. Ao mesmo tempo, as mudanças climáticas transformaram o mundo num lugar mais inóspito. A elevação do nível do mar e as condições meteorológicas extremas levaram multidões a migrar, e a escassez alimentar tornou-se aguda. Enquanto as pessoas antigamente iniciavam guerras por poder, agora se travavam guerras por comida.

Esse artigo também parava no ano de 2045. Cem anos depois do fim da Segunda Guerra, a Terra não era mais – como o homem moderno a tinha conhecido – um lugar que poderia ser povoado por bilhões de pessoas. Em 2045, não existiam mais abelhas no planeta.

Fui até as prateleiras onde tinha encontrado muitos dos livros mais recentes sobre o Colapso, com a intenção de colocar alguns deles de volta. Estava prestes a inserir um dos livros na estante quando notei uma lombada verde ali perto. Não era particularmente grosso ou alto, não se tratava de um livro grande, mas a cor verde atraiu meu olhar. Em ideogramas amarelos, o título: *O apicultor cego*.

Peguei no livro, quis retirá-lo da estante. Mas o livro resistiu, o plástico da capa tinha grudado nos livros vizinhos. Ele soltou um pequeno suspiro quando o separei dos demais.

Abri-o. A capa estava ressequida, mas as folhas cediam facilmente ao manuseio, me dando as boas-vindas. Tinha lido esse livro na modesta biblioteca da escola, mas daquela vez se tratara de uma impressão surrada, uma cópia. Agora eu tinha um exemplar virgem em minhas mãos. Dei uma olhada na folha de rosto: 2037. Primeira edição.

Depois passei para o primeiro capítulo, e ali encontrei as imagens outra vez. A rainha e as crias, que não passavam de larvas em alvéolos, e todo o mel dourado de que se cercavam. Abelhas apinhadas num quadro dentro da colmeia, todas iguais, impossível distinguir uma da outra. Corpos listrados, olhos negros, asas iridescentes que brilhavam.

Continuei virando as páginas. Cheguei às passagens sobre o conhecimento, as mesmas frases que eu tinha lido quando criança, e que agora me impressionaram ainda mais: "A fim de viver na natureza, *com* a natureza, precisamos nos distanciar de nossa própria natureza... Educar significa desafiar a nós mesmos, desafiar a natureza, os instintos..."

Passos me interromperam, a vigia vinha em minha direção. Ela não disse nada, mas chacoalhou as chaves de novo. Dessa vez, ostensivamente.

Fiz um gesto rápido de assentimento para mostrar que estava saindo.

– Gostaria de levar esse emprestado. – Mostrei o livro.

Ela encolheu os ombros.

– Fique à vontade.

Deixei o livro sobre a cama junto com uma pilha de outros. Eu pegara emprestado tantos quanto fui capaz de carregar. Depois eu continuaria a leitura. Só precisava de um banho.

Ainda em pé, tirei a roupa, bem no meio do quarto. Tirei tudo de uma vez, as meias ficaram presas nas pernas das calças. A roupa ficou amontoada no chão.

Tomei banho até acabar a água quente. Lavei o cabelo três vezes, esfreguei o couro cabeludo com as unhas para tirar o pó das ruas da cidade morta. Depois me enxuguei por bastante tempo, o banheiro estava embaçado e a umidade persistia na pele. No fim escovei os dentes longamente, senti como a sujeira e as bactérias desapareciam, me enrolei na toalha e voltei para o quarto.

A primeira coisa que vi foi que minhas roupas tinham sido arrumadas. O chão estava vazio. Eu me virei para a cama. Uma mulher estava sentada ali. Ela era mais nova do que eu. A pele lisa, nada de sujeira debaixo das unhas. As roupas eram limpas e impecáveis, alinhadas, como um uniforme. Essa era uma mulher que certamente não trabalhava ao ar livre entre as árvores. Fazia algo muito diferente.

Na mão ela segurava um dos livros, não consegui ver qual.

Ela levantou a cabeça e olhou para mim, séria, impassível. Não fui capaz de dizer nada, o cérebro estava trabalhando intensamente para fazer as coisas se encaixarem. Será que eu deveria conhecer essa mulher?

Ela se levantou calmamente, pôs o livro de lado, e então me estendeu a pilha de roupa, que, a essa altura, estava cuidadosamente dobrada.

– Seria bom você se vestir.

Fiquei parada. Ela se comportou como se sua presença ali fosse natural. E talvez fosse. Fitei seu rosto. Tentei extrair alguma recordação. Mas nada veio à tona. Percebi que a toalha de banho estava prestes a se soltar, a cair, me deixando nua, e, se isso fosse possível, ainda mais vulnerável. Puxei a toalha para cima. Apertei os braços para segurá-la, me sentindo desajeitada e exposta.

– Como você entrou? – perguntei, me surpreendendo ao perceber que a voz de fato saiu.

– Com uma chave emprestada. – Ela o disse com um pequeno sorriso para o nada, como se fosse a coisa mais natural do mundo.

– O que você quer? Quem é você? – balbuciei.

– Você precisa se vestir e me acompanhar.

Não foi uma resposta, foi uma ordem.

– Por quê? Quem é você?

– Olhe aqui. – Mais uma vez ela me estendeu a pilha de roupa.

– Você quer dinheiro? Só tenho um pouco. – Fui até a gaveta da mesa de cabeceira, onde eu ainda tinha algumas moedas, me virei e as ofereci a ela.

– Fui enviada pela Comissão – disse ela. – Você deve me acompanhar.

WILLIAM

O s desenhos estavam no meu colo. Eu me sentara num banco do jardim, a certa distância das colmeias, próximo o suficiente para ouvir e vê-las bem, mas afastado o suficiente para não ser picado. Eu estava imóvel como um animal a farejar uma presa que logo seria atacada.

Mas o ataque já havia terminado. Agora eu era uma carniça.

A abelha morre quando as asas não servem mais, tornam-se desgastadas, usadas em demasia, assim como as velas do navio fantasma. Ela morre no meio do salto, no momento em que vai alçar voo, com uma carga pesada que talvez tenha sido mais pesada do que de costume, quando está quase estourando de néctar e pólen, e dessa vez chegou ao seu limite. As asas não aguentam mais. Ela nunca retorna à colmeia, mas despenca no chão, com todo o seu fardo. Se tivesse emoções humanas, estaria feliz nesse momento, pois entraria pelas portas do céu sabendo ter sido fiel à ideia de si mesma, da Abelha, assim como Platão a teria formulado. O exaurimento das asas, sim, todos os aspectos de sua morte são o sinal claro de que ela fez o que lhe foi dado fazer na

Terra. Realizou uma obra imensa, levando em consideração seu corpo minúsculo.

Eu nunca teria uma morte assim. Não havia nenhum sinal claro de que eu tinha feito na Terra o que me fora destinado fazer. Eu não realizara nada. Ficaria velho, meu corpo incharia e depois esmoreceria sem ter deixado marcas, e nada sobraria, além, possivelmente, de uma empada salgada que deixava uma camada de gordura no céu da boca. Nada além da swammerpada.

Então não faria diferença se o fim viesse já. O cogumelo ainda estava lá, na gaveta de cima, no canto esquerdo da loja, devidamente trancado com uma chave à qual eu tinha acesso exclusivo. Seu efeito era rápido, em poucas horas eu ficaria mole e letárgico, em seguida, inconsciente. Um médico diagnosticaria o caso como falência múltipla dos órgãos, ninguém saberia que fora uma morte autoinfligida. E eu estaria livre.

Mas não consegui, pois era incapaz de me mexer do banco. Também não consegui destruir os desenhos, as mãos recusaram-se a fazer aquele movimento simples, o impulso muscular tinha parado na ponta do dedo, paralisando-me.

Não sei por quanto tempo fiquei sozinho.

Ela veio sem eu perceber. De repente, estava sentada no banco a meu lado. Silenciosa, nem mesmo sua respiração era audível. Os olhos muito próximos, meus próprios olhos, estavam voltados para as abelhas que zuniam a nossa frente, ou talvez para o nada.

Na mão, ela segurava a carta de Dzierzon. Deve tê-la achado no caos do quarto, achado e lido, assim como ela antes também procurara e encontrara coisas entre meus pertences. Pois havia sido ela o tempo todo, a loja arrumada, o livro sobre a mesa de estudo. Eu simplesmente não percebera isso, não *queria* percebê-lo.

A presença de outro ser humano fez a paralisia soltar suas garras de mim. Ou talvez ela soltasse as garras porque se tratava justamente de Charlotte. Agora ela era a única coisa que eu tinha.

Passei os desenhos para o colo dela.

– Destrua-os para mim – disse eu em voz baixa. – Não consigo.

Ela não reagiu. Tentei olhar nos olhos dela, mas ela os desviou.

– Ajude-me – implorei.

Ela pôs as mãos sobre os desenhos, ficou calada por um breve momento.

– Não – disse ela então.

– Mas são lixo, você não entende? – Minha voz falhou, mas não a abalou.

Só sacudiu a cabeça lentamente.

– É prematuro, pai, talvez ainda possam ter algum valor.

Respirei fundo, consegui falar com calma, tentei soar racional.

– Eles não têm utilidade. Eu realmente só quero que você os destrua, pois eu mesmo não consigo. Leve-os embora, para um lugar onde eu não os possa ver e não possa detê-la... Queime-os! Uma grande fogueira, chamas subindo até o céu.

Desejei que as palavras lhe dessem um pontapé, fizessem com que ela se levantasse e obedecesse minha súplica, da mesma forma que normalmente acatava todos os meus pedidos. Mas ela apenas continuou sentada, folheando os papéis, passando um dedo de leve sobre os traços que eu tinha me esforçado tanto para deixar retos, os detalhes com os quais eu tinha lutado tanto.

– Não, pai. Não.

– Mas é só isso que quero! – Senti um aperto repentino no peito outra vez. Eu tinha a mão de meu próprio pai no pescoço, sua risada desdenhosa nos ouvidos, terra nos joelhos e um cinto que me aguardava. Ela era a adulta, eu era a criança, mais uma vez com dez anos de idade, com a vergonha pesada sobre os ombros, pois mais uma vez eu fracassara. – Queime-os... Por favor.

Só agora notei as lágrimas em seus olhos. Suas lágrimas. Quando eu as vira pela última vez? Não quando ela passou horas a fio comigo durante o inverno, não quando ela chegou em casa com Edmund bêbado como um gambá, não no momento em que me encontrou quase engolido pela terra.

E então entendi. Esses desenhos eram seus também, sua obra. Ela estivera ali o tempo todo, mas eu havia olhado apenas para mim mesmo, minha pesquisa, meus desenhos, minhas abelhas. Só agora realmente me dei conta de que tínhamos estado *juntos* nisso desde o primeiro dia, elas também eram suas, as abelhas também eram suas.

– Charlotte. – Engoli. – Ai, Charlotte. Quem tenho sido para você de verdade?

Ela ergueu os olhos com surpresa.

– O que você quer dizer?

– Quero dizer... Você deveria ter tido... algo mais.

Ela passou a mão sobre os olhos, agora havia apenas espanto em seu olhar.

– Algo mais? Não...

Eu quis dizer-lhe tanta coisa, que ela merecia um pai melhor, alguém que também pensasse nela, que eu tinha sido um idiota, somente me interessava por minhas próprias coisas, enquanto seu apoio era inabalável, não importando o que eu fizesse. Mas as palavras cresceram até ficarem grandes demais, não fui capaz de articulá-las.

Tudo o que consegui fazer foi pegar sua mão. Ela deixou, mas se apressou a firmar a outra de forma protetora sobre os desenhos para que o vento não os levasse.

Ficamos sentados em silêncio.

Ela respirou fundo várias vezes, como se quisesse dizer algo, mas não veio nenhuma palavra.

– Você não pode pensar assim – disse ela enfim. Então virou a cabeça e olhou para mim com seus olhos claros, cinzentos. – Já ganhei mais do que uma menina possa esperar. Mais do que qualquer outra menina que conheço. Tudo o que você me mostrou, me contou, de que me deixou participar... Todo o tempo que passamos juntos, todas as conversas, tudo que você me ensinou... Para mim você é... eu...

Ela não concluiu a frase, apenas permaneceu sentada. Depois de um tempo, disse:

– Não poderia ter tido um pai melhor.

Um soluço escapou de mim, olhei para o ar, focando cegamente no nada, enquanto lutava contra a vontade de chorar.

Ficamos sentados, o tempo passou. A natureza estava em torno de nós, com todos os seus sons, o canto dos pássaros, o sopro do vento, o coaxo de uma rã. E as abelhas. Seu zunido brando acalmou-me.

Com delicadeza, Charlotte desvencilhou sua mão da minha e fez um leve gesto com a cabeça.

– Você será poupado de ver os desenhos outra vez.

Levantou-se, levando os desenhos consigo, segurando-os com ambas as mãos, como se ainda fossem algo valioso, e desapareceu em direção à casa.

Soltei um suspiro profundo, de gratidão e alívio, mas também com a certeza de que agora, agora tudo terminara.

Continuei sentado ali, olhando para as abelhas, sua perseverança, indo e voltando, nunca descansando.

Nunca. Até que as asas não aguentassem mais.

GEORGE

Eu estava acordado na cama outra vez. Com tudo preparado para uma boa noite de sono. O quarto estava fresquinho, silencioso. E escuro. Aliás, escuro demais. Muito mais escuro do que antes. Aí me lembrei da lâmpada. Esse era o motivo. Nunca cheguei a consertá-la. Os fios continuavam soltos lá no alto da parede, minhocas com cabeças de fita isolante. Eu passava e via aqueles fios todos os dias, todas as vezes, e eles sempre me deixavam de mau humor. Uma das muitas coisas que eu nunca dava conta de fazer. Não era importante, eu sabia disso. Não precisava daquela luz, ninguém de nós precisava dela. Emma também não pegava no meu pé. Acho que ela nem percebia. Mas os fios soltos eram parte de tudo que não estava do jeito que deveria estar, tudo que não funcionava.

Preciso de sete horas de sono. Pelo menos. Sempre tive inveja daqueles que dormem pouco. Aqueles que acordam depois de cinco horas e já estão prontos para tudo. Ouvi falar que são os que vão longe na vida.

Eu me virei para o rádio relógio. Mais de meia-noite. Estava na cama desde 23h08. Emma tinha caído no sono imediatamente. Eu até cochilei, mas foi rápido. Logo estava desperto, com a cabeça a mil, alerta. E o corpo trabalhava, não ficava quieto, não entrava em acordo com o colchão. Mudava de posição, mas qualquer uma estava errada, me incomodava.

Eu precisava dormir. Não seria capaz de funcionar amanhã se não dormisse agora. Talvez uma bebida ajudasse.

A gente nunca tinha destilados, raramente eu bebia destilados. Não tomava muitas outras bebidas tampouco. Mas achei uma cerveja na geladeira. E um copo no armário. Aí faltava o abridor. Ele não estava na parede, pendurado no seu lugar de costume, um gancho sobre a pia, o quarto gancho da direita, entre a tesoura e uma espátula. Onde será que estava? Abri a gaveta dos talheres. No fundo da gaveta encontrei o saca-rolhas e alguns elásticos podres. Mas o abridor não estava ali. Abri mais uma gaveta. Nada. Será que ela tinha mudado o sistema? Dado novos lugares para as coisas? Em todo caso, não seria a primeira vez.

Continuei procurando, uma gaveta depois da outra. Larguei a cerveja para usar as duas mãos, já não me preocupava com o barulho. Se ela tinha inventado de mudar tudo, que aturasse isso. Droga, quantas gavetas nessa cozinha e quanta porcaria! Utensílios que estavam só juntando poeira. Um cozedor de ovos, um pimenteiro elétrico, um dispositivo que cortava as maçãs em seis pedaços. As tranqueiras se acumularam durante décadas. Emma era responsável pela maioria. Fiquei com vontade de pegar um saco, começar a jogar tudo fora o quanto antes. Arrumar.

Mas aí o abridor apareceu. Estava na gaveta grande com as colheres de pau, as conchas e as batedeiras. Bem na parte de trás. Bem no fundo. Pelo visto, tinha ganhado um lugar novo, sim. Abri logo a cerveja. Minha vontade era de acordar Emma, pedir que parasse de mudar as coisas, caramba. Mas em vez disso tomei um grande gole da cerveja. Desceu gelada pela garganta.

A barriga estava roncando, mas não quis pegar nada para comer. Nada me apetecia. A cerveja também tinha valor nutritivo. Eu estava inquieto, sem um pingo de sono. Dei alguns passos para a frente e para trás, fui até a sala, peguei o controle remoto. Mas parei no meio do movimento, porque de repente dei de cara com uma coisa na parede da sala de jantar.

Fui até lá. Fiquei parado na frente deles. Os desenhos. A colmeia padrão de William Savage. Que a bem dizer não tinha sido padrão para ninguém além da família Savage. Estavam numa parede que o sol nunca alcançava. Dentro de molduras grossas, douradas, sem um grão de pó nos vidros. Emma cuidava disso. Tinta preta sobre papel amarelado. Números. Medidas. Descrições simples. Nada mais. Mas por trás de tudo havia uma história que minha família tinha guardado desde que os desenhos foram feitos, em 1852. A colmeia padrão era para ser a grande inovação de William Savage. Por causa dela, ele se inscreveria nos livros de história. Mas ele não contava com um americano esperto, Lorenzo Langstroth. Langstroth ganhou, foi ele quem definiu as medidas que mais tarde se tornariam o padrão. E ninguém deu bola para Savage. Ele simplesmente chegara depois da hora. Foi o que tinha de ser, já que ambos estavam trabalhando com a mesma coisa em lugares distintos, separados pelo oceano, sem telefone, fax ou e-mail.

Atrás de todo grande inventor sempre há uma dúzia de caras humilhados que chegaram um pouco atrasados. E

GEORGE

Savage foi um deles. Por isso não obteve nem riquezas nem honras para si e sua família.

Felizmente, a esposa conseguiu casar a maioria das filhas. Mas o filho Edmund foi um caso mais complicado. Nada estava em ordem com ele, era um encrenqueiro, um dândi, desde cedo tomou gosto pela bebida e acabou sumindo nas sarjetas de Londres.

Só uma das filhas nunca se casou: Charlotte, a mais inteligente. A matriarca de nossa família. Ela comprou uma passagem só de ida para fazer a travessia do Atlântico. Seu baú está no sótão. Foi com ele que ela viajou, ela e um bebezinho. Ninguém sabia quem era o pai. Os dois e o baú chegaram sozinhos à América. Nele, ela trouxe todas as suas posses. Está agora com um cheiro mofado, de velho. A gente não usa para nada, mas não tenho coragem de jogar fora. Charlotte pôs sua vida inteira naquele baú. Incluindo os desenhos da colmeia padrão feitos pelo pai.

E foi ali que começou. Charlotte passou a se dedicar à apicultura. Não em tempo integral, mas como atividade secundária, pois trabalhava como professora e diretora de escola. Só três colmeias, mas as três colmeias foram o suficiente para que a criança, um menino, pegasse gosto. E acrescentasse mais algumas colmeias. Assim como seu filho. E o filho de seu filho. E, enfim, meu avô, que apostou na apicultura em grande escala e fez daquilo um ganha-pão de verdade.

Desenhos desgraçados!

De repente dei um murro num dos quadros. O vidro estalou, a dor passou da mão para o corpo todo. O quadro tremeu um pouco, mas continuou pendurado como antes.

Eles tinham que vir abaixo. Os três quadros tinham que vir abaixo.

Desenganchei todos eles e levei-os até a entrada. Ali peguei meus calçados mais pesados, as botas de inverno com sola grossa.

Coloquei as botas, saí pelo pátio.

Estava prestes a dar um fim neles, uma boa pisada em cada um, mas no mesmo instante me lembrei de Emma, do barulho que aquilo faria. Olhei para a janela do quarto. Nenhuma luz. Ela ainda estava dormindo.

Levei os quadros até o celeiro, abri a porta e deixei os três no chão.

É claro que eu podia simplesmente abrir as molduras e tirar os desenhos, mas era o barulho do vidro que eu queria escutar. Os estalos sob a bota.

Pisei com força, repetidas vezes, pulei em cima deles. Os vidros se despedaçaram, as molduras quebraram. Exatamente do jeito que eu tinha imaginado.

Aí desprendi os desenhos. Eu tinha torcido para que os cacos de vidro os destruíssem, mas eles continuavam inteiros. O papel era surpreendentemente duro e resistente. Coloquei um em cima do outro, seis ao todo, numa pilha. Fiquei parado com eles na mão. Poderia queimá-los, encostar um fósforo e deixar a obra vitalícia de toda a família ser consumida pelo fogo. Não.

Deixei a pilha na mesa de trabalho, olhei um pouco para ela. Malditos desenhos. Não tinham levado a nada. Mereciam um fim miserável. Não uma fogueira, isso seria dramático demais, digno demais. Algo diferente.

GEORGE

E aí eu sabia.

Concentrei minhas energias, peguei a pilha, as mãos hesitaram, mas forcei-as. Então comecei a rasgar. Queria tiras compridas, tão uniformes quanto possível. Mas a pilha ficou grossa demais com todos os seis de uma vez. Difícil conseguir a precisão que eu queria. Tive que dividir a pilha. Três folhas por vez. Só que assim seria muito rápido. Eu queria demorar. Por isso acabei pegando uma folha por vez.

Gostei do som. Era como se o papel gritasse. *Misericórdia. Misericórdia!*

A sensação era mais do que boa. A sensação era maravilhosa, finalmente eu estava fazendo alguma coisa, fazendo uma coisa de verdade. Podia ter continuado a noite inteira.

Mas em certo momento tive que parar. Não valia a pena dividir os desenhos em pedaços muito pequenos, pois aí não serviriam para o que eu pretendia.

Juntei as tiras e as levei comigo. Não tinha força para arrumar as molduras e o vidro, isso ficaria para amanhã. Simplesmente saí pela noite, atravessei o pátio e abri a porta da frente.

Entrei no alpendre, segui para o corredor. Ali, abri a primeira porta do lado direito. Então, dois passos na escuridão. Um som gorgolejante me informou que a válvula da descarga estava presa, como de costume. Provavelmente precisaria ser trocada. Não me dei ao trabalho de acender a luz e conferir isso agora. Só deixei os desenhos, os papéis, no chão. Prontos para serem usados. No seu devido lugar. Ao lado do vaso sanitário.

TAO

Estávamos num carro elétrico antigo. Muitos desses foram fabricados na década de 2020, quando a energia solar realmente decolou. Na época em que visitei a cidade com meus pais, as ruas estavam cheias deles, quase todos velhos e surrados. O carro estava bem conservado, muito mais do que a maioria. Grande, preto e brilhante, com certeza tinha sido construído para clientes exigentes. Nunca vira esse tipo de veículo em posse de particulares, tampouco sendo usado por pessoas abaixo de certo nível hierárquico. Os carros que existiam em nossa cidade sempre pertenciam à polícia ou ao serviço de saúde, assim como aquele no qual transportaram Wei-Wen. Eram furgões simples de material leve, feitos para gastar o mínimo possível de energia. Esse carro era maior, mais imponente. Em raras ocasiões carros como este visitavam nossa cidade, passando pelas ruas com vidros escurecidos, e a gente sempre se perguntava o que eles estavam fazendo ali no nosso fim de mundo.

Foi a primeira vez na vida que pus os pés dentro de um veículo tão belo. Passei a mão no assento de couro sintético. Algum dia ele tinha sido liso, mas agora estava cheio de rachaduras. Pois o carro era velho. Os assentos o entregavam, o cheiro o entregava. Os produtos de limpeza serviam apenas de disfarce para o odor de antiguidade impregnado no acabamento interior e na carroceria.

A mulher tinha me indicado a fileira do meio. Ela mesma se sentou na frente e leu um endereço para o piloto automático. Era o nome de um lugar que não me dizia nada. Então a viagem começou. Eu só via seu pescoço. Ela se mantinha em silêncio. Por um instante, cogitei pedir que parasse, que me deixasse sair, mas eu sabia que não valia a pena. Ela não me deu qualquer opção. E algo em seus olhos me dizia que haveria consequências caso não fizesse o que ela mandasse.

Além do mais... Talvez ela pudesse me levar a Wei-Wen. Isso era tudo o que importava.

O trajeto durou quase uma hora. Encontramos alguns poucos carros enquanto ainda estávamos no centro, mas depois só restou o nosso. Nenhum dos semáforos por que passamos estava funcionando, mas podíamos atravessar as ruas sem preocupação. Estavam todas vazias. As placas indicavam que seguíamos para Shunyi. Eu não sabia nada sobre a área, mas os edifícios revelavam que fora habitada por pessoas abastadas. Casas espaçosas e privativas, com três ou quatro andares, no meio de jardins enormes. Em algum momento, devem ter sido suntuosas, mas agora as construções estavam decadentes e os jardins, repletos de vegetação descuidada. Passamos por um terreno que havia sido um campo de golfe. Agora era um descampado coberto de ervas daninhas. Num dos cantos, notava-se que houvera tentativas de cultivo. Muita terra fértil ainda estava em pousio, era estranho que ninguém tentasse fazer algo crescer ali. Mas talvez todos tivessem ido embora.

Enfim paramos. A mulher abriu a porta e saiu, pedindo que eu a seguisse.

Estávamos numa praça. No meio dela, um chafariz, que já fora imponente, estava enferrujando. Uma estátua de uma ave, um grou, jazia no fundo da piscina. Talvez tenha sido arrastada por forças da natureza, talvez pela ação de vândalos. Nada se ouvia ali, apenas o vento que batia contra os edifícios, dos quais, no decorrer do tempo, telhas e vidraças haviam se desprendido. O som dos músculos da própria Terra, que lenta e inevitavelmente se impunham com mais vantagem, em vias de extinguir a civilização.

Vozes me fizeram voltar os olhos para cima. No teto de um prédio alto havia duas pessoas, só consegui enxergar as silhuetas contra o céu. E ouvi uma conversa, mas não as palavras. Elas tinham algo nas mãos, mas que agora soltavam. Sombras arredondadas deslizaram pelo ar e foram se afastando dali, tomando a direção do centro. Eu tinha lido sobre os computadores voadores, operados por controle remoto, que existiam antigamente. Os drones.[2] Será que isso era a mesma coisa? Quem eles iam seguir? De repente me ocorreu que talvez eles tivessem me seguido também, por mais tempo do que eu imaginava, talvez já soubessem muita coisa.

– Vamos entrar aqui – disse a mulher.

O prédio não tinha nome, nenhuma placa dava pistas do que escondia. A mulher apoiou a mão num painel de vidro na parede, todos os dedos sobre cinco pontos no painel. De repente, duas grandes portas se abriram. Eram movidas a

---

[2] Em inglês, a palavra "drone" também significa "zangão".

TAO

energia elétrica, embora a área em torno parecesse estar sem eletricidade há tempo.

Ela me conduziu ao interior do grande prédio. Levei um susto quando quase esbarramos num jovem guarda que estava do lado de dentro. Virei-me e vi mais guardas. Eles usavam uniformes iguais ao da mulher e fizeram uma breve saudação. Ela acenou de volta e continuou andando depressa.

Eu a segui por um grande saguão e, depois, entramos num escritório panorâmico. Em todo lugar passamos por pessoas. Algo que parecia irreal depois de semanas na cidade deserta. Todos eram como o guarda: gentis, limpos, sem marcas de trabalho manual ou sol. Estavam ocupados, muitos diante de grandes telas, e alguns participavam de reuniões conduzidas em voz baixa, sentados em sofás macios ou em volta de mesas redondas de conferência. A decoração era transparente. As paredes eram de vidro e as salas, abertas, mas o som se espalhava pouco. Era abafado por carpetes grossos e móveis pesados. Em vários lugares, estive a ponto de tropeçar em aspiradores de pó redondos e achatados que circulavam sozinhos pelo chão, sugando sujeiras que eu não conseguia enxergar.

A decadência não tinha chegado aqui, era como se eu tivesse aportado num mundo que pertencia ao passado.

Finalmente, ela parou. Estávamos no fim de um corredor. À nossa frente havia uma parede. Diferentemente das demais, esta não era de vidro. Era de madeira escura e lustrosa. Uma porta alta e larga, parecia ter sido talhada na madeira. A mulher bateu à porta. Alguns poucos segundos se passaram. Então ouvi um zumbido e um clique e a porta se abriu.

Wei-Wen. Será que ele estava aqui? Senti um tremor repentino.

– Por favor – ela fez um gesto para a porta aberta.

Entrei hesitante.

A porta se fechou às minhas costas. Ouvi o som se repetir, o zumbido e o clique. Ela me trancou sozinha ali dentro.

A sala era grande e clara, mas não possuía janelas. Aqui também o piso tinha carpete. As paredes eram revestidas de tecidos, tapeçarias pesadas, do teto ao chão. Será que havia mesmo paredes por trás? Ou será que escondiam outra coisa? Pessoas, aberturas para outras salas? Será que eu vi um tênue movimento ali à direita? Eu me virei depressa. Mas não, a cortina continuava imóvel. O som abafado e discreto que se ouvia do lado de fora pareceria um ruído ensurdecedor se comparado ao silêncio aqui de dentro. Talvez esta fosse uma sala em que nenhum som devesse entrar. Ou sair. A ideia fez meu pulso acelerar.

Houve um farfalhar no tecido ao meu lado direito e, de repente, as cortinas se abriram, dando passagem a uma idosa. Ela deu um sorriso suave. Havia algo de familiar nela, a maneira como posicionava a cabeça, o colarinho apertado. A teia de rugas em torno dos olhos. Eu a tinha visto antes, muitas vezes, mas nunca na vida real.

Pois ela era Li Xiara. A voz do rádio, a chefe da Comissão, o órgão máximo de nosso país.

Dei um passo para trás, mas ela continuou sorrindo.

– Lamento ter tido de promover nosso encontro dessa forma – disse ela em voz baixa. – Mas já não poderíamos deixar de falar com você.

Ela colocou a mão no espaldar de uma poltrona macia.

TAO

– Por favor, sente-se.

Não esperou, mas se sentou numa poltrona igual à que havia me indicado. Uma de frente para a outra.

– Sei que tem muitas perguntas. Peço desculpas por eu mesma não ter podido buscá-la. Espero que possamos resolver tudo. – Ela falava de forma suave e controlada, como se estivesse lendo um roteiro.

Ficamos sentadas face a face, com as cabeças na mesma altura.

Não pude deixar de olhar para ela. Sem o filtro das imagens, o semblante parecia vulnerável. Era insólito tê-la tão perto, vê-la na vida real.

Eu me affigi. Essa mulher... Que decisões tinha tomado? O que era responsabilidade dela? A morte das cidades? A situação do jovem do restaurante? Os velhos, abandonados para morrer? Os jovens, não mais que fantasmas, tão desesperados que tomavam outros seres humanos como presas?

Minha própria mãe?

Não. Eu não deveria pensar nisso, não deveria deixar minhas perguntas, minha crítica, atingi-la, pois ela sabia mais do que eu.

– Eu agradeceria se você pudesse me dizer por que estou aqui. – Imitei sua maneira de falar, pronunciando as palavras com a maior suavidade e delicadeza possível.

Ela pousou os olhos em mim.

– No início, achamos que você era inoportuna.

– O quê?

– Especialmente quando veio para Pequim. – Ela fez uma pausa. – Mas depois... De fato, nossa intenção era entrar em contato com você, não queríamos que você, que vocês, vivessem na insegurança por tanto tempo. Só que primeiro precisávamos ter certeza absoluta.

— Certeza de quê?

Ela se inclinou para a frente na poltrona, como que para se aproximar mais de mim.

— Agora temos.

Não respondi. A voz calma, monótona, despertou-me raiva, mas eu não estava chegando a lugar nenhum com minhas perguntas.

— E talvez tenha sido melhor assim — continuou ela. — Que você mesma fosse obrigada a encontrar as respostas.

Respirei fundo para buscar ar, tentando me manter calma.

— Não entendo o que você quer dizer.

— De agora em diante, você vai ter a possibilidade de desempenhar um papel. E esperamos que queira colaborar.

— O que você quer dizer?

— Vou chegar a isso. Primeiro, gostaria que você me contasse o que acha que aconteceu com seu filho. O que você descobriu?

Eu me esforcei para manter a calma. Ela definira a agenda, eu não tinha outra opção senão segui-la, colaborar. O que aconteceria se eu não fizesse isso?

— Acho que algo aconteceu com Wei-Wen que tem significado para muitas outras pessoas além de mim — disse eu lentamente. — Além dele.

Ela fez que sim.

— E que mais?

TAO

– Acho que é por isso que vocês o pegaram. E que aquilo que aconteceu, poderá... mudar tudo.

Ela aguardou.

– Você não pode me contar onde ele está? – A essa altura, eu estava implorando. – Não sei mais que isso!

Ela ficou em silêncio. O olhar suspenso no ar.

De repente foi como se tudo dentro de mim parasse. Não aguentava mais sua voz calma e monótona, as charadas, o olhar neutro e aquele meio sorrisinho impossível de decifrar.

– Não sei de nada! – Num salto eu estava ao lado dela.

Ela pareceu se encolher na poltrona.

Eu a agarrei, e pela primeira vez ela mudou de expressão. Um vislumbre minúsculo de medo se insinuou na máscara de magnanimidade.

– Onde está Wei-Wen? – gritei. – Onde ele está? O que aconteceu com ele?

Tentei puxá-la da cadeira.

– Não aguento mais! Você entende isso? É meu filho!

Eu a segurei em pé, sacudi-a. Eu era mais forte, mais resistente, depois de uma vida de trabalho manual. Ela não tinha qualquer chance, eu a espremi contra a porta, batendo-a contra a madeira. Seu rosto se contorceu, finalmente eu havia causado algum abalo dentro dela. Mas não a soltei, segurei-a com firmeza e gritei.

– Onde está Wei-Wen? Onde ele está?

No mesmo instante os guardas estavam ali. Eles chegaram por trás, me soltaram dela, me jogaram no chão. Me seguraram. Soluços profundos subiram do diafragma.

– Wei-Wen... Wei-Wen... Wei-Wen...

Ela estava em pé diante de mim. Mais uma vez com a mesma calma de sempre, ajeitou um pouco a roupa, recuperou o fôlego.

– Podem soltá-la.

Hesitantes, os guardas me soltaram. Fiquei sentada, inclinada para a frente, não ofereci mais resistência, não sobrava mais nada. Lentamente, Xiara se aproximou de mim, curvou-se e pôs a mão na parte de trás da minha cabeça. Ela a manteve ali por um instante, então passou-a pela face e pegou meu queixo. Gentilmente, virou meu rosto para cima, de modo que encontrasse o seu olhar.

Então ela fez um gesto com a cabeça.

Ele estava deitado sobre um lençol branco, numa sala fortemente iluminada. Dormia. O corpo estava coberto por uma manta. Só a cabeça era visível. O rosto ainda era fofo, porém estava mais magro do que antes. As órbitas oculares destacavam-se como sombras nítidas. Eu me aproximei, e então descobri que haviam raspado seu cabelo em um lado da cabeça. Dei mais um passo e entendi por quê. Uma área atrás da orelha, perto da raiz do cabelo, estava vermelha. A picada. Resisti à vontade de correr para a frente. Eu estava sozinha, mas sabia que eles me viam. Eles sempre me viam. Mas não foi por isso que fiquei parada.

Enquanto eu permanecesse aqui, a dois metros de distância, ainda poderia acreditar que ele estava dormindo.

Eu poderia acreditar que ele estava dormindo e não notar que os cristais de gelo subiam como trepadeiras do chão para cima dos pés da cama.

TAO

Eu poderia acreditar que ele estava dormindo e não notar que uma nuvem branca pairava no ar, diante de mim, cada vez que eu deixava o calor escapar dos pulmões.

Eu poderia acreditar que ele estava dormindo e não notar que nenhuma nuvem branca saía dele, que acima de sua cama, do lençol branco, o ar estava parado, límpido e frio.

GEORGE

A fazenda do Gareth estava com um cheiro de queimado. O cheiro adocicado de mel quente e gasolina. Senti a fumaça no momento que abri a porta do carro. Ele estava de costas, com o rosto voltado para a fogueira. Ela tinha vários metros de altura, as colmeias não estavam empilhadas, mas jogadas uma em cima da outra. A fogueira rugia, crepitava e estalava. Curiosamente, foi assim que me veio à cabeça. Como se tivesse vida própria. Como se estivesse se deleitando por destruir a obra de uma vida. Ele estava com uma lata de gasolina na mão, talvez tivesse esquecido que a segurava, o braço parecia frouxo.

Ele se virou e me viu. Não parecia surpreso.

– Quantas? – perguntei, indicando a fogueira.

– Noventa por cento.

Não o número de colmeias, não o número de colônias, mas o percentual. Como se fosse só uma questão de matemática. Mas seus olhos disseram outra coisa.

Ele deu alguns passos, pousou a lata no chão. Mas pegou-a de novo, provavelmente percebeu que não poderia deixá-la ali no meio do pátio.

Estava vermelho, a pele seca a ponto de rachar. Um eczema se estendia do pescoço bronzeado para cima.

– E você? – Ele ergueu a cabeça.

– A maioria.

Ele fez um gesto de compreensão.

– Você queimou elas?

– Não sei se adianta alguma coisa, mas sim.

– É melhor não usar as colmeias de novo. Estão impregnadas daquilo.

Ele tinha razão, elas fediam a morte.

– Achei que não fosse chegar aqui – disse ele.

– Achei que era falta de cuidados – falei.

Gareth puxou os cantos da boca para cima, formando algo que deveria ser um sorriso.

– Eu também.

Ele lembrava o menino que fora lá atrás, aquele que ficava sozinho no pátio da escola. A mochila revirada no chão a sua frente, os livros pisoteados, os lápis jogados, tudo cheio de lama. Mas naquela época ele não desistia nunca, nunca fugia, somente se agachava, pegava os livros, enxugava a lama com a manga da blusa, juntava os lápis, arrumava tudo, assim como tinha feito centenas de vezes antes.

Não sei por quê, mas de repente estiquei a mão, apertei seu braço.

Aí ele curvou a cabeça, o rosto rebentou, como que se dissolvendo na minha frente.

Três soluços profundos saíram.

Seu corpo estava em tormenta sob minha mão. Contraía-se, havia mais coisas que queriam sair. Eu só continuei a segurá-lo. Mas não saiu mais nada. Os três soluços foram tudo.

Então ele se endireitou, passou o dorso da mão sobre os olhos, sem olhar para mim. No mesmo instante, uma rajada de vento atravessou o pátio, a fumaça da fogueira veio em cima da gente. E as lágrimas escorriam livremente.

– Fumaça desgraçada – falei.

– É – disse ele. – Fumaça desgraçada.

Ficamos calados, ele estremeceu um pouco, se recuperou. Aí abriu seu sorriso costumeiro.

– Bem, George, o que posso fazer por você hoje?

Gareth tinha razão. As colmeias chegaram prontamente. Allison concedeu o empréstimo sem pestanejar, e apenas dois dias mais tarde um caminhão cinza entrou no meu pátio. Um cara rabugento saiu, perguntando onde eu queria pôr as colmeias.

Ele descarregou todas na campina, antes de eu ter tempo de chegar. Não disse uma palavra, só estendeu uma prancheta com uma folha e pediu que eu desse um visto para confirmar a entrega.

Então elas estavam ali. Rígidas. Com a mesma cor de aço do caminhão no qual tinham chegado. Cheiravam a tinta industrial. Uma longa fileira. Todas idênticas. Senti um arrepio desagradável, me virei para o outro lado.

Só torcia para que as abelhas não percebessem a diferença.

Mas era óbvio que iam perceber a diferença.

Elas percebiam tudo.

GEORGE

TAO

O rapaz deixou o arroz frito na mesa, diante de mim. Na última vez havia um pouco de ovo e alguns pedaços de legumes misturados ao arroz. Hoje, apenas o molho de soja artificial. O cheiro ardeu no nariz, quase precisei me virar para não ficar com ânsia de vômito. Mal havia comido nos últimos dias, embora Xiara tivesse me dado dinheiro suficiente. Mais do que suficiente. Mas eu não conseguia comer nada além das bolachas secas. Cada nervo queimava, a boca estava seca, a pele das mãos rachava. Eu estava desidratada, talvez por quase não ter ingerido líquido, talvez por causa de todas as lágrimas que derramei. Eu tinha chorado até secar, não restavam mais lágrimas. Tinha chorado até me esvaziar, ao som da voz de Xiara. Ela me visitara diariamente, falando sem parar, explicando e tentando me convencer. E lentamente, com o passar do tempo, suas palavras acabaram fazendo sentido. Agarrei-as, quase avidamente. Talvez eu *quisesse* que fizessem sentido. Bastava segui-las, sem ter que pensar por conta própria.

– Você o amou demais – disse ela.

– É possível amar alguém demais?

– Você foi igual a qualquer mãe. Você quis dar tudo a seu filho.

– Sim, eu quis lhe dar tudo.

– Tudo é mais que demais.

Por frações de tempo, segundos, minutos, eu acreditava que estava entendendo. Mas depois me deparava com a falta de sentido. O que ela dizia não passava de palavras, pois eu só conseguia pensar em Wei-Wen. Wei-Wen. Meu filho.

Ontem ela veio pela última vez. Não iríamos conversar mais, disse. Eu precisava voltar para casa, superar o meu luto. O dever me aguardava. Ela queria que eu fizesse discursos, falasse sobre Wei-Wen. Sobre as abelhas que tinham voltado. Sobre nosso, sobre seu, objetivo de criá-las como plantas alimentícias em ambientes controlados, fazer todos os esforços para que se reproduzissem outra vez, num ritmo tão acelerado que tudo logo ficasse como antes. Wei-Wen se tornaria um símbolo, disse ela. E eu seria a mãe enlutada capaz de erguer a cabeça e deixar os próprios interesses de lado em prol da comunidade. *Se eu, que perdi tudo, consigo, vocês também conseguem.* Ela não me deu opção. Algo dentro de mim entendeu por quê. Entendi que ela também fazia o que precisava fazer, ou o que achava que precisava fazer. Mesmo que eu ainda não soubesse se seria capaz, se aguentaria fazer o que ela queria que eu fizesse.

Pois a única coisa que fazia sentido era ele. Seu rosto. Tentei guardar a imagem, seu rosto entre o meu e o de Kuan. Ele olhava para nós. *Mais. Mais. Um, dois, três, e pule!* O lenço vermelho que o vento agitava.

Amanhã eu iria embora. Wei-Wen teria que ficar. Mais tarde eu talvez pudesse enterrá-lo. Mas isso não era

TAO

importante. De qualquer forma, o pequeno corpo frio coberto por uma fina camada de gelo não era ele. *Aquele* rosto não era o dele, não o rosto de que eu tentava me lembrar o tempo todo.

Empurrei a tigela na direção do rapaz.

– É para você.

Ele olhou interrogativo para mim.

– Mas você não vai comer nada?

– Não, comprei isso para você.

Ele ficou parado, balançando sobre os pés.

– Venha sentar aqui. – Ouvi o tom suplicante de minha voz.

Ele puxou a cadeira depressa e aproximou a tigela de si. Por um instante olhou-a quase com felicidade, antes de erguê-la e começar a devorar o arroz.

Era bom vê-lo comer. Vê-lo manter-se vivo. Fiquei simplesmente sentada assim, estudando-o, enquanto ele empurrava o arroz para dentro da boca, quase sem mastigar antes de a próxima porção estar a caminho.

Depois de saciar o pior de sua fome de lobo, ele se acalmou, concentrando-se em levar os pauzinhos mais devagar à boca, como se um professor interno de etiqueta de repente o lembrasse de como deveria se comportar.

– Obrigado – disse ele baixinho.

Sorri em resposta.

– Você sabe mais alguma coisa? – perguntei depois de deixá-lo comer mais um pouco.

– Sobre o quê?

– Sobre vocês. Vocês vão continuar aqui?

– Não sei. – Ele olhou para a superfície da mesa. – Só sei que meu pai se arrepende todo dia. Pensávamos que aqui estaríamos bem, que era aqui que deveríamos ficar, mas aí tudo mudou. Somos apenas um incômodo agora.

– Não podem ir embora?

– Para onde? Não temos dinheiro, não temos nenhum lugar para onde ir.

A impotência me consumiu outra vez. Mais uma coisa que eu não poderia mudar.

Não. Isso não era insuperável. Isso eu poderia conseguir. *Essas* pessoas eu poderia ajudar.

Levantei a cabeça.

– Venham comigo.

– O que você quer dizer? – Ele me olhou surpreso.

– Voltem comigo.

– Você está indo para casa?

– Sim. Agora estou indo para casa.

– Mas... Não temos autorização, eles vão nos impedir. E trabalho? Tem trabalho para nós lá?

– Prometo que vou ajudar vocês.

– E comida?

– Aqui tem menos ainda.

– Sim... – Ele deixou os pauzinhos na mesa. A tigela de arroz estava vazia. Apenas um único grão de arroz sobrava no fundo. Ele viu, levantou os pauzinhos para pegá-lo, mas os soltou depressa quando percebeu que eu o estava observando.

– Vocês precisam ir – falei baixinho. – Aqui vocês vão morrer.

– Talvez seja melhor assim.

TAO

Havia uma ferocidade em sua voz, e ele não me encarou.

– O que você quer dizer? – Eu me esforcei para articular as palavras, não suportei isso. Não nele, que era tão jovem.

– Não importa o que aconteça com a gente – disse ele cabisbaixo. – Comigo e com o papai. Onde moremos. Aqui. Se juntos. Ou sozinhos. Não importa. – Sua voz de repente ficou rouca. Ele pigarreou, tentando se livrar da rouquidão. – Nada disso importa mais. Você não percebe?

Não aguentei responder. Suas palavras eram uma distorção das de Xiara. *Cada um de nós não é importante.* Mas se ela falava de coletividade, ele falava de solidão.

Eu me levantei abruptamente, tive que fazê-lo calar. A frágil esperança a que me agarrava estava prestes a se despedaçar. Olhei para qualquer coisa, menos para ele, enquanto fui em direção à porta.

– Vocês precisam fazer as malas – disse eu em voz baixa. – Vamos embora amanhã.

Arrumei a mala depressa. Não demorou muito juntar as poucas coisas que eu tinha trazido. As roupas, alguns artigos de higiene pessoal, um par extra de sapatos. Dei uma conferida no quarto, querendo ter certeza de que tinha pego tudo. E então os vi: os livros. Estiveram aqui o tempo todo, mas não se faziam notar, tinham se tornado parte do quarto. Estavam empilhados na mesa de cabeceira, eu não tinha tocado neles desde o dia em que os trouxera. Não tinha lido nenhum deles, deveria saber que as palavras fariam tão pouco sentido quanto todo o resto.

Precisava devolvê-los, talvez ainda desse tempo de passar na biblioteca. Peguei os livros, mas não me movi. Fiquei

444 TAO

parada segurando a pilha. Senti o plástico liso da capa do último livro grudar nas mãos.

Deixei os outros na cama e escolhi apenas esse. Era *O apicultor cego*. Quando a vigia me pedira para sair, não tinha terminado de lê-lo. Mas agora o abri.

GEORGE

Emma estava chorando de novo. Descascando batatas e chorando, de costas para mim. Deixava as lágrimas escorrerem livremente, não as continha, soltava pequenos soluços o tempo todo. Ultimamente, elas vinham com frequência. Ela chorava como num enterro, em qualquer lugar e a qualquer momento, sobre baldes de limpeza, enquanto preparava o jantar ou escovava os dentes. Toda vez que acontecia eu só queria fugir dali, não conseguia lidar com isso, tentava encontrar uma desculpa para sair de perto.

Felizmente eu não passava muito tempo dentro de casa. Trabalhava de sol a sol. Contratei Rick e Jimmy em tempo integral. O dinheiro, o dinheiro emprestado, derretia da conta. Depois de um tempo, desisti de verificar. Não aguentava ver o saldo cada vez mais minguado. A questão agora era trabalhar. Só trabalhar. Sem trabalho não haveria rendimento. Ainda podia salvar parte da colheita. Conseguir dinheiro para pagar o empréstimo.

Os quilos derretiam do meu corpo, grama após grama. Dia após dia. E noite após noite, pois eu dormia mal. Emma cuidava de mim, me servia, enfeitava a comida com fatias de pepino e tiras de cenoura, mas não adiantava. A comida não tinha gosto de nada, era como serragem, eu só me alimentava porque precisava, para ter forças e voltar ao trabalho. Eu sabia que Emma gostaria de fazer bife todo dia, mas ela também economizava. A gente não dizia nada a respeito disso, mas imagino que eu não fosse o único a acompanhar o encolhimento do saldo bancário.

Pensando bem, ultimamente a gente não dizia nada sobre nada. Eu não sabia o que estava acontecendo conosco. Sentia saudades da minha esposa, ela estava presente, mas ao mesmo tempo não. Ou talvez na verdade *eu* não estivesse presente.

Ela suspirou. Quis abraçá-la, do jeito que costumava fazer. Mas meu corpo resistia. Todas as suas lágrimas se juntavam nessa poça que nos separava.

Saí de fininho da cozinha, torcendo para que ela não tivesse percebido.

Mas ela se virou.

– Você vê que estou chorando.

Não respondi. Não tinha muito o que dizer.

– Venha cá, então – disse ela de mansinho.

Foi a primeira vez que ela me pediu isso. Mesmo assim, fiquei parado.

Ela esperou. Ainda segurava o descascador de batatas em uma das mãos, uma batata na outra. Eu também esperei. Acho que torcia para conseguir esperar até a coisa toda passar. Mas não.

Ela choramingou baixinho.

– Você não se importa.

GEORGE

447

– Claro que me importo – respondi, mas não fui capaz de encontrar seu olhar.

Ela ergueu os braços um pouco.

– Não ajuda nada chorar – falei.

– Não ajuda nada a gente não consolar um ao outro.

Ela distorceu minhas palavras, muitas vezes fazia isso.

– Se eu só ficar aqui te consolando, não vamos ter mais colmeias – disse eu. – Nem mais rainhas, nem mais abelhas. Nem mais mel.

Os braços caíram. Ela se virou.

– Vá trabalhar, então.

Mas eu fiquei parado.

– Vá trabalhar! – repetiu ela.

Dei um passo em sua direção. E mais um. Eu poderia colocar a mão em seu ombro. Eu poderia fazer isso. Com certeza ajudaria. A nós dois.

Estendi a mão na direção das costas dela. Ela não viu, já estava ocupada com as batatas, retirava mais uma da água suja da pia. Arrancou a casca com movimentos rápidos, assim como tinha feito centenas de vezes antes.

Minha mão estava suspensa no ar, mas não chegou até ela.

No mesmo instante tocou o telefone.

O braço caiu. Eu me virei, fui até o corredor e atendi.

A voz era jovem, quase de menina. Queria saber se era eu. Eu disse que sim.

– Lee me indicou seu nome – disse ela. – Nós estudamos juntos.

– Certo. – Em outras palavras, ela não poderia ser tão nova como parecia.

448   **GEORGE**

Ela falava depressa. Tinha facilidade com as palavras, fluidez. Ela trabalhava para um canal de tevê. Explicou que estavam fazendo um filme.

– É sobre o DCC.

– Ah, é?

– Desordem do Colapso das Colônias. – Ela o disse pausadamente e com clareza exagerada.

– Sei o que é DCC.

– Estamos fazendo um documentário sobre a morte das abelhas e suas consequências. Você mesmo sentiu isso na pele, não é?

– Lee contou?

– Gostaríamos de dar um toque pessoal à matéria – disse ela.

– Pessoal, tudo bem. E então? – falei.

– Será que poderíamos passar um dia com você, sair com você, ouvir sua experiência com tudo isso?

– Minha experiência? Isso não deve ser de grande interesse.

– Grande interesse? Sim, de interesse bem grande. É justamente o que queremos mostrar. Como cada um de nós é afetado por isso. Como isso destrói o ganha-pão das pessoas. Você teve essa experiência. Tem sido difícil para você?

– Não chegou exatamente a destruir meu ganha-pão – respondi. De repente não estava gostando do tom que ela usava. Era como se falasse para um cão ferido.

– Não? Eu tinha entendido que você perdeu quase todas as suas abelhas.

GEORGE　　　　　　　　　　　　　　　　449

– Sim. Mas agora já substituí muitas delas.

– Ah.

Houve um silêncio.

– As operárias só vivem por algumas semanas no verão – expliquei. – Não demora tanto para colocar outras colmeias em operação.

– Entendi. Então é isso que você está fazendo agora, colocando novas colmeias em operação?

– Correto.

– Ótimo! – disse ela.

– Como assim?

– Podemos usar isso. Excelente! Será que poderíamos ir até aí na semana que vem?

Desliguei. O fone estava suado. Eu tinha vontade de ir ao banheiro. Tinha me tornado alguém que eles "podiam usar". Parecia impossível fugir. Tentei, mas ela me convenceu. Pelo visto era pior do que Emma.

Televisão nacional. O país inteiro podia assistir. Meu Deus.

Emma tinha entrado no corredor. Enxugava as mãos numa toalha. Os olhos estavam vermelhos, mas felizmente secos.

– Quem era?

Expliquei para ela quem tinha ligado.

– Uma entrevista sobre as abelhas? Por que nós teríamos que fazer isso?

– Nós não. Eles só vão falar comigo.

– Mas por que você aceitou?

– Pode causar algum impacto. Talvez as autoridades façam algo. – Me peguei repetindo as palavras que a moça da tevê tinha usado.

– Mas por que nós?

– Eu, nós não – falei em tom duro e me virei para o outro lado. Não queria mais saber de perguntas, choradeira, amolação.

Do nada fui tomado por ela outra vez. A fadiga. Não a tinha sentido mais desde a visita de Tom no inverno. Fazia muitas semanas. Mas agora ela veio. Eu seria capaz de me deitar e dormir ali mesmo, no chão do corredor. O piso desgastado de madeira parecia convidativo. Pensei no termômetro de ursinho, nos pios que ele emitia. Queria que ele mostrasse temperaturas elevadas, uma febre altíssima. Então eu teria direito de ficar de cama. Um travesseiro macio, um edredom quente, como um revestimento sobre meu corpo inteiro. Desejei que o termômetro medisse uma febre que nunca baixasse.

Mas eu não podia me dar ao luxo de deitar. Nem sequer de me sentar.

Porque as colmeias estavam lá fora. Vazias e cinzentas. Leves demais. Precisavam ser preenchidas. E não havia mais ninguém para fazer isso. E agora, pelo visto, eu ia aparecer na tevê. Precisava mostrar que já tinha posto mãos à obra. Que não me deixara abater por causa de um CCD.

O macacão estava pendurado frouxamente no gancho. O véu e o chapéu, logo em cima. Embaixo estavam as botas. Parecia um homem disfarçado, achatado na parede. Tirei o macacão. Comecei a me trocar. Puxei o zíper, verifiquei se estava bem fechado, vedei todas as aberturas.

GEORGE   451

– Mas logo é hora do almoço – disse Emma. Ela estava ali, com suas mãos vazias, seus braços vazios.

– Posso comer à noite.

– Mas é bolo de carne. Fiz bolo de carne.

– Temos micro-ondas.

Seu lábio inferior tremeu, mas ela não disse nada. Só ficou assim, imóvel, enquanto eu pus o chapéu, pendurei o véu sobre o rosto e saí.

Fui até a campina perto do rio Alabast e passei o resto do dia lá. Primeiro, trabalhei. O tempo estava irritantemente bom. Não deveria estar tão bom. Não combinava. O sol pairava grande sobre o céu a oeste, sobre a campina florida. Belo como a imagem de um calendário.

Mas aí tudo ficou muito pesado. Os braços pareciam quase paralisados, o cansaço tomou conta de mim. Não consegui outra coisa senão caminhar. Dar voltas em torno das novas colmeias. Vazias. Cinzentas.

Fiquei ali até as abelhas começarem a se recolher. A natureza serenou.

Só então atravessei a campina. Fui até o outro canto. As pernas simplesmente me levaram até lá. Em direção às colmeias antigas de cores carnavalescas, aquelas que restavam e onde ainda tinha vida.

Por que será que justamente essas foram poupadas? Quem tinha decidido isso, que exatamente essas poderiam viver?

Respirei com dificuldade e parei ao lado de uma colmeia amarela. Toda vez que ia verificar uma colmeia, eu meio que me encolhia. Toda vez eu esperava a mesma coisa. Já imaginava as abelhas moribundas zunindo no fundo da colmeia, o vazio, a rainha a sós com umas poucas abelhas jovens.

E havia algo de errado com essa também. Tudo quieto demais. Com certeza tinha algum problema. Conferi a abertura da colmeia. Só umas poucas abelhas. Não em número suficiente.

Não tive forças.

Mas era necessário.

Com os olhos fechados, peguei a tampa. Então abri a colmeia. Logo ouvi o som de insetos voando, o zum-zum. Como eu não tinha ouvido? Estava tudo normal. Totalmente normal, do jeito que deveria ser. As abelhas zuniam ali dentro. Algumas dançavam. Vislumbrei a rainha, a marca cor de turquesa nas costas. Vi as crias. O mel límpido e dourado. Elas trabalhavam, elas estavam vivas. E elas estavam aqui.

Minha cabeça girava. Estava tão cansado... Eu me deixei desabar no chão. Fiquei estendido ali. O solo estava quente, a relva macia. Os olhos se fecharam.

Mas não adormeci. Porque tinha um aperto no peito. A poça de Emma tinha me alcançado. A água subiu. Bateu nos pés.

Eu não parava de engolir. Não conseguia respirar. Estava me afogando. Mas lutei. Levantei outra vez. Fiquei olhando para as abelhas, que também lutavam lá embaixo. Travavam a batalha diária para a prole, para ter pólen o suficiente, para o mel.

Elas também iam morrer. O que eu fazia não era viável. Toda vez que abrisse uma colmeia seria desse jeito. A mesma sensação, não importando se elas vivessem ou tivessem sumido. Não valia a pena.

GEORGE

Não valia a pena!

Todos os músculos do meu corpo ficaram tensos. Toda a força se juntou numa das pernas, no pé, e de repente dei um chute.

A colmeia foi ao chão com um estrondo, e o enxame de abelhas subiu de uma só vez.

Arranquei os quadros. A essa altura, as abelhas estavam por todo lado. Furiosas e apavoradas. Queriam me pegar, se vingar. Pisei nelas, nas larvas, nas suas crias. Mas o som era vazio, quase não audível. Não como o vidro quebrado. Mesmo assim continuei. Destruindo. Esmagando-as. Arrancando as suas asas. Porque elas estavam me destruindo.

E agora me dei conta. De como era simples.

Podíamos nos destruir mutuamente.

Eu estava no meio de uma nuvem de abelhas furiosas. Elas me rodeavam, iradas.

Era tão simples.

Levei a mão até o zíper, o véu.

Era só uma questão de dobrar o véu.

Tirar o chapéu.

Arrancar as luvas.

Abrir o zíper depressa, sair do macacão.

Me livrar das botas com um chute.

E só ficar parado aqui, deixando que elas fizessem o trabalho.

Elas iam me picar para se defender. Enfiar o ferrão em mim, sacrificar a vida para tirar a minha. E dessa vez meu pai não estaria aqui. Não me colocaria nos braços e sairia correndo comigo, com uma nuvem de abelhas em cima de nós, nos seguindo até o rio, onde ele mergulharia comigo, me segurando debaixo d'água até elas pararem o ataque.

Dessa vez eu ia cair. Ficar no chão. O veneno ia passar por minhas veias. Eu deixaria que elas me picassem e, se parassem, eu as chutaria com os pés descalços, pisoteando-as, para que continuassem, para que me picassem até eu ficar irreconhecível.

Elas teriam sua vingança. Elas mereciam isso.

E aí tudo acabaria.

Eu faria isso agora.

Nesse instante.

Os dedos agarraram o véu. O tecido fininho entre as luvas grossas.

Levantei o véu.

Agora?

Mas então...

Passos atravessando a campina. Vindo na minha direção.

Alguém gritou.

Primeiro com calma, depois mais insistente. Mais alto.

De macacão branco. Chapéu, véu. Todo paramentado, pronto para trabalhar. Mais uma vez ele tinha chegado sem avisar. Ou talvez Emma soubesse.

Ele tinha chegado. De vez?

Ele já estava correndo. Será que me viu? Viu o que estava prestes a acontecer?

Os gritos ficaram mais altos. Ressoaram estridentes pelo ar.

– Papai? Papai!

GEORGE

455

TAO

O pai e o menino estavam atrás de mim quando inseri a chave na fechadura e abri a porta para encontrar uma escuridão noturna vazia.

A jaqueta de Kuan não estava pendurada no gancho da entrada. Os sapatos tinham sumido.

Apertei a maçaneta do banheiro.

A prateleira dele sobre a pia estava vazia. Só um vestígio de sabão onde a gilete costumava ficar.

Ele tinha se mudado sem avisar. Teria ido embora porque queria? Porque achava que eu queria? Porque tudo sobre minha pessoa o fazia lembrar de Wei-Wen, assim como tudo sobre sua pessoa me fazia lembrar dele?

Porque me culpava?

Mais um que desaparecia. Mas dessa vez eu não podia procurar. Não podia perguntar, não podia entrar em contato com ele. Essa era sua escolha, eu não tinha direito nenhum de questioná-la. Pois a culpa ainda era minha.

O rapaz e seu pai continuaram na entrada. Eles me olharam indecisos, eu precisava dizer alguma coisa.

– Vocês podem ficar no quarto. – Indiquei-lhes a porta.

Deixei a mala no meio da sala e fiz minha própria cama no sofá. Ouvi o rapaz falar lá dentro. A voz veio em ondas, entusiasmada, detalhes práticos que lhe davam energia. Ele tinha reencontrado um futuro. A escuridão dentro dele tinha desaparecido. Ou talvez eu tivesse exagerado na interpretação de suas palavras da noite anterior. Feito uma leitura delas que incluía minhas próprias questões.

Fui até a janela. A cerca ainda estava lá. Acima dela, um helicóptero circulava no ar. As abelhas estavam resguardadas, como num casulo, para que nenhuma escapasse, não antes de se tornarem muitíssimo mais numerosas e de realmente haver certeza de que poderiam ser controladas. Era isso que Xiara queria.

Ela queria domesticá-las. Elas nos salvariam. Ela queria domá-las, assim como domava a mim. E eu me deixava ser domada. Era mais simples assim. Segui-la, não pensar.

O rapaz riu lá dentro do quarto. Foi a primeira vez que o ouvi rir. Como a risada era jovem e radiante... Eu tinha conseguido fazer alguma coisa por ele e por seu pai. O som aumentou, minha respiração ficou mais leve. Quando terá sido a última vez que alguém riu entre essas quatro paredes?

Atrás de mim estava a mala. Nela estava o livro. Em vez de devolvê-lo, eu o lera inteiro, do início ao fim. Guardava as palavras comigo, mas não sabia o que fazer com elas. Aquilo era grande demais, eu não tinha forças.

Estavam fazendo os preparativos na praça, arrumando um espaço. Um pódio foi construído, câmeras foram montadas. Várias equipes trabalhavam ao mesmo tempo, pois o discurso seria transmitido para o mundo inteiro. Uma enérgica produtora dava ordens a torto e a direito. Ela mandou dispor no fundo grandes cestas repletas de peras recém-colhidas. O simbolismo parecia exagerado. Mas talvez fosse necessário.

Ganhei meu próprio camarim. Uma mulher entrou com algumas roupas para eu escolher. Nada vistoso, mas tudo totalmente novo. Um corte discreto, parecia o uniforme da fase inicial do Partido, como que para lembrar aos espectadores de onde eu vinha, que eu era um deles, alguém do povo. Peças um pouco duras, com vincos de dobra, mas mesmo assim um tecido macio.

– É algodão – disse a mulher. – Algodão reciclado.

Eu nunca antes tinha sido dona de uma roupa de algodão. Cada metro custava um salário mensal. Escolhi um terninho azul e o vesti. O tecido respirava, mal o senti na pele. Dirigi o olhar para o espelho. Ficava bem em mim. Eu parecia uma delas, talvez aquela que eu realmente estava destinada a ser. Parecia Xiara, não uma das trabalhadoras dos pomares.

Eu era outra pessoa com esse terninho, a pessoa que ela me pedira para ser. Eu me virei, olhei para o espelho por cima do ombro, o casaco tinha um caimento perfeito sobre os ombros, a calça ficava bem no quadril. Puxei as mangas um pouco, elas acabavam exatamente no ponto certo.

Então encontrei meu próprio olhar. Meus olhos... Como eram parecidos com os olhos dele. Mas quem era eu? Olhei para baixo. Wei-Wen nunca tinha vestido uma roupa de algodão. Ele nunca possuíra uma roupa de algodão, e sua breve vida não tivera qualquer sentido.

Forcei-me a erguer a cabeça outra vez, a olhar para mim mesma. Uma idiota útil olhou de volta para mim.

Não. De repente o tecido estava pinicando a pele. Arranquei a blusa. Tirei a calça e a deixei jogada no chão.

Tinha que fazer sentido. Aliás, eu sabia como.

Vesti minha própria blusa puída, pus a calça velha, abotoei-a depressa e calcei os sapatos.

Em seguida, peguei minha bolsa no chão, abri a porta do camarim e saí rapidamente. Achei a chefe de produção e a agarrei.

– Onde está Li Xiara? Preciso falar com Li Xiara.

Ela se encontrava no prédio da Comissão do vilarejo, concederam-lhe o maior escritório. Na hora que cheguei, três homens estavam sendo enxotados de lá por um guarda, embora fosse evidente que a conversa entre eles estivesse longe de ser encerrada.

Xiara se levantou rapidamente, foi a meu encontro, esboçou um de seus sorrisos gentis, mas isso agora era dispensável.

– Olhe aqui. – Estendi-lhe o livro.

Ela o pegou, mas não o abriu, nem olhou para ele.

– Tao, estou aguardando seu discurso ansiosamente.

– Então você precisa ler o livro – respondi.

– Se quiser, podemos dar mais uma repassada nele, estou à disposição. O teor. Talvez possamos fazer alguns ajustes...

– Só quero que você leia – falei.

Enfim ela dirigiu o olhar para o livro, passou um dedo sobre o título.

– *O apicultor cego?*

Fiz que sim.

TAO

– Não faço nada, não faço discurso nenhum antes de você ter lido esse livro.

Ela levantou os olhos depressa.

– O que você está dizendo?

– Vocês estão fazendo tudo errado.

Os olhos se estreitaram.

– Estamos fazendo *tudo* ao nosso alcance.

Eu me inclinei para a frente, encarei-a e disse em voz baixa:

– Elas vão morrer. De novo.

Ela olhou para mim. Esperei uma resposta, mas ela não veio. Será que estava refletindo? Digerindo o que eu havia dito? Ou será que minhas palavras sequer significavam alguma coisa para ela? Senti a raiva subir. Será que ela não poderia dizer alguma coisa?

Não consegui ficar mais ali, virei-me e fui em direção à porta. Então ela finalmente reagiu.

– Espere.

Abriu o livro e passou calmamente para a folha de rosto.

– Thomas Savage. – Ela olhou o nome do autor. – Americano?

– Foi o único livro que ele escreveu – disse eu prontamente. – Mas isso não o torna menos importante.

Ela levantou a cabeça e olhou para mim outra vez. Então fez um gesto em direção a uma cadeira.

– Sente-se. Conte-me.

Primeiro me afobei, desatei a falar desordenadamente, saltando as explicações para trás e para a frente. Mas então entendi que ela estava me concedendo tempo. Várias vezes houve batidas à porta, muitos estavam esperando, mas ela rejeitou todos os chamados, e pouco a pouco me acalmei.

Falei sobre o autor, Thomas Savage. O livro se baseava em suas experiências e em sua vida. A família Savage contava várias gerações de apicultores. O pai de Thomas esteve entre os primeiros a serem afetados pelo Colapso e foi um dos últimos a desistir. E ele trabalhou com o pai até o fim. Eles logo fizeram a transição para a apicultura orgânica, foi uma exigência de Thomas. Nunca forçavam as abelhas a viajar, não tiravam mais mel do que o necessário para sobreviver. Mesmo assim, não foram poupados. A morte das abelhas se repetia. Vezes sem fim. No final, foram obrigados a vender o apiário. Só então, aos cinquenta anos de idade, Savage sentou para escrever sobre sua vivência, sobre o futuro. *O apicultor cego* era visionário, mas mesmo assim realista e concreto, pois se baseava numa vida toda de experiência prática.

O livro foi publicado em 2037, somente oito anos antes de o Colapso tornar-se um fato global. O autor previu o destino da humanidade. E como talvez pudéssemos nos reerguer das cinzas.

Quando terminei, Xiara ficou calada. Ela manteve as mãos quietas sobre o livro. O olhar, impossível de decifrar, pousou em mim.

– Você pode sair agora.

Será que estava me expulsando? Se eu recusasse, ela buscaria os guardas, dando-lhes ordem de me levar para casa? Exigiria que eu ficasse lá no apartamento até o momento do discurso e então me obrigaria a fazê-lo? E outros mais, contrários às minhas convicções?

Mas ela não fez nada disso. Apenas abriu o livro no primeiro capítulo e voltou sua atenção para o texto.

Fiquei parada. Então ela ergueu os olhos mais uma vez e fez um gesto indicando a porta.

– Agora gostaria de ficar só. Obrigada.

– Mas...

Ela colocou uma das mãos sobre o livro, como que para protegê-lo. Em seguida disse baixinho:

– Eu também tenho filhos.

WILLIAM

Nas paredes, o papel pendia em farrapos, sua amarelidão ainda era invasiva. E Charlotte estava cantando. Hoje, como todos os dias, cantarolava melodiosamente tons suaves, enquanto varria o chão com movimentos precisos. Com o rosto voltado para a janela, eu acompanhava o esvoaçar das folhas marrons ao vento.

Ela juntou a sujeira numa pá e deixou-a ao lado da porta. Depois se virou para mim.

– Quer que bata seu cobertor?

Sem esperar a resposta, ela tirou o cobertor e o levou em direção à janela. Fiquei deitado só de camisola, sentindo-me despido, mas ela não olhou para mim.

Charlotte abriu a janela, o ar fluiu para dentro. Estava mais frio desde ontem. Senti um arrepio nas pernas e me encolhi.

Ela estendeu o cobertor do lado de fora e sacudiu-o com movimentos amplos. Ele se erguia como uma vela, antes de ela deixá-lo cair. Quando estava pendurado para baixo, em linha quase vertical, ela dava mais um puxão e levantava-o na frente da janela.

Depois de terminar, estendeu o cobertor sobre mim, ele estava tão frio quanto o ar lá fora. Então ela trouxe uma cadeira para perto da cama e ficou em pé com a mão no espaldar.

– Quer que eu leia para você?

Ela não esperou a resposta. Nunca esperava a resposta, simplesmente foi até a estante de livros, que mais uma vez estava organizada com esmero. Hesitou um pouco, deixou o dedo indicador passar rapidamente sobre as lombadas. Então ela parou e tirou um deles.

– Vamos pegar este.

Não vi o título. Ela também não o leu para mim, devia saber que não fazia diferença. O importante não era o que ela lia, mas o fato de que lia.

– Charlotte – disse eu, com a voz enferrujada de um velhinho, que não era a minha. – Charlotte...

Ela ergueu os olhos. Sacudiu a cabeça de leve. Eu não precisava dizê-lo, não deveria dizê-lo. Pois eu já o repetira inúmeras vezes, e ela o sabia tão bem. O que eu lhe pedia era que saísse. Fosse embora, me abandonasse. Pensasse em si mesma. Vivesse, não para mim, mas para ela.

Sua resposta, porém, era sempre a mesma. De qualquer forma, eu continuaria a dizer a mesma coisa, vezes sem fim. Não poderia deixar de fazê-lo. Eu devia isso a ela, pois ela me doava toda a sua vida. No entanto, palavra alguma era capaz de tirá-la daqui, palavra alguma era capaz de impedi-la.

Ela só queria estar comigo.

Sua voz preencheu o quarto juntamente com o ar frio de outono. Mas eu já não sentia frio. As palavras envolviam-me.

Agora ela continuaria a leitura por muito tempo, nunca se deixava perturbar.

Estendi a mão, sabendo que ela a pegaria.

Assim ela ficou sentada, hoje como nos outros dias, com a mão tranquilamente na minha, deixando o silêncio encher-se de palavras. Ela desperdiçava as palavras comigo, desperdiçava seu tempo, sua vida. Isso por si só seria razão suficiente para eu me pôr em pé. Mas eu não tinha forças. Foram-me roubadas. Não, não me foram roubadas, eu *dissipara* tanto minha vontade quanto minha paixão.

Então, de repente, um som subiu do andar de baixo. Um som que eu não ouvia há muitos anos. O choro de um bebê. Um bebê? Não era meu. Talvez de alguém que estivesse fazendo uma visita? Mas quem? Meses haviam-se passado sem que eu ouvisse na casa vozes que não fossem de minha família.

Charlotte interrompeu a leitura. De fato, ela se deixou perturbar e inclinou-se um pouco para a frente, como se estivesse prestes a sair correndo.

Alguém acalentou a criança lá embaixo. Teria sido Thilda?

O bebê choramingou, mas pareceu se consolar. Aos poucos, acalmou-se.

Charlotte reclinou-se na cadeira, pegou o livro e retomou a leitura.

Fechei os olhos. Sentia sua mão na minha e percebia as palavras que ondulavam no ar entre nós. Os minutos passaram. Ela lia e eu me mantinha em silêncio absoluto, tomado por uma profunda gratidão.

Mas então o choro do bebê recomeçou. Mais alto agora. Charlotte parou.

WILLIAM

Puxou a mão para si.

O choro intensificou-se até se tornar desesperado, inconsolável, abalando as paredes.

Então ela se levantou e deixou o livro de lado. Foi depressa em direção à porta.

– Sinto muito, pai.

Ela abriu a porta. O choro encheu o quarto.

– O bebê... – disse eu.

Ela parou no vão da porta.

Tentei encontrar as palavras.

– Chegou alguma visita?

Ela sacudiu a cabeça.

– Não... Eu... O bebê é nosso agora.

– Mas como...?

– A mãe morreu ao dar à luz. E o pai... não consegue cuidar dele.

– Quem é? – perguntei. – Ele está aqui?

– Não, pai... – Ela hesitou. – Está em Londres.

Subitamente compreendi. Soergui-me na cama, tentei olhar com severidade para ela, fazer com que dissesse a verdade.

– É filho dele, não é? De Edmund?

Ela piscou em ritmo acelerado. Não respondeu, mas também não precisou.

– Sinto muito – repetiu.

Então ela se virou e saiu.

Deixou a porta aberta. Ouvi seus passos ligeiros na escada, depois no térreo, caminhando depressa.

– Estou chegando.

Ela parou.

– Já estou com ele...

A voz ficou mais baixa.

– Assim... xu xu... xu xu... shh...

E então.

Seu canto suave e sussurrado.

Mas agora ela não estava cantando para mim.

Por fim não estava mais cantando para mim. Estava cantando para o bebê em seus braços, embalando-o lentamente.

GEORGE

Os grandes tremores. Estavam em mim. Há dias. De manhã, de tarde, de noite.

Eu tinha dificuldade de segurar os talheres. Emma via isso, mas não dizia nada. Tinha dificuldade de usar as ferramentas, a chave de fenda caía no chão, a serra fazia desvios feios.

Toda santa manhã eu acordava com o coração acelerado e temeroso de uma lebre.

Acordava, descia e ali estava ele. Ele só olhava para mim depressa, dava um alô com um breve gesto de cabeça, e mergulhava outra vez num livro. Mas estava tudo bem.

Porque *ele* não tremia.

Ele não vacilava. Mesmo quando virava as páginas de um livro seus movimentos eram seguros, determinados e calmos. A xícara de café era levantada com a mão firme. Os passos que iam para a campina, para as colmeias, exatamente iguais, o pé tocando o chão com precisão.

E eu ia atrás. O tempo todo com essa tremedeira dentro de mim.

Mas eu via seus passos sobre a campina. Via-o pegar peso usando as pernas, não as costas, se flexionando, carregando as coisas, colocando-as no chão, repetidas vezes. Conforme eu via esses movimentos, minha tremedeira ia melhorando. A cada dia ficava mais fácil segurar o garfo.

E aí, enquanto a gente extraía o mel, enquanto o sol de outono estava baixo e suave no céu, tão amarelo como as gotas que a gente tirava dos quadros, de repente me dei conta: ela tinha sumido. A tremedeira tinha sumido.

Trabalhei com mãos calmas, tranquilas. Como ele. Ao lado dele.

E exatamente no mesmo ritmo.

TAO

A colmeia ficava a céu aberto na margem dos pomares, perto da floresta. Ela era vigiada, mas a tenda já fora retirada.

As pessoas tinham se reunido a uma distância segura, estavam ali observando calmamente a colmeia. Ninguém a temia, as abelhas não eram perigosas. A alergia de Wei-Wen fora um caso isolado. Em torno de nós, havia flores por todo lado, arbustos recém-plantados, vermelhos, cor-de-rosa, laranja, o mesmo mundo de conto de fadas que eu tinha visto dentro da tenda, mas que agora se estendia sobre uma grande área, pois as árvores frutíferas dali tinham sido cortadas e substituídas por novas plantas.

Os militares tinham ido embora, o cercado fora derrubado, a tenda, removida. O casulo se abrira, e a colmeia vivia entre nós. As abelhas poderiam voar onde quisessem, completamente livres.

Ela estava a dez metros de distância de mim, na sombra das árvores, o sol se infiltrando por entre a folhagem, não muito longe do lugar onde a primeira colmeia silvestre tinha sido encontrada. Não muito longe do lugar onde

Wei-Wen fora picado. A colmeia padrão de Savage, tal e qual Thomas Savage a havia desenhado no livro *O apicultor cego*. A colmeia que estivera com sua família desde 1852, cujos desenhos desapareceram em algum momento da história, mas cujas medidas e aspecto Savage havia memorizado e desenhado outra vez. Da mão do inventor, a colmeia fora destinada à produção de mel e à observação, nela ele desejava domar as abelhas.

Mas as abelhas não podem ser domadas. Só podem ser cultivadas, receber nossos cuidados. Apesar do objetivo original da colmeia, ela era uma boa casa para as abelhas. Aqui tudo tinha sido adaptado para que elas pudessem se multiplicar e reproduzir. O mel ficaria para elas mesmas, nada seria colhido, jamais explorado. Ele desempenharia o papel que lhe tinha sido atribuído pela natureza: o de alimento para os recém-nascidos.

O som era diferente de tudo o que eu já tinha ouvido. Entrando e saindo, entrando e saindo, as abelhas não paravam. Levavam consigo néctar e pólen, nutrição para a prole. Mas não para as poucas crias que eram suas, cada abelha trabalhava para a colônia, para todas as demais abelhas, para o organismo que elas juntas constituíam.

O zunido pulsava no ar, fez algo vibrar dentro de mim. Um tom que me acalmou, deixando mais leve minha respiração.

Fiquei parada assim. Tentei seguir com os olhos uma abelha de cada vez, ver o trajeto de cada uma da colmeia para as flores, de flor em flor, e depois de volta para a colmeia. Mas eu as perdia de vista. Elas eram numerosas demais, e o padrão dos movimentos, impossível de compreender.

TAO

Então resolvi pousar o olhar no todo, na colmeia e em toda a vida que a cercava, toda a vida que ela sustentava.

Enquanto eu estava ali, alguém surgiu a meu lado. Eu me virei. Era Kuan. Ele estava prestando atenção na colmeia, levantara a cabeça para enxergar melhor. Mas então ele me viu.

– Tao...

Ele se aproximou de mim. Um andar desconhecido, mais pesado, como se ele já tivesse ficado velho.

Ficamos de frente um para o outro. Kuan fixou os olhos em mim e não os baixou, como muitas vezes tinha feito. Os olhos estavam rodeados de sombras escuras. Seu rosto estava abatido, pálido.

Senti saudades dele. Saudades daquele que ele tinha sido. De seu lado radiante, leve, de seu contentamento, da alegria com o filho que ele tinha tido. E com o filho que ia ter. Eu desejava dizer algo que trouxesse essa luz de volta, mas não encontrei nenhuma palavra.

Nós nos viramos para a colmeia, ficamos assim, lado a lado, olhando para ela. Nossas mãos quase se tocaram, mas nenhum de nós pegou a mão do outro, dois adolescentes que não tinham coragem. O calor entre nós. Ele estava de volta.

Uma abelha passou por nós a apenas um metro de distância. Deu uma guinada para a direita, um movimento aparentemente não planejado, e então voou entre nós – pude sentir na face o ar se deslocar –, e desapareceu entre as flores.

Naquele momento ele pegou minha mão.

Respirei aceleradamente. Foi ele quem teve coragem dessa vez.

Enfim ele me tocou de novo. Minha mão ficou pequena ao encontrar a dele. Ele compartilhou seu calor comigo.

Simplesmente ficamos ali, de mãos dadas, enquanto olhávamos para a colmeia.

E então.

Ele pronunciou as palavras, as palavras pelas quais eu tinha ansiado tanto.

Em voz baixa e clara, com uma seriedade incomum nele. Não como algo que precisava dizer, mas que *queria* dizer:

– Não foi sua culpa, Tao. Não foi sua culpa.

Mais tarde, depois de termos nos despedido, segui sozinha pelo caminho dos pomares. As abelhas ainda vibravam dentro de mim. E as palavras dele liberavam palavras dentro de mim.

Continuei andando, cada vez mais devagar, até cessar o movimento. Fiquei parada entre as árvores frutíferas. Tudo estava aberto, não havia vestígio das cercas e dos militares, tudo estava como antes, como nessa mesma época do ano passado. Folhas amarelas caíam como neve, recobrindo o chão. Logo as árvores estariam nuas. Todas as peras tinham sido colhidas, cada uma apanhada cuidadosamente, embalada em papel e levada embora. Peras de ouro.

Mas no horizonte vislumbravam-se mudanças. As fileiras de árvores frutíferas já não eram intermináveis. Os trabalhadores estavam desenterrando as raízes e arrancando as árvores. A visão de Thomas Savage finalmente se tornaria realidade. Abrimos mão do controle, a floresta teria chance de se espalhar. No solo, outras plantas seriam semeadas, grandes áreas ficariam sem cultivo.

TAO

Sim. Eu queria fazer o discurso agora, assim como ela desejava. Pois eu mesma também desejava isso, falar sobre Wei-Wen. Eu falaria sobre o que ele significava para todos nós, o que ele passaria a representar. Grandes bandeiras perto da praça, cartazes nas paredes das casas, faixas sobre as portas dos edifícios públicos exibiam sua imagem.

Era uma das poucas fotografias que possuíamos dele, um retrato fora de foco e desbotado, tirado contra um fundo neutro, cinzento, mas nos cartazes as cores eram claras, os contrastes definidos, e uma luz especial fora atribuída aos olhos.

Essa imagem colorida e nítida era o que o mundo via, e era sobre isso que eu iria falar. Não sobre *ele*, Wei-Wen, ninguém jamais o teria. As pessoas lá fora nunca sentiriam sua excitação, sua teimosia, sua birra. Nunca saberiam como ele às vezes acordava cantando desafinado, mas com entusiasmo. Nunca ouviriam falar de seu nariz eternamente escorrendo, das trocas de calças molhadas de xixi, da massagem de pés gelados, ou da sensação de um corpo quente de sono a meu lado, à noite. Para eles, ele nunca seria nada disso. Por isso já não importava. Por isso quem ele *tinha sido* não era mais importante. A vida de um único ser humano, a carne, o sangue, os fluidos corporais, os sinais nervosos, os pensamentos, os medos e os sonhos de uma única pessoa não significavam nada. Meus sonhos para ele também não significavam nada. Não enquanto eu não fosse capaz de inseri-los num contexto mais amplo, de perceber que os mesmos sonhos teriam de valer para todos nós.

Mesmo assim, Wei-Wen teria importância. A imagem dele. O menino com o lenço vermelho, seu rosto, *isso* representava a nova era. Para milhões de pessoas, o rosto redondo, os olhos grandes e brilhantes fitos num céu azul intenso estariam associados a uma única palavra, um único sentimento unificador: a esperança.

Agradecimentos

U m grande agradecimento a todos os profissionais que dispenderam tempo para ler o manuscrito e responder às minhas perguntas: historiadores Ragnhild Hutchinson e Johanne Nygren; especialista em cultura chinesa Tone Helene Aarvik; zoólogo Petter Bøckman; médico Siri Seterelv; consultor sênior dos apicultores noruegueses Bjørn Dahle; orientador acadêmico da Bybi Ragna Ribe Jørgensen; autor e apicultor Roar Ree Kirkevold; apicultores Ingar Tallakstad Lie e Per Sigmund Bøe; além de Isaac Barnes da Honeyrun Farm em Ohio.

Agradeço também ao comprometimento de todas as pessoas que leram, comentaram e apoiaram este projeto durante seu andamento: Hilde Rød-Larsen, Joakim Botten, Vibeke Saugestad, Guro Solberg, Jørgen Lunde Ronge, Mattis Øybø, Hilde Østby, Cathrine Movold, Gunn Østgård e Steinar Storløkken.

Não menos importante, agradeço a minha sábia editora Nora Campbell e todos os seus talentosos colegas da Aschehoug, que têm demonstrado enorme entusiasmo com *Tudo que deixamos para trás* desde o primeiro dia.

Utilizei uma ampla gama de fontes para estruturar este romance. Entre os mais importantes incluem-se os livros *The Hive*, de Bee Wilson; *Ingar's is birøkt*, de Roar Ree Kirkevold; *Langstroth's Hive and the Honey-Bee*, do Rev. Lorenzo Lorraine Langstroth, *A World Without Bees*, de Alisson Benjamin e Brian McCallum; bem como *Det nye Kina*, de Henning Kristoffersen, além dos documentários *Vanishing of the Bees*, *More than Honey*, *Who killed the Honey Bee*, *Silence of the Bees* e *Queen of the Sun*.

Oslo, maio de 2015.
Maja Lunde

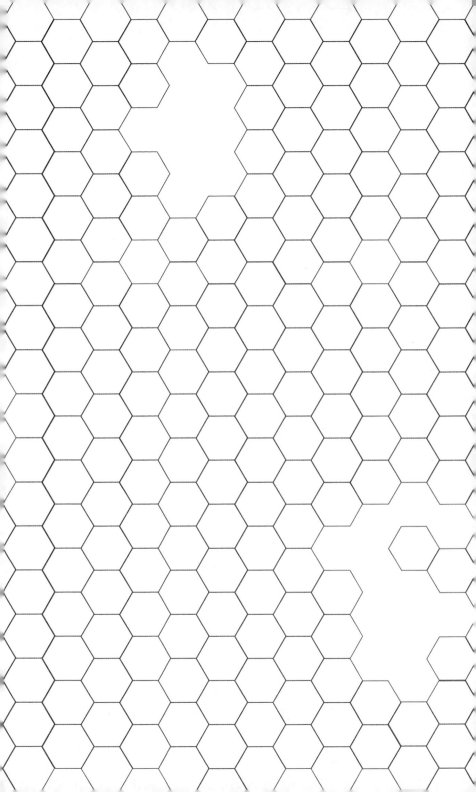

Esta obra foi composta pela SGuerra Design em Caslon Pro e impressa
em papel Pólen Soft 70g com capa em Ningbo Fold 250g pela
RR Donnelley para Editora Morro Branco em outubro de 2016